Katharina Johanson
FAMILIE KRUMM

Katharina Johanson

FAMILIE KRUMM

Roman

ISBN 978-3-86557-497-8

© NORA Verlagsgemeinschaft (2020)
Pettenkoferstraße 16-18   D-10247 Berlin
Fon: +49 30 20454990   Fax: +49 30 20454991
E-mail: kontakt@nora-verlag.de
Web: www.nora-verlag.de
Alle Rechte vorbehalten
Druck und Bindung: SDL – Digitaler Buchdruck, Berlin
Printed in Germany

Das Findelkind

Von irgendetwas war Amalie aufgewacht. Sie wälzte sich unter ihrer warmen Decke herum, blinzelte zum Fenster. Es war stockdunkle Nacht. Sie war sich sicher, dass der Hahn noch nicht gekräht und die Turmuhr noch nicht geschlagen hatte. Vom Gesindehaus her waren keine Geräusche des Aufstehens zu hören. Im Stall blieb alles ruhig. Also konnte Amalie weiter schlafen. Sie kuschelte sich in die Kuhle ihrer Liegestatt und zog die Decke bis unters Kinn. Aber irgendetwas beunruhigte sie. Amalie lauschte. Nichts regte sich sich.

Gewöhnlich schlief Amalie ohne Unterbrechung, auch traumlos, wie ein Stein. Ihr Tagwerk war regelmäßig gut ausgefüllt, ihr Alltag verlief ohne Störung und sorgenfrei, sie war von gesunder Natur, es gab nichts oder fast nichts, was sie erschüttern konnte. So waren auch ihre Nächte in der Regel angenehm und erholsam. Sehr selten erwachte sie zwischendurch und dann eigentlich auch nur, um befriedigend festzustellen, dass alles in Ordnung ist, und gleich wieder einzuschlafen. Doch jetzt war sie aufgescheucht.

Kein Hund bellte, keine Tür knarrte, die Turmuhr blieb stumm. Amalie unterdrückte nagendes Unbehagen. Schläfrigkeit breitete sich erneut aus, da hörte sie von fern ein feines Piepsen, wie von einer sterbenden Maus. Sie hatte Köder ausgelegt und Fallen aufgestellt, weil das Ungeziefer im Haus sonst überhand nimmt. Jetzt fiel es ihr ein. Das Piepsen war aufdringlich. Amalie fühlte sich empfindlich gestört.

Sie erhob sich mürrisch, unwillig, schlüpfte in die Pantoffeln. Sie tastete sich zwischen Stuhl und Tisch hindurch, schlurfte zur Kochstelle, öffnete die Feuerklappe, stukte mit einem Span in der Asche herum, suchte und fand einen Rest Glut, das Hölzchen entflammte und sie entzündete das Kerzenlicht. Jetzt war Amalie gründlich wach.

Die Mausefalle war leer. Das Piepsen hielt an.

Amalie ging zur Hintertür, öffnete, leuchtete in den Stall. Die Ziege lag friedlich schlummernd, hob den Kopf ein wenig an, schaute her und wieder weg, als wolle sie sagen: »Es ist noch Zeit.« Die Hühner auf der Stange reagierten gar nicht. Amalie schloss die Stalltür, tappte durchs Haus, entriegelte die Vordertür, klinkte auf und leuchtete hinaus.

Auf dem niedrigen Podest zu ihren Füßen lag ein piepsendes, sich leicht bewegendes Bündel. Ein Bündel aus billigem Tuch. Amalie erstarrte und wusste zugleich: Das ist ein Findelkind!

Sie hob mit ihren breiten, abgearbeiteten Händen das Bündel vorsichtig hoch. Augenblicklich erstarb das Piepsen. Das Tuch löste sich und ein Händchen an dünnem Ärmchen rutschte hervor. Amalie machte das Köpfchen frei und sah ein kleines Gesicht mit Augen, Nase, Mündchen. Sie wickelte das Tuch wieder fest, drückte den weichen, winzigen Körper vorsichtig an ihre Brust und kehrte sich in ihre Stube um.

Der Findling war ein Knabe von wenigen Stunden, soeben abgenabelt, nicht mal gewaschen, wohl auch noch nicht genährt. Als Amalie ihn auf ihrem Bett ablegte, hob der Junge herzzerreißend an zu schreien. »Ja, freilich«, tröstete sie, »hast noch nichts bekommen. Hast wahrscheinlich schon lange gebrüllt und kaum noch Kraft. Aber wir beide müssen uns jetzt erstmal um das Nächste kümmern.«

Sie ließ das Baby schreien und schürte das Feuer im Herd. Sie stellte Wasser auf und an der Seite ein Töpfchen mit Milch. Sie kramte in der Truhe herum und nahm Tücher hervor.

Die Schreie des Kindes wurden immer schwächer und schließlich schlief es erschöpft ein.

Amalie richtete ein Bad und Nahrung her. Das warme Wasser erweckte den Jungen wieder und er schrie erneut zum Steinerweichen. Suchend drehte er das Köpfchen, öffnete gierig das Mündchen.

Endlich träufelte ihm die Mutter Milch zwischen die Lippen. Er saugte das lebenspendende Labsal ein.

Warm, trocken und satt schlief der Knabe in Amalies Armbeuge. Die ersten Stunden seines Daseins hatten ihm soviel Überlebenskampf abverlangt, dass er jetzt geborgen bis in alle Ewigkeit so ruhen mochte.

Amalie formte auf ihrer Schlafstatt eine Mulde aus Kissen und legte den Jungen vorsichtig dort hinein. Dann machte sie sich ans Aufräumen und Nachdenken.

Draußen auf dem Gutshof hatte der neue Tag begonnen. Die Tiere brüllten und zerrten an den Ketten, das emsige Dienstvolk eilte hierhin und dorthin, riesige Ladungen Futter wurden in die Tröge und Raufen verteilt, die Mädchen begannen mit dem Melken, die Männer bereiteten die Fuhrwerke für die Waldarbeit vor. Drüben im Gutshaus war noch Stille. Nur unten in der Küche köchelte und brodelte es bereits. Der Aufseher unternahm seinen ersten Kontrollgang über den Hof. Die übliche Szene eines frühen Morgens auf dem Gutshof in Gottschimm.

Der Aufseher Michael Kärpe war der zweite Mann auf dem Hof und kam gleich nach dem Inspektor. Letzterer ließ sich niemals vor zehn auf dem Hof blicken. Daher lief der Tagesbeginn meistens recht ruhig an.

Kärpe zählte um die dreißig Lebensjahre und war etwas missgestaltet. Er humpelte von Arbeitsplatz zu Arbeitsplatz, begrüßte die Leute, wies hier und dort etwas an, ging weiter, murrte auch mal rum. Er war ein verträglicher Zeitgenosse und das Dienstvolk konnte ihn ganz gut leiden.

Ein Unfall vor Jahren hatte den Mann arg zugerichtet. Das kam so: Als nicht mal Zwölfjähriger ward ihm aufgetragen gewesen, einem Bullen in seinem Gatter eine brünstige Kuh zuzuführen. Niemand hatte ihn eingewiesen, niemand stand ihm bei. Michael wusste damals nichts vom Liebesspiel dieser breitwuchtigen Tiere. Der Bulle stürzte voller Lust zu der Kuh hin und der unerfahrene Knabe, von der Naturgewalt starr entsetzt, versuchte die Kuh zu beschützen. Da erkannte der liebeshungrige Bulle in dem Menschen seinen Feind, nahm ihn auf die Hörner, schleudert ihn herum und im hohen Bogen über die Bohlen des Geheges. Michael landete unsanft auf den Zinken einer Forke und blieb bewusstlos liegen. Etliche Knochen waren ihm gebrochen und er blutete aus zig Wunden. Das herbeigelaufene Dienstvolk und der Inspektor meinten: »Der Junge ist hin.« Sie schafften ihn ins Gesindehaus, legten ihn ab und wähnten: »Der stirbt sowieso.«

Allein die damals Mitte zwanzigjährige Amalie hegte und pflegte den Verletzten, und sei es denn, bis zum Ende seiner Tage. Sie fühlte sich nämlich berufen, auch einem Sterbenden Beistand zu leisten. Das hatte sie von ihrer Mutter, die wiederum von ihrer Mutter und immer so weiter.

Michael genas. Nach einem halben Jahr erschien er zwar humpelnd und mit verbogenem Rücken, aber immerhin, wieder auf der Arbeit und er meldete sich beim Inspektor. Der staunte nicht schlecht, glaubte an dessen Nützlichkeit freilich nicht und steckte Michael wieder zu den Kühen und Bullen. Er ließ es einfach drauf ankommen. Aber Michael arbeitete fortan mit Köpfchen, weniger mit den Gliedern seines versehrten Körpers. Er dirigierte das Vieh wie ein Magier. Das beeindruckte.

Der Inspektor ernannte Michael Kärpe nach kurzer Frist zu seinem Stellvertreter, gewährte ihm alle möglichen Freiheiten und hatte schließlich einen Aufseher gefunden, der ihm sowohl gewissenhaft als auch feinfühlig alle Lasten des gewöhnlichen Alltags abnahm.

Mit dem Unfall war in Michael etwas zerrissen. Er wurde scheu und prüfte die menschlichen Bindungen fortwährend ängstlich. Seine Erfahrung hatte ihn sehr vorsichtig gemacht. Wie kann man, so fragte er sich, ein ahnungsloses Kind derart auflaufen lassen? Diese Frage erzeugte in ihm stetige Zurückhaltung gegenüber allem und jedem. Im Grunde gab es nur einen Menschen, dem er vertraute. Das war Amalie. Zu ihr hatte er einen besonderen Draht. Zunächst band ihn Dankbarkeit an diese Frau. Das ist klar. Bald gesellte er sich ihr zu, weil sie beide in exponierter Stellung auf dem Hof arbeiteten: Er als Aufseher, sie als erste Magd. Da stellte sich dann auch eine gewisse Gewohnheit im gegenseitigen Umgang ein. Nicht zuletzt fühlte er sich ihr in seiner Lebensplanung verbunden. Ohne großes Palaver drum herum, verfolgten beide das gleiche Ziel: Solange wie möglich redlich schaffen und danach auf gut gepolsterten Ruhesitz das Alter genießen. Sie konnten, doch das war längst nicht spruchreif, eventuell sogar zusammenlegen, etwas Land kaufen und in kameradschaftlicher Form auf ein und demselben Hof bis ans Ende ihrer Tage wirtschaften.

Kärpe beendet seinen Rundgang, ihn irritierte Amalies Abwesenheit, und begab sich in die Küche im Souterrain des Gutshauses.

Drei Frauen schafften an Töpfen und Pfannen. Ein etwa zehnjähriges Mädchen huschte hin und her, trug etwas zu, räumte weg, ging zur Hand.

Kärpe betrat den Raum, setzte sich und begann zu frühstücken. Für ihn standen, wie jeden Tag, ein Becher heiße Milch, ein weißes Brötchen mit Honig bestrichen und zwei hartgekochte Eier bereit. Neben seinem Teller lag, ebenfalls wie immer, ein in sauberes

Leinen eingewickeltes Paket aus vier großen Scheiben Graubrot mit einem ansehnlichen Stück Dauerwurst. Dies war sein Proviant über den Tag hinweg, wenn er die Männer auf das Feld oder in den Wald begleitete und zur Arbeit anleitete. Kärpes sah auch hier: Amalie ist nicht da. Er fragte zwischen zwei Happen nuschelnd: »Hat einer Amalie heute Morgen schon gesehen?«

Die Frauen steckten feixend die Köpfe zusammen. Spekulationen über das Verhältnis des Aufsehers zur ersten Magd hatten längst die Runde gemacht, waren aufgebauscht worden und abgeebbt, bekamen durch diese harmlose Frage neue Nahrung. Zu gern wüsste man um die Details, aber leider hielten sich die beiden bedeckt. Nicht zuletzt war er ein Eigenbrötler, den man mit keiner Anspielung aus der Reserve locken konnte.

»Nun aber raus mit der Sprache«, verlangte der Mann.

Eine antwortete: »Nö, noch nicht.«

Er aß schweigend. Sie arbeiteten still.

Er war fertig, erhob sich und sagte: »Ich gehe mal ins Dorf, nachschauen.«

Er nahm sein Proviantpaket, ging hinaus, hörte in der Tür, wie die Frauen lachend zwitscherten, lächelte und machte sich auf den Weg.

Kärpes Haus lag nahe am Gutshof. Amalies Haus stand auf dem Anger. Allerdings waren die Entfernungen in der Fünfhundert-Seelen-Gemeinde insgesamt so gering, dass einer praktisch auf den Tisch des anderen schauen konnte und jeder von jedem alles oder fast alles wusste. Nur das Gutshaus stand inmitten eines Gartens etwas abseits. Grundsätzlich wohnten alle Dienstleute beim Gutsherrn zur Miete. Nur sehr wenige kleine Bauern nannten ein Anwesen mit einem

Zipfel Land ihr Eigentum. Das Ganze hatte seine bewährte Ordnung seit hunderten von Jahren, und niemand glaubte, dass es jemals anders werden könne. Auch Kärpe nicht.

Er klopfte an Amalies Tür. Nichts rührte sich. Er klopfte erneut. Es blieb still. Er klinkte die Tür auf und betrat die Stube.

Amalie kniete vor ihrem kleinen Altar und betete. Kärpe kam näher und sprach leise: »Amalie, die Arbeit wartet. Was treibst Du? Bist Du krank?«

Amalie drehte sich um und antwortete geheimnisvoll lächelnd: »Michael, mir ist ein Wunder geschehen. – Ich muss daheim bleiben. Du entschuldigst mich.«

Kärpe war unschlüssig. Hatte er es mit einer Kranken oder mit einer Irren zu tun? Er sagte: »Amalie, mal Klartext! Was soll das?«

Sie stand auf, ging zu ihrem Bett, zeigte zwischen die Kissen und sagte: »Mir ist die Nacht ein Kindchen geboren. Schau hier. So lieblich und fein. Ich kann nicht zur Arbeit gehen.«

Der Mann sah auf das Kind und unter ihm schwankte der Boden. Er war ja längst nicht mehr der Naivling von vor zwanzig Jahren. Er wusste um die Naturgesetze. Amalie hatte keinen Mann und war niemals schwanger gewesen. Sollte ihm da etwas entgangen sein? Fassungslos registrierte er, wie ihm eine Spur Eifersucht aufkeimt. Er stammelte: »Wie geht das zu?«

Amalie erriet seine Bedrängnis. Sie wollte ihn nicht quälen und klärte ihn auf: »Es lag heute Nacht vor meiner Tür. Ich nahm es hoch und Gott sprach zu mir: ›Es ist Deines.‹ – Was sollte ich tun? Ich musste es nehmen. Und nun werde ich es nähren und groß ziehen.«

Kärpe dämmerten die Zusammenhänge. Er kauerte sich an den Tisch und fragte: »Hast Du einen Schnaps?«

Sie brachte den Schnaps und er trank. Sie wartete. Er schob stumm sein Glas zu ihr hin. Sie schenkte nach. Er trank wieder.

Endlich hob er die Stimme: »Amalie, bist Du völlig von allen guten Geistern verlassen? Ein Findelkind! Es gehört Dir nicht. Ein Findling gehört immer der Kirche. Freilich kannst Du es aufziehen, wenn Dir das Herz danach steht. Aber damit stehst Du permanent unter der Aufsicht des Pastors. – Willst Du das wirklich?«

Amalie hockte sich neben ihn. Sie blickte ihn erwartungsvoll an. Sie spulte einen längst bereit gelegten Text runter: »Kärpe, niemand wird zweifeln, wenn ich sage, es ist meins. Das Gesinde hält still. Von denen hat es einer in seiner Not hierher gelegt. Das wissen wir. Und wenn es einen Zeugen braucht, dann kannst Du sagen, dass Du der Vater bist.«

Weiter kam sie nicht, denn Kärpe schreckte zurück und fuhr hoch: »Meineidig soll ich werden! Wo denkst Du hin?«

In diesem Moment regte sich das Kindchen. Sie horchten. Es piepste, schmatzte leise und schlummerte weiter.

Kärpe holte sich runter und sprach ganz ruhig: »Amalie, Du hast oft von der Zukunft gesprochen. Kinder gehörten nie dazu. Arbeiten und Sparen waren Dir wichtig. Selbst als ich Dich freien wollte, hast Du abgelehnt. Wir einigten uns, solo zu bleiben und später eventuell gemeinsam zu wirtschaften. All dem Elend dieser Welt wollten wir trotzen.«

Er brach ab. Tränen stiegen ihm in die Augen. Sein ganzer Lebensplan rauschte soeben den Bach runter.

Amalie weinte auch. Was sollte sie denn tun? Das Kind war ihr augenblicklich ans Herz gewachsen. Sie hatte nicht die Kraft, sich zu wehren. Und ihre Pläne, sich des Kindes auf halbwegs legalem Wege zu ermächtigen, drohten am Starrsinn des Mannes zu scheitern. Das hatte sie nicht erwartet.

Sie schluchzte: »Ich weiß, dass ich hätte Eigene haben können. Ich weiß auch, das hunderte draußen abgelegt werden, die ich hätte ebenfalls aufziehen können. Ich weiß genauso, dass es unvernünftig ist, sich ein fremdes Balg an den Hals zu hängen.« Sie hob die Arme zum Himmel und flehte: »Lieber Gott, lass' mir dieses hier.«

Sie ließ die Tränen laufen. Was nutzte denn jetzt, wo doch eh alles zerschellte, jede rationale Überlegung? Ihre Schultern bebten, ihr Kopf hing herab, ihr Brustkorb hob und senkte sich, ihre Hände zitterten.

Das Häufchen Elend dauerte den Mann. Er wischte seine Tränen fort und bilanzierte kühl: Geld ist genug da. Wie viel sie hat, weiß ich nicht. Aber sie wird fleißig gespart haben. Ich selber habe einiges auf der Kante. Dann müssen wir eben jetzt schon zusammenlegen und gemeinsam wirtschaften.

Er erhob sich und sagte trocken: »Du weißt, dass Du gekündigt bist. Mütter gehen nicht in Dienst. Zu Gelegenheitsarbeiten kannst Du Dich auf dem Hof melden.«

Der barsche Ton schreckte Amalie auf. Sie hob dem Mann entsetzte Augen entgegen.

Er lächelte, legte ihr die Hand auf die Schulter und sagte leise: »Ich gehe jetzt zum Pastor und melde unser Kind an.«

Pastor Engelbert Neunübel war daheim, als Kärpe gehumpelt kam. Er wunderte sich: Was streunt der Aufseher am hellerlichten Tage umher?

»Engelbert, ich habe eine frohe Botschaft zu überbringen«, eröffnete Kärpe scheu.

Neunübel lauschte. Ihm entging die Verunsicherung nicht. Geneigt, ganz und gar Seelsorger, fragte der Pfarrer: »Was gibt es? Es muss schon wichtig sein, wenn Du mitten am Tage hier ankommst.«

»Uns ist ein Kindchen geboren«, stammelte Kärpe.

Der Pfarrer kannte die Familienverhältnisse seiner Schäfchen genau, ging rasch jeden einzelnen durch und folgerte, wenn sich der Aufseher kümmert, kann nur eins im Gesindehaus unter dem liederlichen Volk zur Welt gekommen sein.

Er fragte barsch: »Was geht es Dich an? Sollen der Vater oder die Mutter es anmelden.«

Kärpe nahm sich zusammen und erklärte forsch: »Amalie und ich haben ein Kind bekommen. – Trägst Du es ein?«

Neunübel verstand: Die beiden haben sich ein Kind unter den Nagel gerissen. Wer weiß, was sie dafür eingehandelt haben? Und ich soll die Sache legalisieren! Nichts ist. Den Teufel werde ich tun. Er belehrte: »Kärpe, Du weißt schon, dass Dich ein Meineid ins Zuchthaus, zumindest in die Hölle bringt.«

Kärpe wurde hochrot, nickte und beharrte tapfer: »Ich war genauso überrascht wie Du. Nur, jetzt lässt es sich doch nicht mehr ändern.«

Der Pfarrer legte einen Arm um die Schulter des Bittstellers und riet ganz ruhig, salbungsvoll: »Geh heim, bringe mir den Vater oder die Mutter des Kindes und wir melden es an.« Er überlegte und fuhr mild fort: »Sieh mal, so ein Kind hat doch vor Gott das Recht, seine leiblichen Eltern zu kennen. Es muss doch alles seine Ordnung haben. – Wenn Ihr es unbedingt aufziehen wollt, so lobe ich Euch. Allein, das Kindchen bleibt ein Mündel der Kirche.«

Kärpe dachte: Dieser gierige Geizhals spekuliert auf Einfluss und Geld. Das war ja zu erwarten. Nur, was ist gewonnen, wenn die leiblichen Eltern, zumindest die Mutter feststehen? Sie sind geschlagen mit Unterhaltsforderungen, die sie nie bedienen können. Das Kindchen wird hin und her gerissen. Und Amalie erkrankt letzten Endes am gebrochenen Herzen. Nein! So geht es nicht.

»Nun, denn«, sagte Kärpe, entwand sich dem Pfarrer und machte sich inwendig ganz steif, »Du willst das Schäfchen nicht in Deine Kirche aufnehmen? – Dann eben nicht. Amalie und ich fahren am Sonntag rüber in die Stadt und wir melden uns bei den Katholiken an.« Er drehte sich zur Tür.

Dem Pfarrer fiel die Kinnlade runter und er glotzte blöd. Mit sowas hatte er nicht gerechnet. Der Kärpe ist ein verdammt schlauer Fuchs, gestand er zu und begriff schlagartig, dass in diesem verunstalteten Körper ein wacher Geist haust. Freilich konnte er ihn jetzt ziehen lassen, aber wenn das Schule macht, dezimiert er seine ohnehin schon kleine Gemeinde noch mehr. Er rief ihm nach: »Warte, Michael Kärpe! Nicht so hastig! Mann kann doch über alles reden.«

Sie trugen das Kind unter dem Namen Michael Krumm – Krumm war der Familienname Amalies – und dem Datum 5. September 1839 ins Kirchenregister der Gemeinde Gottschimm ein. Sie vereinbarten auch gleich noch den Tag der Taufe und Michael bestellte für sich und Amalie das Aufgebot. Kärpe lief frohen Mutes heim und Pfarrer Engelbert Neunübel hockte sich verstimmt in seine Stube.

Nun war aller Tage viel zu tun.

Die Nachbarinnen kamen, um das Kindchen zu begutachten. Sie wollten bewirtet werden und Ratschläge austeilen. Freilich glaubte keine an die Mär vom so plötzlich geborenen Kind. Sie hatten ja Augen im Kopf. Amalie war nie schwanger gewesen. Allein der Brauch gebot, dass das Kind begrüßt und mit seiner Mutter geschwätzt und gefachsimpelt wird. Die Hausfrau trug reichlich Kuchen auf. Sie suchte, die Klatschmäuler zu besänftigen und zu befriedigen. Später, wie sie wieder unter sich waren, steckten die Nachbarinnen die Köpfe zusammen und waren sich einig: Der Amalie ist das gute Werk hoch anzurechnen. Nur auf den Findling muss man achten. Wer weiß, wo der herkommt? Wer weiß, was der in sich trägt?

Die Männer fanden sich bei Kärpe ein. Sie begehrten einen Trunk auf das Wohl des jungen Vaters und ließen ihn hochleben. Der war soviel Sympathie und Entgegenkommen gar nicht gewöhnt, fühlte sich jedoch mit steigendem Alkoholpegel zwischen den erfahrenen Familienvätern gut aufgehoben. Der glückliche Umstand, dass ihm so unversehens ein Sohn ins Haus geschneit war, machte ihn zumindest kurzzeitig zur Sensation. Kerpe genügte dem Brauch nicht nur um seines Ansehens Willen. Nein. Er war mehr als jeder andere auf die Hilfe der Männer beim Hausbau angewiesen. Mit seinem krummen Rücken brachte er einfach kaum schwere Arbeit zustande. Er schenkte den Nachbarn ein und sie versprachen, ihm beizustehen.

An einem der nächsten Tage meldete sich Michael Kärpe beim Inspektor. Er wollte das ihm längst zugesprochene Land nun auch käuflich erwerben.

Der Inspektor, das war Wilhelm Runge, litt die neu entstandene Situation. Jahrelang hatte er auf dem Gutshof eine ruhige Kugel geschoben. Auf Kärpe war Verlass gewesen. Nun begehrte der aber ein eigenes Stück Ackerland und gedachte eine Familie zu gründen. Damit wird, so folgerte Runge, der Mann ziemlich wertlos für die Wirtschaft. Mehr noch: Die fleißige, gestandene Magd Amalie nahm Kärpe auch mit sich. Zwei wertvolle Arbeitskräfte gingen verloren.

Er betrachtete den kleinen, verwachsenen Bittsteller aufmerksam abschätzend und fragte von oben herab: »Meinst Du nicht, dass Du Dich übernimmst?«

Kärpe parierte: »Ich bin ja nicht allein. Die Nachbarn werden zugreifen und meine Frau ist kräftig.« Der Inspektor grunzte mürrisch, breitete den Lageplan aus und bezeichnete eine Stelle weit abseits vom Dorf, am Rande des gutsherrlichen Besitzes. »Das kannst Du haben«, sagte er.

Kärpe schaute hin und registrierte: In einer Senke liegendes Land, ewig zu feucht, schlecht belichtet, ungeliebt, seit Jahren eine Brache. Er sagte: »Ich dachte eher an das hier«, und bezeichnete ein Fleckchen, das sonnig, sich eben ausbreitete und geschützt am Wald lag. Außerdem hatte sein Wunschland Straßenanschluss, während zu der Senke nicht mal ein Pfad führte. Er lockte: »Ich zahle bar.«

Dem Inspektor war das längst bekannt. Allein, wie er hier seinen besten Mann verlor, das wurmte ihn. Er hackte zu: »Kärpe, was bildest Du Dir eigentlich ein? Erst reißt Du Dir ein Kind unter den Nagel und anschließend die Filetstücke aus dem gutsherrlichen Besitz heraus! – Willst Du die Ordnung umstülpen?«

Der Angriff kam weder unerwartet, noch war er unbegründet. Kärpe war sich bewusst, dass sich ihre Familiensituation herumgesprochen und als ungewöhnlich bewertet worden war. Er stand ja auch dazu. Nun hätte er sich brüsk wegdrehen und sich was anderes suchen können. Die Alternative hieß Auswandern. Er und Amalie waren schuldenfrei und hatten Ersparnisse. Nur, wer begibt sich auf diesen ungewissen und steinigen Weg mit einem frisch geborenen Kind und im Angesicht des herannahenden Winters? Sowas kann ins Auge gehen. Er überschlug seine Möglichkeiten und bedachte in erster Linie die Wünsche seiner Amalie. Er verlegte sich aufs Feilschen und fragte entschlossen: »Dann gehst Du mit dem Preis runter und ich bekomme Wegerecht von hier bis zu meinem Grund?« Er fuhr mit dem Finger eine lange Strecke auf der Karte lang.

Wilhelm Runge murrte: »Gut, gut«, und ergänzte: »Wenn der Advokat kommt, sage ich Dir Bescheid. Wir schreiben dann die Urkunde aus, beglaubigen alles und Du zahlst.« Sie schlossen den Kontrakt mit Handschlag und Kärpe war Landbesitzer.

Der Alltag wuchs sich zu einer kaum zu stemmenden Last aus: Von Sonnenaufgang bis Sonnenuntergang schufteten die Leute auf dem Gutshof, den anliegenden Feldern und im Wald. Nach Feierabend und an den Sonntagen beackerten sie ihre eigene, kleine Wirtschaft. Und im Schein des Mondlichtes und einiger Pechfackeln errichteten sie gemeinschaftlich im feuchten Winkel ein Haus für die junge Familie Krumm-Kärpe. Sie werkelten trotz aller Widrigkeiten frohen Mutes und es wuchs das neue Haus. Allerdings wurde es kein Palast, ward ihren bisherigen Unterkünften weit unterlegen. Windschief und hutzelig stand schließlich eine Hütte da, die sich an die Erde duckte und nicht gerade von Wohlstand zeugte. Das hatte seinen Grund: Als nämlich der Advokat den Vertrag ausfertigte, musste Kärpe für das Land dann doch vielmehr hinlegen, als mündlich vereinbart war. Auch das Wegerecht über den gutsherrlichen Besitz musste teuer bezahlt werden. Nicht zuletzt trieb der Inspektor den Preis für Bauholz und Lehm ordentlich in die Höhe. Kärpe zahlte. Er zahlte, was verlangt wurde. Seinem Ehrgefühl folgend, die angefangene Sache nun auch anständig zu Ende zu bringen, verausgabte er sich restlos. Schließlich hatte er ein hutzeliges Haus, einen Hof auf feuchtem Boden und einen Sack voll Schulden.

Aber sie fühlten sich jung und kräftig, sie waren von einer glücklichen Fügung überzeugt und sie nahmen das Schicksal so an, wie es sich ihnen zeigte.

Im Dezember des Jahres 1839 feierten Amalie und Michael Kärpe ihre Hochzeit. Das war eine große, wirklich schöne Bauernhochzeit, an der alle Nachbarn, auch die Dienstleute vom Gutshof teilnahmen. Sie tanzten, sangen, tranken, aßen und waren fröhlich bis in den nächsten Morgen hinein. Als der letzte Gast sich verabschiedet hatte, nahm Kärpe seine Frau in die Arme und fragte: »Nun, Mädel, hast Du es Dir so vorgestellt, hast Du es Dir so gewünscht?« Sie hauchte ein »Ja« und lehnte sich glücklich an ihren Mann.

Nur eins gab es zu bemängeln: Der Pfarrer hatte ihnen versagt, Michael als Kärpes Sohn anzuerkennen. Es wäre ihm ein Leichtes gewesen, den Kleinen als ehelich geboren im Kirchenregister zu vermerken. Nur ein Federstrich. Mein Gott, da kräht doch kein Hahn danach. Aber der Pfaffe blieb stur und behauptete: »Es muss alles seine Ordnung haben.« Kärpe knurrte: »Was ist denn das für eine Scheißordnung, die einem Kind nicht mal den Vater gönnt.« Allein, Amalies Frohsinn vertrieb alle trüben Gedanken. Jetzt sagte Kärpe stolz: »Weißt Du, Mädel, wir begründen eben unseren Stammbaum mit unserem Michael Krumm. Du wirst sehen, der wird groß und stolz und hält an die hundert Jahre.«

Wider Erwarten warf der Boden im feuchten Winkel gute Erträge ab. Er war ausgeruht und fruchtbar. Amalie verstand die Feldarbeit und vermehrte auch das Viehzeug im Stall. Auf dem Gutshof ließ sie sich gar nicht mehr blicken. Gelegenheitsarbeit für einen Hungerlohn, das stand unter ihrer Würde und war auch nicht notwendig. Kärpe blieb zwar Aufseher des Gutsherrn – zu etwas anderem war er ja auch gar nicht von Nutzen –, aber er verdiente über lange Zeit nichts. Die Schulden, die er abzuarbeiten hatte, waren nicht gerade gering. Sie schafften fleißig und lebten halbwegs zufrieden, immer die Zukunft und Michaels Gedeihen im Blick, und mehrten ihr bescheidenes Vermögen und kamen gut miteinander aus.

Michael wuchs auf und seine fragwürdige Herkunft ward von den Nachbarn nur noch wenig beachtet. Die Kärpes waren rechtschaffende Leute, denen musste man nichts Schlechtes nachsagen. Friedliches Leben in einem friedlichen Dorf ist letzten Endes des kleinen Mannes Pläsier. Das Kind sprang fröhlich herum, war von allen geliebt und wohl gelitten oder manchmal auch wegen dummer Streiche ausgezankt.

Allein, in Pastor Neunübel gärte und rumorte der Groll. Wie ihm das Kind durchgerutscht war und Kärpe ihn abgefertigt hatte, das vergaß er nicht. Öffentlich oder auf den Pfaden des Rechtes kam er gegen Kärpe nicht an, aber er schmiedete mit Inspektor Wilhelm Runge einen perfiden Plan.

Eines Tages, im Herbst des Jahres 1845, die Kärpes hatten ihre Schuld längst abgetragen, ließ Runge Pferd und Wagen anspannen, saß auf und zuckelte die Zufahrtsstraße zum Gehöft im feuchten Winkel hinab. Die Kinder liefen lärmend voraus und meldeten den ungewöhnlichen Gast an. Amalie schaffte soeben im Stall und Kärpe saß vorm Haus mit dem Putzen von Bohnen beschäftigt. Runge hielt an, stieg ab und grüßte leutselig. Der Hausherr fragte misstrauisch. »Was ist passiert?«

Runge machte sich groß und sagte wie nebenher: »Wollte schauen, wie es geht.«

Klar, dachte Kärpe, einer, der zu faul ist, kaum eine halbe Stunde auf dem Hof zu wirtschaften, macht sich nach Feierabend auf den Weg, um mich nach meinem Befinden zu befragen. Was steckt dahinter?

Runge sah sich um und holte aus: »Fein hast Du Dich eingerichtet.«

Kärpe fühlte sich bestätigt und gelobt. Sein Heim stand inzwischen auf soliden Füßen. Allein, er blieb achtsam. Nicht zu Unrecht, denn nun hörte er: »Dein Sohn ist sechs Jahre alt. Als Hütejunge gerade das rechte Alter. Wird Zeit, dass er sich nützlich macht.

Über Winter kann er sich schon mal an die Arbeit gewöhnen, dachte ich, und nehme ihn zum Flachskämmen in Dienst.«

Kärpe stutzte. Ihm schrillten sämtliche Alarmglocken. »Wie kommst Du drauf, dass wir Michael in Dienst geben?«, fragte er unschuldig betont und bestimmte: »Er übernimmt den Hof.«

Runge schmeichelte: »Es kann aber nicht schaden, wenn er vordem was lernt.«

Kärpe sinnierte: Ein Kind in Arbeit, bedeutet immer ein ganz fürchterliches Schicksal. Nein! Sein Junge sollte es besser haben. Sie hatten längst beschlossen, ihn winters zu Küster Walter Plempe in die Schule zu geben und sommers auf dem eigenen Grund als Bauer zu unterweisen.

Inzwischen war Amalie herangekommen und lauschte aufgeregt. Es geht um Michael. Da droht Gefahr! Sie mischte sich ein: »Er lernt in der Schule, und was er sonst noch braucht, lernt er hier. Unser Junge geht nicht in Dienst.«

Der Inspektor hockte sich zu Kärpc auf das Bänkchen vorm Haus, wies mit dem Peitschenstiel auf den Weg, der da über Gutsland und hinauf zum Dorf führte, und erklärte: »Freilich mag jeder oder fast jeder sein Kind solange als möglich daheim behalten. Nur in unserem Falle lässt es sich nicht umgehen, den Jungen in Arbeit zu bringen. Sieh mal, Kärpe, Deine Schuld ist eben nicht abgetragen, sondern wächst hinter Deinem Rücken unbemerkt wieder auf.«

Die beiden Bauern erstarrten.

Kärpe zischte: »Ich bin schuldenfrei. Was willst Du mir?«

Wilhelm Runge tat gemütlich und sprach: »Den Weg, den Du nutzt, hast Du wider den Vertrag zu einer Allee ausgebaut. Wegerecht heißt doch längst nicht, dass Du hier eine Prozessionsstraße anlegst.«

Kärpe und Amalie sahen auf den Weg. Tatsächlich war die immerhin fast eine Meile lange Verbindung zwischen ihrem Hof und dem Dorf längst kein schmaler Pfad mehr. Erntewagen mussten durchkommen, Vieh wurde darauf entlang getrieben, und damit man bei allen Wettern auch gut durchkommt, hatte Kärpe hier und da mühsam und teuer Kies ausstreuen und Löcher auffüllen lassen. Stimmt, der ehemalige Trampelpfad hatte sich zur Straße ausgewachsen. Und nun?

»Nun hast Du Dir Land angeeignet, dass Du entweder bezahlst oder dessen Wert Du abarbeitest«, erklärte Runge.

Bezahlen oder abarbeiten?, verstanden die beiden kleinen Bauern, und ihnen dämmerte: Beides ist völlig unmöglich. Bares war nicht im Haus und zusätzliche Arbeit auf dem Gutshof konnten und wollten sie nicht leisten. Das Kind als Auslöse? Nein. So geht es nicht. Ein Kind ist keine Handelsware. Mag sein, dachte Kärpe, dass allerorten ein Kind in die Waagschale geworfen wird, um die Eltern zu entschulden. Bei uns kommt das nicht in Frage!

Er versteifte sich inwendig und sagte fest: »Runge, ich rate Dir, lass Dir, was anderes einfallen. Den Jungen bekommst Du nicht!«

Er stand auf und ging ins Haus. Das Gespräch war beendet.

Die Frau folgte ihrem Mann. Das Kind stand neugierig schauend an der Gartenpforte. Wilhelm Runge trat ab.

Das Gespräch war zwar beendet, aber der Inspektor war nicht fantasielos.

Zehn Tage später kamen Handwerker, setzten an der dorfseitigen Auffahrt zur Straße einen Schlagbaum und ein Schilderhaus. Bewaffnete Schutzleute zogen auf. Und dem Kärpe flog ein amtliches Schreiben ins Haus, dass ihm das Laufen, Fahren, Treiben auf dem gutsherrlichen Besitz verboten ist. Jetzt saßen die Kärpes auf ihrem Hof wie auf einer hermetisch abgeriegelten Burg fest. Das war zunächst kein Problem, denn Bauern sind immer auch Selbstversorger und können lange autark leben. Aber ganz ohne Warenaustausch und Kommunikation geht es dauerhaft selbst für den geschicktesten Bauern eben nicht. Sie hielten bis zum Frühjahr 1846 aus. Dann trat im Haus empfindlicher Mangel an Kerzenwachs, Seife, Salz und einigen anderen Dingen ein, auch Sohn Michael begehrte auf. Sie überblickten die Folgen der Isolation. Sie beschlossen notgedrungen, sich freizukaufen. Das war ein schwerer Weg, denn mit jedem Schritt von seinem Anwesen weg, beging Kärpe eine strafrechtlich relevante Handlung. Er lief die Straße zum Dorf hoch und wurde am Schlagbaum von den Schutzmännern in Empfang genommen.

»Wegezoll«, forderte der erste Wächter.

Kärpe gestand: »Geld habe ich nicht«, und verlangte demütig: »Bringt mich zu Wilhelm Runge.«

Er wurde vorgeführt und Inspektor Runge frohlockte: »Na, zu Verstand gekommen?«

»Freilich«, murrte Kärpe und fragte: »Was also willst Du?«

Wilhelm Runge trieb den Preis hoch: »Letzten Herbst wollte ich nur das Kind. Jetzt siehst Du ein, dass ich beide haben muss.«

Kärpe nickte.

Runge ordnete an: »Frau und Kind schickst Du mir auf den Hof. Jeden Tag ohne Pause. Klappt es, kannst Du Deine Straße haben. Klappt es nicht, ist alles futsch.«

Kärpe schleppte sich heim.

Auf dem weiten Weg über die Felder bedachte er zum wiederholten Male seine missliche Lage: Egal wie man es anstellt, man kommt auf keinen grünen Zweig.

Freilich können Amalie und Michael ein paar Jahre für Runge arbeiten. Nur ist damit wirklich gesagt, dass wir frei werden? In der Zwischenzeit verkommt unsere Wirtschaft und dem Inspektor fällt danach wieder was Neues ein. Man müsste, so sinnierte der arme Mann, dem Runge ein für alle Male das Handwerk legen. Aber wie? Er hatte keinen Plan. Daheim offerierte er Frau und Kind des Inspektors Forderung. Die schickten sich in das Unabwendbare.

Die Schranke wurde abgebaut. Die Wachleute zogen ab. Die Straße ward wieder frei gegeben. Jeden Morgen liefen zwar Amalie und Michael auf dieser Straße zu ihrem schweren Dienst auf dem Gutshof, aber andere Bewegungen gab es kaum noch. Der Kärpe-Hof lag praktisch wüst. Das ging nun Monat für Monat so, ganze zwei Jahre lang.

Eines Morgens am Anfang des Jahres 1848 – die Kärpes hatten soeben eine kurze Zeit vom Inspektor gnädig gewährter Winterruhe hinter sich und Mutter und Sohn rüsteten um diese Stunde zum Aufbruch – da brach Amalie auf der Türschwelle bewusstlos zusammen. Vater und Sohn stürzten herbei, hoben die Frau hoch, schleppten sie auf ihre Schlafstatt, legten sie ab, lösten hastig die Verschlüsse ihres Kleides, fächelten ihr Luft zu und starrten fassungslos in das bleiche Gesicht. Die ganze Winterpause über kränkelte die Einundfünfzigjährige, hatte über Schmerzen geklagt, sich notgedrungen geschont, befand sich mal besser, mal schlechter und war nicht mehr recht auf die Beine gekommen. Kärpe befürchtete das Schlimmste und es trat auch ein: Amalie öffnete noch einmal die Augen. Sie hauchte: »Kärpe, Liebster, beschütze mir den Jungen!«

Sie verstarb.

Zu diesem Zeitpunkt war Michael Krumm gerade mal neun Jahre alt und Michael Kärpe zählte knapp vierzig.

Tief erschüttert zog der Mann Bilanz: Was ihnen hatte die Freiheit und eine sichere Existenz bringen sollen, vernichtete sie erbarmungslos. Der Hof hing ihnen wie ein Klotz am Bein. Das Wertvollste, was er besaß, war ihm soeben von Gevatter Hein entrissen worden. Grenzenlose Wut kam ihm hoch. Redlich hatten sie geschaffen und nichts, aber auch gar nichts erreicht. In seinem tiefem Schmerz und Zorn ging er in den Stall und öffnete die Gatter. Die paar Tiere strebten augenblicklich ins Freie. Er nahm einen Span zur Hand, hielt ihn ins Herdfeuer und ließ ihn, als er angebrannt war, fallen. Das Kind saß neben der toten Mutter und schaute fassungslos dem Treiben zu. Decken und Möbel fingen Feuer. Qualm machte das Atmen schwer. Der Vater griff die Hand des Jungen, zog ihn hoch und zu sich an die Brust. »Komm Kleiner«, sprach er, »wir machen unser Glück anderswo.«

Sie liefen hinaus, über die nassen Felder und wie sie zurück schauten, stand der Kärpe-Hof schon komplett in Flammen.

Sie schauten nun nicht nochmal zurück und trabten auf das Dorf zu.

Die Sturmglocke wurde geläutete, die Menschen kamen zusammen, redeten durcheinander, einer brüllte den anderen an, einige waren mit Schießprügeln und Forken bewaffnet, Lachen, Lärmen, Toben, Begeisterung breitete sich aus. Es schrie: »Revolution!« und »Freiheit!« Und noch ehe Vater und Sohn sich besinnen konnten, waren sie umringt, empor gehoben und von der feiernden Menge zum freien Platz vor der Kirche getragen.

In der Tat war Revolution. Der Gutsherr, sein Verwalter, der Pfarrer und noch ein paar Obrigkeiten flohen. Das Dienstvolk öffnete Speichern und Kammern, nahm sich, was es raffen konnte, und zerstreute sich. Die Gottschimmer Bauern wählten eine Selbstverwaltung. An die Spitze setzten sie den Küster Walter Plempe.

Plempe war ein armer Mann, hatte eine Frau und eine Handvoll Kinder zu versorgen, bekam ein regelmäßiges Salär von der Kirche und Almosen von den Bauern. Er war der einzige wirklich gebildete und schriftkundige Mann in Gottschimm und Umgebung. Er unterrichtete den Gottschimmer Nachwuchs im Lesen, Schreiben und in Religion. Er redete viel von den Rechten der kleinen Leute, warb für festen Arbeitslohn für Knechte und Mägde und für die Entschuldung der kleinen Höfe, plädierte für eine Gemeinschaftsküche, eine ganzjährige Schule im Ort, Kinderbetreuung auch für die Kleinsten und für Altenpflege. Das hielten die Bauern für nicht machbar und übertrieben. Ihnen genügte, dass die bisherige Obrigkeit abgehauen war. Sie wiegelten ab, und als es ihnen langte, schickten sie Plempe mit den Worten heim: »Kümmer Dich um Deine eigenen Angelegenheiten. – Überhaupt, Du bist kein Hofbesitzer und hast uns gar nichts zu sagen.« Da zog sich Plempe zurück und meinte, die Zeit sei nicht reif für grundlegende Veränderungen.

In ihren Sitzungen palaverten die Bauern weiter, wussten nicht so recht, was werden soll und schließlich kümmerten sie sich nicht mehr um die Politik. Jeder werkelte in seiner Wirtschaft, wie es ihm gefiel. Viel Land blieb brach liegen. Es fehlte der ordnende Kopf. So verging der Sommer des Jahres 1848. Als der Herbst kam, mangelte es empfindlich an Nahrung, doch dies zu korrigieren, dafür war es jetzt zu spät. Die Gottschimmer darbten über den Winter und einige überlebten die harte Zeit nicht.

Kärpe überwand die Aufwallung seiner Seele rasch. Er mied Menschenansammlungen und Manifestationen, bereicherte sich nicht an den Hinterlassenschaften des Gutshofes, verdingte sich nirgends, sondern zog bescheiden und tief deprimiert mit seinem Sohn über Land. Sie lebten von Bettelei und schliefen unter freiem Himmel. Der missgestaltete, kleine Mann mit dem Kind an der Hand erregte überall Mitleid. So kamen sie ganz gut über den Sommer. Die ganze Zeit über grübelte Kärpe freilich, wie es weiter gehen soll. Ein Leben als Vagabund, so lieb ihm diese Freiheit auch geworden war, wollte er seinem Sohn nicht zumuten. Für den Winter brauchte das Kind ein festes Dach und geordnete Verhältnisse, eventuell jemanden, der es dauerhaft versorgt. Für sich selbst sah Kärpe keine Perspektive und hatte auch überhaupt keinen Ehrgeiz mehr. Da fiel ihm Plempes Schule ein.

Er klopfte an des Küsters Haus und bat um Aufnahme des Jungen in die Winterschule.

Plempe sah den Bittsteller von oben bis unten an, schickte seine prüfenden Blich über den Knaben und fragte: »Bist Du nicht der Hofbesitzer vom feuchten Winkel? Kommst spät. Warum ist das Kind nicht längst eingeschult? Und überhaupt, wo habt Ihr Euch die ganze Zeit rumgetrieben?«

Kärpe ward hereingebeten, ließ sich bewirten und erzählte seine Geschichte. Derweil nahmen Plempes Kinder, fünf Stück an der Zahl, neugierig Kontakt zu Michael auf, zeigten ihm ihr Spielzeug und sie freundeten sich miteinander an.

Als Kärpe seine Geschichte runter hatte, wiegte Plempe den Kopf und urteilte: »Ich will Dir ja nicht zu nahe treten. Aber mal ganz ehrlich: Wie blöd ist das denn? Zündet das eigene Haus an, läuft weg und überlässt das Kind der freien Natur.«

Kärpe fühlte sich schuldig. Sicher. Nur, kann denn keiner seine Verzweiflung verstehen? Er senkte den Blick, grummelte in sich hinein, dass Vorwürfe jetzt gar nicht nutzen. Er mochte nur das Kind unterbringen. »Ich bitte nicht für mich. Ich bitte für den Kleinen«, sagte er.

Plempe erwiderte: »Und legst die Verantwortung wie einen zu eng gewordenen Rock ab!« Kärpe rechtfertigte sich: »Siehst Du nicht, dass alles, was ich anfasse, misslingt?« Plempe dauerte der Mann. Noch mehr stieß ihm diese Weltuntergangsstimmung auf. Er lächelte und sagte: »Da hast Du also jetzt das ganze Tal durchschritten. Es ist an der Zeit, sich neue Ziele zu stellen.« Das verstand Kärpe nicht. Er schaute verunsichert. Was will mir der Mann?

Zur offen stehenden Stalltür hin rief Plempe: »Mutter, wir haben die Nacht zwei Gäste.« Die Hausfrau kam, überblickte die Szene und stöhnte halb mürrisch, halb belustigt: »Dacht' ich mir, dass Du wiedermal den Samariter spielst.« Sie wendete sich ihrer Arbeit erneut zu. Die Kinder jubelten: »Fein, Michael, Du darfst bleiben.«

Sie fanden Aufnahme im Haus der Küsters und der schmiedete hochfliegende Pläne.

An den langen Abenden im Winter von 1848 auf 1849 hockten sich die Männer und Frau Plempe mit den Kindern um die Heizstelle im kleinen Haus, erzählten einander und träumten sich in eine schöne Zukunft. Plempe hatte einen schier unerschöpflichen Fundus an Märchen und Sagen drauf und Kärpe wusste an Tiergeschichten sehr viel. Mehr noch: Eines Abends nahm Plempe unter geheimnisvollem Gebaren ein kleines, abgegriffenes Büchlein hervor. Die Kinder spannten sehr, denn das Vorlesen mochten sie. Und die Erwachsenen belächelten den Hokuspokus, den der Hausherr der unterhaltsamen wie spannenden Lektüre vorausschickte. Plempe schlug auf und begann: »Es gibt ein Land Utopia.« Mit sonorer Stimme ließ der Küster eine Welt auferstehen, wo es an nichts mangelt. Die Leute haben ihr Auskommen, schaffen gemeinschaftlich zum Wohle aller. Jeder hat sein eigen Haus und Garten. Die Kinder gehen in die Schule, bekommen Zeit zum Spielen und keins muss arbeiten oder darben. In dieser Welt ist jeder Tag voller Sonne. Mühe, Krankheiten, frühen Tod gibt es einfach nicht. Die Siedlungen sind von Licht und Luft durchflutet. Es gibt kein Oben und kein Unten. Alle Bürger Utopias sind gleich. Die Kinder werden verwöhnt, die Alten werden geachtet. Kein böses Wort, kein Neid, keine Bedrohung.

»Wo liegt Utopia?«, wollte Michael wissen und war bereit, sich sofort auf den Weg zu machen.

Die Kinder redeten aufgeregt durcheinander. Ja, auf nach Utopia!

Plempe antwortete: »Den Weg nach Utopia zeige ich Euch morgen. – Jetzt aber marsch, marsch ins Bett!«

Die Kinder trollten sich. Die drei Erwachsenen blieben noch beieinander.

»Wie kannst Du den Kindern so einen Floh ins Ohr setzen?«, warf Frau Plempe ihrem Mann vor. Sie wusste und fürchtete um seine heimlichen Bindungen und Gedanken. Sie kannte seine Vorliebe für zumeist verbotene Textsammlungen und sein schier unermüdliches Streben nach dem Unmöglichen.

»Mutter«, sagte er sanft, »man darf die Dinge nicht so stehen lassen, wie sie stehen. Und seht mal«, verschwörerisch senkte er die Stimme und schob sich ganz dicht zu den Seinen heran, »mit Kärpe ist uns die Lösung aller Sorgen ins Haus geschneit.« Er legte dar, dass der Hofbesitzer, zwar ein Dussel war, wie er sein Haus anzündete, aber im Grunde damit ein Signal setzte, nämlich das Signal, endlich etwas Neues zu beginnen. Der Kärpe-Hof liegt wüst und will wiederbelebt werden. Land ist in Hülle und Fülle vorhanden. Wenn nun also das Frühjahr kommt, ziehen sie mit Kind und Kegel hinaus, bebauen die Felder, befruchten den Garten, erwerben etwas Vieh, errichten ein Wohnhaus und gründen eine Kinderkolonie. Das Wort »Kinderkolonie« sprach Plempe mit feierlicher Würde aus und ließ dann eine Pause. Seine Zuhörer hielten den Atem an und dachten: Wie irre ist das denn? Plempe fühlte Zurückhaltung und legte nach: »Längst ist eine ganzjährige, feste Schule fällig, herumziehendes Volk gibt es genug, mehr noch: Es gibt verwahrloste, gar nicht oder kaum versorgte Kinder. Bildung tut Not. Wer hindert uns, endlich was Ordentliches auf die Beine zu stellen?«

Er redete noch lange.

Schließlich entzündeten sich Frau Plempe und Kärpe dann doch an seinem Eifer. Es lag ja auf der Hand: Der Kärpe-Hof bot das ideale Terrain.

Am nächsten Morgen mummelten sie die Kinder in Tücher und Decken ein, kleideten sich selbst in warme Sachen und stapften hinaus zum Kärpe-Hof. Ringsum glänzten die Felder in festlichem Weiß, die Trümmer des Anwesens hatten eine dicke Schneekappe aufgesetzt und über allem strahlte die eiskalte Wintersonne. Plempe baute sich am Rand des Hofes auf und entwickelte, wie ein Heerführer dozierend, den Plan, wo, was, wie aufgebaut wird. Seine Vorstellungen von der Kinderkolonie erstreckten sich über nützliche Tätigkeiten, Spielen und Erholung gleichermaßen. Das Wichtigste aber, was sie alle hören wollten, war, dass jeder satt zu essen bekommt, seine eigenen Fähigkeiten entsprechend bei allem mithilft und sich am Ende nur Freude und Frohsinn ausbreiten werden.

Der Frost biss in Füße und Nasenspitzen. Die Mutter mahnte den Rückweg an. Sie zuckelten heim, hockten sich in der warmen Stube zusammen und hatten nur noch ein Thema und eine Sehnsucht: Den Wiederaufbau des Kärpe-Hofes und das Frühjahr.

An einem schönen sonnigen Frühlingstage, als die Felder einigermaßen abgetrocknet waren, einige Bauern bereits draußen schafften, die Vögel sich übermütig in die neue Jahreszeit sangen, luden sie ihren gesamten Hausstand auf einen Wagen und machten sich auf den Weg zum Kärpe-Hof. Rasch waren die notwendigen Arbeiten verteilt, sie schufen Hand in Hand und binnen weniger Tage war eine halbwegs passable Unterkunft aufgebaut. Augenblicklich machten sie sich an die Feldarbeit und beackerten auch den Garten. Kärpe handelte geschickt bei den Bauern einiges Viehzeug ein. So kam auch wieder Leben in die Gatter und in den Stall. Auch wenn dies alles längst nicht nach großem Reichtum und überbordendem Wohlstand aussah, so hatten sie doch ihre Aufgaben und ihr Auskommen. Das Wichtigste aber, nämlich die Ausbildung der Kinder ließ Plempe nicht aus den Augen. Jeden Abend nahm er die Kinder herbei, unterwies sie im Lesen, Schreiben, Rechnen und in Religion.

Die Bauern von Gottschimm beobachteten das Treiben auf dem Kärpe-Hof zunächst mit Skepsis. Neuerungen, das Andersartige haben ja immer auch etwas Befremdendes an sich. Bald sahen sie jedoch, wie Plempe alle streunenden Kinder in sein Haus aufnahm und die Kolonie sich zusehens auf dreißig, vierzig Bewohner vergrößerte. Das brachte Ruhe und Ordnung in den Ort, und wer ein Herz für die Kinder hat, der gewinnt auch die Erwachsenen, zumindest die meisten. Sie ließen ihn gewähren. Und er bewährte sich. Der Schlüssel seines Erfolge war, dass er Rechte und Pflichten auf alle gleichermaßen verteilte. Wer essen wollte, musste auch seinen Anteil leisten, das Gemeinschaftswerk ganz und gar nach seinen Fähigkeiten befruchten. Emsig schafften sie.

Freilich entwickelte sich die ganze Sache nicht gänzlich sorgenfrei. So gern die Kinder den trockenen

Schlafplatz und regelmäßige Mahlzeiten auch annahmen, die Pflichten zur Mitarbeit scheuten einige. Die Jüngeren waren noch unverdorben und leicht zu lenken. Aber etliche Halbwüchsige widersetzten sich nach kurzer Eingewöhnung und lebten einen faulen Tag. Kinder, die irgendwo ausgesetzt wurden, bettelnd und stehlend durchs Land zogen, sich einzeln oder in Rotten durchschlugen, sind dem mühevollen Lernen und gezieltem Tätigsein eher abgeneigt. Für friedfertige Appelle waren sie unempfänglich und Plempe raufte sich die Haare. Es widerstrebte ihm, die Zuchtrute zu ergreifen, und doch sah er sich genötigt, sollte nicht alles verderben, ein oder zwei der Größeren anständig durchzuwalken und dann, so bitter es klingt, hinauszuwerfen. Er zog seine Frau und Kärpe zur Beratung herbei.

Ein Exempel war also zu statuieren. Wen sollten sie abstrafen? Sie gingen den einen wie den anderen Faulpelz durch und fanden bei jedem der Knaben und Mädchen doch noch einen guten Kern, der es ihnen schwer machte, gerade dieses Kind zu verdammen. Leicht fiel die Wahl nicht. Schließlich hatten sie eine Gruppe aus zehn Aufsässigen zusammen, von denen jeder in Betracht kam und den sie zugleich aus tiefstem Herzen bedauerten.

Kärpe fand die Lösung: »Lässt man alle zehn ziehen, dann werden sie sich auf der Straße zusammentun und gemeinsam durchschlagen. Ich denke also: Warum lässt man sie ziehen? Sie können sich auch hier zusammenraufen. Wir geben ihnen ein Haus, ein Feld, ein paar Tiere, etwas Holz und so weiter. Klar, werden sie faulenzen. Doch am Abend ist die Stube kalt und der Topf leer. Das schmerzt. Das schmerzt mehr als alle Schläge, und sie werden nach ein oder zwei Wochen anfangen zu arbeiten. Freiwillig und ganz ohne Prügel. Wir bleiben konsequent, passen auf sie auf, helfen, wenn sie Hilfe wollen, haben sie in Obhut und überlassen sie doch sich selbst.«

»Eine eigene Kolonie in der Kolonie?«, grübelte Plempe, »sie werden außer Blödsinn nichts anderes im Kopf haben und verderben uns die Kleinen noch mehr.«

Kärpe blieb dabei: »Vertrauen. Jeder von denen hat einen guten Kern. Wir nehmen sie herbei, erklären ihnen die Lage: Entweder Selbstversorgung oder Ausweisung. Das muss doch zu verstehen sein.«

Grummelig, nicht ganz überzeugt, aber es als letzten Chance erkennend, trennten sie die Renitenten von den Übrigen. Die schauten nicht schlecht, als ihnen der Stall als Unterkunft zugewiesen wurde. Mehr gab es eben nicht in der kleinen Wirtschaft, was man hätte ihnen geben können. Dazu kam die Erklärung: »Baut Euch was auf. Was Ihr aufbaut, gehört Euch. Von uns kommt nichts mehr. Versorgt Euch allein.«

Da saßen sie nun im dunklen, kalten Stall und wussten, dass sie den Bogen überspannt hatten. Sie hatten die Wahl: Weglaufen und sich wieder der Straße anvertrauen oder hierbleiben und sich befleißigen. Zwei der Größeren entschieden, noch in dieser Stunde fortzugehen, schnürten ihr Ränzlein und waren nicht mehr zu sehen. Die anderen acht blieben, rauften sich zusammen und bildeten mit der Zeit eine zuverlässige, leistungsfähige Schar anständiger Arbeiter.

Der Sommer des Jahres 1849 brachte neue Veränderungen nach Gottschimm. Ein lärmender Trupp Bauleute zog über die gutsherrlichen Felder und durch den Wald. Sie schlugen mitten auf dem Acker ein Lager auf, errichteten Baracken und Zelte, ließen aus ihren Feuerstellen reichlich Qualm aufsteigen und schafften wie die Ameisen. Die gottschimmer Bauern eilten hinaus, um zu sehen, was sich tut. Es tat sich folgendes:

Sie bauen eine Eisenbahnlinie. Das war eine Sensation. Gottschimm war bis dahin ein Nest am Ende der Welt. Nun sollte die Eisenbahn den Ort mit den großen Städten, Landsberg und Berlin, ja mit der ganzen Welt verbinden. Manche glaubten das nicht, andere waren von dem Projekt begeistert. Mit dem Bauwerk vergrößerte sich Gottschimm, denn die Arbeiter begehrten Quartier und Nahrung und bevölkerten mit Kind und Kegel die Gegend.

Der Gutsinspektor Wilhelm Runge kehrte auf das herrschaftliche Anwesen zurück. Im Land hatte sich alles beruhigt. An Leib und Leben drohte ihm keine Gefahr mehr. Von der Eisenbahnbaustelle zog er mit günstigen Angeboten einige Leute ab und machte sich an Aufräumen und Wiederherstellen der Wirtschaft. Die war jetzt überschaubar, weil etliches gutsherrliche Land an die Eisenbahngesellschaft abgegeben worden war. Nichts desto trotz blühte der Gutshof erneut auf und bot Runge ein angenehmes Dasein. Mehr noch: Runge hatte gelernt. Seine Knechte und Mägde waren jetzt freie Arbeiter, konnten kommen und gehen, wie es ihnen beliebt. Er verpflichtete niemanden mehr gegen seinen Willen und über lange Zeit. Er entlohnte täglich, Leistung gegen Geld oder Lebensmittel. Wem etwas nicht passte, der mochte sich aus dem Staube machen. Arbeitswillige drängten zu Hauf herein. Die Praxis bewährte sich.

Pfarrer Engelbert Neunübel nahm ebenfalls seine angestammten Platz wieder ein. Seinen Schrecken aus Revolution und Umsturz hatte er überwunden. Er schaffte mit harter Hand Ordnung. Er predigte den Gläubigen Erlösung und drohte den Ungläubigen mit dem Fegefeuer.

Küster Plempe war ihm abhanden gekommen und nicht mehr als Helfer für die Kirche zu gewinnen. Also suchte er sich einen anderen Mann und richtete mit dem im alten Küsterhaus wieder eine Schule ein. Die war allerdings spärlich besucht, weil die meisten Eltern ihre Kinder lieber in die Kinderkolonie schickten, als sie im Küsterhaus durchprügeln zu lassen. Letzteres war nicht etwa plötzlich aufkeimendem Bildungshunger geschuldet. Darum ging es gar nicht. Es fiel aber angenehm auf, wie entspannt und glücklich die Kinder nach ihren Lektionen bei Plempe heimkamen, wie bereitwillig sie im Haus und auf dem Feld mithalfen, wie vernünftig sie den Erwachsenen gegenübertraten. Das wärmte ihnen das Herz, machte das Klima im Ort freundlich und milderte die Sorge um den Nachwuchs. Schlussendlich punktete Plempe auch für sein Projekt, weil er täglich alle Kinder zum Mittagstisch rief. Das alles stach nun wiederum den Pfarrer, der zurecht im Kärpe-Hof eine starke wirtschaftliche und ideologische Konkurrenz sah. Er sann darauf, einen Plempe und seine Mannen zu Fall zu bringen. Eine Lösung fand er nicht. Die kam aus ganz unerwarteter Richtung.

Die Bahnlinie war als kürzeste Verbindung zwischen Ost und West gedacht. Wie eine Walze kroch die Baustelle durch die Landschaft, riss weg, untergrub, planierte, hatte die Siedlung bereits tangiert und fraß sich nun schnurgerade über die Felder auf den feuchten Winkel zu, um dann im jenseitigen Wald zu verschwinden. Als die Ingenieure das Land vermessen hatten, lag der Kärpe-Hof wüst und niemand dachte daran, etwa einen Besitzer ausfindig zu machen, zu befragen oder eine alternative Streckenführung in Betracht zu ziehen. Genau dass geriet jetzt zum Problem. Unaufhaltsam rollte der Strang mit Schwellen und Schienen auf den Kärpe-Hof zu. Er nahm keine Biegung vor, obgleich dies sowohl technisch mit geringer Mühe als auch finanziell ohne viel Aufwand möglich gewesen wäre.

Eines Tages im Sommer des Jahres 1851 stoppte der Bau abrupt und die Vorarbeiter meldeten der Direktion: »Da sind Häuser, Stallungen, Gärten, Menschen im Weg.« Die Hofleute eilten hinaus und vermerkten entsetzt: »Wollen die über unsere Köpfe hinweg bauen?« Die Kinder drängte sich furchtsam an die Erwachsenen und die Halbwüchsigen bewaffneten sich mit Forken und Knüppeln.

Die Bauherren befragten ihre Unterlagen und die Advokaten. Ingenieure und Rechtskundige bedachten sich: Entweder die Strecke ein ganzes Stück zurückbauen und eine Kurve anlegen oder den Hofbesitzer entschädigen und in der alten Spur bleiben. Beides war freilich teuer, aber jetzt nicht mehr zu ändern. Sie entschieden sich, den Hofbesitzer abzufinden, denn dieses Verfahren versprach, bei cleverer Verhandlungsführung immernoch kostengünstiger zu sein, als etwa die Strecke zu verlegen. Ein guter Anwalt wurde bestimmt und der begab sich schnurstracks auf den Kärpe-Hof.

»Ist der Hofherr daheim?«, fragte er, als er das Anwesen betrat. Kärpe meldete sich und um ihn herum liefen die Kinder zusammen. »Wir gehen mal wohin, wo wir ungestört reden können«, bestimmte der Advokat.

Sie hockten sich in der Veranda des Haupthauses. Der Advokat gab sich großmütig: »Sie haben hier ja einiges investiert und gebaut. Das will taxiert werden. Entsprechend sieht dann unser Angebot aus.« Kärpe hatte nicht die Absicht, klein beizugeben. Wenn sich Vertreibung nicht vermeiden ließ, dann musste ein anständiges Sümmchen abfallen. Er fächerte auf, was sie alles geschaffen hatten. Der Advokat gab sich verständnisinnig und sagte freundlich: »Nun lassen Sie uns der Ordnung halber noch die Papiere durchgehen.«

Papiere? Papiere!

Kärpe hatte keine Papiere. Er konnte nichts vorweisen, was ihn als Hofbesitzer legitimierte. Der Kauf war seinerzeit von einem Notar aus der Stadt beurkundet worden. Die Urkunde nahm der Mann mit sich.

Der Advokat fragte: »Wie hieß der Mann?« Kärpe antwortete: »Ich erinnere es nicht.« – »Na dann«, stellte der Advokat in bedauerndem Tonfall fest, »dann können wir nichts machen. Ohne Beweise kein Geld.«

Kärpe fuhr hoch: »Aber alle wissen doch, dass ich hier jahrelang gewirtschaftete habe.« Er redete sich in Rage: »Man kann den Anwalt suchen, den Kadi anrufen. Es ist mein gutes Recht.« Er schloss: »Fragen sie die Bauern, jeder Gottschimmer weiß Bescheid!«

Der Advokat ließ Kärpe reden und als der fertig war, erhob er sich und sagte leise zischend: »Das Einzige, was bei einem Prozess rüber kommt, ist, dass Sie jahrelang widerrechtlich auf fremdem Grund gehaust haben. Abgesehen von fälliger Pacht und Strafe, schneit es Ihnen dann noch Prozess- und Anwaltskosten ins Haus. Wollen Sie das wirklich?«

Kärpe blickte konsterniert auf den gelackten Mann, begriff und schüttelte kraftlos den Kopf.

»Einen gut gemeinten Rat, Herr Kärpe: Verziehen Sie sich ganz still, bevor Ihnen jemand drauf kommt.«

Die Eisenbahnbaustelle schob sich weiter vor.

Nach der Vertreibung Plempes und seiner Kinder fanden sich Kärpe und sein Sohn auf dem Gutshof ein und baten untertänig um Arbeit. Es blieb ihnen ja auch gar nichts anderes übrig. Sie hatten die Wahl: Entweder sie folgten dem enthusiastischen Lehrer und seiner Schülerschar in eine ungewisse Zukunft – er sprach von Auswandern – oder sie verdingten sich zu den üblichen Bedingungen auf dem Hof. Inspektor Wilhelm Runge nahm sie gnädig in Dienst und gewährte Unterkunft im Gesindehaus.

Kärpe war freilich zu nichts mehr tauglich: Alt, desillusioniert und verkrüppelt, wie er war, konnte er bestenfalls noch kleine Handlangerarbeiten leisten. Das schätzte Runge völlig real ein. Er spekulierte auf den Jungen.

Der war körperlich am Aufblühen, kam gerade in sein dreizehntes Lebensjahr, und war geistig bestens konditioniert. Lesen, Schreiben, Rechnen stellten kein Problem dar, und Dank der Unterweisungen und Erfahrungen in der Kinderkolonie, überblickte er spielend ein großes Anwesen. Mit ein wenig Druck, Ausstreuen von Existenzängsten und Ausnutzung der Liebe zum Vater, konnte sich Michael zum idealen Verwalter des Gutshofes entwickeln. Runge beabsichtigte nicht, sich etwa eine Konkurrenz heranzuziehen, sondern einen willfährigen Stellvertreter und Nachfolger.

Wie der Junge dann von früh bis spät schuftete, auf jeden Fingerzeig hin gehorchte, überall beisprang, geschickt jede Aufgabe stemmte, sah Runge seinen Plan aufgehen. In der Tat arbeitete Michael für zwei. Ihm war vollkommen bewusst, dass er seines Vaters Duldung, Essen, Schlafplatz mit seinem Einsatz erkaufte. Soviel zum einen.

Anderseits tat ein guter Vorarbeiter tatsächlich dringend Not auf dem Herrenhof. Arbeitskräfte, vorallem Frauen und Kinder, liefen ihnen zu Hauf zu. Daran mangelte es nicht. Nur die waren mürrisch und unwillig, überhaupt nicht motiviert, verstanden die Sprache kaum, verständigten sich in einem Kauderwelsch aus Deutsch und sonstwas und befanden sich in ganz übler Verfassung.

Diese Arbeiter kamen aus dem Osten. Sie bildeten einen Teil des nie abreißenden Stromes heimatlos gewordener Polen. Freilich wollten sie ein festes Einkommen und ein ständiges Dach über dem Kopf haben. Aber das bot sich ihnen kaum. Ihre Lage war nicht gerade rosig. Als billiges Arbeitsvieh waren die Polen willkommen. Als Nachbarn, etwa gleichberechtigte Bewohner der Gemeinde Gottschimm sah sie niemand. Da kamen und gingen diese Leute, offenbar, wie es ihnen beliebt und ihr Geldbeutel zuließ, erledigten die Arbeit halbherzig, stumpf und liederlich.

Wilhelm Runge war in die Jahre gekommen, noch träger und fetter als vordem. Sein täglich Werk bestand in einem Rundgang, sich Bericht erstatten zu lassen, das Arbeitsaufkommen zu überblicken, abzustrafen und Lohn zu verteilen. Selbst Letzteres besorgte er nicht mal mehr selbst. Dafür hatte er hatte er seinen Stamm an Untertanen. Eine Handvoll Jungen auf dem Dorf, die ihm wie Michael zugelaufen und verpflichtet waren, stattete er als Aufseher, Zuträger und Vollstrecker aus. So hielt er die Wirtschaft zusammen, lebte einen guten Tag, zog seine Pfründe aus dem Unternehmen ab und machte sich für den immer auswärts weilenden Hofbesitzer unentbehrlich.

Jahre vergingen. Michael wurde groß und stark. Runge bevorzugte ihn, gewährte ihm bald so manche Freiheit und sah in ihm den rechten Nachfolger auf dem Hof.

Michaels nunmehr privilegierte Stellung erlaubte ihm, öfter als anderen, sich in der Gegend umzusehen, sich ein Bild von den hiesigen Gegebenheiten zu machen, und außerdem verfügte er über einen wachen Verstand und hatte sich einen offenen Blick bewahrt.

In Gottschimm gab es also den Gutshof mit seinem archaischem Gefüge aus Landarbeit, Obrigkeit und Dienstvolk. Dann existierte da noch das Dorf mit Bauern, kleinen Höfen und so weiter, wie eh und je. Soweit das Überkommene. Neu und inzwischen fest etabliert war die Eisenbahn mit Bahnhof, Bahnwerkstatt, entsprechenden Arbeitskräften und einer vom Dorf separierten Werkssiedlung. Außerdem gehörte zu Gottschimm nun auch ein an der aufgestauten Schimme angelegtes modernes Sägewerk, dessen Arbeiter in der Nähe wohnten. Ganz am Rande des Ortes hausten seit einiger Zeit eine Künstlertruppe in ihrer Wagenburg. Um die kümmerte sich fast niemand. Nur an Dorffesten, Markttagen waren sie mit ihren Aufführungen an Akrobatik, Tanz und Gesang gern gesehen.

Michael ging herum, schaute, unterhielt sich mit den Leuten, lernte dazu und nährte nach wie vor die uralte Idee von Utopia, denn die Widersprüche taten sich ihm ganz klar auf: Hier die Arbeiter, dort die Reichen. Mehr Egalität und es würde allen gut gehen. Hätte Michael nicht seinen Vater im Schlepp gehabt, wäre er längst auf und davon. Mochte es anderswo eventuell leichter und schöner sein? War Lehrer Plempe irgendwo zu Erfolg gekommen?

Es kam der Dezember des Jahres 1857. Die Winterarbeit in der Landwirtschaft braucht nicht viele Leute. Die meisten Polen waren fort gezogen. Diese oder andere werden sich im nächsten Frühjahr wieder einfinden. Auf dem Hof werkelte die Stammbelegung und freute sich auf das Schönste und Beste: Das Schlachten.

Die Tage sind kurz und meistens sehr dunkel, draußen herrscht schon klirrender Frost, der Schnee liegt hoch. Da werden in den frühen Morgenstunden die Kessel angeheizt, Wasser in großen Töpfen und Wannen wird herbeigeschafft, die Öfen bullern, der Schornstein raucht, Stricke und Messer liegen bereit, das Vieh murrt unruhig, der Schlachter krempelt sich die Ärmel auf, öffnet den Krug und gießt reihum den Mägden und Knechten, den Aufsehern und den Untergebenen, eben allen ihr Quäntchen Brandwein ein. Er hebt seinen Becher, lacht dem Volk zu und spricht: »Auf gutes Gelingen!« Sie trinken, setzen ab und kommen in Hochstimmung.

An keinem Tag herrscht auf dem Hof soviel Einvernehmen und soviel gute Laune wie am Schlachtetag. Das hat seinen tieferen Sinn: Niemals kann einer allein, an die fünf oder manchmal sogar zehn Schweine, etwa in aller Heimlichkeit, abstechen und das Fleisch zum Verzehr zubereiten. Es braucht Helfer aller Art und denen kann man nicht das Maul verbinden. Also bekommen sie an diesem Tag Essen und Trinken satt. Sie schaffen unermüdlich und mit hohem Einsatz. Sie fressen einmal im Jahr, dass ihnen die Wänste zu platzen drohen. Das ist ihr Lohn für ein Jahr Darben und Verzichten.

Das erste Schwein wird herangeführt, gebunden, abgestochen, hochgezogen, die Magd rührt das Blut ...

Die Sonne diesen kurzen Wintertages senkte sich dem Horizont zu, als die fleischigen Wohlgerüche aus Räucherkammern und Kesseln um Häuser und Stallungen zogen. Die Leute waren schon am Aufräumen, die Aufseher zogen sich in ihre Stuben zurück, der Schlachter reinigte sein Werkzeug, satte, trunkene Mattigkeit breitete sich aus, letzte Verrichtungen wurden nur mit Mühe noch erledigt.

Es ging wie Schellengeläut über den Hof, ein fröhliches Lachen und Singen drang durch die Räume und lockte die Hofleute neugierig noch einmal ins Freie. Gaukler waren eingetroffen. Mägde und Knechte überwanden ihre Müdigkeit und verfolgten freudig das seltene Spiel. Die Artisten sprangen herum, schlugen Rad und Salti, hopsten, grätschten in der Luft die Beine, ein Reigen Mädchen formte sich zum Tanz, Männer zupften und strichen ihre Instrumente, wiegten sich rhythmisch, sangen. In rascher Folge wechselten die Darbietungen. Die Hofleute schunkelten mit, applaudierten, feuerten an.

Nach einiger Zeit war alles gezeigt, das Repertoire erschöpft. Die Gaukler verbeugten sich vorm Publikum. Ein Mädchen, klein, spillig, im bunten Kleidchen, sichtlich aufgemotzt, mit Schleifen im Haar, ging mit dem Sammeltöpfchen herum. Die Aufseher ignorierten das Kind. Das Dienstvolk kramte verlegen in Taschen und Kleidern. Es war nichts drin. Peinlichkeit breitete sich aus. Sie schauten nach der Küche und wussten dort die vollen Töpfe. Konnten sie von den Würsten, Speckseiten, dem Eingesalzenen und Gepökelten etwas abzweigen? Die Keller, Mieten und Speicher waren zum Bersten voll.

Michael trat zu dem Mädchen, griff seine Hand, führte es vor Wilhelm Runge und sagte: »Herr, wir bitten um eine milde Gabe.« Er beugte das Haupt und die Knie. Das Kind schaute hoffnungsvoll. Runge herrschte: »Macht, dass Ihr fort kommt, Zigeuner! Sonst lasse ich die Hunde raus! – Feierabend!«

Das Dienstvolk trollte sich, die Gaukler jagten vom Hof und Michael stand betroffen und beschämt noch sehr lange draußen in der kalten Winternacht.

Gegen Morgen raffte er sein Zeug zusammen. Es war nicht viel, nur eine derbe Hose, eine Jacke, etwas Wäsche. Geld hatte er nicht. Woher auch? Er hatte nur für Wohnung und Essen gearbeitet. Zum Vater sprach er: »Alter, so leid es mir im Herzen ist. Mich ruft die Welt. Ich muss Dich verlassen.«

Kärpe barmte nicht. Er hatte es so kommen sehen. Er hing dem Jungen wie ein Klotz am Bein. Das wollte er ihm nicht zumuten. Der Junge hatte wahrlich Besseres verdient. Nun werden sie scheiden. Er sagte: »Ich wünsche Dir Glück. – So Gott will, sehen wir uns wieder. Ansonsten sehen wir uns im Himmel.«

Michael nahm die winterlich weiße Landstraße unter die Füße.

Wenig später stahl sich Kärpe vom Hof. Er stolperte, stampfte, humpelte über die Felder, legte sich dann längsseitig der Eisenbahn in einen Graben und wünschte sich unter der freundlich lächelnden, eiskalten Wintersonne einen raschen Tod.

Michael Krumm lief und lief.
Sein Aufbruch war unüberlegt, ausschließlich von Träumen und seinem Ehrgefühl gespeist gewesen. Ohne Geld, ohne Nahrung und vorallem ohne Arbeitspapiere kommt man nicht weit. Wie wollte er durchkommen, wo unterschlüpfen, wie sein Fortkommen bestreiten?
Obgleich die normalen Aussichten gegen Null tendierten, hatte Michael ein unglaublich großes Kapital auf seiner Seite. Das bestand aus seiner guten Kondition und seinem wachen Verstand. Er lief immer gen Osten, behielt die Richtung stur bei und klopfte gegen Abend an die erstbeste Tür.
Es war das Haus eines Schreinermeisters.
Der kräftige, gesund ausschauende, junge Mensch wurde hereingebeten. »Was darf es sein?«, fragte der Hausherr. Michael antwortete: »Ein Nachtquartier, ein Abendbrot, und ich würde es abarbeiten.« Der Schreiner lachte. Im Winter braucht niemand einen Handlanger, aber die unverblümte Art des Bittstellers gefiel ihm. Außerdem sind die Winterabende lang. Eine gute Unterhaltung ist mit nichts aufzuwiegen. Er entschied: »Kannst bleiben.«
Michael blieb zwei Jahre und lernte die Tischlerei.
Das war ein einträgliches Geschäft. Überall wurde besiedelt und gebaut. Der Meister konnte sich vor Aufträgen kaum retten. Er lobte sich den anstelligen, geschickten und intelligenten Jungen.
Der hatte allen anderen Lehrlingen viel voraus. War es allgemeinhin üblich, acht- bis zehnjährige Knaben in die Lehre zu geben und sich mit ihnen viel Ärger einzuhandeln, so war dieser hier bereits diszipliniert und kräftig genug, alle anstehenden Arbeiten punktgenau

zu erledigen. Er litt nicht unter Heimweh, er mäkelte nicht am Essen herum, er schlief nicht während der Arbeit ein. Er stemmte schlichtweg jede Anforderung.

Als der Meister alles gezeigt, seine Kunst restlos verausgabt hatte, schlug er Michael vor, als zweiter Mann der Werkstatt vorzustehen und das Geschäft später sogar als Alleinerbe zu übernehmen.

Michael lehnte ab. Er war auf der Wanderung und suchte Utopia. Das hatte er nicht vergessen. So lieb ihm die Tage hier waren, so reich er sich beschenkt fühlte, er musste weiter. Er bat um Papiere, wurde schweren Herzens entlassen und war ab Frühjahr 1859 wieder auf der Landstraße unterwegs.

Richtung und Ansinnen blieben. Immer nach Osten und immer auf der Suche nach dem gerechten, sonnigen Land.

Was trieb ihn nun konkret an? Was hatte er vor?

Utopia und die Geschichten seines Lehrers Plempe allein waren es nicht. Michael hatte in den vielen Abendstunden unterm Dienstvolk auf dem Gutshof den sehnsüchtigen Berichten der polnischen Mägde und Knechte gelauscht. Mitreden konnte er nicht, dafür mangelte es ihm an Erfahrungen, und oft genug verstand er auch ihre Sprache nicht. Aber eins hängte sich fest, formte sich zu einem klaren Bild und brannte sich ihm ein. Im Osten, in der Stadt Gniezno steht die heilige Wiege der Freiheit. Alles, aber auch alles, ist dort reicher, schöner, farbiger. Die Menschen teilen ihre Lasten und die Freuden, sind hilfsbereit und grenzten niemanden aus, sie leben in Wohlstand und Frieden. Mit einem Wort: Gniezno ist das Paradies. Allerdings vertrieb man sie aus dem Paradies, wie einst Adam und Eva fort gejagt worden waren. Da fühlte sich Michael berufen, diesen fantastischen Ort zu finden, die Ursache der Vertreibung auszuforschen, sozusagen den Fluch zu brechen und ganz und gar als der Retter der Verdammten, den Armen das Werkzeug zu Wohlstand und Seligkeit in die Hand zu legen. Hier vermischten sich Traum und Wirklichkeit, Legende und Wahrheit. Michael war jung, gut ausgebildet und voller Enthusiasmus. Er strebte einem edlen Ziel entgegen.

Nach nicht einmal fünf Tagen bildete sich das Ziel als graue, in Nebel gehüllte, verwitterte, unwirtliche Stadt am Horizont ab.

Das hatte sich Michael ganz anders gedacht. Sonnig, freundlich, einladend, lebendiges Volk, das jubelnd Gäste willkommen heißt. Freilich war heute ein Regentag, die Wolken hingen tief, die Menschen mochten daheim hocken, aber das, was sich ihm jetzt schon aus der Ferne bot, konnte bei näherem Hinschauen nur noch schlimmer werden. Verunsichert, missgestimmt fragte er Passanten: »Gnesen? Ist das Gnesen?« Er war gut unterrichtet und gewarnt. Polnisch durfte man nicht sprechen, sich nicht als Polenfreund outen. Er sagte »Gnesen« statt »Gniezno«. Die Leute nickten, einige schnauften betreten, als hätte es ein Geheimnis mit der Stadt oder etwas Verwunschenes.

Das befeuerte nun wiederum seine blühende Fantasie und hob seine Laune wieder an, und er schritt wacker auf die Stadt zu.

Er suchte und fand einen Schreiner, Meister Gommel, ließ sich anstellen und richtete sich ein.

Von nun an lebte er einen ruhigen Tag. Viel Arbeit gab es nicht, obgleich die Stadt fleißige Hände gebraucht hätte. Etliches war in vergangenen Kriegen, Kämpfen, Belagerungen, Besetzungen zerstört, heruntergekommen, nicht wieder aufgebaut. Aber die Bewohner von Gnesen ficht das nicht an. Sie bummelten, trödelten, gammelten vor sich hin. Sie gaben sich mit dem zufrieden, was sich ihnen bot, lebten von der Hand in den Mund und kümmerten sich nicht um das, was um sie herum geschieht.

Oberflächlich betrachtet, konnte man meinen, dass hier ein faules Pack lebt und es nicht besser verdient hat, als in verfallenen, stinkenden Quartieren vor sich hin zu vegetieren. Einige der reicher Betuchten und sich besser Dünkenden, auch Durchreisende, rümpften tatsächlich die Nase und sagten abfällig »Polenwirtschaft«. Aber Michael war klaren Verstandes und sensibler Natur. Er sah gebeugte Rücken, sich hinschleppende Kreaturen, traurige Augen, verzweifelte Züge. Das erregte sein Mitleid und forderte ihn. Er durchstreifte wieder und wieder die Stadt und die Umgebung, immer auf der Suche nach Erklärungen.

Eines Nachmittags kehrte er von einem ausgiebigen Spaziergang heim. Meister Gommel hockte mit einem Kunden in der Werkstatt. Michael wollte nicht stören und rasch vorbei schlüpfen, da rief ihn der Meister an: »Junge, das kannst Du übernehmen. Geh' mit dem Herrn Kasimir mit und nimm Maß.« Michael trat heran, grüßte und sah: Der Herr ist ein Priester, in vornehmes Gewand gekleidet und von sehr angenehmer Erscheinung, gütig lächelnd, Milde ausstrahlend.

Er nahm sein Werkzeug und folgte dem Herrn.

Sie liefen durch die Gassen, verließen die enge Bebauung und schritten auf den Domberg zu.

Die altehrwürdige Kirche thronte oberhalb der Stadt auf einem Hügel, reckte ihren Turm kühn in den Himmel. Ihre aufragenden Mauern kündeten von hoher Baukunst, ließen den Betrachter achtungsvoll erschaudern. Aber auch diesem Bauwerk war beschieden, was die ganze Stadt litt, nämlich Verfall, unliebsame Pflege, ein heruntergekommenes Dasein.

Michael war wahrlich kein Kenner der Architektur und auch noch nicht viel in der Welt herumgekommen, doch ihn dauerte dieses Gotteshaus, das weder dem Herrn noch seinen Jüngern zum Ruhm gereichte. Freilich waren die Mauern fest, auf Jahrtausende angelegt, aber herabfallender Putz, bröckelnde Steine, löchrige Abflussrinnen, Wasserflecken kündeten vom nahen Ende.

Der Priester zog einen großen Schlüssel aus seinem Gewand, öffnete ein hölzernes Türchen im Seitenflügel, ließ Michael eintreten, folgte ihm, schloss hinter sich wieder ab, und sie standen im sakralen Raum. Dunkel, muffig, kalt gähnte über ihnen das hohe Gewölbe. Michael sah sich erschaudernd, beklommen um. Sie schritten weiter. Der Priester zeigte zum steinernen Altar. Sie gingen dorthin. Aller Schmuck war entfernt. Wunden gleich, zeigten sich jene Stellen, die einst wertvolle Skulpturen und Schnitzwerk getragen hatten.

Michael entsetzte sich: »Wie kann man eine Kirche derart verkommen lassen!« Er wusste, dass ein Priester der Sachwalter Gottes irdischer Gemächer ist. Er klagte: »Wie die Kirche, so die Stadt. Muss Euch nicht beschämen, hoher Herr, was Ihr hier treibt?«

Kasimir lächelte wissend. Hier begegnete ihm einer, der sich nicht gleichgültig oder abfällig äußert, einer, der sich interessiert und Anteil am Schicksal seiner Gemeinde nimmt. Dieser Tischler gefiel ihm.

Er sprach: »Was glaubst Du, warum das hier so aussieht? Keine Gottesdienste, nur mein kleines Bitten und Andachten. Denkst Du nicht, dass die Leute gern hier herauf pilgern würden, wenn es ihnen erlaubt wäre? Nicht gern spenden, sich für ihr Heiligstes opfern würden?«

»Ja, warum nicht?«, fragte Michael konsterniert.

Der Priester lenkte ihn hinter den Altar. Dort gab es eine Falltür im Boden. Er hob das schwere Brett an, legte es um, deutete hinunter, nahm ein Licht zur Hand und sie stiegen über endlos erscheinende Treppen und Gänge in die Gruft. Der Priester entzündete Kerzen in Nischen und auf Simsen.

Vor Michael erstrahlte ein Palast.

Die Wände waren reich bemalt, mit glänzenden Schmuckwerk belegt, die Bilder von golden Borten eingefasst. Skulpturen von Heiligen, Madonnen und Königen, Abbilder von Tieren und Pflanzen paradiesischer und lebensechter Art reihten sich aneinander. Auf Tischen, Sarkophagen, Bänken lagen Waffen, Schilde, Ketten, standen Kelche, Kästchen angefüllt mit Perlen, Münzen und edelsten Steinen.

Michael ging herum und staunte atemlos. Eine solche Pracht hatte er noch nie gesehen, nicht einmal vermutet.

Der Priester ließ ihn gewähren.

Michael dämmerte es. Er hatte soeben den Schatz Utopias gefunden.

Er fragte: »Wenn Ihr so reich seid, warum lebt Ihr nicht danach? Das alles zu Geld, Handwerk und Arbeit gemacht, kann die Stadt doch hochbringen. Was hindert Euch?«

Der Priester schwieg beharrlich. Mochte der sich erst seinen eigenen Reim drauf machen.

Michael schaute weiter und entdeckte unter all den vielen Abbildungen ein häufig wiederkehrendes Motiv: Ein weißer Adler. »Nun redet doch!«, drängte er.

Der Priester öffnete den Mund: »Dies hier ist unser Königsgrab. Allerdings nicht nur Königsgrab, sondern zugleich auch heiligste Stätte und Waffen- und Schatzlager. Richtig, Du hast das richtig erkannt. Dies alles gehoben und zu Geld gemacht, könnten wir reich sein und gut leben. – Aber, und jetzt kommt das Aber.« Michael lauschte angespannt. »Seit achtzig Jahren leben wir unter Fremdherrschaft. Die Deutschen verbieten uns unsere Sprache, unsere Kunst, unsere Könige, unsere Tradition. Wir müssen uns fügen, dienen oder werden am Leben bestraft oder ausgewiesen.«

Michael hakte nach: »Die Deutschen?«

»Die Russen sind auch nicht besser«, ergänzte der Priester und setzte fort: »In unendlich vielen Aufständen und Befreiungskriegen haben wir uns gewehrt. Aber da geht einem auch die Luft aus. Wie viele Opfer kann ein Volk bringen? Wann ist es restlos ausgeblutet?« Michael zog die Schultern hoch. »Freilich werden wir uns wieder und wieder wehren und irgendwann die Fremdherrschaft zum Land rausjagen. Allerdings muss eine Atempause ab und an sein. Doch dann schlagen wir die Deutschen allesamt.«

Michael vermerkte: »Ich bin auch Deutscher. Dann bin ich Dein Feind.«

Der Priester schmunzelte nachsichtig und sprach: »Nicht alles was deutsch ist, ist auch schlecht. Zuerst bist Du ein Mensch.«

Da war wieder der Gedanke von Egalität, den Lehrer Plempe sooft gepriesen hatte. Also doch Utopia, sinnierte Michael, und er hatte plötzlich viele Fragen. Er sprudelte heraus: »Warum ist gerade Gnesen so übel dran? Wann nehmt ihr die Waffen in die Hand? Warum sind so viele Polen missmutig? Was bedeutet eigentlich der weiße Adler? Was kommt nach dem Aufstand?«

Der Priester streckte lachend die Handflächen vor: »Langsam, langsam. – Vieles ist eine Folge der Unterdrückung. Die Symbolik erkläre ich Dir andermal. Und Du wirst verstehen, dass ich einem Laien unsere Pläne nicht verrate.«

Er ging herum, löschte die Lichter, eins um andere, sehr langsam und bedächtig.

Das Paradies versank in der Dunkelheit.

Ein Lämpchen in der Hand, wies der Priester den Weg zurück über Gänge und Treppen. Sie wuchteten das schwere Brett über die Höhlung und standen wieder im kalten, grauen Kirchraum. Alles war wie vordem. Michael fragte: »Nun?« Der Priester sagte geschäftig: »Ich brauche ein Kistchen.«

Sie gingen in die Sakristei. Dort zeigte der Priester eine Kiste von etwa drei mal drei Fuß vor. Die hatte einen verschließbaren Deckel, ward innen mit Stoff ausgepolstert. Er sagte: »Eine solche Kiste machst Du mir.« Michael nahm Maß und versprach rasche Erledigung des Auftrages.

In den nächsten Wochen fertigte Michael noch mehr Kisten – sie waren für den Transport von Waffen und Wertgegenständen gedacht – und lernte viel über polnische Geschichte, entdeckte unter der Oberfläche glühenden Nationalstolz und unbeugsamen Willen. Er begriff aber auch, dass beharrliche Aufklärung unter der Bevölkerung und langsames Kräftesammeln notwendig sind. Außerdem war Vorsicht geboten, weil es hier und da Verräter, also Schweine gibt. Die erkennt man kaum am Gang. Die muss man leise ausforschen und genauso leise unschädlich machen. Er entflammte sich für den Kampf, neidete den Polen ihre hohen Ziele und harrte ungeduldig des Aufbruchssignals. Allein, der Zeitpunkt zum Losschlagen lag in der Ferne, war gänzlich ungewiss.

Allmählich nagte in Michael das Heimweh. Gibt es nicht daheim auch dies und das zu richten?, rechtfertigte er sich vor sich selbst. Ein bis dahin kaum verspürtes Gefühl der Anhänglichkeit an und Schuld vor seinem Vater kroch in ihm hoch. Den mochte er noch einmal sehen oder wenigstens an seinem Grab weinen.

Er rüstete zum Aufbruch.

Seine Gefährten und Freunde, allen voran Priester Kasimir und Meister Gommel, gaben ihm, was er für seinen weiteren Weg brauchte, nahmen herzlich Abschied und wünschten ihm alles Glück der Welt. Kannten sie doch des kleinen Mannes Sehnsucht nach dem winzigen Stück Heimaterde, auf dem der Mensch seine frühen Tage verbrachte.

Im zeitigen Frühjahr des Jahres 1861 lief Michael auf der Landstraße Richtung Westen.

Der Kirchturm von Gottschimm stand wie ein erhobener Zeigefinder in der Landschaft. Obwohl Michael nicht besonders gottesfürchtig erzogen war, sie sehr selten in die Kirche gingen und das Abendgebet in der Kinderkolonie nur halbherzig, später auf dem Gutshof gar nicht mehr erledigten, erschien ihm jetzt gerade diese Kirche als der liebste Ort der Welt.

Er strebte drauf zu.

Der Tag war sonnig und hell, die Landstraße etwas staubig. Einige Männer, Frauen und Kinder arbeiteten auf dem Feld. Sie jäteten Unkraut, bückten sich auf und nieder und streiften ab und an mit dem Blick die Gegend. Ein Wanderer zog vorüber. Der grüßte überschwänglich. Kannten sie den Mann? Sie grüßten zurück. Eine Bäuerin sagte: »Ist das nicht der Michael Krumm?« Sie richteten sich auf und spannten. Gleich darauf bestätigten die anderen: »Aber ja doch! – Lauft schnell und sagt Bescheid!« Die Kinder stoben los.

So kam die Nachricht, dass Michael soeben eintrifft, rascher ins Dorf als er selbst.

Die Menschen unterbrachen ihr aktuelles Tun, sammelten sich vor den Häusern, steckten die Köpfe zusammen und begrüßten den Heimkehrer. Hände streckten sich ihm entgegen, Willkommensworte, die Frage »Wie gehts?«, bereitwillige Auskünfte, Lachen, Scherze gingen hin und her, die Leute tätschelten ihm Schultern und Rücken, von einem wurde er zum nächsten weiter geschoben. Sie empfingen ihn wie den verlorenen Sohn und so fühlte er sich auch. Durch eine Gasse von Zuschauern gelangte Michael ans andere Ende der Siedlung, dorthin wo die Wagenburg stand.

Er betrat den Hof. Das übliche Bild. Frauen bei der Hauswirtschaft, einige Artisten bei ihren Übungen, freilaufendes Viehzeug und unter einem breit aufgespannten Baldachin saß ein alter, kleiner, gekrümmter

Mann mit schlohweißen Haaren inmitten einer Kinderschar und plauderte.

Michael kam näher, Alt und Jung traten still beiseite, Michaels Herz sprang auf und er brachte kein Wort heraus. »Nun, Junge, da setz Dich her«, sagte Kärpe und verstummte ebenfalls.

Tränen rannen ihm über die wettergegerbten Wangen. Die Kinder trollten sich, die Erwachsenen nahmen sich ihre Arbeit vor und Vater und Sohn saßen lange, schweigend, nur ihre Nähe spürend, beieinander.

Am Abend hockten sie alle, die Bewohner der Wagenburg, eine Handvoll Bauern aus dem Dorf, ein paar Mägde und Knechte vom Gutshof, um ein großes Feuer zusammen und berichteten einander, was sich bisher ereignet hatte. Essen und Trinken war auch genug vorhanden, obgleich um diese Jahreszeit die Speicher fast leer und Neues noch nicht eingelagert war. Jeder hatte etwas mitgebracht und sie waren ja sowieso bescheiden. Vergnügt wurde nun also erzählt:

Nachdem der Aufseher Wilhelm Runge an jenem Winterabend des Jahres 1857 die Künstlertruppe vom Hof gejagt hatte, standen sie wieder ohne Nahrung und mit tiefer Betrübnis da. Ist es nicht üblich, auch Nachbarn an Schlachtetagen mitzubedenken? Kann nicht einer, wenn er Scheuer und Keller voll hat, teilen? Und sie hatten ja doch mit ihrer Kunst zum Gelingen des Tages beigetragen. So zogen sie knurrend und murrend, missmutig und hassend, denn ihr beißender Hunger und die trüben Aussichten waren nicht zu verdrängen, durchs Dorf zu ihrer Wagenburg zurück. Überall war schon das Licht gelöscht, alle ruhten und die Höfe waren dicht gemacht. Da kam einem die zündende Idee: »Wenn sie alle schlafen, sollten wir uns selbst bedienen.« – »Diebstahl!«, lehnten die anderen ab. »Notwehr«, sagte der erste trotzig. Rede und Gegenrede gingen hin und her, aber am Ende einigten sie sich, dem Gutsherren ins Säckchen zu greifen. Sie wussten auch, dass nach Schlachtetagen Mann und Maus komatös in ihren Betten liegen und sich die Wänste halten, selbst die Hunde sich faul in ihren Hütten räkeln. Die Gelegenheit war also günstig. Ein paar kräftige Männer und Frauen wählten sie aus und die schickten sie in der Dunkelheit zum Gutshof.

Der Beutezug gelang.

Um sich nun aber im frischen Schnee, der in dieser Nacht noch dazu reichlich nieder ging, nicht durch ihre Spur zu verraten, schlugen sie einen hohen Bogen um die Siedlung, durchquerten ein Waldstück und kamen an der Eisenbahnschneise wieder raus. Auf den Schwellen liefen sie dann in der strahlenden Morgensonne wie Reisende, die einen Zug verpasst haben, mit ihren vollen Säcken und Körben Richtung Wagenburg.

Dabei entdeckte einer den vermeintlich toten Kärpe neben dem Gleisbett liegen. Der war schon blau im Gesicht, fast steif gefroren und nicht mehr bei Bewusstsein. Und wie es eben bei sehr armen Leute so geht, mochten sie ihm Mantel, Stiefel und Hemd abnehmen, von der Leiche noch etwas gewinnen, um es anderweitig zu verscherbeln oder selbst zu nutzen. Sie wälzten den Mann herum, zerrten und schoben. Der gab sich gar zu widerspenstig. Plötzlich schlug Kärpe die Augen auf und maulte: »Lasst einen Alten in Ruhe sterben!« Für wenige Augenblicke erstarrten sie fassungslos, doch alsbald begriffen sie dessen Not, schubsten ihn hoch und bugsierten den sich sträubenden, lebensmüden Mann in ihre Behausung.

Dort pflegten und nährten sie ihn.

Freilich stellte sich irgendwann die Frage, wozu taugt denn ein alter Mann, noch dazu ein Krüppel, eine abgewrackter Aufseher, ein restlos runtergekommener Bauer? Einen zusätzlichen Esser brauchten sie schon gar nicht.

Sie beobachteten Kärpe gewissenhaft und wogen die Möglichkeiten ab.

Der hatte sich inzwischen sehr wohl nützlich gemacht. Er scharrte zu allen Tageszeiten die großen wie die kleinen Kinder dieser Gemeinde um sich und lehrte sie, was er selbst bei Lehrer Plempe gelernt hatte. Er bekam auch Zulauf von der Dorfjugend. Seine Geschichten waren erbaulich, sein Wissen schier unerschöpflich, und die Kinder in einem wärmenden und schützenden Nest zu bergen, während deren Eltern ihr schweres Tagwerk verrichten, ist eine überaus wertvolle Tat.

Kärpe blieb und die Leute waren es zufrieden.

Sie berichteten weiter: Inspektor Wilhelm Runge ist längst verstorben.

Auf dem Gutshof herrscht jetzt ein anderer Oberaufseher mit strenger Hand. Er heißt Florian Breuer und ist von außerhalb hierher gekommen. Er führte komplett neue Regeln ein. Die Nachwuchstalente, die sich Runge hochgezüchtete hat, sind zuerst entlassen worden. Breuer hat sie nicht nötig. Er saust von morgens bis abends überall herum, schaut in alle Ecken, kontrolliert das Dienstvolk und lässt nichts durchgehen. Die Mägde und Knechte haben nichts zu lachen. Breuer führt auch die Zuchtrute eigenhändig.

In der Kirche residiert noch der alte Pfarrer, Engelbert Neunübel.

Der hat allerdings kaum noch was zu melden, ist alt und vergesslich geworden. Seinen Dienst erledigt jetzt oft der neue Küster Caspar Sprengel. Ansonsten steht Sprengel wie gewohnt der Gemeindeschule vor, erledigt die anderen Hilfsarbeiten in der Kirche und Sonntags spielt er die Orgel.

Den Sprengel nun kann keiner so richtig einschätzen. Er gibt sich leutselig und entgegenkommend, aber wenn man die Kinder und deren Eltern fragt, dann sind die nicht begeistert. Geprügelt wird weniger als früher, es wird aber auch weniger gelernt. Oft bricht der Unterricht nach ein, zwei Stunden ab und dann geht es geschlossen in die Fabrik oder aufs Feld. Irgendwas liegt immer an: Körbe flechten, Unkraut jäten, Kartoffeln lesen. Sprengel meint: »Ihr lernt was fürs Leben und das ist viel wichtiger als lesen und schreiben.« Wenn die Kinder dann abends heimkommen, ihren Anteil an der elterlichen Hofwirtschaft auch noch erledigen sollen, fallen sie vor Erschöpfung bald um. Viele Mütter und Väter schicken ihre Kinder lieber stundenweise zu Kärpe in die Wagenburg oder behalten sie gänzlich daheim.

An diesem Punkt der Erzählung angekommen, lächelten sich Michael und sein Vater tiefsinnig an: Ja, eine Schule mit dem rechten Maß an Lernen, Arbeit und Erholung, wie sie ihnen Lehrer Plempe vorgeführt hatte, das wäre schon was. Zugleich stellte sich Trübsal ein: Wer soll das leisten? Wer hat die Kraft und den Mut sowas nochmal aufzuziehen? Überhaupt, woher nimmt man die Mittel?

Nun berichteten die paar jungen Burschen und Familienväter, Nachbarn aus der Wagenburg:

Ihr Leben hatte sich deutlich verbessert. Nicht Theaterspiel und Tanz war ihr hauptsächlicher, aktueller Erwerbszweig, sondern feste Arbeit drüben im Sägewerk und bei den Holzfällern im Wald. Morgens beizeiten ziehen sie zu ihrer Arbeit aus, schaffen redlich, erhalten wöchentlich einen beachtlichen Lohn je nach Leistung und bringen damit recht vernünftig ihre Familien durch. Was die Frauen und Mädchen zusätzlich bei Tanz, Gesang, auch mal mit Hilfsdiensten bei den Bauern verdienen, können sie für etwas Luxus an Kleidung und Heizung ausgeben oder sogar sparen. Es geht längst mehr ums nackte Überleben. Es geht inzwischen um ein sicheres Dach überm Kopf.

»Sieh mal«, wurde Michael unterrichtet, »hausen in der Wagenburg ist nun wirklich nicht gerade des Menschen hohe Lust.«

Michael sah sich um. Er fand es recht beschaulich.

»Wenn uns jemand einen Hof verkaufen wollte, uns als Nachbarn willkommen hieße, wärs ein großer Segen. Oder wenn wir einen Siedlungsplatz bekommen könnten. Bauen würden wir allein. – Leider heißt es überall: Zigeuner zieh weiter.«

Die ganze Zeit, während sie hier klönten, aßen, tranken, lachten, nachdachten, richteten sich zwei tiefbraune Augen aus einem wunderschönen, kupferfarbigen Gesicht auf Michael. Zuerst wollte er nicht glauben, dass das Lächeln dieses Mädchens ihm gilt. Er schaute hin, war irritiert, schaute weg und wieder hin. Irgendwann war er sicher: Sie meint mich. Ihr Blicke trafen sich.

Als die Runde sich auflöste, blieb Michael hocken. Das Mädchen schlenderte über den Platz, verharrte, wartete. Endlich waren alle fort, nur der Mond überstrahlte die Szene. Michael erhob sich und ging zu ihr. »Ich bin Michael«, sagte er. Sie antwortete: »Ich heiße Johanna.« Er nahm sie bei der Hand und sie liefen aus der Wagenburg hinaus, durch das Dorf, über die Felder. An der Schimme machten sie halt, setzten sich nieder, lauschten dem Plätschern des Bachlaufes und blieben dort, bis der erste Hahnenschrei den frühen Morgen ankündigte.

In den nächsten Tagen lebte sich Michael in Gottschimm wieder ein. Er besorgte kleine, längst fällige Reparaturen in der Wagenburg, sondierte die Lage und schmiedete Pläne.

Es war an einem Freitagvormittag Mitte Mai des Jahres 1861, als er beim Dorfschulzen vorsprach: »Schulze, gib mir die alte Schreinerei zum Kaufen.«

Der Schulze war erfreut, denn die Schreinerei stand schon lange leer, das Anwesen mit Hof, Nebengelass, Stallungen und Garten verkam. Es lag im Dorfkern und verschandelte die Gegend. Der bisherige Tischler war über alle Berge. Die Konkurrenz des Sägewerkes, wo auch eine Tischlerei mit angeschlossen war, hatte ihn ruiniert.

Schulze verlangte: »Geld, Papiere.«

Michael fragte: »Wie hoch veranschlagt die Gemeinde den Verkauf?« Er kramte seinen Meisterbrief heraus und ergänzte: »Geld ist vorhanden. Nenne die Summe und ich zahle.« Weder Meister Gommel noch Priester Kasimir hatten ihn mittellos aus Gniezno verabschiedet. Er war gut ausgestattet.

Der Schulze staunte und freute sich noch mehr. Eine anständige Summe in der Gemeindekasse und ein solider Handwerker im Ort, das entspannt die Wirtschaftslage und erleichtert der Bauern Tagwerk. »Gut. Ich bedenke alles, prüfe die Unterlagen und gebe Dir Montag Bescheid«, kehrte er seine Wichtigkeit heraus und entließ Michael.

Nach vollendetem Tagwerk kehrte Schulze im Krug ein und genehmigte sich einen Becher Brandwein. Um den großen Stammtisch saßen die Honoratioren des Dorfes. Träge und langsam tauschten sie Neuigkeiten aus, die freilich nie neu waren. Viel ereignete sich nicht in dem verschlafenen Nest. Es waren die üblichen Kümmernisse und Klatschereien.

Wie die Themen sich erschöpften, gab Schulze zum Besten: »Der Michael Krumm war heute bei mir. Will die Schreinerei kaufen und wieder auf Vordermann bringen.« Beifällig nickten die Bauern. Sie waren es schon lange leid, drüben im Sägewerk wegen eines kleinen Regals oder einer neuen Truhe einen Bückling zu machen. Außerdem rief der Sägewerksbesitzer, seit er konkurrenzlos war, unverschämte Preise auf, und die Qualität stimmte auch nicht. »Hat der Krumm ein Zeugnis?«, meldete sich einer um der Vollständigkeit Willen. Und ein zweiter fragte neugierig: »Hat der Krumm Geld?« – »Beides. Ja«, antwortete Schulze und hob seinen Becher. Ein dritter sagte: »Machs nicht zu billig. Die Gemeinde kanns brauchen.«

Sie tranken, schwiegen, ließen die Gedanken kreisen.

Küster Caspar Sprengel nuschelte: »Und die Zigeuner brauchens auch.«

Die Bauern glotzten dumm und Schulze blaffte den Küster an: »Sags rund heraus, was Du meinst, und maule hier nicht rum.«

Sprengel tat gleichgültig: »Mir kanns ja egal sein. Ich habe mein Einkommen von der Ephorie und klappt es hier nicht, gehe ich woanders hin. – Nur, wie ich sehe, wie sich die Zigeuner hier breit machen und jetzt sogar den Krumm vorschicken, das gibt mir doch zu denken.« Lauernd schaute er in die Runde und schob nach: »Das halbe Sägewerk haben sie schon unter sich und jetzt kommt das Dorf dran.«

Die Bauern strauchelten: Sie mochten den Küster nicht, ließen ihn nur gewähren, weil er dem Pfarrer nahe stand. Das zum einen. Zum anderen, war es schon bedenklich, wie die Zigeuner ihren Einfluss ausbauten: Arbeit im Sägewerk, auf den Höfen ringsum, den alten Kärpe haben sie auch vereinnahmt, seit Tagen band ein Zigeunermädchen mit Michael an. Wenn man die Summe betrachtete, musste man dem Küster schon irgendwie recht geben. Jetzt schicken die vielleicht tatsächlichen Michael vor und haken sich hier fest.

Griesgrämig sagte einer: »Na ja, dann eben ablehnen. Schulze, hörst Du?« Der Schulze nickte. Ein anderer gab zu bedenken: »Aber wegen jedem beschissenen Brett ins Sägewerk laufen? – Und ich glaube auch nicht, dass der Michael das mit dem Zigeunermädel ernst meint. Ist doch der Sohn von der Amalie. Mensch, das sind doch anständige Leute.«

Sprengel streute weiter: »Ich habe vom Pastor gehört, dass das mit der Geburt von dem Michael damals nicht mit rechten Dingen zuging. So einem ist nicht zu trauen. Da passt der Latsch zur Bommel.«

Die Alten starrten den Küster an und dachten: Halts Maul! Das ist jetzt über zwanzig Jahre her. – Die Jüngeren rissen erstaunt die Augen auf, sie wussten von nichts. Der Küster lud nach: »Man muss mal im Kirchbuch die wahren Verhältnisse nachlesen.«

Das langte!

Schulze fuhr hoch und machte sich breit: »Kram uns jetzt nicht in unseren Ahnen rum! Reicht schon, wenn Du die Kinder verdirbst.«

Sprengel zuckte zusammen.

Einer zog Schulze am Arm und drückte ihn auf seinen Stuhl zurück. Es ist verdammt gefährlich, sich mit der Kirche anzulegen! Schulze pumpte und hätte dem Schnösel gern eine gedroschen.

Küster Sprengel lenkte kleinlaut ein: »Macht, was Ihr wollt. Ich habe es nur gut gemeint.«

Er spendierte eine Runde. Der Wirt kam, schenkte ein, sie tranken. Der Küster gab sich freundlich: »Entschuldigung. Ich wollte niemanden kränken. – Vorschlag zur Güte: Verpachten. Man kann auf Probe verpachten und sehen, was draus wird.« Er legte einige Groschen auf die Tischplatte. Der Wirt strich das Geld ein, goss reihum nochmal nach und die Bauern nickten stumpf.

Am Montag kam Michael beizeiten. Die Spannung hielt ihn nicht daheim.

»Nun Schulze, die Summe und den Vertrag«, legte er gut gelaunt vor.

Der Schulze machte ein betroffenes Gesicht und sprach schleppend: »Michael, hast Du Geld, die Schreinerei zu kaufen?« Michael nickte selbstbewusst. »Hast Du also Geld, die Schreinerei zu kaufen, so kannst Du auch woanders siedeln und Deinen Laden aufmachen. Muss doch nicht unbedingt in Gottschimm sein. Sieh mal, Junge, im Ort wird dies und das geredet. Nicht jeder ist wohl gelitten. Ist doch schade um das schöne Geld. Geh, nimm den Vater und das Mädel und wandere einfach weiter. Bist doch noch jung. Fang irgendwo ganz neu an.«

Schulze zog sämtliche Register, redete wie mit Engelszungen, und Michael verstand nur eins: Sie gönnen mir das Geschäft nicht. Wütend schnaubte er: »Schulze, mich prellt Ihr nicht, wie er damals die Eltern geprellt habt. Ich poche auf mein Recht. Ich gehe, wenns Not tut, bis zum Gericht. Ich kämpfe die Sache bis zum Schluss durch. Ich habe wie jeder andere das Recht, die Schreinerei zu kaufen. Wer zuerst kommt, mahlt zuerst.«

»Reg Dich doch nicht auf«, beschwichtigte Schulze. Er hatte überhaupt keine Aktie an der damaligen Vertreibung der Bauern aus dem feuchten Winkel. Er begriff mitleidig, wie tief der Schmerz noch sitzt, und dass der Junge um jeden Preis mit dem Kopf durch die Wand will. Er erfand rasch ein neues Reglement: »Der Schreiner ist ja so lange sowieso noch nicht fort, ungefähr nur fünf Jahre. Die Gemeinde ist verpflichtet bis zu zehn Jahre sein Eigentum zu sichern.« Michael schaute misstrauisch. Schulze setzte eifrig fort: »Doch ja, zehn Jahre. Ich habe nochmal die Bücher befragt. – Nun kannst Du also pachten, nicht aber kaufen.«

Michael ließ die Schultern hängen. Verstimmt grollte er: »Und dann?« Schulze tat der Junge von Herzen leid. Er redete milde auf ihn ein: »Sieh mal, auf Probe. Das ist doch nicht schlecht. Kaufen kannst Du dann immernoch. Du richtest Dich erstmal ein, schaust wie der Laden läuft, und wenn es Dir dann doch nicht gefällt, machst Du einfach was anderes.«

Warum sollte es mir nicht gefallen?, fragte sich Michael. Er überlegte. Doch das nutzte ihm nichts. Zu sehr war er von seiner Zukunft in Gottschimm überzeugt.

Er stimmte zu.

Sie fertigten den Vertrag aus, er zahlte die erste Rate und ging halbwegs zufrieden gestellt heim.

Fünf Jahre hatte das Haus leer gestanden und Wind und Wetter Angriffsfläche geboten. Mehr noch: Der alte Schreiner war ja nicht aus Lust aus Laune fortgegangen, sondern hatte schon Monate, wenn nicht Jahre vorher, arm wie eine Kirchenmaus gelebt. Da blieb viel liegen, da wurde kaum noch was gepflegt beziehungsweise im Wert erhalten. Im Gegenteil: Türrahmen, Fensterbretter, Dielen, der Alkoven, die Stiege zum Obergeschoss waren herausgerissen und das Holz verfeuert oder anderweitig verwendet worden. Das Haus bot einen erbärmlichen Anblick und es war im Grunde ein Wunder, dass die Wände das Dach überhaupt noch trugen. Jetzt war Michael froh, nur den Pachtzins und nicht die gesamte Kaufsumme hingelegt zu haben. Das Geld brauchte er zum Bauen. Er taxierte die Schäden, erstellte einen Plan, mietete Pferd und Wagen und begab sich zum Sägewerk.

Dort suchte und fand er den Verkaufsleiter. Michael erklärte sich, sie gingen auf dem Lagerplatz herum und Michael wählte die geeigneten Bretter und Bohlen für seine Behausung aus. Der Verkaufsleiter fachsimpelte mit seinem Kunden und merkte auf, dass im Dorf wieder Konkurrenz am Entstehen war. Diese Konkurrenz war zwar klein und griff nur wenige Kunden ab, aber der kluge Mann baut vor und Kleinvieh macht auch Mist. Zunächst wusste er keinen Rat, sich den missliebigen Nachbarn vom Halse zu halten. Er nahm sich vor, die Sache gewissenhaft zu verfolgen und veranschlagte erstmal einen ordentlichen Preis für das heute begehrte Holz. Michael zahlte und zuckelte mit seiner Fuhre los.

Es brauchte nicht lange und die alte Schreinerei erstrahlte im neuen Glanz. Michael werkelte gekonnt, wirtschaftete sparsam, befestigte sogar ein neues, weithin sichtbares Schild über der Werkstatt, die Nachbarn staunten, freuten sich und lobten den Mann.

Im Herbst des Jahres 1861 war alles fertig.

Michael führte seine junge Braut, die Johanna, und seinen Vater heim.

Die ersten Kunden kamen. Die Bauern bestellten nicht viel bei ihm, wollten sich nur mal umsehen und verpflichteten ihn zu kleinen Reparaturen. Andere Kunden brachten einträglichere Aufträge. So rauschten zum Beispiel zwei Damen aus städtischen Kreisen herein, beschnüffelten des Schreiners Ausstellungsstücke, sprachen »hübsch« und »ach wie nett« und redeten von »rustikalem Ambiente«. Sie orderten zwei Schränke und eine Truhe. Michael kaufte Holz ein und arbeitete emsig. Er lieferte die Möbel fristgerecht an die angegebene Adresse aus und strich ein anständiges Salär ein.

So kann es gehen, resümierte er zufrieden, war um ein Vieles an Hoffnungen reicher und sein Herz war von Glück übervoll.

Für Dezember des Jahres bestellten Michael und Johanna ihr Aufgebot bei Pastor Neunübel. Wilde Ehe lag ihnen nicht, obgleich sie schon längst wie Mann und Frau lebten. Die Sache sollte in Ordnung kommen. Neunübel war dieser Ordnung nicht abgeneigt, zumal er das Alter erreicht hatte, wo man seinen Dienst nur noch gleichgültig herunterreißt und auf Konfrontation keinen Wert mehr legt.

Küster Sprengel stank gewaltig, wie sich die Zigeuner hier ausbreiten. Erst eine Ehe, dann ein Haus, dann ein Gewerbe und zu guter Letzt das ganze Dorf. Er intervenierte bei Neunübel, malte die Verwerfungen in krassen Bildern. Der Pfarrer hielt gegen, dass das Mädel ehelich geboren, christlich getauft ist und einen ordentlichen Stammbaum vorweisen kann. Zerknirscht und fluchend bereitete der Küster die Kirche für die Hochzeit vor.

Die Brautleute und ihre Gäste erschienen und der Pfarrer segnete Michaels und Johannas Bund. Der Küster nahm die Eintragung im Kirchbuch vor und verzeichnete mit stiller Genugtuung hinter dem Namen der Braut »Zigeuner«.

Ordnung muss halt sein. Und wer weiß, wozu es gut ist?

Drei Tage dauerten die Feierlichkeiten an. Aus den Nachbarorten und von fern reisten Gäste, vorallem Artisten mit ihren bunten Wagen an. Johanna hatte eine weitläufige Verwandtschaft und viele, viele Bekannte. Das ganze Dorf war auf den Beinen und auch der Sägewerksbesitzer stellte die halbe Belegschaft frei. Die Mägde und Knechte vom Gut waren ebenfalls dabei. Manch einer kam freilich nur, um zu schauen, denn eine Zigeunerhochzeit ist etwas ganz Besonderes, hat man nicht alle Tage. Da wird eben nicht nur gesungen, getanzt, gegessen, getrunken und gelacht. Da hält der Brautvater nicht nur eine Rede und führt dem angehenden Schwiegersohn das Mädel zu. Nach Kirchgang und Völlerei ist das gewöhnliche Fest bald beendet. So billig kommen Zigeuner nicht daher. Farbenprächtig unterhalten sie sich mit immer neuen Spielen und Tänzen. In niemals abreißender Folge werden Speisen und Getränke aufgetragen. Ein Toast folgt dem anderen. Der Boden bebt unter den Schuhen, die Tafel biegt sich, die Darbietungen laufen pausenlos. Wer allerdings genau hinschaut, sieht, dass sie statt Alkohol Wasser trinken, von den Speisen nur wenig anrühren, sich bei der Unterhaltung rücksichtsvoll abwechseln und sich auf diese Weise konditionell aufrecht halten. Es geht schlicht um die Freude, um lang anhaltenden Genuss, nicht darum, sich wahllos alles in den Hals zu stopfen und dann abgefüllt irgendwo in einer Ecke zu landen. Roma feiern maßvoll und deshalb umso intensiver. Die Zaungäste vermerkten neidisch, »Na, die müssen es ja haben!«, gaben sich schamlos die Kante und entfernten sich bald beziehungsweise wurden nach Hause getragen.

Nichts desto trotz war es so oder so eine beeindruckende Hochzeit.

Anfang Januar verstarb Pastor Neunübel. Unvermittelt schied er dahin. Den Neujahrsgottesdienst hatte er noch abgehalten, freilich in der längst gewohnten, langweiligen und lahmen Art, doch es war alles wie immer, und plötzlich verfiel er und starb.

Das Ereignis brachte zwar nicht die Weltgeschichte ins Wanken, aber den Kirchenkreis in unglaubliche Verlegenheit. Es mangelte nämlich an einem Nachfolger.

Gewöhnlich, wenn kein Aspirant da war, entschieden die Superintendenten, die betreffende Gemeinde einfach dem Nachbarkreis anzuschließen. Mochten Seelsorger oder Gläubige doch laufen. Für Gottesdienst, Kindstaufe, Altenfürsorge kann man schon mal ein paar Meilen über Land auf sich nehmen. Das klappte in der Regel ganz gut und wurde kaum beanstandet.

Der Fall Gottschimm lag anders: Die Gemeinde war auf zweieinhalbtausend Bewohner mindestens angewachsen. Diese Masse an Gläubigen einem Nachbarort aufzubürden, hieße, an hohen Feiertagen wahre Völkerwanderungen auszulösen. Außerdem hält eine derartig aufwendige Unternehmung die Leute von ihrer eigentlichen Arbeit ab. Schon jetzt intervenierten die Fabrikbesitzer beim Bischof mit der Forderung, eigene Gebetsstuben mit extra berufenen Seelsorgern in ihren Hallen einrichten zu dürfen. Etwa unter dem Motto: Rasch eine kleine Segnung und dann ganz schnell wieder an die Arbeit. Das war der entscheidende Knackpunkt für alles Weitere. Gottschimm brauchte also dringend einen neuen Pfarrer. Was lag nun näher, als den tüchtigen, wendigen, allzeit dienstbereiten Küster Caspar Sprengel für dieses Amt zu gewinnen? Sprengel hatte sich schon lange einen Namen gemacht, Unregelmäßigkeiten gewissenhaft gemeldet, sich um die Klärung aller möglichen Dinge bemüht, war bestens informiert und beleumundet. Sprengel ist der rechte Mann. Der Superintendent kam auf Sprengel zu, hob ihn in den Himmel und ins Amt. Sprengel wuchs über sich hinaus und gelobte, sich und die Gemeinde bestens zu führen. Freilich hatte Sprengel nie eine Universität besucht, kaum eine Zeile aus dem Evangelium gelesen, überhaupt keine Zeugnisse oder Referenzen aus vorigen Arbeitsstellen. Allerdings frisst der Teufel in der Not Fliegen und die Ephorie drückt ein Auge zu, wenn es um das Wohlsein der Fabrikbesitzer geht. Sprengel räumte die Küsterkate und machte sich im Pfarrhaus breit.

Mit Johanna und dem alten Kärpe waren auch die Kinder in die Schreinerei eingezogen. Nicht alle und nicht für immer, doch sie waren tagtäglich da. Wie sollte es auch anders gehen? Die Eltern waren es gewöhnt, ihre Kleinen gut versorgt zu wissen, und Kärpe brauchte einfach das lebendige, quirlige Völkchen um sich. Sie unterhielten einen richtigen Kinderhort und das, wohlgemerkt!, immer in Konkurrenz zu der Gemeindeschule, der Fabrik und dem Gut.

Wie stemmten sie das?

Ganz einfach. Michael ließ sämtliche Gewinne in die Kinderbetreuung fließen und die dankbaren Eltern steuerten hier und da an Unterhalt einiges bei.

Michael führte ein offenes Haus. Er hatte zwar mit der Kinderbetreuung nicht viel zu tun, er war seinem Handwerk verpflichtet. Wenn jedoch morgens die Mütter ihre Kinder ablieferten oder die Väter abends die kleine Schar wieder heim holten, dann schauten sie auch kurz zum Hausherrn in die Werkstatt hinein und sie plauderten ein paar Minuten. Michael galt als weit gereister und gebildeter Mann. Seine sympathischen Umgangsformen und sein sicheres Auftreten gefielen, nicht nur den Eltern der Zöglinge. Er entwickelte sich zum geistigen Zentrum der Gemeinde. Man legte ihm seine Sorgen vor, man hörte auf ihn, man suchte seinen Rat.

Übers Jahr wurde Johanna schwanger, trug ohne Schwierigkeiten das Kindchen und entband im Januar 1863 von einem Mädchen. Sie nannten es Sheila, ließen es evangelisch taufen und Pfarrer Sprengel trug die Kleine ins Kirchbuch ein.

Jetzt hatte Sprengel wieder seine Not mit der von ihm präferierten Ordnung. Väterlicherseits war das Kind Deutsche, mütterlicherseits hielt er es für eine Zigeunerin. Streng genommen erlosch der Makel, noch dazu, wenn der Vater vermögend war. Ohne Zweifel war Michael Krumm zu den Honoratioren aufgerückt. Sprengel überlegte lange, wie Sheila einzustufen ist. Er entschied schließlich, nur halt der Ordnung halber, das Kind als »Halbzigeunerin« im Kirchbuch zu führen.

Wieder sollte es ein großes Fest geben, das der Taufe Sheilas. Allerdings verlegten sie die Feierlichkeiten auf das Frühjahr, wenn es wärmer ist und die Straßen frei sind, um die von fern anreisende Verwandtschaft nicht zu benachteiligen beziehungsweise nicht zu überfordern. Langfristig trafen sie ihre Vorbereitungen, füllten ihre Speicher mit guten Lebensmitteln auf, fertigten neue Kleider und Jacken, richteten die Unterkünfte für die Gäste her, kauften auch allerlei Flitterkram als Festputz für die Stuben und sorgten sich freudig erregt um ein gutes Gelingen.

Der Aufstieg

Im Hintergrund zog Pfarrer Sprengel seine Fäden. Er hatte das Evangelium zwar nicht gelesen, so kannte er sich doch in allen Niedertrachten trefflich aus. Er schnüffelte und bohrte, bis er den Haken zur Vertreibung der Zigeuner fand: Die Wagenburg stand auf Gemeindeland.

Gemeindeland, das keinem nützte, weil es saure, feuchte Wiesen waren, zum Beweiden und Bebauen völlig ungeeignet, das aber nun zum Fixpunkt für den Hebel wurde, den er anzusetzen gedachte. Dieses Landfleckchen offerierte der Pfarrer seiner Ephorie zwecks Anlage eines neuen Friedhofes. Ein größerer Ort braucht auch einen größeren Friedhof. Der alte war längst zu klein. Ein neuer Friedhof und den direkt in Ortsnähe, denn weite Wege sind den Trauernden nicht zuzumuten. Also muss die Gemeinde genau dieses Land haben, um würdig ihre Toten zu bestatten. Sprengel bekam volle Rückendeckung von seinem Superintendenten und sie hielten sich selbst dann aber im Hintergrund.

Anfang März begab sich der Ortsgendarm mit dem Dorfschulzen im Schlepp zur Wagenburg und verkündete das grausame Urteil: »Die Gemeinde Gottschimm entzieht Euch mit sofortiger Wirkung den Aufenthalt. Das Land wird anderweitig gebraucht, es ist bereits verkauft und an den neuen Eigentümer übergeben worden.« Punktum!

Zum Zeitpunkt der Verkündung waren nur wenige Frauen, Kinder und Alte daheim. Sie erfassten den Inhalt des verderbenden Spruches sehr wohl. Zugleich breitete sich die Hoffnung, es möge sich alles zum Guten wenden, ebenfalls augenblicklich aus. Als jedoch die anderen nach Feierabend heimkehrten, offenbarte sich das Unglück mit allen Facetten. Ohne Wohnrecht keine Arbeit und ohne Arbeit kein Brot. Konnte einer so grausam sein und sie wieder auf die Landstraße jagen, sie zwingen, von Bettelei, Tanz, Akrobatik, Diebstahl, Leichenfledderei zu leben. Oh Gott, Barmherziger!, zieh' diese Plage von uns ab!

Sie klagten, sie weinten, sie rauften sich die Haare, sie fluchten und kamen dann zu Michael um Rat.

Sein erster Weg, war der zum Dorfschulzen, und er bat um eine alternative Stellfläche.

Der Schulze sprach: »Michael, so lieb mir die Leute sind, so leid mir das tut, ich sage Dir, dass es nirgends im Umkreis von hundert Meilen eine Fläche für Zigeuner geben wird. Für eine Nacht unerkannt hier oder da. Auf einem Marktflecken ab und an auch, aber für ständig will sie keiner haben. Landstraße und Umherziehen, das ist ihr Los.«

Michael fuhr entsetzt auf: »Woher weißt Du das?«

Der Schulze sagte: »Ich habe Augen im Kopf. Ich sehe doch, was hier läuft. Denkst Du, es macht mir Spaß, den Leuten zu kündigen?«

»Haben sie einen Pachtvertrag? Kann man den verlängern? Kann man vor Gericht gehen?«, fragte Michael einer plötzlichen Eingebung folgend.

Der Schulze schüttelte den Kopf. »Einen Pachtvertrag hatten sie nie. Sie wurden nach altem Brauch auf Gemeindeland geduldet. Nun sind sie eben nicht mehr geduldet.«

Michael fluchte: »Da schlag der Teufel drein! Welches gottverfluchte Schwein hat sich diesen Mist einfallen lassen? Wenn ich den erwische!«

Schulze legte ihm eine Hand auf die Schulter und sprach sanft: »Michael, lass sie ziehen. Misch Dich da nicht ein. Denk an Dich. Denk an Dein Kind. – Du hast doch alles. Willst Du das aufgeben, nur um ein paar Zigeuner Willen.«

»Das sind Menschen wie Du und ich«, donnerte Michael.

Der Schulze barmte: »Junge, willst Du Dich ins Unglück bringen?«

Michael zischte: »Das werden wir noch sehen!« Er schlug die Tür und war draußen.

Ein paar Tage lang lief er von Haus zu Haus, bat um Aufnahme der Leute. Hier oder dort einer zur Untermiete, hier oder da jemand in eine Stellung gebracht, so dass er bei den Leuten auch wohnen darf, das musste doch möglich sein. Die meisten Hofbesitzer lehnten freundlich ab, drehten sich um und griffen sich, wenn Michael fort war, an den Kopf. Er fand allerdings auch ein paar Gutwillige, die ein Dach gewährten und einige der Verfemten kamen tatsächlich unter. Nur das Gros der Leute, besonders die Alten und die Kinderreichen fanden nirgends Schutz. Es war zum Verzweifeln.

In dieser Verzweiflung schlug sich Michael plötzlich erleuchtet an die Stirn und lachte herzhaft. Seine Frau schaute ihn irritiert an und dachte, jetzt hat er den Verstand verloren. Er lachte immernoch, von ganzen Herzen, und sprudelte heraus: »Ich Dämlack, sehe echt den Wald vor Bäumen nicht. – Wir bringen die Leute hier unter.« Er drehte sich im Kreis, breitete die Arme aus und jubelte verzückt: »Ich habe einen Pachtvertrag. Ich kann geben. Ich habe Platz.« Er nahm seine Frau bei den Hüften, hob sie hoch und wirbelte sie im Kreis herum, bis sie Einhalt gebot. Er setzte sie ab und sagte: »Und nun? Rasch, rasch. Die Leute herholen, alles einrichten, einräumen. – Mensch, Mädel, wir haben zu tun.«

Euphorisch, etwas überspannt, weil ja doch die letzten Tage ziemlich hart an den Nerven zerrten, aber alles in allem frohsinnig, stopften sie an die dreißig Menschen in ihr Haus.

Die Wagenburg wurde abgebaut, der Platz ward frei gemacht, der neue Friedhof kam nicht, jedenfalls nicht in Ortsnähe, viel später legten sie hoch oben am Waldrand einen an, die Ephorie zahlte auch nicht, und Sprengel sah knirschend ein, dass diese Runde ganz klar an Michael Krumm geht.

Im Hause wurde es verdammt eng. Es sollte noch viel enger werden, denn für Ostern, Anfang April 1863, war die Feier zur Taufe Sheilas angesetzt. Wieder kamen die Gäste aus allen Himmelrichtungen. Sie tanzten, lachten, sangen ganze drei Tage lang. Im Mittelpunkt stand unverrückbar Michael Krumm. Seine Freigiebigkeit, seine Herzensgüte waren in aller Munde. Er ließ sich loben und in den Himmel heben, strahlte und freute sich. Irgendwann wurde ihm die Sache denn doch zu aufdringlich und er wehrte beharrlich ab. »Was ist denn schon dabei«, sprach er, »das hätte jeder andere auch getan.« Hatte aber keiner getan!

Der Inhalt der Gespräche wendete sich einem anderen Thema zu. Sie müssen dieses Haus, das einem Heerlager gleicht, zu einer menschenwürdigen Unterkunft umgestalten. Wollten sie sich nicht früher oder später wegen allzu starker Einschränkungen gegenseitig die Köpfe einschlagen. Sie müssen anbauen, aufstocken, umbauen, ausbauen.

Nach dem Fest reiste die Gäste mit vielen guten Wünschen wieder ab. Kaum, dass Ruhe eingezogen war, hockten sich die Erwachsenen zusammen, erstellten einen Plan und berieten die Finanzierung. Baumaterial fällt nicht vom Himmel. »Das Einfachste ist«, sagte Michael, »wir legen in einem Topf zusammen.« Er nahm sein Geldsäckchen hervor und zählte seine Barschaft auf die Tischplatte. Da kramten auch alle anderen Mark, Groschen, manches Goldstück, lang gehegten Familienschmuck hervor. Sie planten, fachsimpelten, machten Vorschläge, verwarfen und einigten sich am Ende.

Den ganzen Sommer über sie schufteten bis zum Umfallen. Besonders schwer war es für die Familienväter, die ja an Werktagen zwölf bis sechzehn Stunden lang ihrer regulären Erwerbstätigkeit nachgingen und nur in der Freizeit diesen Bau hier stemmen mussten. Frauen und Kinder packten tüchtig mit an. Nur die Alten wurden geschont. Unermüdlich schafften sie, ließen nicht nach und am Ende stand inmitten von Gottschimm ein Mehrfamilienhaus, wie es schöner und größer noch niemand gesehen hatte. Freilich gab es bauliche Mängel, freilich hatten sie hier und da sparen müssen, aber die Provisorien konnten peu a peu beseitigt und durch solide Lösungen ersetzt werden. Das Weihnachtsfest 1863 feierten sie in ihrem schönen, neuen Heim.

Michael dachte oft an seine Freunde in Polen. Was die wohl machen, ob denen der Aufstand gelingt, ob die vielleicht sogar schon gesiegt haben? Nachrichten liefen spärlich, man konnte sich kein Bild machen. Die ab und an durchkommenden Saisonarbeiter wussten nichts beziehungsweise erzählten nichts. In Zeitungen, Flugschriften, Bilderbogen stand auch nichts drin. Michael dürstete nach Informationen.

Er freundete sich mit dem fahrenden Buchhändler an. Der Mann kam herum, hörte hier und da einiges, war belesen und aufgeschlossen. Knarrten die Räder des Bücherkarrens übers Pflaster vorm Haus, sprang Michael hoch, lief zur Tür und rief: »Gibt es Neuigkeiten?«

Der Händler kannte die Vorlieben seiner Kunden, viel waren es eh nicht, schüttelte den Kopf, ließ die Holme sinken, schob die Mütze nach hinten, wischte sich den Schweiß von der Stirn und sprach: »Davon nicht, aber Schriften habe reichlich.« Er kam um seinen Karren herum, begrüßte Michael, öffnete die Lade des Kastens und legte Lesenswertes heraus: Bildbände, Erzählungen, Reisebeschreibungen, Periodika und als neuesten Schrei hatte er auch Bücher für Kinder dabei. Bücher, bunt aufgemacht, mit lehrreichen Texten in gut lesbarer Schrift waren in Mode gekommen, wurden freilich auf den Dörfern nur selten gekauft. Michael nahm in der Regel zwei bis drei davon. Er zählte zu den guten Kunden. Der Buchhändler zog die Schultern hoch und die Stirn kraus. »Was Du lesen oder hören willst, kann ich nicht bieten.«

Allerdings hatte er mit dem sicheren Gespür des Händlers herumgehorcht. Er nahm aus einem verborgenen Fach einen Packen in Tuch eingehüllter Schriften, drückte sie an seinen Körper und sagte: »Lass uns mal reingehen.«

Drinnen in der Werkstatt legte er den Packen auf die Bank, schlug den Stoff zurück und erklärte geheimnisvoll: »Ist leider gebraucht. Aber wohl ganz nützlich. Ist nämlich verboten. Für Dich mag es interessant sein.« Michael nahm die Schriften zur Hand, blätterte durch, las den Titel »Neue Rheinische Zeitung«, das Fettgedruckte und vermerkte: »Das ist alt, Jahrgang achtundvierzig, neunundvierzig.« – »Es kann ganz nützlich sein, in die Geschichte zu schauen«, pries der Händler seine Ware, »steht 'ne Masse über Polen drin.«

Michael fragte: »Und Du sagst, es ist verboten?«

Der Händler antwortete: »Nun ja, freilich, was denen da oben nicht passt, kommt auf den Index. – Aber Michael, das Thema sind wir doch durch und wissen längst, dass gerade diese Sachen ganz gut sind.«

Stimmt. Trotzdem zauderte Michael. Zehn, fünfzehn Jahre alte Schriften und dafür Geld ausgeben? Ihn reizte das Angebot. Ganz ohne Lektüre mochte er nicht bleiben. Er fragte: »Was willst Du dafür haben?«

Der Händler sagte: »Was bietest Du?«
Michael nahm zwei Mark heraus. Das war viel Geld. Des Händlers Augen leuchteten auf. »Gott vergelts Dir«, nuschelte er, steckte die Münzen weg und ergänzte: »Wenn es einer bei Dir findet, von mir hast Du es nicht.«

»Na, sag mal!«, Michael lachte und beklopfte ihm den Buckel, »was werd ich meine Quellen preis geben?«

Sie verabschiedeten sich, der Händler zuckelte weiter und Michael las sich fest. Erneut entstand vor ihm das Bild grausamer Unterdrückung alles Polnischen, brutaler Niederschlagung der Aufständischen, niederträchtiger Rachefeldzüge der Besatzer. Er las aber auch vom Mut, vom geschickten Widerstand, von niemals erlöschendem Nationalstolz. Die Konnotation war ergreifend, die Sprache einfach und verständlich. Die Autoren offerierten zugleich die polnische Frage als eine europäische Frage: »Die Gemeinschaft gleichberechtigter Völker ist der Garant für langfristigen Frieden, ist überhaupt erst der Schlüssel für den Wohlstand aller Menschen.« Da war er wieder, der Gedanke von Egalität, den Michael so gern hegte.

Kärpe betrat die Werkstatt.

Michael schaute hoch. »Das nennst Du arbeiten?«, murrte der Alte und legte die Stirn in Falten. Michael schlug das Tuch um die Schriften, lachte, erhob sich, schob den Zeitungsstapel unter die Bank und sagte: »Geht gleich weiter. – Was gibt es?«

Kärpe fragte: »Ich hörte, der Buchhändler ist da. Hast Du was Neues?«

Michael antwortete: »Ach, nö.«

Kärpe hakte nach: »Nichts für die Kinder?« Es war schon förmlich zur festen Instanz geworden: Ankunft des Buchhändlers, Erwerb neuer Kinderbücher, Anschauen der Bilder, Vorlesen der hübschen Geschichten. Die Kinder waren gespannt. Der Alte tat ihnen gern diesen Gefallen.

»Habe ich vergessen«, gestand Michael und beugte sich über ein Werkstück.

Der Alte schlurfte hinaus, trat vor das Haus, spähte nach dem Bücherkarren. Der war längst weg. Er kam zurück und maulte: »Vergessen. Wie kann man das vergessen!«

Michael sagte: »Vater, Ihr könnt auch mal was wiederholen. Bücher sind genug da. – Beim nächsten Mal denke ich dran.«

Kärpe fand sich ab, er wird die Kinder vertrösten, er verdrückte sich und Michael setzte seine Arbeit fort.

Ab dem Herbst 1864 traten zunächst schleichend und bald umso gravierender Veränderungen in Gottschimm ein.

Arbeitskräfte aus dem Osten drängten zu Hauf herbei, mehr als man in den vergangenen Jahren jemals gesehen hatte. Der Fabrikbesitzer und der Inspektor vom Gut hatten eine fantastische Auswahl. Die Kräftigsten und Geschicktesten durften bleiben, der abgelehnte Rest zog weiter gen Westen. Was die Fabrikbesitzer treiben oder sich etwa auf dem Gutshof abspielt, war für Michael und die Kommune im Haus zunächst irrelevant.

Aber dann trafen in Michaels Werkstatt weniger Kunden ein. Auch die Familienväter hockte nun öfter, als ihnen lieb sein konnte, daheim und verdienten nichts. Michael begann sich Sorgen zu machen. In altbewährter Form rückten die Bewohner des Hauses zusammen. Arbeitsausfall in der kalten Jahreszeit ist nichts Besonderes, trösteten sie einander. Da darbt man eine Weile, schnallt den Gürtel enger und braucht die Reserven auf. Zunächst sah es für Michael nach einer Flaute aus, die sich erfahrungsgemäß über den

Winter hinzieht, ausgesessen werden kann und sich zum Frühjahr hin wieder gibt. Nur, so war es ganz und gar nicht. Der Lenz 1865 brachte keine Erholung. Die Familienväter bettelten um Arbeit, boten sich für einen Lohn an, von dem im Grunde keiner leben kann, und erhielten trotzdem keine Anstellung.

Auch Michaels Hände ruhten. Niemand kam mehr. Was bestellt war, wurde nicht abgeholt, nicht bezahlt, was an Mustern vorgefertigt stand, interessierte keinen, selbst für kleine und kleinste Reparaturen pilgerten die Bauern in die Schreinerei des Sägewerkes, denn die neu eingestellten Fachleute dort lieferten ausgezeichnete Qualität in rauen Mengen. Städter kauften nur noch im Sägewerk.

Die Werkstatt verwaiste.

Der Sommer zog sich in die Länge. Arbeitslosigkeit, Mangel an allem und Trübsinn breiteten sich aus. Hier und da kam etwas herein, weil mitleidige Nachbarn einen Almosen herreichten. Es langte zum Überleben. Aber die Aussichten waren trübe. Im Herbst waren keine Lebensmittel eingelagert, Geld nicht vorhanden, Heizmaterial nicht gekauft. Und der Winter stand vor der Tür! Guter Rat war verdammt teuer.

Sie hockten beieinander und schlussendlich sprach der Älteste der großen Roma-Familie: »Wir tun das, wozu wir verdammt sind. Wir spielen und tanzen. Erntedankfest, Jahrmarkt, Schlachtefest, Weihnachten, Neujahrsfest. Die Leute sind es gewohnt, wir bekommen unseren Teil ab, und was sie uns nicht freiwillig geben, nehmen wir uns.« Stumm nickten sie in der Runde. Es gab auch nichts zu diskutieren. Wollten sie leben, mussten sie handeln.

Lebendigkeit breitete sich aus. Die Frauen flickten Kostüme zusammen und übten Tänze ein, die Männer probten Kunststücke und stimmten ihre Instrumente, die Halbwüchsigen unterwiesen sie im Taschendiebstahl. Über dem scheinbar aufgeweckten Treiben lag der bittere Zug des ungeliebten Volkes.

Das Geschäft brachte sie über den Winter. Von dem, was sie einnahmen, legten sie einen Teil beiseite, erwarben Pferd und Wagen, packten ihre kleine Habe zusammen und zogen mit der heraufkommenden Sonne im Frühjahr 1866 gen Süden.

Konsterniert stand Michael vor seinem Haus und blickte dem sich entfernenden Wagen nach.

Was war geschehen? Was hatte er falsch gemacht? Wie konnte es dazu kommen? Alles war so vorzüglich eingerichtet und stürzte trotzdem in die Tiefe. Er schlich durch die leeren Räume seines Hauses. Er grübelte. Er wusste sich nicht zu helfen. Sein Herz war voller Traurigkeit, seine Seele voller Lebensüberdruss, dabei war er gerade mal siebenundzwanzig Jahre alt.

Jammern und Klagen nutzten nichts. Michael hatte eine Familie zu ernähren. Er raffte sich auf und beschloss, sich im Sägewerk als Tischler anstellen zu lassen. Das weithin sichtbare Schild seines Handwerks überm Ladeneingang montierte er ab und machte sich auf den Weg.

Der Schulze stand vor seinem Haus und winkte Michael heran.

Sie begrüßten sich. »Michael Krumm«, hob Schulze ernst an, »Dir ist schon klar, dass Du bei der Gemeinde in tiefer Schuld steckst?«

Michael zuckte mit den Schultern. Freilich wusste der das. Seit Monaten hatte er den Pachtzins nicht entrichtet. Was sollte er machen? Seine Taschen waren leer.

Der Schulze kam dicht heran, senkte die Stimme und führte leise aus: »Ich habe es für Dich verauslagt.«

Michael riss die Augen auf.

»Nur verauslagt, damit die Bücher stimmen. Bloß ewig geht das nicht. Bin ja auch nicht reich.«

Nichts hatte der Schulze verauslagt. Wie denn auch? Aber er hatte die Bücher frisiert und damit den Pfaffen besänftigt, der ständig auf Austreibung der Zigeuner drängte. Jetzt wurde Schulze die Sache zu heiß. In der Gemeindekasse klaffte ein Loch. Bei allem Verständnis für Michael und seinen Altruismus, zahlen musste er.

Michael stammelte. »Bin auf Arbeitssuche. Wenn es klappt, bekommst Du vom ersten Lohn die Hälfte.«

Schulze sprach streng: »Ich habe Dir gleich gesagt: Lass die Finger von den Zigeunern, denk an Frau und Kind. Und was holst Du fremde Gören ins Haus, wenn Du selber nichts zu beißen hast? Höre wenigstens jetzt auf mich.«

Michael nickte reumütig. »Geh in der Fabriksiedlung rum und sieh Dich um. Die wohnen beengt. Biete denen Deine Räume zur Miete an. Manch einer nimmt den Weg in Kauf, wenn er mehr Platz hat. Damit bekommst Du Geld rein. – Hast doch so schön gebaut. Das kannst Du nutzen.«

Ja, Mensch, wenn das so ginge, wäre es die Rettung, hoffte Michael erleuchtet, versprach, sich sofort zu kümmern, und trottete in die Werkssiedlung.

Er hatte doppelt Glück: Mieter liefen ihm zu, mehr als er unterbringen konnte, und die Tischlerei im Sägewerk nahm den Fachmann gern unter Vertrag. Ab Sommer 1866 ging es steil bergauf. Michael folgte dem Rat des Schulzen aufs I-Tüpfelchen. Er besann sich zunehmend auf sich selbst. Er arbeitete fleißig und gewissenhaft. Am Zahltag kassierte er die Mieter ab, trug den Pachtzins zum Schulzen und teilte seiner Frau das Haushaltsgeld zu.

Allmählich kehrte sich Michaels Wesen um.

Bittsteller wurden unter Entschuldigen abgewiesen. Der Buchhändler setzte bei Michael keine Bücher mehr ab, bestenfalls mal eine Zeitung. Nachbars Kinder fanden keine Aufnahme mehr. Michael handelte überlegt und sparsam. Einen geringen Betrag legte er wöchentlich beiseite. Er wollte nie mehr in Verlegenheit kommen. Den Krumms ging es gut, besser und immer besser.

Nur einer litt den Wohlstand. Das war der alte Vater Kärpe. Ihm fehlten die Kinder. Mehr als einmal bat er seinen Sohn, wieder einen Kinderhort einzurichten. »Wo bleiben denn die Rangen, wenn die Eltern auf der Arbeit sind?«, fragte er vorwurfsvoll. Michael antwortete gleichmütig: »Gemeindeschule, Dienste auf dem Gut oder in der Fabrik. Sie sind immer versorgt. Das weißt Du doch!« – »Bei mir dürfen sie spielen«, hielt der Alte gegen. Michael herrschte: »Halt Dich da raus!«

Kärpe nahm sich tief enttäuscht zurück, gab eines Tages gänzlich auf, legte sich zum Sterben nieder und schloss im Herbst des Jahres 1867 die Augen für immer.

Sie trugen ihn zum Friedhof hin, ließen ihn in die Grube gleiten und schaufelten zu. Sic priesen ihn als guten Menschen, sogar als weisen Lehrer, sangen ein paar Lieder, setzten ihm einen Grabstein und gingen zur Tagesordnung über.

Michael erklomm in der Firma Stufe um Stufe der Hierarchie. Er stand bald der Tischlerwerkstatt vor. Wie er aufstieg, versteinerte sein Herz und seine einstigen Ideale erloschen. Selbst als er von den Arbeitern hörte, wie der Aufstand in ihrer polnischen Heimat aufgebrochen ist, sich tapfer entfaltete und dann brutal niedergeschlagen war, wie die Fremdherrschaft Rache übte, die Rebellen abschlachtete und alles Polnische niederwalzte, und was nicht klein zu kriegen war, außer Landes trieb, hatte er dafür nur noch ein höhnisches Lächeln übrig. Mehr noch: Gerade die polnischen

Männer, Frauen und Kinder diffamierte er. Michael schaltete und waltete im Haus wie ein Despot, in der Firma wie ein Heerführer.

Das hatte er seinen neuen Gesinnungsbrüdern im Schützenverein abgelauscht. In der schnarrenden, abgehakten Sprechweise preußischer Militärs gab er seine kurzen, knappen Befehle. Wurden sie augenblicklich befolgt, war er zufrieden. Lob erheischte niemand. Folgte ihm jemand nicht, sei es aus Versehen oder mit Absicht, traf ihn die Strafe abrupt. Das ging von körperlicher Züchtigung, über Lohnabzug, Kündigung alle Möglichkeiten durch, und derer kannte Michael viele. Es fand sogar zunehmend Gefallen an Heimtücke und legte Fallstricke aus.

Nicht einmal seine Frau und Töchterchen Sheila waren sicher vor ihm.

Dem Fabrikbesitzer Walter Hagenbühl, dem Inspektor Florian Breuer und dem Pfarrer Caspar Sprengel wurde Michael ein guter Kamerad.

Seine Frau grämte sich, das Kind wurde ängstlich, den Dorfschulzen reute, wie er Michael seinerzeit den Rücken frei gehalten hatte, und etliche Nachbarn mieden den groben Kerl.

Im August des Jahres 1872 kam Johanna mit einem Kindchen nieder. Es war ein Knabe. Sie nannten ihn Franz.

Längst wendete sich Johanna von ihrem hartherzigen Mann ab. Sah sie doch, wie er sich aufführt, was er treibt, wie er rücksichtslos sein Vermögen anhäuft, sich noch auf Kosten der Armen amüsiert. Sie versuchte zunächst, ihn zu bremsen, mahnte sein Gewissen an, beschwor alte Ideale. Als das nicht half, zog sie sich zurück.

Von da an verdammte Michael seine Frau. Seine Abneigung vertiefte sich noch in dem Maße, wie er bei seinen neuen Freunden Zuspruch suchte. Ihm war nämlich bewusst geworden, dass sie mit ihren dunklen, mandelförmigen Augen, ihrem pechschwarzen Haar und ihrem kupferfarbigen Teint so gar nicht den hübschen hellhäutigen, blonden Schönheiten seiner Kumpane ähnelt. Er schämte sich ihrer. Was er einst geliebt hatte, stieß ihn jetzt ab. Er mochte Johanna zertreten, wie man einen lästigen Käfer zertritt, achtlos, zufällig, rasch. Allerdings mangelte es ihm an einem Konzept. Wie wird man eine Ehefrau los? Also quälte er sie. Nicht zuletzt war sie aber gut genug, seine sexuelle Lust zu befriedigen.

So wurde sie schwanger. Voller Grauen und Bangen sah Johanna ihrer Niederkunft entgegen. Wäre Töchterchen Sheila nicht gewesen, hätte sie ihrem Leben ein Ende gesetzt. So musste sie bleiben und das Martyrium über sich ergehen lassen.

Wie alle misshandelten Frauen, fand Johanna die Schuld bei sich, fügte sich und duldetet ihres Mannes Ausbrüche.

Allein, die Hebamme war erschüttert, in welch runtergekommenem Zustand sich die Kreisende befindet. Freilich hatte sie schon anderen erbarmungswürdigen Müttern Beistand geleistet. Doch da war es nie verwunderlich gewesen. Wenn das Geld kaum zum Nötigsten langt, wenn neben den Eltern noch fünf oder sechs hungrige Mäuler am Tisch sitzen, dann darbt die Mutter zuerst, magert ab und bringt zuletzt ein kaum lebensfähiges Kindchen zur Welt, läuft selbst Gefahr, vor der Zeit in die Gruft hinuntergezogen zu werden. So etwas überrascht niemanden. Aber im Hause eines reichen Mannes, eine Gebärende vorzufinden, die so schlecht konditioniert ist, dass sie eine Geburt kaum zu überstehen vermag, dass hatte die Amme nicht erwartet.

Johanna lag, reagierte kaum, ließ die Natur unbeteiligt walten. Alle Zeichen waren schwach. Die Amme

rang Stunde um Stunde verzweifelt um das Leben von Mutter und Kind.
Das Kindchen, den kleinen Franz, hob die Amme ans Licht der Welt. Die Mutter verstarb.

Seiner Frau weinte Michael keine Träne nach. Er stattete eine anständige Beerdigung aus. Das war er seinem Ansehen schuldig. Sein neuer Familienstatus schmeckte ihm.
Probleme bereiteten ihm die Unterbringung und Versorgung der Kinder. Seine erste Idee, den Säugling auszusetzen oder verhungern zu lassen, verwarf er, denn die Hebamme hatte schon eine stillende, die ersten Lebensmonate der Waise absichernde Mutter in der Nachbarschaft gewonnen. Da war nun nichts mehr zu machen. Franz musste wohl oder übel aufwachsen und in seine Rechte eingesetzt werden. Der Vater besorgte alles Notwendige.
Blieb noch Sheila, ein Mädchen von neun Jahren. Sie war bereits zwei Jahre in die Schule gegangen, hatte im Haushalt zugreifen gelernt, stand stets und ständig an der Mutter Seite, beklagte jetzt deren Verlust. Sie war also einerseits bereits gut verwertbar und andererseits sowieso in Michaels Augen ein Dorn.
Er offerierte die Kleine kurzerhand Gutsinspektor Breuer.
Der war ob des Anliegens verwundert. Ein Kind aus gutem Hause in Dienst geben?
Michael tat, als wäre das die normalste Sache der Welt: »Ich habe schließlich auch von der Pike auf lernen müssen. Früh krümmt sich, was ein Häkchen werden will.«
Die Männer lachten.
Breuer beschaute das scheue Kind. Die Kleine gefiel ihm. Ein, zwei, höchstens drei Jahre noch und sie wird eine treffliche Gespielin fürs Bett, erst fürs eige-

ne, später gegen Bares für andere. Allerdings war ihm nicht klar, was Krumm wirklich bezweckte. Wollte er tatsächlich irgendwann eine gut ausgebildete Magd in seiner Tochter sehen, sie gar wiederhaben? Dann entfielen derartige Spekulationen.

Vorsichtig fragte er: »Warum bildest Du sie nicht selber aus? Als Kindermädchen für den Jungen ist sie schon jetzt zu gebrauchen.«

Michael war entschlossen: Das Kind muss weg!

Er neigte sich vertraulich seinem Freund zu und raunte: »Ich weiß nicht, ob Du schon gehörst hast?«

Breuer sperrte den Mund auf. »Sie ist eine Zigeunerin«, sagte Michael und ergänzte: »Das kann mir doch keiner zumuten.«

Breuer fragte perplex: »Aber Du hast doch die Mutter auch?«

Michael erklärte gedehnt: »Ja, damals, als ich noch jung und unerfahren war – Du verstehst?« Er verdrehte die Augen gen Himmel und faltete die Hände vor der Brust. »Aber jetzt? – Echt. Das kann doch keiner von mir verlangen.«

Da wusste Breuer, dass er freie Hand hat. Er zog das Kind zu sich heran, tätschelte ihm Rücken und Po und sprach freundlich: »Da wollen wir Dich was Feines lehren, meine Kleine.«

Er griff in seine Jackentasche, zog einen Sechser heraus, ließ ihn auf die Tischplatte fallen, so dass der eine Weile trudelte, und sagte: »Anpfennig, wie es üblich ist.«

Sie lachten wieder und Michael steckte das Geldstück ein.

Der Gutshof schrumpfte weiter. Viel von den ausgedehnten Ländereien war ja vom auswärts lebenden Gutsherren sukzessive an Unternehmensgründer verkauft und verpachtet worden. Um Gottschimm herum siedelten sich neben dem Sägewerk mit Tischlerwerkstatt noch eine Ziegelei, eine Färberei, eine Wäscherei und Großbäckerei an. Außerdem wurde eine Kaserne mit ausgedehntem Übungsplatz angelegt. Viele Menschen ließen sich hier nieder. Dorf und Werkssiedlung boten nicht genug Platz zum Wohnen. Das Baugewerbe boomte und Gottschimm wuchs sich zur Stadt aus. Die Arbeiter kamen in Mietskasernen unter, die Herrschaften in Stadtvillen. Ein Rathaus wurde notwendig, ein größerer Gendarmerieposten, ein Gericht mit Gefängnis und mehrere Lebensmittelläden sowie Restaurants. Der alte Dorfkern und das Gut vermittelten einen beschaulich ländlichen Charakter, der aber nur noch oberflächlich da war. Landwirtschaft betrieb hier kaum noch jemand, und wenn, dann nur für den Eigenbedarf und ein paar ernährungsbewusste, romantisch angehauchte Städter. Das Gros der Lebensmittel und Rohstoffe transportierte die Eisenbahn aus anderen Regionen hierher. Damit änderte sich auch das Produktionsprofil des Gutshofes. Statt hauptsächlich auf dem Feld oder im Stall zu arbeiten, waren die Mägde und Knechte meistens mit Spinnen und Weben beschäftigt. Tuche lohnten. Stoffe für zivile Zwecke sowieso, die Menschen wollten eingekleidet sein, und Uniformen für das ständig wachsende Heer.

Das Mädchen Sheila bekam seinen Arbeitsplatz in der Spinnstube. Traurig und verwirrt hockte sie am Rad, rührte ihre Hände, wie es ihr befohlen war und harrte einer düsteren Zukunft entgegen.

Sheila lernte schnell. Was von ihr verlangt wurde, konnte sie unbesehen leisten.

Morgens beizeiten aufstehen, Wasser vom Brunnen holen, der Küchenmagd bei der Frühstückszubereitung zur Hand gehen, nach der ersten Mahlzeit

Wollhaufen an die Arbeitsplätze tragen, dann viele Stunden spinnen, am Abend wieder Wasser holen und Handreichungen in der Küche erledigen, noch aufräumen und der Arbeitstag war beendet. Manchmal half sie im Stall aus oder trug, wenn die Leute tagsüber Futter für die paar Tiere machten, das Essen aufs Feld hinaus.

Der Gutshof war groß und es gab hier viele Menschen. Sheila bestaunte das emsige Treiben. Was sie jedoch am meisten erstaunte, war der frohe Sinn bei allem. Freilich ging Inspektor Breuer ernsten Blickes und strengen Gehabes herum und erteilte seine Anweisungen, wie Sheila bald wusste, sogar blödsinnige Sprüche. Aber er konnte ja nicht ständig und überall dabei sein. Kehrte er den Rücken, atmete das Völkchen auf, lachte, trieb seine Späße und arbeitete etwas langsamer als zuvor. Das Tempo war hoch, die Norm kaum zu stemmen, die Forderungen Breuers unerbittlich. Doch was weiß denn einer, der selber nie eine Forke oder einen Rocken in der Hand hatte? Da ließ sich tricksen, da gab es Freiräume, da verschafften sie sich Luft. Allerdings funktionierte das nur, solange sie zusammen hielten und sich einig waren.

Anfänglich wähnten Knecht und Magd in der Tochter des reichen Mannes eine Spionin. Inspektor Breuer hatte sie tatsächlich mit den Worten »Sie soll was Anständiges lernen und nicht zu Schund gejagt werden« hier eingeführt. Wie sie aber mit ihrem feinem Sklavengespür mitbekamen, welch perfides Spiel er an dem Kind ins Werk zu setzten gedachte, nahmen sie Sheila unter ihren Schutz und weihten sie in ihre Winkelzüge ein. Dazu bedurfte es nie vieler Worte. Sie verstanden sich mit Gesten und Andeutungen. Ein eingespieltes Team.

Sheila lebte auf, war fleißig und anstellig. Das ihr auferlegte Schicksal nahm sie ohne Mühe an.

In ihrem zwölften Lebensjahr war Sheila zu einem ansehnlichem, frohsinnigen jungen Mädchen herangewachsen. Inspektor Breuer beobachtete sie lüstern, umschlich sie und bestellte sie eines Abends zu sich in die Stube.

Sheila kam nicht.

An ihrer Stelle trat eine andere Magd ein und fragte nach seinen Wünschen. Breuer brüllte rum und verlangte nach Sheila. Die Magd verschwand und wenige Minuten später kam eine weitere Bedienstete, knickste devot und bat um Anweisungen. Er jagte auch diese mit dem Befehl fort, ihm Sheila zuzuführen. Die Szene wiederholte sich, bis er fast alle Frauen des Hofes durch hatte.

Endlich dämmerte ihm, dass er sich des Mädchens nicht ermächtigen kann, ohne die Leute gegen sich aufzubringen. Ohnmächtige Wut überkam ihn. Er wünschte alles Dienstvolk zum Teufel und fasste den Entschluss, Sheila vom Hof zu jagen.

Am Morgen war seine Wut verraucht und er sah die Sache nüchterner. Nicht das Mädchen wird er fortjagen, sondern den Klüngel an Dienstleuten aufbrechen. Früher oder später kommt er ans Ziel. Er inspizierte die Arbeit wie gewohnt, gab sich wie üblich und schaute, welches Weib entbehrlich ist, welche er als Rädelsführerin zuerst entlassen muss. Er legte im Kopfe eine Liste an, die er sukzessive abzuarbeiten gedachte. Mit grimmiger Freude gab er sich seinem Plan hin.

Gegen Mittag dieses Tages rollten mehrere Wagen die Auffahrt zum Gutshaus hoch, zwei Kutschen und drei hochbeladene Leiterwagen. Junge Männer sprangen ab, stellten sich in Reihe auf, ein Domestik öffnete die Klappe der einen Kutsche und in würdiger Haltung entstieg ihr der alte, längst ergraute Gutsherr. Maßvollen Schrittes begab er sich zum Portal des Hauses. Ein Schwarm an Untergebenen war um ihn herum. Sie gingen hinein.

Der anderen Kutsche war inzwischen ein junger, sich nicht weniger würdevoll haltender Mann entstiegen und sammelte ebenfalls ein paar Untergebene um sich. Er lief hier und da interessiert schauend auf dem Gelände herum. Er steckte seine Nase in sämtliche Arbeitsräume, befragte Mägde und Knechte, nickte immer wieder mal und grummelte ein verständiges »Ja«, ging weiter und verschwand ebenfalls im Gutshaus. Einige Domestiken luden das Gepäck ab und trugen es ins Haus.

Dann trat für Stunden Ruhe ein.

In Windeseile verbreitete sich die Nachricht, dass Gutsherr Eugen Walter Friedrich zu Gottschimm und sein Sohn Eugen Anton Friedrich auf ihr angestammtes Anwesen zurück gekehrt sind.

Am Nachmittag wurden sämtliche Leute ins Gutshaus gerufen.

Im Vestibül war eine Art improvisierter Thronsaal eingerichtet. Der Alte kauerte sichtlich erschöpft seitlich in einem Gestühl, Eugen junior saß steif und hoch aufgereckt mittig, ringsherum standen ihre Domestiken, blickten streng, ein wenig von oben herab auf die Eintretenden. Inspektor Florian Breuer trat selbstbewusst auf seinen Herrn zu, wurde jedoch per eindeutiger Geste auf Abstand gehalten, und die Dienstleute drückten sich im Hintergrund zusammen.

Der junge Gutsherr richtete huldvoll das Wort an sein Volk: »Liebe Leute, nun sind wir endlich heimgekehrt. Wir werden wieder hier wohnen. Wir haben uns umgesehen, und was wir sahen, ist erfreulich. Dafür danken wir Euch von Herzen. Ja, unser Dank ist Euch gewiss. Gott hat Euch sicher geführt. Geht denn nun heim zu Euren Familien, feiert einen schönen Feierabend und fühlt Euch wohl ohne Fron und Last. Nehmt dies als unseren Abschiedsgruß.«

Er winkte und die Leute waren entlassen.

Wie jetzt? – Entlassen?

Rat- und fassungslos schaute einer zum anderen.

Eugen Anton blickte zur Seite, winkte leichthin und die hinter ihm aufgereihten Domestiken rückten, schweigend in geschlossener Front vor. Das Volk strauchelte, das Volk begriff, und sie jagten hinaus.

Die Tür fiel ins Schloss.

Ohne Lohn und Brot standen sie im Freien und besaßen im Grunde nur noch das, was sie auf dem Leibe trugen.

Eine Magd kam als erste zu sich, eilte ins Gesindehaus und raffte ihr bisschen Zeug zusammen. Die anderen taten es ihr gleich.

Zu später Stunde an diesem Sommertag im Juli des Jahres 1875 lief der Trupp arbeitslos gewordener Menschen auf der Landstraße Richtung Süden. Unter ihnen war auch Sheila. Sie kehrte nie wieder in ihre Heimat zurück.

In den vergangenen drei Jahren hatte sich die Lebenssituation des Michael Krumm angenehm gerichtet.

Das Kind Franz wuchs neben ihm auf und entwickelte sich ganz und gar zu seiner Freude. Der Junge war seiner Mutter überhaupt nicht ähnlich und machte sie deshalb gründlich vergessen. Lebendig sprang der Kleine herum und erfreute das Vaterherz. Das umso mehr, weil alle Welt den Witwer bedauerte und ein Knabe seinem Erzeuger immer zum Ruhm gereicht.

Michael war Dank seiner Tüchtigkeit und Durchsetzungsvermögen im Sägewerk zum Oberaufseher aufgestiegen und avancierte zur Rechten Hand des Besitzers. Allerdings verdankte er seine Position nicht nur seiner Tüchtigkeit, sondern auch seinem Geld. Sparsam und umsichtig wirtschaftete er, brachte ein kleines Vermögen zusammen und war heute in der Lage, sogar Geld zu verleihen. Freilich zu Zinsen, nicht unverschämte Zinsen, aber immerhin. So kaufte er sich auch ins Sägewerk und ins Vertrauen des Herrn Sägewerksbesitzers ein.

Dieser Mann hatte eine Tochter im heiratsfähigen Alter, gierte und gurrte um Michael herum, denn der war ohne Zweifel eine sichere Bank und eine gute Partie. Allein, Michael zauderte. Andere Väter hatten ebenfalls Töchter und ansehnliche Mitgiften zu vergeben. Und er litt ja auch keinen Mangel. Er ließ sich Zeit. Die Sache wollte gut überlegt sein. Er hatte nämlich längst begriffen, dass Liebe purer Luxus ist und sich Reichtum mit Reichtum paart, um noch mehr Geld zu hecken. Michael war gerade mal sechsunddreißig Jahre alt. Da konnte noch sehr viel Wasser die Schimme runter fließen.

Er beschäftigte regelmäßig ein oder zwei Mägde, die er gewissenhaft in der Nachbarschaft auswählte. Das waren die Töchter kleiner und kleinster Bauern, fügsam und zugleich nicht völlig mittellos. Er verpflichtete sie zur Arbeit und gewann sie unter allerlei Versprechungen zum Minnedienst. Wurde die Frucht seiner Lenden unter ihrem Kleid sichtbar, schob er die werdende Mutter in ihr Elternhaus ab.

Niemand hatte den Mut, Michael Krumm anzuklagen, keiner mochte die eigene Tochter verstoßen. Rasch ward die Geprellte verheiratet – so mancher Knecht nahm gern einen Bastard in Kauf, wenn ein kleiner, eventuell auch verschuldeter Hof dranhängt – und Michael machte bar aller Sorgen weiter. Freilich raunte es hinterm Rücken, dass die Hälfte des Gottschimmer Nachwuchses junge Krumms sind. Aber wer gibt schon was Klatsch und Tratsch?

Gegen Klatsch und Tratsch war Michael genauso gefeit wie gegen Armut oder Stress. Es galt also ruhig zu überlegen, wie es weiter gehen soll.

Hin und wieder erwog er tiefgreifende Veränderungen: Eine Heirat und Umzug.

Seine Wohnung in der Dorfmitte hatte er schon lange satt, ein Pachtgrundstück und ein Mietshaus sind ja nun wirklich nicht gerade die Zierde eines reichen Mannes. Aber wen setzt man als Hauswart ein? Verlässt er das Domizil, muss ein brauchbarer Aufseher her, einer, der auf Ordnung hält, die Miete pünktlich eintreibt, den Schneid besitzt, Säumige davon zu jagen, den Pachtzins an die Gemeinde abführt und den Rest gewissenhaft bei ihm abrechnet. Den Gedanken, dieses Haus und Grundstück zu kaufen, hatte Michael längst aufgegeben. Wer kauft eine mickrige, von runtergekommenen Gehöfte eingegrenzte Bude, wenn er das Geld hat, ein Grundstück mit Aussicht auf Expansion zu erwerben? Das Sägewerk, der Gutshof oder etwa die Alte Försterei schwebten ihm vor. Das waren, mit oder ohne das Angebinde einer hübschen Maid, lukrative und ausbaufähige Objekte. Michael erwog, verwarf, wartete ab und lebte seinen Alltag.

An diesem Abend im Juli des Jahres 1875 klopfte es an Michaels Wohnungstür. Herein trat Inspektor Florian Breuer. Michael war verwundert und erfreut. Sie hatten sich lange nicht gesehen. Der Inspektor gehörte nicht zu dem Kreis reicher Leute, bei denen Michael inzwischen zu verkehren pflegte, und das Gut, wo ein Zusammentreffen mit Tochter Sheila durchaus möglich war, hatte er seit drei Jahren gemieden. »Wie mich freut, dass Du Dich blicken lässt«, kam der Hausherr leutselig auf den Gast zu.

Der machte einen gehetzten Eindruck, wirkte fahrig und bis zur Gänze erschöpft.

In der Tat hatte Breuer in den letzten Stunden die Hölle durchlebt und der Gang zu Michael Krumm war der Griff des Ertrinkenden nach dem Strohhalm.

Nachdem der Gutsherr die Dienstleute gefeuert hatte, brauchte Breuer einige Minuten, um zu sich zu kommen. Er meldete sich erneut bei seinem Herrn. Immerhin hatte er jahrelange treue Verdienste auf seinem Konto. Er hatte das Gut nicht nur am Leben erhalten, die Produktion wieder und wieder umgestellt, neuen Anforderungen angepasst, er hatte auch sämtliche Gewinne in seines Herren Tasche fließen lassen und für sich den kleinsten Teil beansprucht. Breuer war ein guter Diener seines Herren, auf Reichtum und Lob nie aus gewesen, er war der geborene Domestik. Da sollten sie ihm, der jetzt an der Schwelle zum Alter stand, nun wenigstens eine angemessene Abfindung gewähren. Breuer brachte seine Vorstellungen vor und flog wie beim ersten Mal kommentarlos raus.

Blitzschnell überschaute er seine Lage, rannte in seine Stube, stopfte etwas Wäsche, ein Brot, eine Speckseite, eine Flasche Brandwein in einen Sack, nahm seine Ersparnisse zu sich, schulterte den Sack und eilte dem sich entfernen Trüppchen der Dienstleute nach.

»Leute, wartet doch«, rief er ihnen zu, wie er sie ganz hinten auf der Landstraße ausmachte. Sie hielten an.

Auf ihrer Höhe angekommen, sagte Breuer schmeichelnd: »Nun will ich Euch treu zur Seite stehen, wie in alle den Jahren.«

Einige blickten erstaunt, andere lächelten süffisant, dritte hatten gar keine Meinung.

Eine Magd trat aus der Gruppe heraus und auf Breuer zu. Sie holte tief Luft, räusperte sich und spie dem Inspektor mitten ins Gesicht.

Eine konsternierte Pause breitete sich aus.

Breuer fasste sich, wischte sich den Rotz runter und sprach: »Mensch, Leute, wir sitzen doch alle im gleichen Boot.«

»Nee!«, sagte die Magd und kehrte sich zu den Ihren um.

Sie zogen weiter.

Breuer lief hinterher, bot sein Geld, den Inhalt seines Sackes, gebrauchte viele gute Worte, ja, er versprach sogar, immer und überall Milde walten zu lassen, sich zu ändern, ihnen allen gut zu sein.

Da hielt der Trupp erneut an.

Die Magd zeigte mit ihrer groben Hand auf den quer stehenden Ast eines nahen Baumes und sprach: »Siehst Du den da?«

Breuer nickte.

»An dem knüpfen wir Dich auf, wenn Du nicht sofort abhaust.«

Sein Blick tastete sich von ihrer schwieligen Hand über ihren fleischigen Arm zu ihrem breiten Kreuz. Er erschauderte und wankte nach Gottschimm zurück.

»Das ist ja grausam«, kommentierte Michael den Bericht.

Breuer fühlte sich angenommen und beruhigte sich.

Michael ließ ihm ein Abendbrot zubereiten, hockte sich ihm gegenüber, beobachtete und rechnete sich aus: Der abgehalfterte Inspektor ist ein guter Fang. Der wird ohne alle Drohungen parieren. Wer einmal so tief unten ist, braucht die Peitsche nicht mehr. Auch irgendwelche spitzfindige Absprachen und Verträge sind unnötig. Er ist gut eingearbeitet, kennt alle Winkelzüge. Nun denn! Er sagte: »Breuer, lieber Florian.« Er senkte die Stimme. »Was werd ich einen alten Freund hängen lassen. Arbeit gibt es genug, Wohnung auch. Ich lade Dich ein.«

Breuer lauschte und Michael entwickelte ihm den Plan, hier dieses Haus als Verwalter zu übernehmen. Breuer neigte sein Haupt vor seinem neuen Herrn.

Von all den Varianten, die ihm durch den Kopf gingen und die auch hinter vorgehaltener Hand in Gottschimm diskutiert wurden, wählte Michael jene, die am unauffälligsten war beziehungsweise am unattraktivsten erschien.

Der Oberförster hatte sich am Waldrand eine Villa in rustikalem Landhausstil bauen lassen, ein Haus, recht hübsch und fein, mit fantastischer Aussicht, bestens angebunden und zugleich weit genug von allem städtischen Lärm, Gewühl und Dreck entfernt. Dieses Haus stand seit einiger Zeit zum Verkauf. Der Förster hatte sich monetär übernommen und war gezwungen, sein als Altersruhesitz gedachtes Domizil zu veräußern. Ihm blieb die Dienstwohnung in der alten Försterei. Was danach kommt, war nicht abzusehen. Zunächst brauchte er Geld. Michael wurde mit dem Förster handelseinig und zog in das Haus am Wald um. Er versetzte sich sozusagen aus dem Zentrum des Geschehens an die Peripherie.

Im Herbst des Jahres hielt er um die Hand der Tochter seines Chefs und Kompagnons, Walter Hagenbühl, seines Zeichens der Sägewerksbesitzer, an. Der Mann nahm Michael erfreut in die Arme. »Meine liebe Elisabeth verzehrt sich ja schon lange nach Dir«, sprach er verzückt und dachte: Gott sei Dank! Jetzt kommt Geld zu Geld. Er wird mir den Kredit stunden oder völlig nachlassen. Sie öffneten eine Flasche Perlwein, prosteten sich zu. Gattin und Tochter – Elisabeth war weder hübsch, noch sonderlich gebildet oder sonst in irgendeiner Weise anziehend – wurden herbeigerufen und in kleiner Runde feierten sie Verlobung. In der Lokalpresse wurde das Bündnis bekannt gegeben. Eine Hochzeit in begrenztem Rahmen mit nur wenigen Gästen gab es auch und Ende November führte Michael seine Frau heim.

Was nun alle Welt erwartet hatte, nämlich dass Michael sich in der Firma noch breiter aufstellt und letzten Endes das Werk als alleiniger Besitzer weiter führt, trat nicht ein. Er ließ sich in aller Ruhe Elisabeths Mitgift auszahlen und kündigte anschließend seinem Schwiegervater den Kredit. Das war im Januar des Jahres 1877.

Sie trafen sich zu einem Gespräch im Kontor des Fabrikbesitzers, saßen sich gegenüber und Hagenbühl klagte: »Du ruinierst mich.«

Michael antwortete entspannt: »Ich weiß.«

Hagenbühl brauste auf: »Was bezweckst Du damit? Bist Du wahnsinnig? Du ruinierst nicht nur mich, sondern die ganze Region. Wie kannst Du das Elisabeth antun?«

»Langsam, langsam«, steuerte Michael gegen und antwortete: »Die Region kann mich mal. Soviel zum einen. Zum nächsten, diese kleinkarierten Wurstbuden bringen doch nichts. Ich denke in anderen Dimensionen. Anständige Staatsverträge, Heereslieferungen und so weiter.« Er besah sich seine Fingernägel und klopfte sich imaginären Staub vom Revers. »Du hast das die ganze Zeit nichts begriffen. Und zuletzt, was Deine Tochter angeht.« Hagenbühl horchte auf. »Sie ist mir auch egal.«

Hagenbühl sackte zusammen.

Michael Krumm schaute eiskalt auf ihn herab.

Der Alte wimmerte: »Aber Michael, denk doch mal. Wer hat Dich denn gefördert? Wer hat Dir denn alles in die Wiege gelegt? Nennst Du das dankbar? Das kannst Du doch nicht wirklich meinen? Was ist denn das für eine Moral?«

»Mit Moral kommt man nicht weit«, sprach Michael, erhob sich und strebte zur Tür.

Der alte Mann hängte sich an ihn und flehte: »Hab doch Erbarmen!«

Michael kehrte sich brüsk um und war draußen.

Daheim bot sich ihm eine ähnliche Szene: Elisabeth war erst starr vor Entsetzen, dann jammerte und klagte sie.

Michael entwickelte auch hier ohne jedes Mitgefühl: »Vorschlag zur Güte: Du nimmst Deine Plünnen, ziehst zu Deinen Eltern und gibst Ruhe. Eine Rente setze ich Dir aus. Magst Du nicht, dann schlagen wir uns vor Gericht. Was glaubst Du, wer gewinnt?«

Elisabeth war dumm, sicher, aber nicht so dumm, dass sie ihre Chancen falsch einschätzte. Die Ehe war nicht vollzogen. Ihr Mann mied sie von Anbeginn. Sie war auch keine schöne Frau und hatte kaum Freunde. Sie würde im Gerichtssaal eine verdammt schlechte Figur machen und sich dem Gespött der Leute ausliefern.

Sie willigte ein und verließ das Haus.

In den nächsten Monaten widmete sich Michael ausschließlich seinem Heim.

Bedienstete waren einzustellen, zu prüfen, zu entlassen, neue zu finden und wieder einzuarbeiten. Er hatte Mühe, bis alles passte.

Außerdem legte er Wert auf eine gediegene Einrichtung. Schließlich war er gelernter Tischler und lobte sich gute Qualität. Die lieferte ihm freilich niemand so wohlfeil, wie er sie gern hätte. Also legte er selbst Hand an. Dazu brauchte er Holz. Holz von bester Beschaffenheit, gut abgelagert, von edlem Wuchs. Das nunmehr brach liegende Sägewerk mied er, sich dort aus der Konkursmasse zu bedienen, lag ihm fern.

Er stromerte in der Gegend herum, fragte auf den Höfen und in den Haushaltungen der Bürger, inwieweit etwa früher gehortetes Bau- oder Möbelholz abzugeben sei. Er wurde fündig und machte einen guten Schnitt dabei. Nebenher hörte er, was er hören wollte: Die Menschen beklagten ihre Not. Mit der Pleite des Sägewerkes war der Holzeinschlag eingebrochen, auch das Baugewerbe stagnierte, Arbeitslosigkeit breitete aus, es wurden weniger Lebensmittel, Kleider und Dienstleistungen gekauft, was auch den Absatz der Bäckereien, der Nähstuben, der Wäschereien schmälerte. Nicht zuletzt litt die öffentliche Hand, weil weniger Steuern eingezahlt wurden. Das Volk verelendete und die ganze Region, drohte den Bach runter zu gehen. Im Stadtrat rauften sie sich die Haare. Niemand hatte eine Lösung. Freilich, wenn man Geld hätte, Investitionen tätigen könnte ... So aber, blieb nur Abwarten, den Gürtel enger schnallen und hoffen, dass einer kommt und für ein paar längst vergessene Bretter eine blanke Mark hinlegt.

Mit Genugtuung verfolgte Michael die Entwicklung. Still sammelte er die Fakten und beobachtete die Lage.

Seit seiner Wanderung nach Gnesen – heute dachte und sagte er nur immer Gnesen, hatte das polnische Gniezno längst vergessen – stöberte er erst gelegentlich, später intensiv die aktuellen Publikationen durch. Ohne allgemeinen Überblick, meinte er, kann niemand die eigene Position real einschätzen. Die Sphären, in die er sich aufzuschwingen gedachte, verlangten einfach einen Akteur mit der nötigen Draufsicht. In seinen Augen genügte es eben nicht ein paar Hunderter in ein Unternehmen zu stecken und darauf zu warten, dass sich das Geld vermehrt. Handwerkliche Tüchtigkeit allein brachte es auch nicht. Er informierte sich über die Kräftekonstellation seiner Zeit, um sie für sich nutzbar zu machen. Michael hielt sich bedeckt, wirtschaftete sparsam und harrte geduldig seiner Gelegenheit.

Es dauerte lange, nämlich ganze zwei Jahre, bis endlich einer aus dem Stadtparlament auf ihn zu kam und Rat suchte.

Sie hockten sich im gepflegten Garten des hübschen Landhauses bei Wein und Imbiss zusammen. Michael hatte großzügig auffahren lassen. Er zeigte Wohlstand und Solidität vor. Er spürte seine Stunde nahen.

Zunächst verbreitete sich der Mann – es handelte sich um den konservativen Abgeordneten Werner Hugo Dinnebier – wie alle anderen in Jammern und Klagen.

Um Gottschimm war es schlimm bestellt. Es versank nahezu im Chaos. Das hungernde Volk wurde rebellisch. Sie führten umstürzlerische Reden, drohten mit Besetzung des Rathauses und kein besser Betuchter wagte sich mehr in die Arbeitersiedlungen hinein. Diebstahl, Aufruhr mehrten sich. Es kam zu Übergriffen. Ohne die hart durchgreifende Polizei und die Anwesenheit der disziplinierten Rekruten und Offiziere aus der Garnison wären Ruhe und Ordnung nicht mehr aufrecht zu erhalten.

»Aber wie lange noch? Nur ein Funken und uns fliegt hier alles um die Ohren«, endete Dinnebier.

Michael griff zum Weinglas, wies auf die Blumenpracht im Garten, prostete seinem Gast zu und sagte ganz entspannt: »Wir wollen den schönen Augenblick genießen.«

Dinnebier stöhnte, trank und fragte: »Was meinen Sie, lieber Krumm, wie es weiter geht, was kann helfen?«

Michael stellte sein Glas ab, lehnte sich vor und fragte mit gesenkter Stimme gegen: »Ganz ehrlich?«

Dinnebier antwortete: »Ganz ehrlich.«

Michael sah seinen Gast offen an und stieß zu: »Die Aufrührer an die Wand stellen, die Kleingeister ausweisen und die Wirtschaft konzentrieren.«

Dinnebier fuhr zurück, starrte sein Gegenüber an und stammelte: »Radikal? Wo bleibt die Demokratie? Was wird aus unseren Werten? – Ja, was meinen Sie mit Kleingeistern?«

»Kleingeister sind in meinen Augen all jene, die glauben, hier und da ein bisschen stümpern zu dürfen und dabei reich zu werden.«

Dinnebier machte ein verzweifeltes Gesicht.

Michael verstand. »Lassen wir das«, sagte er ablenkend und ging weiter: »Die Kleingeister erledigen sich von selbst. – Kommen wir zu den Rädelsführern: Ausschalten! Das ist mein Ernst. Verbieten sie deren Partei, jagen sie deren Familien in den Ruin, grenzen Sie sie aus. Kein Wohnrecht, kein Arbeitsrecht. Nichts. Mit harte Hand durchgreifen!«

Dinnebier nickte.

Michael setzte fort: »Den Rest der Leute bekommen Sie rasch besänftigt.«

Dinnebier resümierte: »Soweit so gut. Frieden ist hergestellt.«

Michael lächelte entgegenkommend und echote: »Soweit so gut. Frieden ist hergestellt.«

Er nahm sein Glas auf und trank in kleinen Schlucken. Dinnebier trank auch und wartete auf den Wirtschaftsteil.

Michael lenkte ab: »Womit hält sich eigentlich das Heer?«

Dinnebier ging unwillig darauf ein: »Finanzierung vom Fiskus.«

Michael runzelte die Stirn.

Dinnebier ergänzte: »Nun, so klamm sind Reichstag und Kaiser nie, dass sie sich ihr Militär nicht leisten können.«

»Ah ja«, kommentierte Michael gedehnt, gab sich wieder nachdenklich und kalkulierte: »Gesetzt den Fall, wir finden einen Mann, der Aufträge und Steuergelder auf sich zu lenken weiß, die lokale Wirtschaft wieder hochbringt, dann wäre doch alles in Butter.«

Dinnebier kommentierte: »Klar. – Nur müsste der Mann auch Eigenkapital mitbringen. Der Fiskus lässt sich da auf keine Spielchen ein. Sein Heer ist ihm heilig. – Kennen Sie einen solchen Mann?«

Michael lächelte tiefsinnig und Dinnebier war schlagartig erleuchtet. Er roch das Geld förmlich. Er sah sich jetzt genauer um: Wohlstand, schlichte Eleganz, Ruhe, das alles macht den guten Geschäftsmann aus. Ihm schwante, dass Michael Krumm nicht zufällig Rede und Gegenrede in diese Richtung lenkt.

Er hob sein Glas und trank dem Gastgeber zu.

Er setzte ab und sagte: »Gemacht. – Ich bin nächste Woche in Berlin zum Vortrag beim Kanzler. Ihm liegen besonders die Neumark und die kleine Leute am Herzen. Ich denke, wir kommen wieder hoch.«

Michael dachte boshaft: Dem Kanzler liegt besonders unsere Gegend als Puffer gegen Russland am Herzen, bringt er uns hoch, bringt er Preußen und sich selbst hoch. Nun denn, an mir solls nicht liegen, wenn ich dabei gut weg komme.

Er sagte: »Fein. – Lassen Sie uns paar Schritte gehen.« Sie erhoben sich und schlenderten durch den Garten.

Bevor Michael irgendwelche Staatsaufträge in die Hand bekam, mietete er in der Stadt am Neumarkt ein paar Räume und richtet ein »Arbeitsvermittlungs- und Dienstleistungsbüro« ein. Er rechnete ganz klar damit, dass er in Bälde zuverlässige Kräfte ohne Ende brauchen würde. Die wählte er mit Bedacht schon jetzt aus dem Heer der Arbeitslosen aus. Den ausgehungerten Arbeitsuchenden zahlte er ein Überbrückungsgeld und nannte es »Sozialfürsorge«. Freilich kamen nur Antragsteller in Betracht, die auch Aussicht auf Arbeit hatten: Qualifizierte Handarbeiter und solche mit Maschinenerfahrung, Absolventen der verschiedenen Bildungsinstitute mit und ohne Abschluss, ausgediente Militärs. Frauen und Kinder lehnte er grundsätzlich ab. Die verwies er an den Herd und in die Schule, und rechtfertigte diese Entscheidung mit seinem sozialen Gewissen. Es musste genügen, wenn die Familienväter etwas verdienen und heimbringen.

Die Gottschimmer, zumindest diejenigen, die noch nicht am Hungertuch nagten, griffen sich wiedermal an den Kopf und meinten, dass Michael Krumm jetzt völlig durchgeknallt ist. Was treibt einen, sein letztes Geld für das Bettelvolk hinzulegen. Allerdings erinnerte sich jetzt auch einige, wie er seinerzeit, die Zigeuner in sein Haus aufgenommen hatte, und traten diese Geschichte legendär breit. Das Volk vermutete bei Krumm eine soziale Ader und sie feierten ihn wie ihren Messias. Niemand ahnte, was dahinter steckt. Und diejenigen, die genügend Durchblick hatten, sein Geschäft hätten durchleuchten und ihn an den Pranger stellen können, waren vom Abgeordneten Dinnebier de jure längst mundtot gemacht.

Im Frühjahr des Jahres 1890 hatte Michael Krumm sämtliche Pleitefirmen in und um Gottschimm aufgekauft, setzte seine Leute in Leitungsfunktionen, investierte in die Grundmittel und nahm die Produktion von Ziegeln, Möbeln, Stoffen langsam wieder auf. Inzwischen waren auch die Verhandlungen mit der Heeresverwaltung und dem Militärkabinett soweit gediehen, dass Steuermittel in sein Geschäft flossen. Die Sache begann rund zu laufen und sich zu rechnen. Allmählich erholte sich das Land von der Regression, die Menschen schöpften Hoffnung, Arbeit schaffte Wohlstand und Zufriedenheit. Michael gewann mehr und mehr.

Im Staatsdienst

Der Sohn Franz Krumm war inzwischen achtzehn Jahre alt und Vater Michael raufte sich die Haare. Alles, aber auch alles hatte er in seinen Jungen investiert, ihm die teuersten Erzieher und Ausbilder ins Haus geholt, und nichts, aber auch gar nichts fruchtete. Wollte er seinen Sohn als würdigen Nachfolger haben, ihm eine reiches Erbe hinterlassen, so sah er jetzt Perlen vor die Säue geworfen. Wie kann das sein?

Seinerzeit, als es hieß, den Jungen in die Schule zu geben, sah sich Michael um. Die beste Bildungsanstalt des Landes war für sein Kind gerade gut genug. Nur leider gab es keine guten, schon gar keine besten Institute. In allen Schulen herrschten Drill und Gehorsam. Wenn ihm, als dem reichen Unternehmer, von dem man Zuwendungen und Zuspruch erhoffte, Zöglinge vorgeführt wurden, musste er feststellen, dass fragmentarisch Wissen heruntergeleiert wird, ohne zu begreifen, worum es überhaupt geht. Er erlebte, wie von geistig degenerierten Lehrern völlig verblödete Schüler gelobt und gehätschelt werden. Das stieß Michael ab, drehte ihm den Magen um, wollte ihm auf keinen Fall gefallen. Mag sein, dass er als Vater überbesorgt reagierte und an Punkten herumnörgelte, die der Kritik nicht bedurften. Aber das, was er als Kind bei Lehrer Plempe in der Kinderkolonie an Frohsinn und gedanklichem Tiefgang erlebt hatte, eben das, wie er sich Schule vorstellte, fand er nicht. »Mensch, man lernt doch nicht für den Pauker!«, fluchte Michael und suchte weiter. Freilich gab es hier und da einen Lehrer, der sich von der Masse abhob und hinter vorgehaltener Hand das Regime und die Bildungsinhalte kritisierte. Das waren jedoch nur Einzelfälle und die veränderten das Getriebe kaum.

In seiner Not schaltete Michael eine Anzeige in der lokalen und eine weitere in der überregionalen Presse. Und siehe da: Es schneite ihm gut ausgebildete und altruistisch eingestellte Fachleute ohne Ende ins Haus. Die nahm er unter Vertrag und setzte sie seinem Sohn vor. In der Tat sah es jahrelang so aus, als würde Michaels Konzept aufgehen. Der Junge lernte spielend, spielte und lernte, war freundlich, ausgeglichen, beherrschte seine Lektionen, wusste auf jede Frage eine Antwort, argumentierte gekonnt, subsumierte Details zum Wesentlichen, folgerte aus einer Ursache auf die Wirkung, jonglierte mit Daten und Fakten in allen Wissensbereichen.

Nun aber in seinem achtzehnten Lebensjahr, als es um den beruflichen Einstieg ging, enttäuschte der Junge dermaßen, dass Michael ans Ende seines Lateins, in wahre Verzweiflung geriet.

Franz wollte partout nicht in Vaters Fußstapfen treten, sondern sich als Abenteurer, Kosmopolit, Forscher auf fernen Kontinenten in fremden Kulturen bewähren. Er träumte von Reisen, schwärmte von Freiheit, suchte das Abenteuerliche, Andersartige, Schönheiten jenseits der Heimat. Franz, dem ein so angenehmes, bequemes Nest bereitet war, lehnte das Hiesige als Zumutung ab, bäumte sich auf und stritt vehement. Als Gipfel der Unverfrorenheit äußerte der Sohn: »Du wirst mir doch nicht zumuten, dass ich auch solch ein träger Klotz werde wie Du.«

Das saß! Das traf mitten ins Herz. Das hatte Michael nicht verdient.

Achtzehn Jahre hatten sie in Frieden gelebt, achtzehn Jahre lang bedeuteten sie einander alles und nun kam es zum Bruch.

Gern hätte Michael die Zeit zurückgedreht und die Hauslehrer anders unterwiesen, mehr kontrolliert. Freilich war er beruflich immer viel beschäftigt gewesen, aber hier und da eine Auszeit, in der er Franz' Entwicklung intensiver unter die Lupe nimmt, das wäre drin gewesen. Als Vater ließ er sich immer davon leiten, ob es dem Jungen gut geht. Es ging ihm gut. Damit war er zufrieden. Und nun? Nun rebellierte er. Wer hatte ihn verdorben? Wann war der giftige Stachel gesetzt? Viel zu spät erkannte Michael, wie sehr sich sein Kind von ihm entfernt hatte, wie machtlos er war. Er kam in Wut, ja in gnadenlosen, abgrundtiefen Zorn über den Klüngel hinter seinem Rücken, und wie er merkte, dass es nicht mehr zu ändern war, richtete sich seine Aversion gegen das eigene Kind. Er tobte, er schrie, warf Gegenstände. Die Wellen schlugen hoch. Tagelang gab es Zank und Streit im Haus. Michael erwog Androhung von Gewalt oder gar wirkliche Züchtigung. Das brachte er dann doch nicht über sich. – Der Krach ebbte ab. Erschöpft gingen sie aufeinander zu.

Michael verlegte sich aufs Bitten: »Die Firma nicht. Das sehe ich ein. Aber ein solider Beruf, das muss Dir doch gefallen, bevor Du um die Welt ziehst.« Franz war gerührt, wie der Alte buhlt, sich klein macht, sich abarbeitet. Er neigte sich zum Vater und fragte: »Was schwebt Dir vor?«

»Buchhalter«, antwortete der Vater scheu. Franz parierte: »Nicht die Firma!«

»Dann eben«, grübelte der Vater kraftlos und ohne Schwung sagte er: »Die Försterei ist gerade frei geworden. Magst dort Waldpflege lernen.«

Des Jungen Augen leuchteten auf.

Michael steigerte sich prompt: »Immer an der frischen Luft, immer in Gottes herrlicher Natur. Magst Du?«

Franz schaute begehrlich nach dem großen Wald hinüber, den er noch nie betreten hatte. Dieser Wald war das Ziel vieler seiner Träume gewesen, war unentdecktes Land, verhieß Freiheit, forderte den ganzen Mann.

Er schlug ein und ward von seinem einflussreichen und finanzkräftigen Vater in die Stellung des Forstmeisters gebracht.

Die Alte Försterei lag verlassen. Ein breiter befahrbarer Weg führte dorthin. Das Anwesen bestand aus einem ansehnlichen Wohnhaus mit Nebengelass, mehreren Ställen für Haustiere, Scheunen für Vorräte und Schuppen mit Werkzeug. Vor den Gebäuden breitete sich eine riesige Freifläche aus und hinter dem Wohnhaus erstreckte sich ein zur Zeit recht verwilderter Garten. Das Ganze war von einem hohen Staketenzaun eingefriedet.

Ein verwunschenes Schloss, vermerkte Franz, als er mit Sack und Pack hier eintrat. Wildwuchs und Abgeschiedenheit verstärkten den Eindruck und befeuerten seine Fantasie. Der neue Förster wusste, dass der alte sich in diesem Gemäuer erhängt hatte. Spekulationen über Erpressung, nächtliche Raubzüge, Diebesvolk machten die Runde. Das ficht Franz nicht an. Er war jung und tatkräftig. Sicherheitshalber stellte er einen ansehnlichen Knüppel neben die Haustür.

Franz inspizierte das Haus und die Nebengebäude, öffnete Türen, schaute in Räume, verschloss sie wieder. Was er sah, konnte er keiner Nützlichkeit zuordnen. Das ist klar, denn er hatte von der Försterei keine Ahnung. Auch in der Hauswirtschaft kannte er sich nicht aus und in der Gartenpflege war er ebenfalls völlig unbedarft. Gedanken daran schob er weg. Er räumte seine Sachen aus Koffern und Kisten in Schränke, stieß die leeren Behältnisse beiseite, richtete aus Brot und Schinken eine Mahlzeit her und hockte sich bequem auf die Veranda. Die Beine legte er hoch, er aß, lenkte seinen Blick in die Wipfel der Bäume. Ringsum ein großer, tiefer Wald. Er genoss die Freiheit.

Lange saß er so. Er dachte nach und schmiedete Pläne. Morgen wird er draußen herumstreifen und nach dem Rechten sehen. Allerdings hätte er nicht sagen können, was das Rechte eigentlich ist. Ich werde es lernen, gestand er sich selbstgefällig zu und meinte, dass es so schwierig nicht werden wird.

Franz ging zu Bett, rollte sich zusammen und schlief ein. Die Nacht verlief ruhig. Niemand kam, niemand störte. Der Wald schwieg.

Der nächste Morgen brachte ein unangenehmes Erwachen.

Der Vorarbeiter Otto Meißner war ins Haus eingedrungen, hatte den Träumer geweckt und sprach leicht vorwurfsvoll: »Meister Krumm, die Leute warten!«

»Ja, welche Leute?«, fragte Franz dumm und rieb sich die Augen.

Meißner belehrte abgehoben: »Arbeiten einteilen, Holzsammelscheine austeilen, aufforsten, pflegen, bestimmen.«

Franz leierte sich hoch, trat ans Fenster und sah vorm Haus eine Menge Frauen, Männer und Kinder, die offenkundig ungeduldig seiner Anweisungen harrten. In der Tat warteten sie seit Sonnenaufgang, jetzt war es fast Mittag. Der Tag vergeht und nichts ist getan! Missmut machte sich breit.

Franz kratzte sich am Kopf und unter dem Hemd. Er fragte: »Und Sie sind?«

»Meißner, erster Vorarbeiter.«

»Wer hat denn früher die Arbeiten eingeteilt, wenn der Meister nicht zugegen war?«, fragte Franz weiter.

»Ich«, antwortete Meißner.

»Ja, was stehen Sie hier rum? Tummeln Sie sich!«, herrschte Franz.

Der Vorarbeiter ging hinaus und Franz legte sich wieder hin.

Es dauerte keine fünf Minuten, da stand Otto Meißner wieder neben dem Bett. Er hatte Stift und Papier in der Hand. »Was denn nun noch?«, grummelte Franz.

Meißner erklärte: »Die Holzsammelscheine sind zu unterschreiben.«

Franz richtete sich hoch, nahm die Papiere und unterschrieb unbesehen.

Meißner trat ab und Franz, dem die Ruhe jetzt gründlich verdorben war, stand endlich auf.

Nach Morgentoilette und Frühstück nahm Franz seinen Knüppel und stiefelte in den Wald.

Hier und da traf er auf Leute, sie sammelten Beeren, Pilze und Holz, auf einer Lichtung befreiten einige Frauen und Kinder junge Setzlinge von Unkraut, auf einer Lichtung schnitten Männer von gefällten Bäume Kronen und Äste ab, wuchteten Stämme zu riesigen Stapeln. Franz grüßte freundlich. Die Leute grüßten devot zurück. Fleißige Menschen, vermerkte Franz zufrieden, schritt über seine Besitzungen und machte sich mit seinem Arbeitsbereich vertraut.

Bäume über Bäume, kaum ein Weg und keine Markierung, ab und an huschte ein Hase durchs Holz, die Vögel sangen lieblich, der Specht klopfte, die Sonne schien, der Tag war freundlich. Franz kam in Hochstimmung und lobte sich sein Dasein.

Er wanderte froh gelaunt immer weiter und es kam, was nicht ausbleiben konnte: Die Sonne sank, es wurde dämmrig, Franz suchte den Heimweg und fand ihn nicht.

Alles sah so gleich aus. Baum an Baum und Unterholz. Franz irrte umher, geriet in Angst.

Mal glaubte er sich der Försterei nah, jagte nach dieser Richtung, dann erkannte er seine Täuschung, kehrte um und rannte anders lang. Im Licht der untergehenden Sonne warfen die Bäume lange Schatten, verzogen sich gespenstig, wirkten bedrohlich. Im Laufen riss er sich Hemd und Hose entzwei, Zweige zerschrammten sein Gesicht. Panik ergriff ihn. Franz schrie: »Leute, holt mich! Hört denn keiner?«

Niemand hörte. Ein Echo klang von fern zurück.

Er lauschte. Die Tiere raschelten im Holz, legten sich zur Ruh. Stille trat ein. Die Sonne sank tiefer. Der Wald wuchs hoch auf. Und plötzlich war es stockdunkel. Ab und an eines Kauzes Ruf, hier und da ein Knacken, ansonsten kein Laut.

Franz erstarrte.

Er suchte zwischen den Wipfeln den Himmel, als wenn von dort Rettung käme. Hoch oben standen die Sterne und blinzelten ihm zu. Franz sank auf die Knie und faltete die Hände.

Der Waldboden strömte letzte Wärme aus. Der Junge kauerte sich zusammen und schlummerte ein.

Irgendwann erwachte er, ringsum schwarze Nacht, selbst die Sterne waren nicht mehr da, er fühlte feuchte Kälte heraufziehen, er hatte Hunger und eine lähmende Angst. Er blieb hocken, schloss die Augen und Tränen liefen über seine Wangen. In einem Moment verzweifelten Aufbegehrens tastete er neben sich, suchte den Knüppel, geriet mit den Händen in eine klebrige, feuchte Masse, zuckte zusammen, jagte hoch und stolperte los. Keine fünf Schritte und er stieß mit dem Kopf an einen Stamm, fiel nieder und blieb bewusstlos liegen.

»Auch mal ganz nett, so eine Nacht im Wald«, hörte Franz die Stimme Meißners und schlug die Augen auf. Der Vorarbeiter stand breitbeinig über ihm, lächelte und fragte: »Gehts wieder?«

Meißner trat zur Seite, bückte sich und half Franz auf. Ein paar Schritte nur und sie standen vor der Försterei.

Franz war von Kopf bis Fuß mit Dreck und Blut besudelt, zerschrammt, und seine Kleider hingen in Fetzen herab. Meißner brachte ihn ins Haus, schürte Feuer im Herd, setzte Wasser auf. Franz hockte dabei, schaute fassungslos zu und wusste nichts zu sagen.

Meißner befahl: »Klamotten runter! Waschen!«
Franz gehorchte. Zögerlich nahm er Lappen und Seife zur Hand, feuchtete an, schäumte auf und betupfte seinen lädierten Körper.
Meißner sah dem Getue eine Weile zu und drohte dann: »Pass mal auf, Junge, entweder Du wäschst Dich anständig oder ich übernehme das.«
Franz rubbelte stärker.
Nach dem Bad platzierte Meißner den Jungen vor sich auf einem Stuhl, untersuchte die Wunden und bestrich die offenen Stellen mit einer beißenden Tinktur.
Franz stöhnte.
Meißner grunzte derb: »Na na na. Das will ein Mann sein?«
Franz biss die Zähne zusammen.
»In zwei Tagen ist das Schlimmste vorbei«, dozierte der Heiler, reichte Wäsche, ein Hemd und eine Hose herüber und sagte: »Anziehen!«
Er klemmte sich das Waschzeug unter den Arm, nahm die Schüssel auf, entfernte sich Richtung Tür und ordnete noch an: »In fünf Minuten biste auf der Terrasse und wir besprechen das Tagesprogramm.«
Franz stand der Sinn weder nach Tagesprogramm noch nach Unterhaltung. Sein Kopf dröhnte, seine Seele war bis zur Gänze erschüttert und müde war er auch. Er folgte trotzdem.

Otto Meißner war ein erfahrener Forstarbeiter um die Mitte vierzig. Er hatte das Handwerk von Grund auf gelernt. Mit den Großeltern war er schon in frühester Kindheit im Wald unterwegs, um die für den Bauern angesagte Fron abzuleisten. Er lernte den Wald kennen und lieben. Mit den Jahren waren die Meißners keine abhängigen Bauern mehr, kauften sich ihr Land, konnten frank und frei entscheiden, was ihrem Wohl dient. Allein, die Last blieb. Die Bauernwirtschaft war klein, warf kaum das Notwendigste ab, also strebten sie nach wie vor in den Wald, um sich ein Zubrot zu verdienen. Irgendwann war Otto des Doppellebens müde, kehrte sich vom Hof ab, gesellte sich dem Förster ganz und gar zur Seite und ward nur noch Waldarbeiter. Er stieg als zuverlässige, immer verfügbare Kraft zum ersten Vorarbeiter beziehungsweise Forstgehilfen auf und wähnte sich ab einem bestimmten Punkt mit berechtigter Hoffnung als Nachfolger des alten Försters. Selbst höhere Vorgesetzte, die hin und wieder die fiskalischen Besitzungen begutachten, handelten Otto Meißner als den künftigen Forstmeister von Gottschimm. Als der alte Förster ausgebrannt, krank, desillusioniert und von Schulden belastet, sein Leben aushauchte, glaubte sich Meißner am Ziel seiner Wünsche. Weit gefehlt! Dem Forstarbeiter setzten sie den jungen Krumm vor die Nase. Wer in der preußischen Beamtenhierarchie nach oben kommt, entscheidet nicht die Tüchtigkeit, sondern der Geldbeutel, resümierte Meißner bitter und blieb, was er war: Arm und unbeachtet.

Nun hätte er dumm tun, sich bockig anstellen, den Jungen auflaufen lassen können, bis er von selbst flüchtet oder sich, wie letzte Nacht ungeschickt, von ganz alleine umbringt. Zunächst stand Meißner auch der Sinn danach. Doch was wäre damit gewonnen? Sie beordern einen anderen reichen Schnösel her, der eventuell noch weniger taugt als der Junge, und Otto Meißner hat wieder nichts zu lachen. Nach reiflicher Überlegung ging ihm ein, dass er sich den Jungen so zurecht biegen könnte, wie er ihn braucht, dass er ihn was lehren sollte, ihn nach seinem Bilde formen. Möglicher Weise würde er damit Vorteile erheischen, sich doch noch irgendwie hocharbeiten können oder zumindest Ruhe und Frieden in sein Alter bekommen. Einen Versuch war es wert.

Franz trat herzu und setzte sich. Otto hatte den Tisch gedeckt, zeigte über die Tafel und sagte: »Greif zu.«

Wohlriechendes, luftig gebackenes Bauernbrot, Eier mit Schinken gebraten, mehrere Scheiben Schlackwurst und dazu würzig duftender Kräutertee.

Franz bediente sich, aß mit zunehmende Appetit und zwischen zwei Happen sagte er: »Ihr lebt nicht schlecht.«

»Muss ja. Essen und Trinken halten Leib und Seele zusammen. Und willst Du bei der Arbeit nicht umfallen, musst Du tüchtig essen«, erklärte Otto freimütig.

Franz nuschelte: »Ich dachte nicht.« Was er nicht dachte, sagte er nicht. Arme Leute, meinte er, haben nichts zu essen.

Otto schmunzelte. Er fand bestätigt, dass der hier vom Leben nichts weiß. Armut ist doch längst nicht mehr Abwesenheit von Nahrung. Armut ist in erster Linie Rechtlosigkeit, Mangel an Bildung, soziale Ausgrenzung und so weiter. Mit ihren Reformen hat die Obrigkeit den kleinen Mann satt gemacht, zumindest diejenigen, die in Arbeit stehen.

Otto schaute zu dem Jungen, freute sich, wie der allmählich zu sich kam. Er eröffnete: »Nun erzähl mal, Franz. Wie stellst Du Dir die Arbeit vor? Was hast Du vor? Worauf legst Du Wert?«

Die Fragen jagten den Jungen ins Tal seiner totalen Ahnungslosigkeit. Er machte große Augen und stammelte: »Äh, ich weiß nicht. Ich dachte, man kann so peu a peu.«

Otto lehnte sich zurück, er war fertig mit dem Essen und nahm sich sein Rauchzeug vor.

Franz wartete verunsichert.

Otto paffte und fragte weiter: »Was hast Du denn bisher gelernt oder gemacht? Irgendwas muss Dir doch vorschweben.«

Franz holte aus: Er war vom Vater behütet und von Dienstleuten abgeschirmt aufgewachsen. Jeden Wunsch lasen sie ihm von den Augen ab. Niemals musste er etwas allein tun. Ständig war jemand da, der jegliche Mühe von ihm nahm. Das einzige, worauf der Vater streng hielt, war Bildung. Bildung um jeden Preis, damit der Junge Vaters Nachfolger werden kann, und er sollte es leicht haben. Bücher und Hauslehrer zu Hauf. Irgendwann litt er seine Nutzlosigkeit. Alle im Haus hatten ihre Aufgaben, nur er nicht. »Du lerne mal fleißig«, sprach der Vater, »das Leben wird noch hart genug.« Da vergrub sich der Junge in seine Bildbände, Reisebeschreibungen und Märchenbücher. Er spann sich eine Welt aus Abenteuern zusammen, in denen er der Retter der Menschheit, der Rächer der Armen, der Gutmensch an sich und vorallem der treibende, kraftstrotzende Anführer rebellierender Kämpfer ist. Abschließend beschrieb er den Ärger mit Vaters Zukunftsplänen. »Da habe ich das erste Mal wirklich meinen Willen durchgesetzt«, endete Franz.

Otto ließ die Worte nachklingen.

Er fragte: »Dein Vater beschnitt Dich, damit Du ihm nacheiferst?«

Franz antwortete: »Ganz so war es nicht. Ich hatte meinen Turnraum, mein Bassin, meine Pferdekoppel, meine Trainer. Ich glaube, wenn ich hätte reisen wollen, dann hätte Vater mir das auch zugestanden. Aber wenn Du von morgens bis abends beobachtet wirst, und sei es aus gutem Willen, dann vertagst Du automatisch Deine Wünsche auf später. – Später ist jetzt. Ich freue mich auf die Zeit hier.« Franz strahlte Otto an. Er fühlte sich verstanden und ernst genommen. Zuhören und Entgegenkommen hatten ihn unglaublich erleichtert.

Dem Vorarbeiter kam die Galle hoch. Er grollte: »Ein Forstrevier als Spielwiese für ein verwöhntes Herrensöhnchen! Die Waldarbeiter als Puppen in seinem Kasperletheater! Wenn der Sohnemann es wünscht, kaufen wir ihm einen Wald, einen Posten und Personal dazu.«

Er sprang auf, fuchtelte mit den Armen und brüllte: »Mein Gott, was war ich naiv! Liegen lassen hätte ich Dich müssen. Nochmal zutreten, bis Du verreckst.«

Franz erschrak.

Er kehrte sich in sich. Er ließ Otto toben, und wie der sich beruhigte, sagte er betroffen: »Du hast mich gefunden. Du hast mich nicht liegen lassen. Du hast mir beigestanden. Hast mich hergeholt und aufgepäppelt.«

Otto nickte.

»Das verspreche ich Dir: Es soll nicht umsonst gewesen sein. Ich will ...« Was er wollte, wusste er nicht wirklich. Er ließ es offen, fuhr sich fahrig durchs Haar und fühlte sich elend wie vordem.

Otto stand da und war von der Hilfslosigkeit des Jungen gerührt. Er zog ihn hoch, nahm ihn in die Arme und drückte fest zu.

Franz stöhnte.

Otto parierte: »Hab Dich nicht so! Das will ein Mann sein?«

Franz lernte, den Wald zu verstehen. Art und Befinden der Bäume, Moos auf dem Boden und an den Stämmen, Unterholz mit seinen verschiedenen Pflanzen, Wachstum, Reife und Verfall, all das sprach zu ihm, und er las darin wie in einem offenen Buch. Franz hatte auch bald keine Mühe mehr, sich selbst in entfernteren Abschnitten zu orientieren. Am besten gefiel ihm, wenn sie auch ohne dienstliche Pflichten draußen herumstreiften. Bei allen Wettern zu allen Tageszeiten waren sie unterwegs. Sogar in der stockfinsteren Nacht brauchte sich Franz nicht mehr zu fürchten. Hatten sie die rechte Zeit zur Heimkehr verpasst, richtete Otto mit sehr einfachen Mitteln ein Lager her und sie blieben im Wald. Sie horchten auf den Ruf der Nachtvögel und vermerkten sich im Schlaf wälzende Schweine. Angst war kein Thema mehr, nur respektvolle Vorsicht, freilich. Franz sehnte sich nie mehr nach fernen Ländern und Abenteuern. Dies hier war ihm meist genug. Ein Traum erfüllte sich.

Sie kampierten gemeinsam im Forsthaus und führten eine richtige Männerwirtschaft, einfach, schnörkellos, mit gerechter Arbeitsteilung. Allmählich blühte die alte Försterei wieder auf. Sie setzten instand, hielten Vieh, schafften zwei Zugpferde und einen eleganten Traber an, befruchteten den Garten, lagerten Vorräte ein. Werkzeug und Geräte pflegten sie. Die Buchhaltung stimmte, das Arbeitsvolk wurde pünktlich entlohnt. Sie waren immer und überall als Paar zu sehen. Sie ergänzten einander, denn was der eine nicht konnte, brachte der andere. Die Inspektionen der Forstdirektion verliefen stets zur vollen Zufriedenheit. Die Gottschimmer Försterei wurde ein Vorzeigebetrieb.

Ein Vorzeigebetrieb, der sogar Fachleute aus nah und fern anlockte.

Längst wurden Land- und Forstwirtschaft nicht mehr rein empirisch betrieben, sondern nach neuesten wissenschaftlichen Erkenntnissen. Volksgesundheit und Wohlstand bedurften einer qualitativ hochwertigen, vernünftig organisierten Lebensmittel- und Rohstoffproduktion. Alle namhaften Institute bildeten in extra dafür eingerichteten Fachgruppen der Agrarwissenschaften beruflichen Nachwuchs aus und vielerorts wurden Mustergüter angelegt. Stolz und redegewandt führte Franz die bildungshungrigen und neugierigen Gäste herum, zeigte, was geschaffen war, analysierte auch Probleme, referierte gekonnt und machte auf jeden Fall Eindruck. Das hätte Otto so nicht fertig gebracht. Er war zufrieden mit seinem Zögling.

Otto Meißner war ja nun in die Jahre gekommen, als über Vierzigjähriger für seine Vorgesetzten nicht unbedingt ein lukrativer Arbeiter. Die öffentliche Hand muss sparen, da ist es üblich, alternde Leute beizeiten abzuschieben. Eine Försterei ist doch kein Siechenhaus. Der Revisor, Maximilian Geisler, kam wie üblich, schaute überall herum, notierte, ließ sich bewirten, lobte, verabschiedete sich, und beiläufig, als hätte er es fast vergessen, zog er das Kündigungsschreiben aus der Tasche.

Otto las, erbleichte, sank nieder. Franz sprang herbei, las ebenfalls und baute sich vor dem Revisor in voller Größe auf: »Pass, auf Mann! Das machst Du sofort rückgängig. Ich weiß, dass das nicht Deine persönliche Sache ist, aber in diesem Falle rate ich Dir, es zu Deiner persönlichen Sache zu machen. Die Kündigung ist ungültig! Otto Meißner bleibt auf Lebenszeit hier beschäftigt.« Der Revisor duckte sich und zitterte. Franz giftete: »Bedenke, Du ziehst im Land rum, bist mal hier, mal dort und irgendwann nirgends. Der Wald ist groß und unberechenbar.«

Der Revisor kuschte und Otto blieb.

Eines Nachmittags, das war im Jahre 1893 und im tiefsten Winter, streiften die beiden Männer durch ein etwas höher gelegenes Gebiet. Der Bewuchs war karg, einige Stellen ganz kahl. Sie überlegten, wie hier aufzuforsten sei und welche Pflanzen man mit gutem Erfolg ansiedeln könne. Sie diskutierten eine ganze Weile. Zu einem Ergebnis kamen sie nicht. Das ficht sie nicht an. Noch war Zeit für eine Entscheidung, zumal, wenn im Staatsforst etwas nicht auf den Punkt erledigt wird, kümmert es in der Regel auch niemanden. Ihre Wirtschaft lief, ihr Puffer war ausreichend, ihr Leumund gut. Sie kehrten sich nach ihrem Heim um.

Wie sie nun auf schmalen Brettern im harschen Schnee ihren Weg nahmen, hörten sie Schnaufen, wie von einem Wildschwein. Ein hungriger Keiler oder eine Bache? Spuren hatten sie nicht bemerkt. Und hier oben? Diese Tiere überwintern doch in den geschützten Senken. Sie hielten an, lauschten, glitten weiter und hörten es wieder. Da brach es seitlich aus dem dichten Gestrüpp heraus und direkt vor ihren Augen zusammen.

Ein Mensch!

Ein Mensch mit Kopf, Körper und Gliedern, eine Decke als Umhang, lag vor ihnen. Er krampfte am Boden, zuckte noch eine Weile, hielt dann still und gab keinen Laut mehr von sich.

Sie näherten sich vorsichtig, untersuchten den Menschen. Es war ein hagerer, anscheinend sehr junger Mann in einer Soldatenuniform, mit Tornister auf dem Rücken und Stiefeln an den Beinen, die Decke lose um die Schultern geschlagen.

Otto schnitt zwei lange Stecken zurecht, friemelte die Decke drüber, befestigte sie an den Holmen, so dass eine Trage entstand, sie wuchteten den Mann darauf, nahmen ihn zwischen sich und schleppten ihn zum Forsthaus. Dort bereiteten sie ihm ein Lager, entkleideten ihn, wärmten in und gaben ihm einen belebenden Trank.

Es war längst dunkel geworden. Im Forsthaus glimmte nur ein kleines Lämpchen. Drei Menschen hockten beieinander und teilten eine schier unglaubliche Geschichte.

Der Findling hieß Hannes Noack und war aus der Garnison Gottschimm entflohen.

Hannes Noack war waschechter Berliner, war jetzt neunzehn Jahre alt und hatte bei Borsig Schlosser gelernt. Mit dreizehn war er in die Firma eingetreten und mit siebzehn ausgeschieden. Wie alle jungen Leute seiner Generation begeisterte sich Noack fürs Militär. Wenn Offiziere und Soldaten in ihren schmucken Uniformen mit Tschingderassabum durch die Straßen zogen, leuchteten die Augen der Knaben auf, sie eilten herbei und wünschten sich sehnlichst zur Truppe. Nicht jedem war es allerdings vergönnt, auch wirklich des edlen, schönen Soldatenhandwerks teilhaftig zu werden. Die Musterung sortierte bis zu zwei Drittel aller Jungen aus. Sie waren einfach nicht wehrtauglich. Missgestaltete, Unterernährte, Kleinwüchsige wurden zurückgestellt, als minderwertig befunden. Derjenige jedoch, der einen Stellungsbefehl bekam, fühlte sich empor gehoben, war als ganzer Mann anerkannt und dankte dem Schicksal auf Knien. Ja, auf Knien! Und so sollte es weiter gehen: Kaum in der Kaserne angekommen, legten sie ihre persönliche Habe ab und kleideten sich in einheitliches Grau. Grau und stumpf war nun alles. Was vorher so schillernd und frohsinnig herüberkam, ward nun aller Farbe und Glückseligkeit beraubt. Der Mensch als Kreatur am Boden. Niedriger geachtete und weniger wert als ein Regenwurm. Nein, die Härte des Drills, Schlafmangel, Essensentzug, Strafe bei jeder Kleinigkeit waren das Schlimmste nicht. Ein Arbeiter ist frönen und darben gewöhnt, er weiß ranzuklotzen und zu verzichten, er kann sich zusammenreißen und das Letzte aus sich rausholen. Nein, das war es nicht, was am Ende Noack über die hohe Kasernenmauer jagte, andere in den Freitod oder in den Wahnsinn trieb. Es waren die ganz und gar entmenschlichten Unteroffiziere, die dem Rekruten selbst bei peinlichst genauer Pflichterfüllung noch erniedrigten, quälten, bis kein Hauch Verstand, Selbstachtung, Erhaltungswille mehr in ihren Köpfen und Körpern pulsierte. Nach dieser Pein ist der Rekrut ein funktionierendes

Rädchen, hat nichts lebens- oder liebenswertes mehr an sich.

»Ich will aber leben und ich will vorallem lieben können«, klagte Hannes Noack.
Otto und Franz schauten sich betroffen an.
Auf Fahnenflucht steht Zuchthaus. Wer einem Fahnenflüchtling hilft, geht ebenfalls für Jahre in den Bau. Was soll werden?
Hannes musste ins Ausland und dort versuchen, irgendwie Fuß zu fassen. Aber ohne Papiere kommt man ja nicht mal über die Grenze. Wie soll das gehen?
»Gute Leute, helft meiner Mutter Sohn«, bat Hannes inständig und legte die Hände vor der Brust zusammen, »ich gebe Euch alles, was ich habe.« Er griff nach seinem Tornister.
Otto sagte: »Nicht Lohn braucht es, um Dich über die Grenze zu bringen, sondern einen guten Plan. Transport ist das eine, aber wie willst Du rüber. Ich sehe mehr Probleme als Lösungen.«
Hannes schöpfte Mut und antwortete: »Bin ich erst an der Grenze, findet sich ein Schlupfloch. Ich bin doch nicht der einzige Illegale.«
Otto und Franz nickten.
Derart eingestimmt, bereiteten sie die Flucht vor.
Auf einen Pferdeschlitten, so einen, wie sie für Holztransport genutzt wurden, bauten sie mittig einen Kasten, legten drumherum rohe Stämme und obenauf auch welche. Im verborgenen Gehäuse konnte der Flüchtling unbesehen vorwärts kommen. Aufwendig war das Ein- und Aussteigen, das passgerechte Stapeln der Stämme. Sie probierten tagelang. In den Kasten gaben sie Decken, denn es war kalt, und etwas Proviant, denn der Weg war weit. Als alles soweit fertig war, fälschten sie Transport- und Lieferschein und gaben als Zielort eine imaginäre Firma in Warschau an. Eine

Försterei ist befugt, alles Mögliche zu genehmigen. Wer sollte ihnen drauf kommen?

An einem sonnigen Wintertag Ende Januar holten sie den Traber aus dem Stall, spannten an, beluden den Schlitten, Hannes stieg ein und Otto auf den Bock. Das Pferd lief leichtfüßig los. Franz stand lange im Tor und schaute dem Gefährt nach. Sein Herz krampfte schmerzhaft. Seit fast drei Jahren hatte er mit Otto alles geteilt, nun wird er lange allein sein. Er litt keine Angst, das war längst vorbei, er war traurig wegen der aufkommenden Einsamkeit.

Er ging hinein und widmete sich seinem Tagwerk.

Trotz Schnee waren die Hauptwege recht gut und sie kamen rasch voran. Bei der ersten Siedlung hielt sie wie erwartet eine Militärpatrouille auf, und wie erhofft, kamen sie durch. Die Papiere waren einwandfrei. Holzlieferung selbst nach entfernteren Gegenden waren keine Seltenheit. Das Gefährt passierte Gottschimm, überquerte den Bahndamm und nahm die, parallel zur Eisenbahntrasse verlaufende Chaussee Richtung Osten unter die Kufen. Otto hielt die Zügel locker, schaute vergnügt in der Gegend herum und freute sich, ein gutes Werk zu verrichten. Die Sonne überstrahlte die Unternehmung. Es ging über eine weite Ebene.

Und wieder ein Militärposten. Anhalten, Kontrolle der Papiere, flüchtiger Blick über die Ladung und weiter ging es.

Es war kalt, verdammt kalt. Die Soldaten huschten in ihre Wachstube zurück. Der Hauptmann schaute aus dem Fenster und der rasch dahin gleitenden Holzfuhre nach. Plötzlich griff er sich an den Kopf, nahm sein Gewehr und brüllte: »Alle Mann mir nach!«

Sie parierten und jagten teils zu Pferd, teils zu Fuß hinter dem Schlitten her, holten ihn ein und umzingelten ihn. Der Hauptmann befahl: »Abladen!«

Die Männer warfen die Stämme in den Schnee, legten den Kasten frei und zogen Hannes heraus. Zutiefst erschrocken stand Otto dabei. Zu einer Reaktion war er nicht fähig. Die beiden Delinquenten wurden gebunden und in die Wachstube geführt.

Der Hauptmann fragte selbstherrlich: »Nun, Kerl, was glaubst Du, wie ich Dir drauf kam?«

Otto zuckte mit den Schultern.

Der Hauptmann grinste und sprach: »Gewogen und für zu leicht befunden. – Hunderte Fuhren haben wir hier schon durchgelassen. Da übt sich das Auge. Deine musste hohl sein.«

Hannes wurde zu lebenslanger Zwangsarbeit verurteilt, Otto bekam zehn Jahre Zuchthaus aufgebrummt und Franz blieb im Forsthaus allein.

Mutlos, bedrückt und ohne jeglichen Sinn verlebte Franz seine Tage. Freilich hatte er versucht, mit Geld und guten Worten seinen Gefährten zu befreien. Rasch hatte sich die Nachricht, Flüchtling und Fluchthelfer sind gefasst und in Küstrin festgesetzt, verbreitet. Die Kamarilla spart in solchen Fällen nicht mit Informationen. Das abschreckende Beispiel will publiziert sein. Franz kaufte einen guten Anwalt und begab sich selbst in die Höhle des Löwen. Aber ein Militärgericht duldet weder Rechtsbeistand noch Zeugen. Am Ende stand Franz abgewiesen, verlacht, gedemütigt, mutterseelenallein vor den hohen Mauern der Festung, drehte einen Zettel in der Hand – das Kassiber hatte ihm ein Wärter zugesteckt – und las Worte, die sein Herz bluten ließen: »Halts Maul und scher Dich fort. In Liebe Otto.«

Franz kehrte heim und gab sich seinem Wehleid hin. Wenn sich Leute zur Arbeit meldeten, schickte er sie fort. Wenn jemand wegen einer Genehmigung zum Holzsammeln oder zum Baumfällen anfragte, sagte Franz: »Nehmt Euch, was Ihr braucht.« Er verkaufte zu einem lächerlichen Preis das Vieh, die Pferde, Wagen und Gerät. Der Revisor, Maximilian Geisler, traf ein, inspizierte und tobte. Er sprach von Veruntreuung staatlichen Eigentums. Das war Franz egal. Stumpfsinnig brütete er vor sich hin. Die Försterei verkam. Das ficht ihn nicht an. Alle Freude, jeglicher Lebensmut waren ihm genommen. Der Wald wächst auch ohne mein Zutun, sagte er sich, und dümpelte so weiter.

Im Herbst rauschten hohe Vorgesetzte mit der Polizei im Schlepp herbei. Revisor Geisler steckte seine Nase in jede Ecke und empörte sich aufgeregt. Er war kein Unmensch, er hielt sich für tolerant und hilfsbereit. Aber das, was sich hier an Unordnung und Nachlässigkeit auftat, war der Gipfel und gehörte abgestraft. Die hohen Beamten bauten sich, flankiert von drei Polizisten auf der Freifläche vor dem Haus auf und riefen Franz herzu. Er kam und sie veranstalteten ein regelrechtes Tribunal: Auflistung sämtlicher Versäumnisse und Vorwürfe über Vorwürfe. Dazwischen keifte Geisler herum und legte immer neue Beweise vor. Franz ließ das ungerührt über sich ergehen. Einer fragte, was nun werden soll. Franz zuckte mit den Schultern.

Da blieb ihnen nur zu handeln, ganz so, wie sie es sich zurecht gelegt hatten: Franz Krumm, Forstmeister von Gottschimm, übergibt seine Geschäfte vorübergehend an den Forstgehilfen Hans-Joachim Müller – der war schon berufen und stand bereit – und dient selbst seine Pflicht im Heer ab. Nach dreijähriger Bewährung übernimmt Franz Krumm den staatlichen Forstbetrieb Gottschimm wieder.

Fein eingefädelt, dachte Franz bitter, und fügte sich darein. Er nahm seinen Einberufungsbefehl entgegen, packte ein paar Sachen zusammen und marschierte los.

Was ihm die ganze Zeit nicht einging, ja gar nicht eingehen konnte, war die lenkende Hand seines Vaters.

Michael Krumm ließ seinen Sohn niemals aus den Augen. Freilich sollte der Junge im Forsthaus und im Revier schalten und walten wie er will, sich Freunde und Feinde ganz und gar nach eigenem Belieben machen. Das Leben schult schließlich am besten. Wie der Junge dann aber drauf und dran war, sich um Kopf und Kragen zu bringen, kam Michael auf den Plan und zog im Hintergrund die Fäden. Seine Macht war groß, Beziehungen hatte er genug. Allerdings niemals so viel, etwa einen Fahnenflüchtling und einen Fluchthelfer aus den Klauen des Militärgerichtes zu befreien. Gern hätte der Alte seinem Kind das Spielzeug zurückgegeben. Dazu reichte es leider nicht. Mehr noch, der Richter in Küstrin gab ganz klar zu verstehen, dass Franz von der Sache wusste, sie zumindest duldete, wenn nicht gar ebenfalls mit von der Partie war. Das rückte Franz' Schicksal in ein anderes Licht. Sein Vater musste Kompromisse eingehen. Der Deal hieß Bewährung beim Heer. Das Militär zeigte sich gnädig und demonstrierte zugleich seine absolute Macht.

Franz zog in die Kaserne ein, entledigte sich seines persönliches Zeugs, nahm die graue Kluft entgegen, schlüpfte hinein und ward Soldat seiner Majestät des Kaisers. Und auch hier sollte sich zeigen, was eines reichen Mannes Sohn ist. Nach ein paar schweißtreibenden Übungen, Anschnauzern vom Spieß und Gewaltmärschen im Gelände, war Franz von der Pein befreit, rückte zum Unteroffizier auf und avancierte zum Offizier. Allmählich kam er zu sich und lernte den Dienst beim Barras durchaus als Männervergnügen kennen. Das Getriebe lief wie geschmiert und zermahlte seine hohen Ideale zu Feinstaub. Was ihn einst mitleidig gestimmt hatte, wie er der ganzen Welt zu Frieden und Frohsinn aufhelfen wollte, vergaß er gründlich.

Drei Jahre später, im Herbst des Jahres 1896, kehrte Franz ins zivile Leben und auf seinen angestammten Platz in der Försterei zurück. Obgleich ihn der Dienst abgehärtet und desillusioniert hatte, freute er sich auf die Ruhe des Waldes, ein wenig Zurückgezogenheit und innere Besinnung.

Im Forstbetrieb hatte sich vieles verändert. Das Haus war umgebaut und aufgestockt worden. Ebenerdig befanden sich die repräsentativ ausgestatteten Verwaltungsräume und eine ausreichend große Wohnung für den Amtsinhaber und seine Familie. In der zweiten Etage waren Gästezimmer eingerichtet und ganz oben, unterm Dach Räumlichkeiten für das Dienstpersonal. Die Freifläche vor dem Haus war zu einem Park umgestaltet und nahm seitlich eine kleine Gastwirtschaft auf. Statt des hauseigenen Viehs tummelten sich in den Gehegen Rehe und Hirsche, sogar eine Wildschweinrotte wurde hinter festen Gitterstäben gehalten. In einer Voliere spreizten Fasane und Wildhühner ihr Gefieder.

Der Forstgehilfe Hans-Joachim Müller führte Franz herum und erklärte: »Naturfreunde, Wandergruppen, Schulklassen interessieren sich für das Leben im Wald. Wir bieten Führungen, gesellige Treffen und Schulungen und freilich auch Quartier, Speisen und Getränke an. Das Unternehmen bringt nicht nur Frohsinn und Bildung, sondern spült auch Geld ins Staatssäckel.«

Müller strahlte und Franz dachte bitter: Eine Försterei als Museum. Wo bleiben Beschaulichkeit und Natur? Er lenkte ab: »Die Wirtschaftlichkeit dessen will ich nicht in Frage stellen. Nur, was ist mit Holzgewinnung, Aufforsten und Waldpflege?«

»Kommt nicht zu kurz«, versicherte der Forstgehilfe.

Sie sattelten ihre Pferde und ritten hinaus.

Der Wald war mit Wegen und Stegen passierbar gemacht. Gut überschaubar waren die einzelnen Nutzflächen: Schonungen, mittlerer, hoher Baumbestand. Waldarbeiter waren in der üblichen Weise zugange. An einzelnen Stellen wucherte das Unterholz, dicht dabei gab es Hütten und Bänke.

»Diese, eher romantisch gehaltenen Plätze dienen der Erholung und Erbauung unserer Naturfreunde und werden gern aufgesucht«, führte Müller weiter aus, »sie sind eher abgelegen, aber hier zur Orientierung.« Er zeigte auf einen hölzernen, mit leuchtender Farbe beschrifteten Wegweiser. »Davon haben wir an die Zweihundert gut sichtbar im Revier untergebracht. Unsere Gäste sollen sich ja nicht verirren.«

Müller strahlte wieder und Franz wurde speiübel. »Es langt«, ranzte er und gab seinem Pferd die Sporen.

Der Alltag war lebendig. Franz waltete seines Amtes. Der Forstgehilfe schaffte diskret im Hintergrund. Alles lief wie am Schnürchen. Franz fügte sich in das Gegebene, arbeitete aufopfernd und zur Zufriedenheit seiner Vorgesetzten, war bestens beleumdet, und trotzdem wünschte er sich, einer allmählich aufkeimenden Sehsucht folgend, woanders hin.

Endlich hob seinen Kummer ein hübsches Mädchen auf. Wie schön wird doch Leben, wenn die Liebe eintrifft.

Das Mädchen hieß Emma und entstammte einer armen Bauernfamilie aus Gottschimm. Sie war ungefähr fünfzehn Jahre alt, diente hier im Haus als Zimmermädchen, besorgte nebenher auch Franz' Haushalt, und wie sie so um ihn herum war, verliebte er sich in sie, warb um sie, wurde erhört und beide waren rasch einig. Ihre Jugend störte ihn freilich nicht. Im Gegenteil, ihre Frische, ihre fröhliche, unbekümmerte Art, befeuerten seine Lust. Nur, das Gesetz mag derartige Bindungen nicht. Nach kurzer Überlegung fand er dafür eine Lösung. Er spannte das Pferd ein und sie machten sich auf den Weg zum Vater.

Michael Krumm öffnete sein Haus weit für den heimkehrenden Sohn. Und eine Braut war auch dabei. Das freute ihn ebenfalls. Das Mädel ist jung und nett anzuschauen. Der Junge hat einen guten Geschmack. Was für eine Frage? Selbstverständlich wird Michael seinen Einfluss geltend machen. Geld spielt keine Rolle. Die Eltern des hübschen Kindes werden gekauft, der Pfarrer wird bestochen, das Räderwerk des Standesamtes ebenfalls geschmiert. Das sind doch keine Probleme. Sie kamen überein und Franz trug seine Emma als seine Frau über die Schwelle seiner Dienstwohnung im Forsthaus. Das ereignete sich im Sommer des Jahres 1897.

Die Hochzeit mit großem Aufwand an Feierlichkeiten, Gästen und Ausstattung war wie ein Wirbelwind über sie hinweg gezogen. Nun hockten sie im abgelegenen Haus und wähnten sich arm und verlassen. Welch' einen Reichtum hatte der alte Krumm präsentiert! Was für ein herrliches Anwesen und die vielen Dienstleute erst! Dazu die ihm zu Füßen liegenden Honoratioren! Nein. Dagegen war Franz arm und seine Frau nicht minder. Zunächst zog der Gedanke, sie könnten sich ein wenig mehr dem Alten anschließen, wie ein fernes Leuchten auf und vorbei. Allmählich verfestigte er sich jedoch und machte praktischen Erwägungen Platz. Ist Franz nicht Erbe seines Vaters? Sollten sie nicht schon heute beginnen, sich um dessen Unternehmen zu kümmern? Und schließlich: Was hält sie eigentlich ab? Früher oder später werden sie doch sowieso ins Geschäft einsteigen. Was lag Franz eigentlich noch an der Försterei?

Er rief den Forstgehilfen Hans-Joachim Müller herbei – dem wollte er sich erkenntlich und großmütig zeigen – und unterbreitete folgendes: »Du übernimmst die Försterei, ich kündige und ziehe zu meinem Vater.

Empfehlungen, hier, an die Forstverwaltung, auch die Kündigung habe ich fertig. Du erledigst die Post. Wenn alles geregelt ist, packe ich meine Sachen.«

Müller war außer sich vor Freude und stob los. Binnen weniger Tage hatte er das Berufungsschreiben in der Tasche.

Michael Krumm, nunmehr stark auf die Sechzig zugehend, fühlte sich am Ziel aller Wünsche: Er besaß ein ansehnliches Imperium und einen liebenden, fürsorglichen Sohn. Franz wurde ins Geschäft eingeführt, lernte schnell und achtete seinen Vater, wie es einem dankbaren Kinde gebührt. Wie in früheren Jahren waren sie einander gut, lebten glücklich und zufrieden. Die Wirtschaft boomte, Geld floss reichlich, der Wohlstand wuchs. Was will man mehr? Nun ja, ein kleines Enkelkindchen wäre schön. Auch das stellte sich bald ein. Am 13. Januar 1902 erblickte Erich das Licht der Welt. Michael Krumm nahm seinen Enkel in die Arme, sang ihm ein Wiegenlied, säuselte ein paar liebliche Wort, lehnte sich zurück und schloss die Augen für immer.

Franz stattete eine anständige Beerdigung aus, lud zum Leichenschmaus und ging dann zur Tagesordnung über. Viel veränderte sich nicht. Der Alte hatte sich lange vor seinem Tod aus dem Geschäft herausgezogen. Es war also ein Leichtes, wie gewohnt weiter zu machen. Ein paar Wochen zeigten Emma und Franz Trauer, aber bald war auch das vorbei.

Franz hatte nicht vor, alle Zeit im Kontor zu hocken. Das Leben ist zu kurz, um nur der Arbeit zu frönen. Sein Vater hatte ihm eine Vielzahl guter Rechtsberater, Wirtschaftsfachleute, Sachbearbeiter und Sekretäre hinterlassen. Jetzt konnte er sich seinen Kindheitsträumen widmen, ein oder zwei Jahre um die Welt reisen. An Gottschimm lag ihm sowieso wenig. Das war ein von der Industrie zerzauster Landflecken. Es gibt Schöneres auf der Welt.

Emma hätte sich gern ihrem Mann angeschlossen. Verliebt wie sie war, mochte sie nicht ohne ihn sein. Nur, das Kind war noch klein, bedurfte der Fürsorge, eines stabilen Nestes. Den Jungen mit auf Reisen zu nehmen, erwies sich als gänzlich unmöglich. Franz schlug vor: »Wir mieten eine Kinderfrau.« Emma war sich nicht sicher. Er warf sich in die Brust und behauptete: »Aus mir ist doch auch was geworden. Ich hatte immer nur Kinderfrauen und Erzieher um mich.«

Das war ein unschlagbares Argument. Sie schalteten eine entsprechende Anzeige und verschiedene Frauen mit guter Ausbildung und ansehnlichen Referenzen meldeten sich.

Eines Tages wurde eine attraktive Dame von sehr gepflegtem Äußerem bei den Krumms vorstellig. Sie baten Platz zu nehmen und Franz sprach huldvoll: »Ihre Papiere, Empfehlungen?«

Die Dame sagte: »Ich bin Elisabeth Krumm, geborene Hagenbühl, die rechtmäßige Witwe ihres geschätzten Herrn Vaters und Mutter seines ehelichen Sohnes Hans Ernst Walter Krumm.«

Franz und Emma fielen die Kinnladen runter.

Elisabeth ließ eine Pause und setzte fort: »Ich bin hier, um mein Erbe und das Erbe meines Sohnes anzutreten.«

Franz und Emma starrten verständnislos.

Elisabeth, die zweite Ehefrau Michaels, hatte sich seinerzeit tatsächlich zurückgezogen. Dem Schlag, von Michael verstoßen zu sein, folgte die nächste Katastrophe auf den Fuß. Ihr Vater und ihre Mutter schnitten sich kurz nach dem Ruin der Fabrik die Pulsadern auf. Das gab ihr zunächst so ziemlich den Rest. Obgleich sie den Eltern gern gefolgt wäre, brachte sie nicht fertig, der schnöden Welt ebenfalls adieu zu sagen. Nach tränenreichen, kummervollen Tagen, besann sie sich, merkte auf, kassierte die von Michael ausgesetzte Rente und richtete sich in einem sehr bescheidenen Dasein ein. Elisabeth war zu diesem Zeitpunkt dumm und hässlich. Soweit Michaels Wahrnehmung, und es stimmte ja auch. Die junge Frau raffte sich auf und meinte: Gegen Hässlichkeit hilft wohl nichts, aber gegen Dummheit lässt sich was machen. Diese Entscheidung traf sie mehr aus Trotz, denn aus Lebensmut heraus.

In zahlreichen Vereinen erwarb sie Bildung, tummelten sich unter Leuten, fand Zuspruch und neuartige Glücksgefühle. Welchem Irrsinn war sie nachgejagt? Eine gute Partie und Vaters Erbe sind mitnichten des Lebens Sinn! Die Bildung öffnete ihr Türen. Sie schrieb Zeitungsartikel, die auch gedruckt wurden, schaute sich um, wurde kritisch, vermittelte ihr Wissen anderen, vorallem bewegte sie sich zunehmend frei und ungehemmt. Ihre Zeitgenossen konnten sie nicht unbedingt eine Frauenrechtlerin nennen. Das nicht. Aber eine, die für ihr Recht einsteht und sich nicht duckt, das war sie fortan alle Male.

Irgendwann kompensierte ihr Auftreten auch ihre vermeintliche Hässlichkeit. Ihre strahlenden Augen, ihr frohes Lachen, ihre entgegenkommende Art, ihr unerschütterlicher Optimismus, das alles machte sie zu einer anziehenden Frau. Sie konnte sich ihrer Verehrer kaum noch erwehren. An Männern, Liebhabern lag ihr nichts, zumal sie in sexuellen Dingen bis Mitte dreißig restlos unerfahren war – Michael hatte sie seinerzeit konsequent gemieden – und sie stand dieser Sache ängstlich gegenüber. Schließlich hielt einer um ihre Hand an, der sie dann doch gewann.

Er hieß Werner Heinze, war temporär als Journalist und Lehrer beschäftigt, führte ebenfalls ein ärmliches und zugleich bewegtes Leben. Eine wunderbare Zeit begann und im Frühjahr des Jahres 1890 brachte sie einen gesunden Knaben zur Welt.

Spätestens zu diesem Zeitpunkt hätte Elisabeth ihren Familienstand klären und den Vater ihres Kindes heiraten sollen. Sowas diktieren das bürgerliche Recht und die christliche Moral. Sie entschieden anders. Rein monetäre Überlegungen lagen zugrunde. Michael Krumm zahlte die Rente pünktlich. Was durch Lehrtätigkeit und die Schreiberei reinkommt, steht in den Sternen. Die Eltern des kleinen Hans meldeten ihren Sohn als ehelich geborenes Kind des Michael Krumm an. Und es ging ihnen gut damit. Sie lebten bescheiden und glücklich.

Im Hause Franz Krumms führte Elisabeth nun folgende Rede: »Ihnen mag entgangen sein, dass Ihr Herr Vater mit mir verheiratet war. Das tut mir leid. Dummheit schützt vor Strafe nicht. Des Weiteren werden Sie meinen, die höheren Ansprüche zu haben. Auch das stimmt nicht. Ich war die Ehefrau des Verstorbenen. Mir steht mindestens die Hälfte zu. Meinem Sohn mindestens ein Viertel. Sind wir schon bei Dreiviertel für meine Partei. Mit einem Viertel sind Sie also gut bedient. Sie zahlen aus und alle sind zufrieden.«

Franz fand sein Sprache wieder: »Beweise?«

Elisabeth deutete auf ihren Begleiter und sagte: »Mein Rechtsberater Eduard Goltz.« Der Anwalt blätterte auf: Ehezeugnis, Geburtsnachweise, amtliche Beglaubigungen, daneben Grundbucheintragungen, Vollmachten, Bankauskünfte, Schätzungen des Vermögens.

Franz war inzwischen Beamter genug, um den Wert von Papieren zu kennen. Er wusste, wie geduldig Papier ist, und alle möglichen Winkelzüge waren ihm längst nicht mehr fremd. Er sagte: »Sie haben mit meinem Vater nicht gelebt. Ihr Anspruch ist erloschen. Ihr Kind ist nicht von seinem Blut.«

Darauf war Elisabeth gefasst. Das war ja eben die Schwachstelle ihres Konstruktes. Sie setzte ihr schönstes Lächeln auf und sagte: »Herr Krumm, weder Sie noch ich haben dieses Vermögen hier erarbeitet. Im Grunde steht uns beiden gar nichts zu. Nun will das Recht aber, dass wir erben. Also werden wir unsere Anteile auf der Basis einer Einigung erzielen. Wir beide sind juristisch und moralisch völlig gleichgestellt. Ich schlage vor, fünfzig zu fünfzig. Bedenken Sie sich. Ich gebe Ihnen zehn Tage Zeit, dann höre ich Ihre Entscheidung.«

Elisabeth und der Anwalt empfahlen sich und zogen ab. Franz und Emma blieben betroffen zurück.

Bald kam Bewegung ins Haus. Franz hatte seine Anwälte gerufen. Keiner von denen wusste etwas über eine frühere Ehe Michaels mit einer Elisabeth Hagenbühl.

Das hatte folgende Ursache: Michael Krumm hielt mit zunehmendem Reichtum sehr wohl auf Moral. Solides Geschäftsgebaren, saubere, faire Verträge, danach stand ihm der Sinn, das wähnte er als Basis seines Erfolges. Sein Leumund war ihm wichtig. Seine damaligen Machenschaften waren ihm peinlich. Sukzessive schickte er sämtliche Zeugen seiner Anfangsjahre in die Wüste. Für die Überweisungen an Elisabeth Krumm wählte er geschickt Mittelsmänner und verdeckte Kanäle, bis der Geldfluss restlos unkenntlich war. Eine Scheidung erwog er nie, denn das hätte unnötig Staub aufgewirbelt. Irgendwann war alles vergessen. Einem Michael Krumm konnte niemand etwas nachweisen oder nachsagen, selbst nach dem Tode nicht. – Hier lagen aber die Papiere, gültig, beglaubigt, mit reichlich Stempeln, Unterschriften versehen und legten ein ganz anderes Zeugnis ab. Endlich kamen die Anwälte drauf: Die Urkunden sind gefälscht!

Zehn Tage Frist hatte Elisabeth selbstbewusst und unumstößlich in den Raum gestellt. Zehn Tage und dann erscheint sie wieder, bringt neue Forderungen vor, schafft Unruhe, kompromittiert den Toten, unterhöhlt die Integrität der Lebenden. So geht es nicht! Sie werden ihr ein für alle Male das Handwerk legen. Also sind die Urkunden auf Echtheit zu prüfen und die Erpresserin dem Kadi auszuliefern.

Gesagt, getan.

Die Anwälte schwärmten in alle Richtungen aus, wälzten die Registratur im Standesamt, das Kirchenbuch, das Pressearchiv, verglichen die Originale mit den Fälschungen, sammelten die Lebensdaten des teuren Verblichenen und Berichte über ihn, erstellten von ihm eine komplette Vita. Und die sah nun ganz anders aus, als das, was vordem vermittelt und gedacht worden war. Der Menschen Gedächtnis ist verdammt kurz. Es genügen zwanzig, fünfundzwanzig Jahre, um die Wahrheit zu vergessen.

Das Lügengerüst ernüchterte die Anwälte. Michael Krumm war ja mit allen Wassern gewaschen. Er schob die Figuren wie Marionetten hin und her, ging, wenn man so sagen will, über Leichen. Er war eiskalt bei allen Manipulationen. Eine Elisabeth Hagenbühl war tatsächlich die rechtmäßige Ehefrau des Verstorbenen und mithin ihr Kind auch sein Kind und Erbe. Freilich blieb völlig unverständlich, wieso Michael um diese Ehe ein Geheimnis machte. Die Anwälte konnten es dem teuren Toten verübeln, dass er nicht alles offen legte, neigten aber dazu, nicht kleinlich zu sein. Gute Bezahlung ist noch immer das beste Argument. Die Diskussion der Anwälte neigte sich ihrem Ende zu und sie erwogen bereits, die Parteien vermittels Vergleich zueinander zu führen, als eine winzige Notiz im Kirchbuch ihre Aufmerksamkeit erregte und das Blatt jäh wendete.

In erster Ehe war Michael Krumm mit einer Johanna Kryger verheiratet. Sie war Zigeunerin! Franz Krumm ist deren Kind und damit ganz klar Zigeuner.

Die Wellen der Empörung schlugen hoch, die Anwälte waren kaum in ihrem Beratungszimmer zu halten, Wut und Entrüstung brachen sich Bahn. Allmählich legten sich die Emotionen und die erfahrenen Männer des Rechtes kämpften sich mühsam und mutig zu sachlichen Überlegungen durch.

Dann ging alles sehr schnell. Das Gericht wurde informiert, im Eilverfahren setzten sie eine Räumungsklage durch, die Polizei trat auf den Plan und Franz Krumm flatterte ein amtliches Schreiben ins Haus: »Nach eingehender Untersuchung ist festgestellt worden, dass Sie sich unter Vorspiegelung falscher Tatsachen des Vermögens des verstorbenen Michael Krumm ermächtigt haben. Wir fordern Sie mit sofortiger Wirkung auf, sämtliche Sachen des Verstorbenen herauszugeben und das Grundstück binnen vierundzwanzig Stunden zu verlassen.«

Franz verstand die Welt nicht mehr. Was heißt denn »Vorspieglung falscher Tatsachen«? Man verjagt ihn von Haus und Hof? Dies ist doch mein Vaterhaus. Wie kann das sein? Er glaubte einfach nicht, was er da las. Er sah aber den richterlichen Beschluss. – Das geht so einfach nicht!

Er lief los und suchte Aufklärung. Viele Stunden war er unterwegs. Franz klopfte an etliche Türen und ward kommentarlos abgewiesen. Franz jagte durch die Straßen und wurde scheel angesehen. Er wusste nichts und erreichte nichts. Er erschöpfte sich. In seiner Verzweiflung schleppte er sich zur Kirche.

Der alte Pfarrer Sprengel war gerade dabei, dass Gotteshaus zu schließen. Er sah den Mann auf sich zukommen, verharrte und erkannte Franz Krumm. Sprengel fragte: »Was gibt es?«

Franz stammelte: »Ich weiß es eben nicht.« Er zog das Schreiben aus der Tasche und hielt es dem Pfarrer hin.

Der Pfarrer las und sprach weise: »Nun Franz, da bleibt Dir nur die Landstraße. – Geh, nimm Dein Zeug und zieh los.«

Franz schluckte.

Er bedankte sich für den Rat und wendete sich ab. Der Pfarrer schloss die Kirchtür und sagte zu sich: Ordnung muss halt sein.

Emma und Franz luden ihre Habe auf einen Karren, in eine Mulde zwischen das Gepäck legten sie das Kind, der Mann nahm den Gurt über die Schulter, stemmte sich in den Riemen, die Frau schob hinten. So verließen sie ihr Heim.

Die Gründe ihrer Vertreibung waren ihnen völlig unklar. Freilich hatte der eine oder andere herbei gelaufene Zaungast, wie sie unter polizeilicher Bewachung und der Anwesenheit von Gerichtsdienern ihre Sachen aufluden, neben wüsten Beschimpfungen und Kommentaren auch das Wort »Zigeuner!« ausgespien. Doch, dass das ihnen gelten könnte, darauf kamen sie nicht. Sie wähnten darin den üblichen Auswurf eines aufgeputschten Mobs und waren froh, Land zu gewinnen. Die letzten Szenen wollten sie vergessen. Sie schüttelten die Gruselbilder von sich ab. Jetzt hieß es erstmal, irgendwo ein Dach über den Kopf zu bekommen und Geld zu verdienen. Von irgendwas mussten sie ja leben.

Der Sommer 1892 neigte sich seinem Ende zu. Unterkunft war dringend nötig.

Am Waldrand machten sie Rast. Etwas Proviant hatte man ihnen zugestanden. Sie aßen und Emma versorgte das Kind. In diesem Augenblick, wie der Kleine grunzend und schnaufend an ihrer Brust saugte, durchströmte die junge Frau ein unglaubliches Glücksgefühl. Hatte sie nicht alles, was sie zum Leben braucht? Ein gesundes Kind und einen liebenden

Mann. War sie nicht soeben drauf und dran gewesen, alles aufs Spiel zu setzen? Weltreisen für sich und Erzieher für den Jungen, das kann doch nicht das wahre Leben sein! Sie lehnte sich an ihren Franz und sprach: »Mann, wir haben uns. Alles andere findet sich.« Da war es auch Franz recht warm ums Herz und er sah die Zukunft in mildem Licht.

Sie verstauten die Reste ihrer Lebensmittel, legten den Kleinen wieder oben in die Mulde zwischen die Packen auf dem Karren und zottelten weiter. Wie von unsichtbarer Hand gelenkt, schlugen sie den Weg zur Försterei ein.

Die meisten Sommergäste waren schon abgereist. Nur ein Lehrer mit seiner Schulklasse aus halbwüchsigen Knaben und Mädchen tat sich auf dem Gelände um, unterwies seine Zöglinge in Sachen der Waldpflege und ergoss sich in Naturbetrachtungen.

Als die Kinder die zwei Menschen mit ihrem Karren ausmachten, ließen sie von ihrem Lehrer ab, strömten neugierig herzu, umringten die Ankömmlinge und schon sagte einer: »Zigeuner.« Ein zweiter und dritter fielen ein, sie schaukelte sich gegenseitig hoch und alle lachten hämisch.

Wie von Wassern begossen standen Emma und Franz da.

Der Lehrer eilte herbei, zerteilte den Kordon, grüßte Franz per Handschlag und sagte: »Sie müssen entschuldigen, die Kinder wissen es nicht besser.« Er gebot Ruhe und ranzte streng: »Ich verbitte mir derartige Übergriffe! Man schämt sich ja mit Euch.« Der Kinder Augen senkten sich zu Boden. »Ein für alle Male, wenn ich sowas nochmal sehe oder höre oder mir einer davon berichtet, setzt es Strafarbeiten bis die Schwarte knackt!« Er machte wedelnde Handbewegungen und die Kinder trollten sich. Zu Franz sagte er bedauernd:

»Entschuldigen Sie nochmal. Ich habe die Klasse neu übernommen. Ich wusste nicht. Wir sind eigentlich eine anständige Schule. Ich verspreche Ihnen, das hat ein Nachspiel.«
Franz winkte ab.

In der Amtsstube saßen sich Forstmeister Hans-Joachim Müller und Franz Krumm gegenüber. Seitlich an einem kleinen Tischchen schnaufte, schrieb, rechnete, blätterte der Revisor Maximilian Geisler. Franz hatte in groben Zügen seine Notlage geschildert und bat nun um Aufnahme und Arbeit. Er war bereit, jeden Dienst zu tun, wenn ihm nur über Winter ein Dach überm Kopf gewährt wird. Ab Frühjahr könnte er weiter ziehen, etwas anderes suchen. Müller kam in Verlegenheit. Der Revisor störte. Er hatte nichts gegen seinen ehemaligen Chef, würde ihm gern helfen. Eine Nische findet sich ja immer. Nur offiziell ist ein Forstrevier eben kein Obdachlosenheim.

Er sagte: »Herr Krumm, ich verstehe Ihre Situation. Nur, mir sind leider auch die Hände gebunden.« Mit Seitenblick zum Revisor setzte er hinzu: »Die Wirtschaftlichkeit unseres Unternehmens verbietet Ausnahmen. In der Saison gern. Bitte fragen Sie andermal nach.«

Er erhob sich, Franz kauerte fassungslos und der Revisor knallte die Akte zu.

Stumm blickten sich die drei an.

Da kam ein listiges Lächeln in die Augen des strengen Kontrolleurs und er sagte: »Na na na, Herr Müller, ganz so eng muss man die Sache nicht sehen. Der Wirtschaftlichkeit schadet ein guter Aufseher nicht. Ich meine, so eine Stelle ist schnell geschaffen. – Bringen Sie den Mann und seine Familie unter.«

Perplex sah der Forstmeister zum Revisor, kam zu sich und gab Krumm die Hand.

Maximilian Geisler war bei weitem kein Gutmensch oder einer, der auf Biegen und Brechen alle Obdachlosen von der Straße holt. Er war aber ein guter Rechner. Der Zufall spielte ihm hier eine billige, fähige Arbeitskraft in die Hände. So einen lässt man nicht laufen. Über viele Jahre hatte er den Krumm nun schon beobachtet. Zuerst war das verwöhnte Milchbübchen in eine Position gelangt, die ihm gar nicht zustand und deren Aufgaben er auch nicht meisterte. Aber dann hatte er gelernt, sich sehr wohl als fähiger Staatsdiener erwiesen. Punktgenau kam er allen Forderungen nach und kannte sich im Geschäft bestens aus. Diszipliniert, bis zur Selbstaufgabe verstand der Mann zu arbeiten. Wie er seinen Posten dann aufkündigte, war er ein Verlust. Freilich ein Verlust, der sich rasch wieder ausglich – jeder ist ersetzbar – , aber eben ein Verlust. Ein Revisor mag solche Saldi nicht. Jetzt bekam er den Mann zum halben, wahrscheinlich zu einem Viertel des früheren Preises. Da musste er zulangen. So einen ließ er nicht laufen.

Geisler empfahl Krumm der vorgesetzten Behörde. Der Kontrakt wurde geschlossen. Die Krumms kamen im Forstbetrieb Gottschimm unter.

Die Rechnung des Revisors ging auf. Dank seiner fachlichen Fertigkeiten – Franz kannte den Wald wie seine Westentasche – und seines Schneids – Franz hatte beim Barras Befehlen gelernt – bewährte er sich als schnell reagierender, hart durchgreifender Aufseher. Den zur Winterarbeit herangezogenen Arbeitskräften schaute er ganz genau auf die Finger, die Lohnabrechnungen stimmten aufs I-Tüpfelchen, Bruchholz verteilte er streng nach Bezugsscheinen. Mehr noch: Kein Langfinger betrat ungesehen das Revier, nicht ein Span wurde ohne Genehmigung, also Bezahlung, herausschleppt. Was ja sonst gang und gäbe war, nämlich den Staatsforst als eine Art kostenfreie Rohstoffquelle zu betrachten, unterband Franz Krumm konsequent. Unermüdlich war er Tag und Nacht unterwegs, zu Fuß oder auf Skiern durchforschte er das Gelände, fand Diebesspuren, verfolgte sie, lauerte den Missetätern auf, vertrieb sie und lieferte ein paar Hartnäckige der Polizei aus. – Franz' Einsatz schlug positiv zu Buche. Da war dann auch die vorgesetzte Behörde nicht kleinlich und besserte sein Einkommen mit einigen Zulagen auf. Der jungen Familie ging es gut, in ihre schrägwandigen Stuben unterm Dach zog Behaglichkeit ein. Franz gelangte auch zu neuem Selbstverständnis. Er sah sich als einen unanfechtbaren Ordnungshüter. Recht und Gesetz müssen sein! Hoch zu Ross – im wahrsten Sinne des Wortes, denn ab Frühjahr stand ihm ein Pferd zur Verfügung – trabte er durch den Wald und versah seinen Dienst.

Eines Abends, es war schon dämmrig und Franz ritt gerade heimwärts, strauchelte das Pferd, fiel, und Franz kullerte kopfüber auf den Boden. Er hatte sich nichts getan, rappelte sich hoch und just in diesem Moment brachen ein paar Kerle aus dem Holz, stülpten ihm einen Sack über, zerrten ihn ins Dickicht und schlugen brutal auf ihn ein.

Franz schrie um Hilfe.

Die Kerle droschen erbarmungslos zu und ließen erst nach, als sein Schreien in klägliches Wimmern überging. »Der hat genug«, sagte einer und ein anderer sprach dunkel, mit verstellter Stimme: »Franz Krumm, lass Dir gesagt sein: Kneif ab und an ein Auge zu. Kannst Du das nicht, dann schlagen wir Dich beim nächsten Mal tot.«

Sie verschwanden und Franz blieb liegen.

Nach einer Weile kroch er auf den Waldweg zurück und sondierte die Lage. Das Pferd war inzwischen aufgestanden, auf dem Weg machte Franz eine quer gespannte Schnur aus und in seinem Körper schien jeder Knochen entzwei. Er kam auf die Beine, reiten konnte er nicht, und schleppte sich in die Försterei zurück. Gegen Mitternacht erreichte er sein Ziel. Gott sei Dank, schlief bereits alles. Er schlich in seine Wohnung, legte sich nieder und bedachte sich kummervoll.

Am nächsten Tag meldete ihn seine Frau krank.

Vierzehn Tage lang hütete er das Bett beziehungsweise die Wohnung. Seine Blessuren verheilten. Nicht aber seine geschundene Seele. Er hatte ein geknicktes Selbstbewusstsein und empfand Scham. Ängste kamen und gingen, ließen sich zuweilen beherrschen, wallten dann stärker auf. Er mochte nicht essen und trinken, zwang sich zu den Mahlzeiten. Seine Frau redete ihm gut zu. Das Kind erfreute sein Herz. Die Erinnerung an seine Pein riss ihn mitunter in abgrundtiefe Betrübnis. Mit Gewalt lenkte er sich ab. Seine Gemütsverfassung hellte sich in kleinen Schritten auf. Nach vierzehn Tagen hatte er sich soweit im Griff, dass er geradeaus blickend seinen Dienst wieder antreten konnte.

Er sattelte das Pferd und ritt in den Wald.

An der ersten Biegung, wo die Bäume dichter standen und weniger Licht durchkam, überfiel Franz ein Frösteln, er zog sein Halstuch fester, das Frösteln blieb. Er sah sich um, wähnte mehr Feuchtigkeit als sonst, etwa eine neu entsprungene Quelle irgendwo in der Nähe. Er sah nur Stämme stehen, Nadeln und Moos auf dem Boden. Die Kälte nahm zu. Ihm schlotterten die Knie, sein Hände zitterten. Das Pferd wurde unruhig. Es tänzelte, warf den Kopf zurück, schlug aus. Franz versuchte, es zu halten, redete ihm zu, trieb es vorwärts. Das Tier scheute, bäumte sich auf, warf den Reiter ab und jagte davon.

Franz lag da, fiel in sich zusammen und krümmte sich vor Schmerz. Er hob die Augen und sah: Überall

Stämme und hinter jedem Stamm einen Kerl mit einem Knüppel. – Franz quälte sich hoch, pfiff nach dem Pferd, das kluge Tier kam, er tätschelte ihm Hals und Kopf, stieg auf und gab ihm die Sporen.

Seine Kontrolle ergab, dass in vierzehn Tagen eine derartige Unordnung, Vernachlässigung und Selbstbedienung im Revier eingerissen war, wie es Jahre brauchen würde, hier wieder anständige, wirtschaftliche Verhältnisse herzustellen. Wahrscheinlich müsste er sogar eine Armee aufbieten, um Strauchdiebe abzuhalten und die Leute zu disziplinieren. In diesen vierzehn Tagen war wild Holz eingeschlagen und fortgeschafft worden, die Schonungen waren zertrampelt und die für die Sommergäste angelegten Entspannungsräume hatte jemand sinnlos zerstört. Nur ein Waldbrand kann verheerender wirken. Was bringt Menschen dazu, ein solches Chaos anzurichten?

Franz traf auf seinem Weg die eine oder andere Gruppe Sammler und Waldarbeiter. Fragte er nach dem Sinn und Zweck ihres Tuns oder nach einer Genehmigung, gaben sie pampige Antworten und ließen ihn stehen. Ihnen Strafe oder Verfolgung anzudrohen, wagte Franz nicht. Er registrierte nur noch. – Alles in allem lehrten ihn der soeben erlittene Nervenzusammenbruch, der Zustand des Waldes und die Verfassung der Leute, dass er hier restlos fehl am Platze ist. Er gab schlichtweg auf.

In der Amtsstube saß Forstmeister Müller hinterm Schreibtisch und bearbeitete irgendwelche Abrechnungen.

Franz trat hinzu und fragte unverblümt: »Was machst Du eigentlich den ganzen Tag?«

Müller antwortete konsterniert: »Das weißt Du doch. Buchführung.«

»Und da draußen verkommt alles?«

»Dafür bist Du doch da«, parierte Müller.

Franz riss sich einen Stuhl unter den Hintern und platzierte sich breit vor seinem Chef: »Also, wenn ich es nicht besser wüsste, weil ich diesen Posten auch schon mal hatte, würde ich sagen: Du bist nur doof. So aber sage ich: Du bist unverschämt.«

Müller pumpte, schäumte und schrie: »Was erlauben Sie sich?« Er stand auf, lehnte sich über den Schreibtisch und legte nach: »Ich entlasse Sie! Sofort!«

Franz zuckte kurz zusammen, stand ebenfalls auf und sagte gefasst: »Einen Beamten entlässt man nicht so einfach. Sie können mich zur Versetzung einreichen. Bis das geregelt ist, nehme ich Urlaub.«

Er drehte sich um und ging. Müller blieb erschrocken zurück.

Das war reichlich hochgestapelt. Franz gehörte nicht zum höheren Dienst. Mit Ach und Krach hatte er es beim zweiten Anlauf in die Position des Forstgehilfen gebracht und war damit sehr wohl leicht kündbar. Außerdem konnte er auch nicht einfach so Urlaub nehmen. Allein, seine verzweifelte Lage gab ihm den nötigen Mut und Schneid ein, hier derart aufzutrumpfen. Und nicht zuletzt sah er endlich mit offenen Augen, wie Müller auf seine Kosten einen bequemen Tag lebt. Will der seinen Druckposten behalten, wird er sich sehr wohl in Franz' Sinn engagieren.

Franz trat nach ein paar Stunden erneut auf Müller zu. Der hatte sich inzwischen eingeholt und lenkte Verständnis erheischend ein: »Was soll ich denn machen? Es liegt ja so viel an.«

»Schön, schön«, gab sich Franz friedlich und erklärte, was ihm vorschwebt: Eine Stelle als Forstmeister in waldreicher Gegend, irgendwo schön weit draußen, ohne direkte Anbindung an eine Siedlung. »Irgendwas Hübsches, meinetwegen was kein anderer haben will«, endete er.

Sie formulierten das Versetzungsgesuch, eine lobende Beurteilung, Müller unterschrieb bereitwillig, und sie schickten alles an die vorgesetzte Behörde.

Nicht einmal drei Wochen später hielt Franz ein Angebot in den Händen: Forstmeister auf einer schon lange vakanten Stelle in Bornitz, Sachsen. Eine Objektbeschreibung, eine Karte zwecks Orientierung und Vertrag waren beigelegt. »Na, geht doch«, jubelte Franz, nahm seine Frau in die Arme und küsste sie.

Diesmal zuckelte sie nicht mit einem Karren über die Landstraße. Möbel, Geschirr, Wäsche waren in große Kisten verpackt, von einem Spediteur abgeholt und per Bahn vorausgeschickt worden. Mit kleinem Handgepäck nahmen sie wie vornehme Leute in einer Kutsche Platz, Müller lenkte das Gefährt, und sie stiegen auf dem Bahnhof Gottschimm in ein Abteil dritter Klasse um. Für zweite oder gar erste Klasse hatte das Reisegeld nicht gelangt. Aber auch so fühlten sie sich frei und genossen den Komfort. Unterwegs wechselten sie noch zweimal den Zug, denn eine direkte Verbindung in das fast dreihundert Kilometer entfernte, abgelegene Nest gab es nicht. Franz lobte sich die Umstände. »Schön weit draußen, schön weit weg«, betonte er immer wieder. Wohlwollend nahmen sie die sich verändernde Landschaft war, bestaunten alle möglichen Besonderheiten, die freilich keine waren, nur dem Glücksgefühl ihrer Betrachter entsprangen. Die Fahrt dauerte mit Aufenthalten an die zehn Stunden.

Am Abend des 1. August 1903 entstiegen sie in dem Städtchen Riesa dem Zug. Franz trug das Gepäck, Emma das Kind. Müde, verdreckt und verschwitzt suchten sie auf dem Bahnhofsvorplatz den Boten aus Bornitz. Sie hatten vereinbart, dass sie ein Mann mit einem Wagen von der Station abholt und die zehn Kilometer bis ins Forsthaus hinaufbringt. Ein Telegramm und die Löhnung waren rechtzeitig hierher abgegangen.

Der Mann war nicht da. Es dunkelte bereits. Was war zu tun?

Sie kehrten sich um, gingen in die Bahnhofswirtschaft und Franz fragte den Wirt: »Gibt es eine Nachricht vom Forsthaus Bornitz? Hat jemand was dagelassen?« Der Wirt verneinte. Sie hockten sich an einen Tisch und überlegten. Sie warteten. Sie dachten: Eventuell warten wir bis morgen und in der Frühe ergibt sich was. Ärgerlich, dass diese letzte Etappe nicht klappt. Der Bote war doch bezahlt worden. Wo bleibt er nur? Die gesamten Reisekosten hatten sie im Voraus entrichtet. Um erneut ein Gefährt zu ordern, dazu fehlte einfach das Geld. Vage erörterten sie, sich zu Fuß auf den Weg zu machen. Der Wirt sah die Bedrängnis, kam an den Tisch und sagte: »Das Forsthaus liegt abseits. Wir haben hier die Döllnitz, den Mühlgraben, den Sandbach, das ist nachts kreuzgefährlich. Man rutsch leicht ab. Bleibt hier, liebe Leute.«

Sie blieben.

Am nächsten Vormittag – sie hofften, der Bote möge sich nur verspäten – hatte sich immernoch nichts getan. Das Kind wurde quengelig, es musste dringend versorgt werden, Franz' und Emmas Stimmung sank. Würden sie den Weg kennen, wären sie schon längst losgelaufen. Je länger sie hier hockten, umso klarer wurde ihnen, wie verloren sie waren. Der Wirt trat auf und sprach: »Ich sperr hier zu und fahre Euch.«

»Wir können es nicht zahlen.«

»Wer redet von Geld? Ihr müsst doch irgendwie weiterkommen«, antwortete der Wirt.

Er holte einen kleinen Leiterwagen aus der Remise und spannte ein Pferd ein. Er hieß Emma und Franz hinten sitzen, lud noch ein paar Körbe und Säcke auf, nahm auf dem Bock Platz, schnallste mit der Zunge und los ging es.

Sie durchquerten den Ort und folgten einer sich in hügeliges Gelände hinein schlängelnden Straße. Die Straße stieg an, wurde immer schmaler. Ein märchenhafte Kulisse aus Felsen, Wald, Wassern breitete sich aus. Atemlos und aufs Angenehmste angetan von der urwüchsigen Schönheit dieser Gegend ließen Franz und Emma den Blick gleiten. Auf einer Seite war es sehr abschüssig, dort sprang ein Bach schäumend über Klippen. Auf der anderen Seite ging es schroff hoch, zeigten sich die herrlichsten Blumen und dazwischen bizarre Gebilde aus Holz oder Stein. Mitunter ward der Pfad sehr eng, eingezwängt zwischen Felswänden und dicht wachsenden Bäumen.

Und dann ging gar nichts mehr.

Ein Baum lag quer. »Absteigen, abladen, rüber tragen, wieder aufladen«, sagte der Kutscher gleichmütig. Sie stiegen ab und folgten. Als sie wieder fuhren, erklärte er: »So geht es hier alle Tage. Morgens ist die Straße gut und am Nachmittag kommst Du nicht mehr durch. Wir hatten Glück. Wenn zwei Bäume übereinander liegen, musst Du Leute holen oder zurück.«

Die Straße führte hinab und eine Ebene öffnete sich. Ringsherum gefällige, waldbedeckte Berge und gegenüber am Hang, wie von eines Künstlers Hand geschaffen, lag das Forsthaus auf halber Höhe.

»Eure neue Heimat«, verkündete der Wirt, lenkte mit großer Geste den Blick dorthin und ergänzte beiläufig: »Hat schon lange keiner mehr oben gewohnt.«

Glücklich strahlten Emma und Franz. Das Kind jauchzte. So viel Freiheit, so viel Schönheit, das war kaum zu fassen. Und die Abgeschiedenheit wird uns schützen, dachte Franz. In seine müden Augen kamen Tränen. Erst jetzt war er sich der Plage seiner letzten Jahre restlos bewusst und dankte seinem Schöpfer für diesen Ort der Ruhe und des Friedens. Emma spürte seine Erregung und drückte seine Hand ganz fest.

Der Kutscher meldete sich wieder: »Und da«, er zeigte zwischen bewaldete Hügel, »liegt Bornitz.«

Franz und Emma machten in dunstiger Ferne eine Kirchturmspitze und Dächer aus.

Sie durchquerten die Senke und nahmen drüben eine steil aufsteigende Schneise. Der Wagen rumpelte und holperte, sie mussten sich gut festhalten, das Pferd hatte schwer zu tun. Der Weg lag voller losen Gesteins. »Wenn Du hier anhältst, rutschst Du automatisch zwanzig Fuß zurück«, rief der Kutscher ihnen zu.

Zugleich bogen sie nach links ab und hatten wieder eine breite, feste, ebene Straße unter sich. Rechter Hand war ein Bruch. Es ging steil in die Tiefe. Der Kutscher zeigte mit großer Geste dorthin und belehrte erneut: »Das meinte ich. Du weißt nie wo es runter geht. Nachts und bei Schlechtwetter ist nichts zu machen.«

Abrupt stockte er, hielt die Zügel straff, »Brrr«, hob sich hoch und brüllte: »Ruhig, Brauner, ganz ruhig.«

Das Gefährt stand.

Emma und Franz sahen sich erschrocken um. Der Kutscher stieg ab, gebot Stillsitzen und balancierte vorsichtig auf Zehenspitzen an der Rand der Schlucht. Er starrte hinab. Gebannt hielten sie inne. Er kam zurück, wischte den Schweiß von der Stirn und sagte: »Tot.«

»Wer? Was?«

Franz stieg ab, strebte zur Schlucht, der Kutscher hielt ihn am Arm und herrschte: »Es ist nichts zu machen. Bleib hier!«

Franz war nicht zu halten. Der Kutscher riss ihn nieder. Keuchend lag er neben Franz und ranzte: »Wenns sein muss, kriech' hin. Ich halte Dich.«

Franz schob sich vor, der Kutscher hielt ihn fest am Hosenbund. Franz blickte in die Höhlung. In der Tiefe lagen Pferd, Wagen, ein Mensch, zerschmettert, augenscheinlich tot. Die Ladung hatte sich gelöst und war geborsten. Betten, Kleidung, Bretter, Töpfe lagen verstreut. – Ein Hemd baumelte am Ast eines seitlich hereinragenden Baumes, blähte sich im leichten Wind. Es war Franz' Arbeitshemd.

Franz kroch zurück, richtete sich auf. Emma schaute fragend. Der Wirt schaute fragend. Nach einer Weile sprach er: »Es gibt nur zwei Möglichkeiten, Kinder. Entweder ich bringe wieder runter und Ihr fahrt wieder heim. Oder ich bringe Euch hoch und Ihr versucht, das Beste draus zu machen.«

Nachdem auch Emma begriffen hatte, dass ihnen nichts mehr geblieben war, beratschlagten sie sich. Sie fassten Mut. Sie waren jung, sie waren gesund, sie hatten sich und ihre Liebe, sie wussten, sich aus scheinbar ausweglosen Situationen herauszuhelfen. Was solls? Sie bestiegen den Wagen und es ging weiter.

Das Forsthaus war ein festes Gebäude, solide gemauert, wie ein Schwalbennest an den Fels geklebt. Die Aussicht von hier oben war fantastisch. Rückwärtig führte die Straße in Serpentinen an das Haus heran. Wohnung und Nebengelass boten alles, was man zu einem bequemen Dasein braucht. Selbst Möbel und allerlei Hausrat waren vorhanden. »Na, wer sagt es denn?«, verkündete Emma frohsinnig, »abgebrannt heißt doch noch lange nicht abgebrannt.« Sie breitete besitzergreifend die Arme aus.

Der Wirt holte unter einem Stein einen Schlüssel hervor und öffnete die Haustür. Einladend schaute er Emma an und sagte zurückhaltend: »Junge Frau, der Alltag in den Bergen ist nicht immer leicht. Warten wir es ab.«

Er lud Körbe und Säcke vom Wagen und sprach zum Hausherrn: »Ich habe Euch was eingepackt, sicherheitshalber, was Ihr brauchen könnt. Ich stunde es Dir. Man kommt nicht täglich ins Tal und schon gar nicht täglich hier rauf. Richte Dich ein. – Ich wünsche Dir Glück.« Er wendete den Wagen und zuckelte los.

Emma und Franz wuchteten die Gaben ins Haus und packten aus: Mehl, Reis, Salz, Zucker, Brot, Wurst und noch allerlei andere gute Sachen. »Welch ein Willkommen, welch ein schöner Tag«, sprudelte Emma.

Franz fragte furchtsam: »Und der Tote in der Schlucht?«

Emma antwortete verständig: »Er tut mir leid und um unsere Einrichtung ist es auch schade.« Belehrend hob sie die Stimme: »Aber niemand weiß, warum er gerade an dieser Stelle abstürzte. – Sieh mal, dort war es doch breit, dort hätte er ausweichen können. Aber genau da jagt er den Wagen in die Tiefe?«

Das war für Franz einsichtig. Der Mann war zumindest unvorsichtig gewesen, und hatte es mit dem Leben bezahlt. Das wird ihm, Franz, nicht passieren.

Sie richteten sich ein und legten sich schlafen.

Am nächsten Morgen begab sich Franz auf eine Wanderung durch sein Revier. Vom Abstürzen und über Schwierigkeiten hatte er genug gehört. Mit frohem Mut und vorsichtig umkreiste er seine Behausung, gewann immer mehr an Terrain und begriff, dass ein Berg kein Feld ist. Hier standen die Bäume nicht in Reih und Glied, sondern wie die Natur sie ausgestreut hatte. Auch gab es keine Wege, die man entlang schreiten konnte. Man war nur kletternd unterwegs. Ihm tat sich die Frage auf: Was ist Forstwirtschaft in den Bergen? In seinem Kopf entstand ein Bild von Holzgewinnung: Alles absägen, die Stämme werden fortgeschafft und fertig. So weit, so schön. Aber Aufforsten? Aufforsten auf diesen Felsen? Unmöglich. Er kraxelte weiter und meinte: Wenn diese unwirtliche Gegend nicht zu kultivieren ist, was will dann ein Forstmeister hier? Bin ich zu etwas berufen, was es gar nicht gibt? Franz fühlte sich, schlicht gesagt, auf den Arm genommen. Zugleich ging ihm auf, dass sein Hiersein tatsächlich einer göttlichen Fügung gleicht. Er ist mit nichts belastet, weil alles, was sein Amt ihm an Pflichten auferlegen könnte, hier unmöglich ist. Kein Mensch kommt hier rauf, niemand wird ihn stören, etwas nehmen oder ihn gar bedrängen. – Er kann leben. Nur leben!

Von aller Last befreit kehrte er nach Hause zurück. Emma hatte die Stuben geputzt und die Betten gelüftet, Wäsche gewaschen und auf die Leine gehängt, den Herd anheizt und eine Mahlzeit zubereitet. Das Heim strahlte Wärme aus und das Kind spielte vergnügt. Froh gestimmt setzte er sich zu Tisch. Emma füllte die Suppe auf, sie löffelten, und Emma teilte beiläufig mit: »Der Postbote war da. Zwei Briefe sind gekommen. Die Geldanweisung von der Forstdirektion habe ich unterschrieben. Die Briefe liegen auf der Kommode, das Geld im Schubfach.« Er quittierte mit Kopfnicken und fragte: »Wie viel war es?« Sie nannte die Summe. Er dachte: Beachtlich! Sie sagte: »Ich habe einen Zettel geschrieben, was wir noch brauchen. Kannste, wenn Du im Dorf bist, bitte mit besorgen.«

Er nickte und löffelte weiter.

Er stutzte. Er hielt inne. Er sprang hoch. Er riss sich am Hemdkragen. Er stürzte zum Fenster. Er stieß die Flügel auf und brüllte hinaus: »Mädel, wir sind gefangen!« Er schrie, er geiferte, er schlotterte an allen Gliedern. Er sank zusammen und hockte wimmernd am Boden: »Du sagst: ›Ins Dorf gehen‹? Wie soll ich? Bei diesen Wegen! – Wir sind gefangen!«

Emma begriff rasch. Sie wiegelte ab: »Mann, Du bist überarbeitet. – Freilich gehen wir nicht täglich in die Stadt oder ins Dorf und kaufen ein. Das verstehe ich doch. Das haben wir doch zu Hause auch nie gemacht. Vorräte anlegen, sorgsam sparen, sich einteilen. Das können wir doch. Wo liegt eigentlich das Problem? – Lieber Mann«, sie ging auf ihn zu und nahm ihn in die Arme, »beruhige Dich. Das findet sich alles. – Und der Postbote kam doch auch durch.«

Emma behielt Recht. Ganz so dramatisch, wie Franz' Visionen ihm vorgaukelten, war es tatsächlich nicht. Es gab Lebensadern über den Berg, in die Ortschaften hinein, Kommunikation und Warenlieferung. Die Bergbewohner überwanden wie die Gämsen jede Hürde, transportierten jede Last und hielten das Volk zusammen und am Leben.

Um ihre Versorgung war es gut bestellt, denn recht bald hatten sie heraus, wie das System funktioniert. Der einmal die Woche auftauchende Postbote nahm die Wünsche der Hausfrau entgegen, drei Tage später kam der Lieferant mit seinem riesigen Tragekorb herauf, brachte die Ware, kassierte den Gegenwert an Geld und ein Salär für seine Dienste und verschwand. Franz' Einkommen war groß, jedenfalls viel üppiger als früher. Er konnte sich leisten, dass man ihm herangeschaffte. Mit einer unglaublichen Naivität und Selbstbesessenheit hockten die Krumms da und ließen es sich gut gehen. Sie sahen nicht, was sich im Ort, auf Wegen und Pfaden abspielt.

Unter der Härte der natürlichen Bedingungen ihres Daseins galten den Bergbewohnern ständige Hilfsbereitschaft und hoher Einsatz als Grundprinzip. Die Menschen benötigten auch hier Brenn- und Bauholz. Ein einzelner schafft es kaum oder nur unter zermürbender Mühe, die Stämme zu fällen, zu zerkleinern, ins Tal zu bringen. Auch Steine für Fundamente und Grundstückseinfriedungen klaubt man im Berg nicht einfach auf und riskiert einen Erdrutsch. Die Stelle will vor dem Abbau gründlich untersucht sein. Des Weiteren war der Wald hier wie allerorten Lieferant von Früchten und Kräutern für die Küche. Die Bauern schickten alte Frauen und kleine Kinder zum Sammeln hinaus. Es hieß, Weg und Steg intakt zu halten – die raue Natur greift vieles an – ständig jeden noch so geringen Pfad auf Brauchbarkeit zu prüfen und nötigen Falls instand zu setzen. Das war ein weites Feld für einen Forstmeister.

Und genau dafür war Franz blind. Diese Blindheit schlug ihn mit Gleichgültigkeit. Die Gleichgültigkeit wandelte sich im Auge seiner Kritiker in Überheblichkeit. Freilich gestanden ihm die Bornitzer eine Eingewöhnungszeit von ein paar Wochen zu. Aber auch dann ging er nicht herum, machte sich nicht kundig, nahm keinen Kontakt auf, brachte sich nicht ein. Kam einer und bat um einen Stamm, bewegte Franz' sich nicht, schrieb einen Berechtigungsschein aus und sagte: »Nimm Dir, was Du denkst.« Meldete jemand einen Erdrutsch oder Schaden am Weg, zuckte Franz mit den Schultern und sprach: »So geht es hier halt.« Er genoss die schöne Aussicht, die frische Luft, entfernte sich von seinem Heim höchstens tausend Meter, kam oft schon zur Mittagszeit nach Hause und erfreute sich des Schwalbennestes.

Das erste Erwachen erfolgte im Winter 1903 auf 1904. Der Heizvorrat war aufgebraucht. Wie sie im August hier ankamen, war der Schuppen bis unters Dach mit Scheiten angefüllt. »Das reicht für Jahre«, hatte die Hausfrau zufrieden festgestellt. Sie war nicht unerfahren, wirtschaftete ja bereits einige Zeit. Nur hier beginnt der Winter Ende September, setzt sofort mit Temperaturen um die Null Grad ein. Der Wind streicht ums Haus, die Flocken wirbeln, es wird immer kälter, der Frost kracht, der Ofen bullert. Mitte Dezember war der Schuppen leer.

»Ach was. Was solls?«, sagte Franz, »ich hole einfach Holz. Der Wald steht voll davon.«

Er ging hinaus, sah sich nach einem geeigneten Baum um. Eine junge Fichte wählte er aus, bedachte fachkundig die Fallrichtung – eine abschüssige Schneise wird den Baum aufnehmen -, und er schlug die Axt in den Stamm. Franz drosch lustig drauf zu, die Fichte bebte, wehrte den Hauer, die Arbeit an der Schräge war beschwerlich, ermüdete rasch. Franz ließ nicht nach. Endlich war er durch.

Der Stamm zitterte, hob sich, ächzte, neigte sich, breitete seine Äste aus. Der Baum fiel, schlug nieder, bäumte sich noch einmal auf und raste mit ungeheurer Wucht in die Tiefe.

»Halt! Halt!«, schrie Franz, ließ die Axt fallen und jagte hinterher.

Er stolperte, rutschte, rappelte sich hoch, rutschte wieder, konnte sich nicht halten und ward augenblicklich ins Tal gerissen.

Er landete neben seinem Baum, wühlte sich aus dem Schnee, blickte sich um und war fassungslos: An die zweihundert Meter oder mehr über ihm hing sein Schwalbennest. Der Berg ist riesig. Weg und Steg gibt es nicht. Wie sollte Franz da je wieder hinauf kommen?

Stille, blendendes Weiß, der Wald schlief und ringsumher keine Menschenseele. Er setzte sich auf seinen Baum und stierte vor sich hin.

Der Wald schlief freilich nicht. Er war sehr wach. Er hatte Augen und Ohren. Der Bornitzer Sinne waren geschärft. Der Tumult, den Franz hier veranstaltet hatte, war ja auch nicht zu überhören gewesen. Ein Blick hinauf zur Försterei – der Schornstein qualmte nicht – , ein zweiter Blick zur zerschrammten Schneise und sie wussten, was sich ereignet hatte. Die Retter kamen. Sie wickelten Franz in Decken, banden ihn auf dem Schlitten fest, huckten sich den Stamm auf und beförderten Mann und Holz bis vor die Tür seines Hauses. Franz bedankte sich überschwänglich, reichte großzügig ein paar Scheine her. Die Leute murrten: »Geld allein tuts nicht«, und zogen ab.

Der Ofen bullerte wieder.

An Weihnachten und Neujahr rief die Kirche im Tal nach den Gläubigen. In Grüppchen und einzeln zogen die Bergbewohner aus allen möglichen Richtungen zum Gotteshaus. Von hier oben sahen Franz und Emma sehnsüchtig zu. Die Sicht war herrlich, das Wetter war gut. Sie erkannten frohe Mienen und der Wind trug Lachen zu ihnen hinauf. Noch nie hatten Franz und Emma die hohen Feiertage in völliger Abgeschiedenheit verbracht. Allein, sie wussten nicht um Weg und Steg ins Dorf. Das erste Mal seit langer Zeit kam Wehmut auf. Sie saßen unterm geschmückten Baum und gedachten mehr schlecht als recht der Geburt ihres Heilands, begrüßten traurig das Neue Jahr.

Das Frühjahr 1904 brachte zwei Überraschungen. Zum einen kam Emma in gute Hoffnung. Im Herbst wird ein Kindchen geboren. Ein Spielgefährte für Erich, das wird eine große Freude sein. Die Eltern waren außer sich vor Glück. Zum anderen traf die längs fällige Revision der Oberforstdirektion hier ein.

Sie rauschten mit zwei Kontrolleuren und einem Geologen herbei. Franz stammelte: »Ich wusste nicht, ich dachte nicht«, ließ die Leute herein, bewirtete sie und setzte sich ihnen gegenüber.

Der Oberrevisor sprach: »Wir haben Sie doch informiert. Geld und Post sind doch angekommen?«

Franz erschrak. Das Geld hatte er genommen, die Briefe lagen ungeöffnet auf der Kommode.

Nun erfuhr er, welche Pflichten er versäumt hatte: Den Holzeinschlag vorbereiten, die Stämme kennzeichnen, Arbeitstrupps zusammenstellen, das Aufforsten anleiten. Außerdem war das Revier gründlich zu untersuchen.

»Anhand der Pflanzendecke, kleinster Oberflächenmarken erkennen wir den Gehalt an Mineralien«, belehrte ihn der Geologe, »der Berg liefert nicht nur Holz, sondern zugleich Erze verschiedener Art. Der Förster führt uns zu den aussichtsreichsten Schürforten.«

»Ich wusste nicht, ich dachte nicht«, wiederholte sich Franz.

Die Kontrolleure und der Geologe sahen sich an, vermerkten, dass dieser Förster hier reichlich unfähig ist, grollten ihm, weil nichts vorbereitet und nichts zurechtgelegt war, gewährten ihm gnädig Aufschub zwecks Erledigung der fälligen Arbeiten und verabschiedeten sich unverrichteter Dinge. Das war höchst ärgerlich, denn auch oder gerade ein staatlicher Forstbetrieb muss sich rechnen, dieses Jahr wird wie andere Jahre ungenutzt verstreichen. Missmutig gestanden sie sich ein, dass die Försterei Bornitz ein hoffnungsloser Fall ist und bleibt.

Nachdem die Obrigkeit gegangen war, öffnete Franz die beiden Briefe. Der eine enthielt tatsächliche eine lange Auflistung seiner Pflichten. Er überflog die Zeilen und stellte fest, dass er dazu Leute, sehr viele kundige Leute aus der hiesigen Gegend braucht. »Nun denn«, sprach er sich Mut zu, und las rasch den zweiten Brief.

Dieser haute ihn restlos vom Sockel. Da stand schwarz auf weiß: »Aus Gerichtsverfahren und Räumung sind folgende Gebühren und Anwaltskosten aufgelaufen.« Ein lange Abrechnung des Gerichtsvollziehers Gottschimm war beigefügt. Sie belief sich auf mehrere hundert Mark.

Er donnerte: »Sind die irre? Erst vertreiben die mich und dann hängen die mir so eine Scheiße an! – Außerdem, wie konnten die mich finden?«

Emma resümierte schlicht: »Der deutsche Amtsschimmel läuft langsam aber sicher.«

Franz echauffierte sich: »Erst bringen die mich um alles und dann hauen die nochmal rein!«

Als sich die Wogen geglättet hatten, riet Emma: »Du musst Ihnen schreiben und um Stundung bitten.«

Franz legte fest: »Einen Dreck werde ich tun. – Die Summe ist doch sowieso unbezahlbar.«

Das stimmte. Die Preise, die das Gericht und die Anwälte aufriefen, waren für einen Forstmeister überhaupt nicht zu stemmen.

Franz schob nach: »Sollen die sich doch das Geld von der Gegenpartei, von dieser Elisabeth holen.«

Am nächsten Tag griff sich Franz den Postboten, hielt ihm zwei große Scheine hin und sagte: »Pass auf, Mann! Ich habe einen Auftrag für Dich.«

Der Mann war nicht reich und gierte nach dem Geld.

»Wenn Post für mich aus Gottschimm kommt, dann drehst Du den Brief um, schreibst drauf: ›Empfänger verstorben‹ und schickst ihn zurück.«

Der Postbote hätte zwar das Geld gern verdient, aber er wusste auch, dass so eine Lüge zugleich Amtsmissbrauch ist. Mit sowas riskiert man seine Stellung. Er erwiderte: »Legst Du wöchentlich einen Schein drauf, mag es angehen. Ansonsten tut es mir leid.«

Franz hätte den Mann jetzt gern den Hang runter geschmissen. Er ärgerte sich, ihn überhaupt hier reingezogen zu haben. Er fauchte: »Verpiss Dich, Du Idiot.«

Beleidigt zog der Postbote ab.

Franz widmete sich seinen anstehenden Aufgaben. Er stattete sich mit Proviant aus, steckte Geld zu sich, zog festes Schuhwerk an die Füße, verabschiedete sich von seiner Frau und machte sich tapfer auf den Weg nach Bornitz.

Der Weg war beschwerlich. Vom Schwalbennest gesehen, lag das Dorf einen Steinwurf entfernt. Zu Fuß und ohne Ortskenntnis brauchte Franz ganze zehn Stunden. Es war Ende Mai, die Tage waren lang. In der Dämmerung erreichte er todmüde und missmutig das Haus des Dorfschulzen. Seine Müdigkeit kam von der Anstrengung her. Das ist klar. Sein Missmut entsprang ausschließlich der widrigen Gerichtssache. Die ganze Zeit über hatte er sich nicht abreagieren können, fand keinen Gefallen am schönen Wald, und wenn er unterwegs Leuten begegnete, grüßte er grummelig, war auch zu keinem Plausch aufgelegt, latschte knurrend weiter.

Mit den Passanten und dem Postboten erreichte das Gerücht, der neue Forstmeister ist ein ganz ungehobelter, unflätiger, ja zwielichtiger Kerl, schneller Bornitz, als der Mann selber seine Füße setzen konnte. Zugleich unterfütterte diese Einschätzung den bisherigen Eindruck: Der Förster ist faul und großspurig.

Nun klopfte Franz beim Schulzen an, bat um Nachtquartier und einige Auskünfte. Leute musste er werben und dingen. Er wurde schroff abgewiesen: »Ist keine Sprechstunde mehr und ich bin kein Gasthaus.«

Die Tür fiel ins Schloss und Franz stand im Regen. In der Tat war inzwischen schlechtes Wetter aufgezogen.

Er klopfte noch an zwei, drei andere Türen, kam nicht unter und richtete sich dann ein notdürftiges Lager unter der Dorflinde ein.

Die Nacht verging, die Sonne stieg strahlend auf und Franz meldete sich wieder beim Schulzen: »Ist es jetzt recht?«, fragte er spitz.

Der Schulz ließ ihn rein. Franz fächerte seine Wünsche auf.

Der Schulz schützte Schwierigkeiten vor, gab zu verstehen, weshalb die Leute nicht jetzt, in Bälde auch nicht und wahrscheinlich niemals zur Arbeit im Wald erscheinen werden. »Da schlag doch der Blitz drein!«, fluchte Franz und trat ab.

Er trottet heim.

Er war wütend, vergrätzt, aber längst nicht ohne Plan. Würde ihm jetzt einer kommen und nach Holz fragen, bekäme er die Fällgenehmigung nur gegen Arbeitsleistung. »Wollen wir doch sehen, ob wir dieses dumme Pack nicht zur Räson bringen!«

Er hockte sich in sein Schwalbennest, betrachtete die schöne Aussicht und wartete. Niemand kam, niemand fragte.

Freilich brauchten die Leute Holz. Nur für einen, der sich nicht umtut oder keine fachkundigen Berater hat, ist der Berg mit seinem Wald unübersichtlich. Auf Franz' Bequemlichkeit und Dummheit bauend, nahmen sie sich, was für den kommenden Winter nötig war. Das bedurfte auch überhaupt keiner näheren Erörterung oder Rechtfertigung mehr. Jahrelang hatten sie sich bedient, denn jahrelang war das Forsthaus leer gestanden. Wollte sich dieser hier nicht in die gängigen Gepflogenheiten fügen, würde auch er sich bald verabschieden.

An Abschied dachte Franz überhaupt nicht. Aber ein schmerzhaftes Sehnen zog durch sein Gemüt. Das tauchte in allerlei Schattierungen auf, ergab aber schließlich immer die gleichen Bilder: Der märkische Wald ist licht und farbig. Der hiesige dunkelgrün und undurchsichtig. Früher sprachen zu Franz Kiefern, Lärchen, Birken, Linden, alle Kräuter und das Moos, hielten mit frohem Geplauder täglich Abwechslungsreiches, Schönes für ihn bereit. Hier stehen die Fichten hoch, erhaben und schweigen. Selbst Buchen, Eichen bleiben stumm, das flechtige Kraut ist widrig und die Felsen sind kalt und leblos. Mit einem Wort: In Gottschimm ist alles gut, in Bornitz ist alles hässlich und es herrscht der Tod. Franz wischte den bedrohlichen Vergleich rasch fort. Soweit mochte er nicht denken. Er würde sich schon eingewöhnen, lernen und zurecht kommen. Allein, das Sehnen blieb.

Der Postbote kam regelmäßig. So er Vertreibung und Ablehnung des Forstmeisters mittrug, war er doch zugleich gewissenhafter Inhaber eines öffentlichen Amtes. Er brachte pünktlich das Geld und nahm die Einkaufsliste mit. Zunächst, wie die Bornitzer den Stab über den Förster gebrochen hatten, weigerten sich auch die Lieferanten, Waren hinaufzubringen. »Je schneller der abhaut, umso besser«, sagte einer wie der andere. Da rührte sich das Herz des Christenmenschen und er mahnte: »Vertreibung ist in Ordnung. Das dürfen wir. Aber einen wegen seiner Dämlichkeit und seines großen Mauls, verhungern zu lassen, das geht eindeutig zu weit. – Außerdem ist die Frau schwanger. Wo sollen die denn jetzt hin?«

Der Warenstrom blieb.

Franz überwand seine Ungeschicklichkeit. Er lernte Bäume fällen, ohne dass die ihm in Tiefe sausen. Nach mehreren Versuchen hatte er es raus: Der Stamm muss quer zum Hang fallen und andere Stämme müssen das seitliche Abrollen verhindern. Er baute sich Barrieren, schlug Schneisen und befestigte Wege. Das war eine verdammte Schinderei, zumal er immer allein arbeitete. Er machte Feuerholz und jedes Scheit wärmte vierfach: Beim Fällen, beim Zerkleinern, beim Transport und schließlich im Ofen. Franz' Holzvorrat wuchs und mit ihm das schlechte Gewissen. Was kommt im Frühjahr, wenn die nächste Revision ansteht und er um keinen Schritt weiter ist? Sie werden ihn feuern oder bestrafen oder? Er wusste es nicht.

Seine Ängste nahmen ihn wieder gefangen. Er schlief schlecht, fühlte sich klein, litt Schmerzen. Bei alledem hatte er Verantwortung für Frau und Kinder.

Eines Tages fragte er unumwunden: »Was machen wir hier eigentlich? Nur, existieren an sich, ist das des Lebens Sinn? Gibt es nichts anderes als Schuften und den Druck von oben?«

Emma antwortete: »Freilich gibt es Besseres. Wenn man Geld hätte. Ich hätte schon auch andere Träume.«
Diese Träume waren ausgeträumt. Sie machten weiter.
So verging der Sommer 1904.
Nach einem sehr kurzen Herbst brach der Winter über sie herein.
Am 7. Oktober entband Emma von einem gesunden Knaben. Sie nannten ihn Willy. Der Postbote brachte die Meldung zum Pfarrer nach Bornitz und der Schulze trug den Jungen in die Kladde des Standesamtes ein.
Nicht mal taufen lassen konnten sie das Kind. Der Weg ins Dorf mit einem Säugling war nicht zu meistern. Weihnachten und Neujahr beobachteten sie wieder die zum Gotteshaus ziehenden Leute und blieben in ihrer Abgeschiedenheit. Der Mann verdrängte seine Ängste und Sehnsüchte tapfer.
Einmal sagte die Frau: »Zum Einsiedler muss man geboren sein. Ich glaube wir sind es nicht.«
Ein Stern ging auf.
Franz schaute seine Emma glücklich an und sprach leise bittend: »Frau, ich möchte so gern heim.«
Sie nickte.
So weit, so gut. Nur, was erwartete sie daheim? Wohnen in schrägwandigen Dachkammern, Auseinandersetzung mit aufsässigen Arbeitern, Dienste für einen faulen Forstmeister und eine unbeglichene Gerichtsrechnung. Das ist viel für einen kleinen Mann. Dazu kommt, dass die hiesige Forstdirektion ihn nicht so einfach gehen lassen wird. Und gelingt es Franz, mit oder auch ohne Vertrag zu entschlüpfen, werden sie ihm mächtig die Hölle heiß machen. Nicht zuletzt, wie kommen sie mit zwei kleinen Kindern und Gepäck diesen Berg hier hinunter, durchs Tal, den anderen Berg wieder hinauf und dann zur Bahn. Der Widrigkeiten

waren so viele, dass nur noch blinder Aktionismus zu helfen schien.

Ein paar Wochen später, der Schnee verwandelte sich gerade in Matsch und rutschte in großen Packen von Bäumen und Hängen, sprach Franz den Postboten an: »Sag, Mann, kannste nach Riesa gehen und den Wirt bitten, dass der mit Pferd und Wagen hier rauf kommt? Dein Schade solls nicht sein.« Er zeigte ein paar Geldscheine.

Der Postbote machte große Augen und antwortete: »Freilich kann ich den Wirt bitten. Bin ja wöchentlich unten und hole die Post vom Bahnhof. Nur, der wird nicht kommen, nicht bei dem Wetter. Noch lange nicht. – Was willst Du?«

Franz ließ die Schultern hängen, krümmte sich und blickte zu Boden. Den Postboten überkam Mitleid. Er sah Tränen kullern und das Wort »Ich will heim« ließ alle Aversion schmelzen.

Er legte dem Forstmeister einen Arm um die Schulter und sagte: »Es gibt einen Weg, sicher und fast ohne Gefahr.«

Franz blickte auf und nahm weitere Scheine hervor.

Der Postbote belehrte: »Behalte Dein Geld. Du wirst es noch brauchen. – Geh' zu Deiner Frau, packt Euer Zeug in kleinen Bündeln, legt warme Sachen und das feste Schuhwerk zurecht. In sieben Tagen, exakt in sieben Tagen!, bin ich wieder hier und bringe Euch heim.«

Wie versprochen tauchte der Postbote eines Morgens sehr zeitig in der Früh mit zehn Trägern am Försterhaus auf und fragte streng: »Nun? Ist alles bereit?«
Die Päckchen mit Wäsche, Oberbekleidung, etwas Hausrat und Nährmitteln lagen seit Tagen im Hausflur. Der Bergführer inspizierte die Sachen, sortierte einiges aus und nahm anderes hinzu. Dann beschaute er fachkundig die Reisenden. Sie beluden die Kiepen,

polsterten zwei mit Wolldecken aus und setzten die Kinder hinein. Sie traten vors Haus, die Kolonne formierte sich – Franz und Emma bekamen einen Mann zur Seite -, der Postbote verschloss die Försterei und legte den Schlüssel unter einen Stein.

Es ging los.

Über Wege und Stege, sehr schmale Steige, sich zeitweise an den Händen haltend und stützend, mit Seilen sichernd, wand sich der Trupp den Berg hinunter, über die Hochebene und drüben wieder hinauf.

Am Hang schaute Franz zurück. Das Schwalbennest klebte in der Ferne am Fels und hatte alle Herrlichkeit verloren. Wie sie die letzte Höhe überwanden und des Städtchens mit Häusern, Straßen, Menschen ansichtig wurden, klopfte Franz' Herz wild und er fühlte sich frei.

Am Bahnhof entlohnte er die Träger. Sie verabschiedeten und bedankten sich.

Franz kaufte Fahrkarten erster Klasse. Emma fragte: »Findest Du das nicht übertrieben?«

»Ist doch egal«, wiegelte er ab, »wer weiß, was uns erwartet. Da lass uns wenigstens jetzt mal richtig vornehm reisen.«

Der Zug kam, der Zugbegleiter hofierten den gut bestallten Fahrgästen und wies sie in ein freies Coupé ein.

Sie verstauten ihr Gepäck, setzten die Kinder ans Fenster, machte es sich selbst bequem und der Zug fuhr los.

Wie vor Monaten auf der Herfahrt schauten sie hinaus, bestaunten die Gegend, wiesen erfreut auf Sehenswertes. Sie lachten und führten ausgelassene Reden. Etwas zu ausgelassen und zu hitzig freilich, denn die Zukunft lag völlig ungewiss vor ihnen.

Auf der Station Jüterbog stiegen viele Reisende zu. Der rührige Zugbegleiter bat zusammenzurücken und ein älterer Herr und eine Dame nahmen bei den Krumms im Abteil Platz. Sie begrüßten einander und die Dame war augenblicklich entzückt von den süßen kleinen Rangen.

Die Frauen kamen leicht ins Gespräch. Haushaltsführung, Kinderpflege, Kochrezepte sind unerschöpfliche Themen. Die Männer taten sich schwerer, tasteten vorsichtig einander ab: Ziel der Reise, Reiseerfahrungen im Allgemeinen und die beschauliche Gegend.

Das Eis brach, als der ältere Herr »Forstmeister« hörte. Er sprang auf, verneigte sich vor Franz und stellte sich vor: »Volkmar von Sellin, freut mich sehr Ihre Bekanntschaft zu machen.« Dem Mann sah man den in Fleisch und Blut übergegangenen Schliff des gedienten Militärs an.

Franz war perplex, stand augenblicklich stramm und parierte die Höflichkeit: »Franz Krumm, Leutnant der Reserve.«

Die Frauen unterbrachen ihr Gespräch, schauten herüber und Emma dachte amüsiert: Na na na, übertreibe es nicht, lieber Mann, im Moment biste arbeitslos, auf der Flucht, mit einem Sack voll Verpflichtungen und verdammt wenig Geld.

Die Frauen plauderten weiter.

Von Sellin fragte: »Ihre Pläne, guter Mann?« Franz holte tief Luft, wollte sich auslassen, nahm sich jedoch zurück und gestand: »Leider gelang mir in der letzten Zeit wenig, bin ziemlich abgebrannt. Was kommen wird, sehe ich noch nicht.«

Eine beklemmende Pause entstand. Sie sahen auf die vorbeihuschende Landschaft, der Zug rollte, die Lokomotive schnaufte.

Von Sellin hakte nach: »Erzählen Sie. Vielleicht kann man helfen.«

Sein Altruismus hielt sich in der Regel in Grenzen. Freilich fand er die Kinder possierlich, die junge Frau recht angenehm, doch das allein genügte ihm niemals, jemandem seine Hand zu reichen. Was ihn hier bewog, sich der Krumms anzunehmen, waren das von Franz vertretene Fach – Förster sind rar im Land – und die erwähnte militärische Laufbahn – einen Kameraden lässt man nicht im Stich!

Franz legte seine ganze verpfuschte Biografie dar. Nicht als Schwanengesang, sondern in der mannhaften Manier eines nimmermüden Kämpfers, wobei er einige Details aussparte. Er wusste, dass Offiziere Kleinmütigkeit verlachen, einen danieder Liegenden eher treten als aufheben. Eine solche Schmach suchte er nicht und Mitleid mochte er auch nicht erheischen.

Am Ende seines Berichtes erfuhren die Krumms ein kleines Wunder. Volkmar von Sellin bot Franz die Stelle des Försters in einem seiner Wälder an.

Am 16. April 1905 bezogen sie das Gärtnerhaus auf dem Gut Blumberg nahe Berlin.

Bildung um jeden Preis

Der Wald war kein Wald, sondern ein riesiger Park. Ein namhafter Landschaftsarchitekt hatte diesen Park vor sechzig, siebzig Jahren im Stil des englischen Gartens angelegt. Auf dem ausgedehnten Gelände fanden sich zu großen Gruppen gepflanzte Eichen, Erlen, Linden und Buchen. Fließe sprangen lustig gurgelnd über Steine und kleine Seen mit reichem Uferbewuchs beheimateten Fische und Wasservögel. Auf fruchtbaren Wiesen blühten allerlei Kräuter. Dazwischen schlängelten sich Wege, an denen wie zufällig hingeworfen Hecken und Blumenstauden ihren Platz hatten. Das alles machte den Eindruck naturwüchsiger Schönheit und vermittelte dem Auge des Betrachters immer wieder neue, atemberaubende Bilder. Dieser Park war ein Kleinod in der ansonsten eher karstigen Gegend, dem Barnim.

Dabei handelt es sich um eine etwas höher gelegene, sich über viele Quadratkilometer erstreckende Ebene zwischen Oderbruch und Spreetal.

Vor vier- oder fünfhundert Jahren gab es hier einen flächendeckenden, tiefen, undurchdringlichen Wald. Die mit der Christianisierung herein drängenden Siedler rodeten den Wald und betrieben auf den gewonnenen Flächen Ackerbau und Viehzucht. Der fruchtbare Boden lieferte einiges. Die Bauern kamen zu Wohlstand und teilten ihrem König mehr als genug zu. Niemand dachte daran, einer Verödung vorzubeugen, oder an Aufforsten oder wenigstens in schützenden Arealen das Ursprüngliche zu erhalten. Kahlschlag und exzessive Nutzung trockneten den Boden aus und der Wind trug die wertvolle Krume fort, so dass sich vom Ertrag der Landwirtschaft irgendwann nicht mal mehr die Produzenten ernähren konnten. Das Dilemma brachte die

Wissenschaft auf den Plan. Mit Düngung und Melioration konnten einige Schäden behoben werden. Allein, der nackt und bloß liegende Barnim strotze des Weiteren nicht gerade vor Pflanzenfülle und gab insgesamt nicht mehr viel her. Da war der Gutspark Blumberg eine Oase, ein kleines Paradies im wüsten Meer der Widrigkeiten, bedurfte der pflegenden Hand eines Franz Krumm und gereichte seinem Besitzer zum Ruhm.

Franz durchstreifte seinen Park und schaute den Gärtnern über die Schulter. Er konnte zufrieden sein. Die Leute arbeiteten gewissenhaft und selbstständig, sie waren ausgezeichnet konditioniert und ausreichend diszipliniert. Wie der Förster vor ein paar Jahren seine Stelle hier angetreten hatte, schwanten ihm neue Schwierigkeiten. Des Försters Fach ist der Gartenbau nicht, auch wenn ein paar Bäume auf dem Grundstück stehen. Zu oft war Franz optimistisch aufgebrochen, um mit einem Fiasko zu enden. Der Mut der Verzweiflung hatte ihn hier stranden lassen. Und nun?

In Blumberg war vieles anders als in Bornitz. Ein Heer von Dienstleuten erwartete demütig Befehle, spurte auf einen Fingerzeig hin, war dankbar für die kleinste Zuwendung und rackerte sich bis zum Umfallen ab. Widerworte gab niemand, es weigerte sich auch keiner, und sie übertrumpften sich gegenseitig an Eifrigkeit. Das war auch gar nicht verwunderlich, Franz durchschaute das System rasch. Jedem der Arbeiter war ein Aufseher zur Seite gegeben. Das gesamte Dienstvolk war ein riesiger Apparat aus Vorgesetzten und Mitarbeitern, über- und untergeordneten Beschäftigten, eine ausgeklügelte, bis in feinste Abstufungen hinein gegliederte Hierarchie, die von einer kargen Bezahlung zusammengehalten wurde. Das Geld war das Klebemittel. Die Dienstleute mussten – auch Franz wurde nicht gerade übermäßig entlohnt – sich tüchtig nach der Decke strecken, wollten sie einigermaßen über die Runden kommen. Sie dienten und gehorchten.

Das geringe Einkommen und das permanent kontrollierende Augen irgendwelcher Aufseher hätten Franz eigentlich wieder missmutig und ängstlich machen können. Es war nicht an dem. Ihm huldigte man in jeder erdenklichen Weise, war entgegenkommend und tolerant. Als vom Gutsherrn persönlich hier eingeführter Gärtner und Fachmann genoss er absolute Immunität. Außerdem hatte Franz gründlich gelernt. Er eckte nirgendwo an, war sowohl ständig präsent, als auch jedermann gegenüber höflich und zurückhaltend. Ein stiller, feinfühliger Beobachter und Ratgeber, ein sympathischer, etwas kauziger Zeitgenosse. So wollte er erscheinen, so kam er rüber, das machte er zu seiner Natur.

Die monetären Verhältnisse freilich, konnte er sich auch mit Gutwilligkeit oder Anpassung nicht schön reden. Da tat es Not, dass Emma sich als Magd verdingte, auf dem Gutshof gab es ja immer reichlich zu tun, und ein zusätzliches Salär heim brachte.

So kamen sie zurecht, so lebten sie bescheiden und wähnten sich glücklich.

Seinerzeit, als sie hier anfingen, war Sohn Erich gerade mal drei Jahre alt und Willy ein Säugling von wenigen Monaten. Nun war beiden Eltern aufgetragen, gleichermaßen für den Familienunterhalt zu sorgen. Wohin aber mit den Kindern? Sie überließen die Kleinen sich selbst, instruierten den Älteren in Kinderpflege und Gefahrenvermeidung, der gehorchte und bewährte sich als sorgender Bruder. Allerdings konnte er niemals alles Notwendige leisten, so dass die Eltern abends einen vom Schreien erschöpften Willy und einen verzweifelten Erich vorfanden. Die Mutter resümierte bedrückt, dass armer Leute Kinder halt mit sehr wenig Zuwendung auskommen müssen. Der

Vater erinnerte seiner Kindheit. Mit Reichtum überhäuft und zugleich ohne die liebevolle Führung eines Vaters oder einer Mutter war er aufgewachsen. In seinen Kindern und Emma hatte er gefunden, was er seinerzeit schmerzhaft vermisste: Eine Familie. Jetzt lief er Gefahr, das Wertvollste zu verlieren. Er stellte sich vor, was in den Kinderherzen zerbricht, wenn sie so viel alleingelassen sind, was alles passieren kann, während die Eltern außer Haus sind.

Franz Krumm fand eine ganz ungewöhnliche Lösung. Er lief zum Schreiner und ließ ein Wägelchen bauen. Ein Wägelchen, grade so groß, dass es ein kleines Kind aufnehmen kann, ein hölzerner Kasten, vier Räder drunter und mit einer Deichsel vorn. Den Wagen polsterte er mit Kissen und Decken aus, setzte Willy hinein und hieß Erich das Gefährt zu ziehen. Das klappte ganz gut, wobei Franz hin und wieder zugreifen musste.

So zottelten die drei von morgens bis abends durch den Park. Egal, wo Franz eine Arbeit anzuleiten, mit Dienstleuten zu sprechen, einen Rundgang machte, immer und überall hatte er seine Kinder im Schlepp und ein Auge auf sie. Was die Leute redeten, hörte Franz nicht beziehungsweise er ignorierte es. Als der vom Gutsherrn persönlich eingestellte Gärtner war er in seinen Handlungen unanfechtbar.

Binnen kurzer Frist wurde das Gespann zur Gewohnheit. Manchmal, wenn Franz ohne die Kinder irgendwo auftauchte, vermissten die Leute Erich und Willy.

Zwei Jahre gingen ins Land.

Im Januar 1907 feierten sie Erichs fünften Geburtstag und im Sommer zog Vater Franz Erkundigungen ein, in welcher Schule er seinen Jungen anmelden sollte. Er wähnte für ihn das Beste als gerade gut genug. Höhere Bildung schwebte ihm vor.

Emma opponierte: »Unser eins geht zum Küster in die Schule, wie alle anderen Leutekinder.«

Franz fuhr sie barsch an: »Zum Küster? Zu dem, der die Kinder nichts lehrt und sie jeden Nachmittag zur Arbeit aufs Feld zerrt. Niemals! Mein Junge lernt ordentlich.«

Emma war selbst kaum zur Schule gegangen, nur paar Tage im Winterhalbjahr, und auch das nur für vier, fünf Jahre. Sie vergötterte ihren Mann um seiner Bildung Willen und verlegte sich aufs Schmeicheln: »Franz, Du weißt doch selber genug. Dann unterrichte doch Du den Jungen. Lass ihn daheim.«

»Nee!«, ballerte Franz wieder los, »Hausunterricht und der Kleine verkommt.« Ihm war erst jetzt aufgegangen, wie nachhaltig ihn seine damalige Isolation prägte. Sein Sohn sollte unter Gleichaltrigen spielen und lernen, spielend lernen.

Emma fügte sich, der Mann war halt Familienoberhaupt, hatte das Sagen und er war ja auch der viel Klügere von beiden.

Franz nahm seine beiden Jungen bei der Hand und wanderte über Land. In allen Ortschaften, die fußläufig innerhalb einer Stunde zu erreichen waren – immerhin musste er den täglichen Schulweg des Jungen mit bedenken – machte er Station und wurde beim Schulmeister vorstellig.

Beständig bot sich das gleiche Bild: Kleine, arme Dörfer mit nur einem winzigen Bildungsinstitut, dem Küster oder Pfarrer vorstanden und deren Ehrgeiz nicht gerade ausgeprägt war. Hefte und Bücher konnten die Lehrenden dort nicht vorweisen, nur Schiefertafeln mit Griffel und eine einzige Bibel.

Während dieser Wanderungen unterwies der Vater seine Sprösslinge in Heimatkunde und ergoss sich über Ur- und Frühgeschichte, die Kinder lauschten gebannt. Endlich kam er zur Gegenwart: »Nachdem der Barnim also von Wäldern befreit und durch intensiven Ackerbau jeglicher Fruchtbarkeit beraubt war, fanden die Hohen der Wissenschaft besonders für die Berlin am nächsten liegenden Gebiete eine neue Verwendung. Sie legten Rieselfelder an. Die Abwässer der Millionenstadt leiten sie in Kanälen hierher, schwemmen sie durch das Erdreich, befruchten damit den Boden und reinigen sie von Schadstoffen. – Was nämlich uns Menschen ein Gift ist, dient den Pflanzen als Nahrung«, dozierte Franz, seine Söhne bestaunten die Erfindung und er setzte fort: »Aus Dreck und Schlamm wird also wieder Frischwasser und kann in die Stadt zurück geführt werden.«

Sie hielten an einem tiefen Graben an, stellten sich ans Wehr, beobachteten das sprudelnde Wasser und ließen den Blick über die Felder schweifen.

»Wie heißt der Ort, wo wir gerade waren?«, fragte Erich.

Der Vater antwortete: »Marzahn«, und ergänzte: »Das war freilich nicht gleich von Anfang an die perfekte Sache. Zunächst vergifteten sie die Felder und die Bauern wurden krank. Das Reinigungssystem funktionierte erst, als dieser Graben hier, zehn Meter unter Flur, geschaffen war und man raus hatte, wie viel Abwasser so ein Acker wirklich verträgt.«

Erich setzte ein kluges Gesicht auf, obgleich er nur die Hälfte verstanden hatte, und nickte. Der Vater war stolz auf sein Kind. Willy hatte sich derweil nieder gehockt, rollte sich wie ein Igel zusammen, die langen Wege ermüdeten ihn, und er schlief ein. Nach einer Rast von einer halben Stunde, nahm der Vater den Kleinen auf den Arm und sie liefen weiter.

Ein Trupp junger Wanderer begegnete ihnen. Die Männer zogen ihre Mützen ab und schwenkten sie überm Kopf, die Frauen lachten ausgelassen. Der Vater mit den Kindern erregte ihre Neugierde. Sie riefen ihn an: »Wohin des Weges, guter Mann?«

Eine Pause ward erneut angesagt.

Sie setzten sich an einer Böschung zusammen und teilten ihr Brot. Die Rede ging hin und her, einer hörte vom anderen. Die jungen Menschen frönten einer in die Mode gekommenen naturnahen Lebensweise. Sobald die Arbeit erledigt ist, ziehen sie bei Wind und Wetter hinaus und verbringen ihre Tage unter freiem Himmel. Sie kleiden sich auch ganz und gar von der althergebrachten Ordnung abweichend, die Mädchen in lose hängende Kleider, die Männer in kurze Hosen. Sie tragen Sandalen an den Füßen, strotzen jeglicher Kälte und geben ihre Haut der Sonne und dem Wind preis.

»Reformkleider, Reformernährung und Reformbildung«, hörte Franz die Jugend sprechen. Deren Aufgeschlossenheit und Fröhlichkeit imponierte ihm. Er fragte: »Woher kommt Ihr?« Sie kamen aus der Stadt, reisten regelmäßig mit dem Zug an, nahmen Quartier bei einem Bauern in der Scheune und schwärmten über Tag in alle möglichen Himmelsrichtungen aus.

So eine Geselligkeit wünschte sich Franz für seine Kinder. Er suchte Anschluss und ließ sich des Weiteren aufklären.

»Hier ganz in der Nähe, in Ahrensfelde gibt es eine Reformschule. Die Lehrer dort sind den Kindern zugewandt, dort lernen sie spielend und vorallem lernen sie wirklich was«, sagte einer.

Franz wähnte sich am Ziel.

Sie plauderte noch eine Weile und verabschiedeten sich dann.

Die Woche drauf nahm Franz seinen Erich und pilgerte nach der besagten Schule in Ahrensfelde. Es ging nur eine Stunde auf der Landstraße, der Schulweg war also zu bewältigen, und sie sprachen beim Direktor vor.

Der Direktor, Studienrat Schönherr, war ein junger Mann, kaum an die Dreißig und ein Lehrer wie er im Buche steht. Er referierte lang, ausführlich und selbstherrlich über Bildungsziele, Bildungsinhalte, führte den Antragsteller in Klassenzimmer, Fachräume, in die Turnhalle, über den Sportplatz, durch den Schulgarten, zeigte Lehrmittel und Bücher aller Art vor. Überall trafen sie auf sich emsig treibende, fröhliche Kinder. Erich mochte gleich dableiben. Franz nickte, stellte unbeholfen Fragen, war völlig überwältigt und er glaubte, soeben im Paradies angekommen zu sein. Ein Paradies für Kinder. Seine Entscheidung stand schon fest. Hier wird Erich eingeschult.

Später setzten sie sich im Amtszimmer des Direktors am Schreibtisch gegenüber und Schönherr blätterte Unterlagen auf, legte Papiere heraus, bat diese ausgefüllt umgehend hier einzureichen und betonte am Ende: »Bringen Sie die Geburtsurkunde bei. Ohne dem geht es nicht. Nicht vergessen.« Schönherr lachte und Franz fiel die Kinnlade runter.

Der Heimweg war beschwerlich. Franz dachte nach, er dachte nicht nur nach, er krümmte sich im Leid. Erich plauderte unbekümmert. Er freute sich auf die Schule. Allein, der Vater hegte ein großes Problem.

Wie sie damals, sozusagen bei Nacht und Nebel, Bornitz verlassen hatten und hier ankamen, sich dann allmählich einlebten, ging Franz auf, dass ihre Spur restlos verwischt ist. Dem engmaschigen Netz aus Meldebescheinigungen waren sie durch Franz' Übergang in die Privatwirtschaft entschlüpft. Der Zuspruch eines von Sellin war Legitimation genug. Niemand fragte nach der Vergangenheit. Damit wurde Franz der Sorge, dass er die Schuld aus Gerichtsverhandlung und Räumung doch noch bezahlen muss, ledig. Wenn er jetzt aber in Gottschimm eine Geburtsurkunde anfordert, werden sie ihm zweifellos drauf kommen. Der Vater schwankte zwischen zwei Polen: Sich selbst retten und des Kindes Zukunft verwirken oder sich ausliefern und das Kind anständig ausbilden.

Noch war Zeit, noch konnte Franz dem Rat Emmas folgen, noch war nichts geschehen.

Ängste zogen auf, die Freude an der Familie war Franz vergällt, er brütete stumpfsinnig vor sich hin, seine Gedanken ergingen sich in Horrorbildern, er sah sich verarmt und obdachlos, die Kinder einer freudlosen Zukunft zustreben, alles zerrann unter seinen Händen, verzweifelt suchte er nach Lösungen.

Emma sorgte sich. Der Mann wirkte fahrig, erschöpft, aß kaum, wandelte wie ein Gespenst. Er kümmerte sich wie bisher um die Kinder, hatte aber kaum einen Blick für sie, und wenn er sie doch mal wahrnahm, traten ihm Tränen in die Augen. »Was ist los?«, forderte sie ihn erbarmungslos auf.

Franz gestand seine Not.

Emma war nicht die Frau, die so schnell aufgibt. Sie bedachte sich: Entweder Franz geht hier vor die Hunde, weil er den Kindern eben nicht das bieten kann, was er sich wünscht, oder wir setzen auf auf die Trägheit der Behörden. Wer sagte denn, dass der Pfarrer von Gottschimm mit dem Gericht Hand in Hand arbeitet? Eine Anfrage ans Pfarramt muss doch nicht gleich Verfolgung auslösen. Sie sprach: »Du beantragst die Geburtsurkunde und dann sehen wir weiter. Wir wissen doch gar nicht, wie die Verhältnisse in Gottschimm jetzt sind. Ist der alte Pfarrer tot, mag ein Neuer von der Sache nie gehört haben und liefert uns nicht aus. Bleib doch mal ganz ruhig, Mann. – Außerdem können wir immernoch in Raten löhnen.«

»In Raten und wovon?«, hielt Franz gegen.

Emma blieb unbeirrbar dabei. Franz ließ sich überreden, schrieb ans Pfarramt von Gottschimm und harrte der Antwort wie unterm Damoklesschwert lebend.

Die Antwort kam. Aus dem Begleitschreiben, ein paar freundlichen Worte des aktuellen Amtsinhabers, ging hervor, dass wirklich ein neuer Pfarrer, Dietmar Pfälzer, in Gottschimm residierte. Das mochte die Gerichtssache vergessen machen.

Die Urkunde nannte das Kind, den Vater, die Mutter mit Religion und Tag der Geburt, Amtssiegel und Unterschrift waren auch da. Soweit war alles in Ordnung.

Nur, beim Vater war in Klammern noch vermerkt: Zigeuner. Das irritierte die Eltern. Wieso denn das? Wir sind doch keine Zigeuner. »Ich muss das aufklären!«, echauffierte sich Franz, »ich fahre hin und schüttele den Pastor aus dem Frack.«

Emma hielt ihn zurück: »Das ist doch gar nicht von Belang.« Sie erinnerte der Beschimpfungen bei ihrer Vertreibung. »Man soll nicht schlafende Hunde wecken. Fährst Du nach Gottschimm, kommt uns noch einer drauf. Wir warten ab.«

Franz ließ sich beruhigen.

Er trug die Urkunde nach Ahrensfelde, sprach erneut bei Direktor Schönherr vor. Der war zufrieden. Er heftete die vollständigen Papiere ab. Sie vereinbarten den Termin der Einschulung. Ab Ostern 1908 besuchte Erich die Reformschule in Ahrensfelde. Drei Jahre später folgte ihm sein Bruder.

Die Schule war in der Tat das Beste weit und breit. Die Lehrer unterrichteten nach neuesten wissenschaftlichen Methoden und waren von hohem Sendungsbewusstsein: Alles für die Kinder.

Das schloss freilich ein, dass auch die Eltern der Zöglinge sich ihrer Verantwortung bewusst sind und das Kind in den Mittelpunkt ihrer Bemühungen stellen. Das war für Franz und Emma auch zunächst gar kein Problem. Sie liebten ihre Kinder und opferten sich auf.

Die Schule im reichen Ahrensfelde wurde im Wesentlichen aus Gemeindemitteln und Spenden finanziert. Die zahlreichen Handwerker und mittelständigen Bürger zahlten kräftig Steuern ein, mit denen auch dieses Institut erhalten wurde. Zusätzlich flossen Gelder aus Offizierskreisen hier hinein. In Ahrensfelde gab es eine riesige Kaserne mit Übungsplatz, deren Berufssoldaten im Ort wohnten und ihre Kinder gut ausgebildet wissen wollten. Die Schülerschaft erhielt nicht nur ein hohes Bildungsniveau, sondern verfügte zugleich über eine materielle Ausstattung, die weit über dem Üblichen lag. Kleidung, Schuhe, Turnzeug, Ranzen, Beschäftigungsmaterial alles war vom Feinsten, die Kinder ständig wie aus dem Ei gepellt, und fehlende oder beschädigte Materialien wurden von deren Eltern augenblicklich ersetzt.

Ohne zu murren schnallten nun Franz und Emma den Gürtel enger, um den Erwartungen der Schule nachzukommen und ihre Kinder dem gehobenen Niveau anzupassen. Aber was vertrödeln Kinder nicht alles? Was verschleißt nicht schnell bei ausgelassener Bewegung? Wie haltbar sind Schuhe, wenn einer täglich an die acht Kilometer Fußmarsch bewältigen muss? So kam es manchmal, sehr selten, aber eben doch vor, dass ein Stift fehlte, ein geknicktes Buch nicht abrupt neu gekauft war. Anfänglich gab es nur Ermahnungen, etwas Schelte und die Sache kam in Ordnung. Aber wie der Krieg aufkam und sich in die Länge zog, die Entlohnung schlechter und die Angebote in den Geschäften spärlicher wurden, liefen Erich und Willy in geflickten Hosen, einem zu eng gewordenen Hemd oder gar ohne Mütze und Schal in die Schule. Rasch waren sie als armer Leute Kinder identifiziert und standen im Mittelpunkt von Hänseleien. Sie wurden zum Gespött ihrer Mitschüler und Handgreiflichkeiten blieben nicht mehr aus.

Und die Lehrer? Ja, die hatten kluge Sprüche auf den Lippen. »Wer sein Kind nicht ordentlich anziehen kann und die nötigen Mittel nicht aufbringen will, mag sehen, wo die Gören bleiben. Unsereins tut sein Möglichstes. Da darf man von den Eltern auch verlangen, dass sie sich kümmern.« Gutwillig, wie diese Lehrer eben waren, behielten sie Franz und Willy auf der Schule, obgleich die beiden Krumm-Kinder längst als Außenseiter und Störenfriede gehandelt wurden.

Auf den Schulbesuch mochten Erich und Willy bald pfeifen. Viel lieber hätten sie sich unter die Dorfjugend von Blumberg gemischt, mit denen auf dem Feld oder in einer Werkstatt geschaffen als eine solche Tyrannei zu erfahren. Aber die Eltern beschworen sie, stille zu halten und zu lernen. Zuviel war bereits investiert, ein anständiger Schulabschluss sollte der Lohn sein. Des Vater ursprüngliche Intentionen waren vergessen, nur verbitterter Ehrgeiz trieb ihn noch an. Erich und Willy fügten sich und trabten täglich nach dem inzwischen verhassten Ahrensfelde hin.

Eines Tages, das war im Januar 1916, erwarteten einige Mitschüler Erich und Willy draußen auf dem freien Feld an der Stelle wo die Landstraße den Flutgraben überquert. Es war bitterkalt. Der Frost krachte. Der Graben war nicht zugefroren. Er führte die städtischen Abwasser. In einer Senke lauerten sie den beiden Knaben auf und brachen johlend hervor. Sie umstellten Erich und Willy, nahmen den Jüngeren als Geisel und forderten den Älteren zum Zweikampf. Ein Hühne zog seine Jacke aus und ließ seine Muskeln spielen. Erich grauste. Der andere war ihm deutlich überlegen. Die umstehenden geiferten, putschten sich hoch. Willy rannen Tränen über die

Wangen, flehend sah er zum Bruder und konnte sich nicht rühren.

Der Kampf begann. Sie teilten aus und steckten ein. Das Publikum applaudierte. Es ging hin und her, auf und nieder.

In einem Augenblick, völlig ohne Überlegung oder Berechnung, hob Erich das Knie, und der Hühne, im Begriff sich zu bücken, den Gegner zu umfassen, knallte mit dem Kinn dagegen. Er stob zurück, taumelte, fiel und ward bewusstlos. Die Menge verharrte, Erich starrte stumm. Endlich begriffen sie die Wendung: Der Hühne war durch k.o. erledigt. Erich ist der Sieger.

Der Geschlagene erwachte, rieb sich das Kinn, wuchtete sich hoch, besann sich und schrie greinend: »Das war unfair. Das war nicht ausgemacht. Das sollst Du büßen!«

Allein, ihm fehlte die Kraft für eine Revanche. Er sah sich um, griff nach Willy, zerrte ihn zu sich heran und schubste ihn in den Wassergraben.

Gaffend, konsterniert standen die Kameraden, der Hühne beklopfte sich Hose und Hemd, Erich jagte dem Bruder nach.

Der war augenblicklich untergegangen und mit der Strömung fortgespült.

»Hilfe!«, schrie Erich, »Hilfe! So helft doch.«

Er tauchte in die eisige, reißende Flut.

Bewegung kam in die Jungen, sie hechteten am Ufer entlang, verloren den Halt, rutschten die Böschung hinab, rappelte sich hoch, hielten sich aneinander, suchten und späten nach dem Ertrinkenden, dirigierten den wie wahnsinnig rudernden Retter. Der schaffte es tatsächlich, den Bruder zu erreichen, zog ihn ans Ufer und mit vereinten Kräften bargen sie den Jungen.

Von Kopf bis Fuß durchnässt hockten Erich und Willy bibbernd in der Kälte.

Was nun?

Einige Kameraden hatten noch trockenes Zeug am Leib. Sie pellten sich aus und hüllten Willy ein. Die Mitschüler zerstreuten sich. Der Hühne hatte sich längst verdrückt. Erich nahm Willy Huckepack und schleppte ihn heim.

Franz empörten die Ereignisse. Das Maß war gründlich voll. Für eine Schlägerei, ab und an ein blaues Auge brachte er durchaus Verständnis auf. Aber hier musste einer in die Schranken gewiesen werden. Das war versuchter Mord! So etwas darf nicht durchgehen!

Er meldete sich beim Direktor zum Gespräch an, stellte sich ein, brachte die Geschichte vor und verlangte Aburteilung des Schuldigen, notfalls Schulverweis.

Direktor Schönherr hörte sich den Bericht in aller Ruhe an, nickte zuweilen und gab sich verständig. Als der Vater seine Klage runter hatte, sprach Schönherr: »Herr Krumm, ich verstehe Ihre Erregung durchaus. Wäre es mein Kind gewesen, das da im Wassergraben landet, wäre ich genauso entsetzt.« Franz fühlte sich bestätigt. »Nur, wir müssen auch die Gegenpartei hören und gerecht beurteilen.« Franz war dazu bereit. »Und dann stellt sich die Sache schon anders dar: Ihr Sohn Erich hat den Schüler Mehlmann zu Boden geschlagen, wurde hinterrücks von Willy angegriffen, und wie Mehlmann sich wehrte, rutschte das Kind unglücklich aus und fiel in den Wassergraben. Gott sei Dank, waren genug Kinder vor Ort, griffen beherzt zu und halfen dem Knaben augenblicklich heraus. – Es hätte ja sonst was passieren können.«

Schönherr lenkte die Augen zur Decke und in Franz kroch die blanke Wut hoch.

Er monierte: »Aussage gegen Aussage. Ich werde aber das Gefühl nicht los, dass an Ihrem feinen Institut meine Kinder besonders benachteiligt sind, jetzt das Wort meiner Kinder in Zweifel gezogen wird, während anderen unbesehen geglaubt wird.«

Schönherr wiegelte ab: »Herr Krumm, das mag so scheinen. Wir legen aber Wert auf Gerechtigkeit.«

Franz brauste auf: »Finden Sie es gerecht, wenn meine Kinder gehänselt werden?«

»Nun ja, Kinder«, besänftigte Schönherr.

Franz pumpte, schnaufte und stieß hervor: »Ich verlange eine Untersuchung! Eine faire, saubere Untersuchung!«

Schönherr stand gelassen auf, ging zum Schrank, nahm die Schülerakte »Erich Krumm« heraus, blätterte und sagte ruhig: »In Ordnung. Eine saubere Untersuchung. Kommen wir zunächst zu den Personalien. Sie sind?«

Franz war perplex, ob der merkwürdigen Wendung. Er antwortete brav: »Krumm, Franz Krumm.«

Schönherr quittierte gleichmütig: »Franz Krumm, der Vater.«

Franz nickte.

Schönherr examinierte: »Religion?«

Franz antwortete: »Lutherisch-reformiert.«

Schönherr hob die Stimme: »Und?«

»Nichts und«, parierte Franz.

Schönherr stach zu: »Zigeuner!«

Franz wankte Landstraße hinauf nach Blumberg. Das Schandmal hatte ihn vernichtend getroffen. Er begriff einfach nicht, was es damit auf sich hatte. Er redete niemandem davon. Wie denn auch? Was er selber nicht verstand, konnte er anderen erst recht nicht mitteilen. Er meldete seine Jungen von der Schule ab. Monetäre Erschöpfung und Demütigung leiteten ihn.

Auf in die Welt

Erich war gerade vierzehn geworden und Willy war zwölf. Der Ältere konnte durchaus sinnvoll beschäftigt einer fruchtbringenden Arbeit nachgehen. Franz brachte seinen Sohn in der Schlosserwerkstatt auf dem Gutshof unter. Willy blieb zunächst daheim. Ihn mochte der Vater nicht unter den schuftenden Kindern sehen. Der Kleine bekam noch etwas Zeit zum Spielen und Herumtollen. Ihre ganze Situation entspannte sich. Die exorbitanten Aufwendungen für die Schule fielen weg. Für Kleidung auf dem Hof und im Dorf braucht es nicht viel. Die Krumms brachten etwas mehr Essen auf den Tisch und auch die Bequemlichkeit im Haus nahm zu. Sie wähnten sich auf der glücklichen Seite des Lebens und lobten die Wendung der Ereignisse.

Die Schlosserei auf dem Gutshof diente der Instandhaltung und Reparatur der landwirtschaftlichen Geräte und des Fuhrparks. Allerdings war nicht viel zu tun und es bedurfte eines Handlangers oder Lehrlings gar nicht. Die meisten Maschinen waren ans Heer abgegeben, der Moloch Krieg schluckte nicht nur Menschen, sondern auch Material ohne Ende, und ab und an eine Hacke oder ein Spatenblatt zu schärfen, dazu langten des alten Meisters Tscherny Kräfte alle Male. Erich kam trotzdem unter. Und neben Erich arbeitete hier auch noch der Lehrling Paul Häntschel.

Was heißt arbeiten und Lehrling? Es gab eben kaum zu tun. Da lungerten die Jungen den ganzen Tag herum und der Meister hockte auf der Bank vor der Werkstatt, las die Zeitung oder döste. Faulenzen und Erholung war den Jungen eine Zeitlang ganz recht, nur irgendwann litten sie diesen Zustand. Sie stromerten auf der Suche nach Abwechslung herum. Was lag näher, als Lager und Werkzeug in Augenschein zu nehmen? Sie fanden einige interessante Teile und befragten Tscherny nach Zweck und Verwendung. Der gab Auskunft und die Jungen stöberten weiter. Bald hatten sie ein ausgeschlachtetes Autowrack unter einer Plane entdeckt, untersucht und anhand des Ersatzteilbestandes rasch den Beschluss gefasst, die Maschine wieder flott zu machen. Sie fragten den Meister, ob er was dagegen hat, wenn sie sich versuchen. Der Meister winkte ab und sagte: »Macht nur, Kinder.«

Nun bastelten sie alle Tage von früh bis spät, feilten, schraubten, probierten, verwarfen, fluchten, bauten weiter, bis tatsächlich nach monatelanger Tüftelei auf dem Chassis ein Motor, Getriebe, Armaturen funktionsfähig befestigt waren. Es fehlten nur noch die Sitze.

Freilich bauen zwei Knaben, der eine fünfzehn und der andere sechzehn, nicht so ohne Weiteres ein Automobil zusammen. Tscherny saß scheinbar unverrückbar auf seiner Bank, aber wenn die Jungen sich in den Feierabend schickten, kontrollierte er den Fortgang ihrer Arbeit und resümierte, was schon gelernt ist und was noch erworben werden muss. Nahezu beiläufig gab er punktgenau seine Ratschläge.

So ging es langsam und stetig voran. Eines Tages waren auch endlich zwei Sitze hinein gefriemelt, eine buntscheckige Karosse ohne Türen und Fenster darüber gestülpt, Benzin eingefüllt und die erste Probefahrt ward gestartet. Es qualmte, puffte, holperte und fuhr.

Nach ein paar Runden auf dem Hof stockte der Motor und erstarb. Die Jungen steckten die Köpfe unter die Kühlerhaube und stellten fest: »Benzin ist alle.« Sämtliche Reste an Brennstoff waren zusammengegossen und aufgebraucht, es gab hier eh keine rauen Mengen davon, und nun stand das schöne Auto und die Jungen litten Qualen. Gern hätten sie zum Gaudi der Kinder und der Alten eine Biege durchs Dorf gedreht. Statt dessen war Trübsal blasen angesagt.

»Mensch, Meister, weiß Du nicht, wo wir Benzin herkriegen können?«, fragte Erich.

Der Alte grummelte: »Weiß schon, wo es fässerweise rumsteht. Nur, rankommen ist mal schlecht.«

Die Jungen drängten: »Wo?«

»In der Garnison haben sie genug davon. Machen sogar ihre Spazierfahrten damit. Unsereins guckt ins Leere.«

»Stimmt!«

Paul und Erich hatten Lastkraftwagen und Personenwagen auch Kräder massenhaft schon auf der Straße gesehen. Mit irgendwas müssen die ja getankt werden. Kurzentschlossen nahmen sie jeder einen Rucksack mit Kanister auf den Buckel und trabten los.

Auf halber Höhe zwischen Blumberg und Ahrensfelde begegnete ihnen ein einzelnes Militärfahrzeug. Sie winkten, das Fahrzeug hielt an. Der Beifahrer lehnte sich raus und fragte: »Was ist los, Jungs?«

Paul zeigte seinen Kanister und sprach wehleidig: »Wir sind dort hinten liegen geblieben. Wir brauchen Benzin. Einen Tropfen nur und wir kommen weiter.« Er setzte ein betrübtes Gesicht auf.

Der Landser schaute die Jungen von bis unten an, vermerkte Schlosserkleidung, schwielige Hände und staubige Gesichter. Er sagte zu seinem Kameraden: »Scheiße. Jetzt nehmen sie schon Kinder zu Männerarbeit ran.« Und an die Knaben gewandt sagte er: »Veruntreuung von Heeresgut. Dafür wandert man in Knast.«

Paul und Erich schauten noch betroffener.

Der Landser fragte: »Habt Ihr Zigaretten oder was anderes.« Paul und Erich schüttelten die Köpfe. »Tut uns leid.« Der Fahrer gab Gas und fort waren sie.

Die Jungen liefen frohen Mutes zurück, denn jetzt kannten sie die Währung. Zigaretten hatten sie freilich genauso wenig wie Geld. Außerdem waren Lebensmittel und Genussmittel streng rationiert. Aber sie wussten einen, der viel raucht, viel hortet, viele Beziehungen hat.
Das war der Schulze aus Blumberg.

Schulzes Amt verlangte, dass er die Stellungsbefehle zu den Leuten trägt, gegen Unterschrift freilich. Kam so ein grauer Brief mit der Post, richtete er sich her, stolzierte durchs Dorf – die Leute rochen schon, wen es diesmal trifft – und waltete seines Amtes.
Mit dem Stellungsbefehl trat förmlich der Tod ins Haus. So manche kleine Wirtschaft war ruiniert, wenn der letzte Mann, Bruder oder Sohn vom Hof ging. Die Leute bettelten und barmten um Aufschub wenigstens, weil noch diese und jene Arbeit am Haus zu verrichten oder auf dem Feld zu leisten ist. Dazu ließ sich der Schulz herbei, forderte zugleich ein anständiges Schweigegeld. Schließlich hält er den Kopf hin, wenn er behauptet, der Brief sei irgendwo hängen geblieben, habe sich verspätet. Inzwischen gab es zwar kaum noch Männer im wehrfähigen Alter in Blumberg, aber Schulzes Wohlstand wuchs. Weiß der Teufel, wie der das macht.

Paul und Erich beschlossen, den Mann zu erleichtern. Skrupel hatten sie nicht und sie vertrauten auch auf ihre Geschicklichkeit. Bei Nacht und Nebel stiegen sie bei Schulze ein, füllten ihre Rucksäcke und wanderten anderntags wieder Richtung Ahrensfelde.
Die Garnison war von einem hohen Zaun, stellenweise von einer Mauer umgeben und von Landsern bewacht. Sie strolchten an der Einfriedung entlang, suchten einen Schlupf beziehungsweise Kontakt. In der

finsteren Nacht erwischten sie einen, der dem Handel zugeneigt war. Zigaretten gegen Benzin. In der Morgendämmerung huckten sie zwei volle Kanister heim.

Die Fahrt durchs Dorf war eine Sensation. Stolz präsentierten sie sich.

Und der Schulze?

Er schwieg. Wie konnte er auch Lärm um ergaunertes Gut schlagen?

Er ahnte schon, wer ihn ausgenommen hat. Häntschels Paul wird mit drinnen stecken. Der führt große Sprüche von Enteignung, Gemeineigentum und so. Der Bengel ist auch nicht zu zähmen, weigert sich zur Kommunion. Eltern und Großeltern Häntschel züchten dem solche Gedanken an. Eine Schande für ganz Blumberg sind die. Und nun klaut der Bengel schon!

Wie Schulze die Jungen mit dem Automobil durchs Dorf knattern sah, dachte er: Schade, jetzt verdirbt der auch noch den Erich. Die Krumms sind doch eigentlich brave Leute.

Für Schulz blieb nicht viel zu tun übrig. Er ärgerte sich, verrammelte sein Haus und legte sich einen Wachhund zu.

Erich und Paul lungerten rum.

Lange Weile war wieder angesagt. Ab und an putzten sie ihren Wagen und freuten sich einfach so. Viel fahren konnten sie nicht. Benzin war nach wie vor rar und ihre Tauschmittel erschöpften sich, zumal Schulze seine Hand auf die Quelle hielt.

Quälend langsam schlich die Zeit dahin. Ein Herbst verging, ein Winter kam und zog vorbei, Frühling breitete sich aus.

Da eröffnete Paul seinem Kameraden: »Pass auf Junge, wir nehmen unsere Klamotten, tanken einmal richtig voll und sausen zu den Russen.«

»Was willste denn da?«

»Die haben doch Revolution gemacht. Alles verteilt, alles enteignet. Das ist 'ne Wucht. Wir machen mit und gute Schlosser werden da auch gebraucht. Die haben nämlich nix, gar nix.«

Erich runzelte die Stirn. Ihm war völlig unklar, wie man sich einem zugesellen kann, der nichts hat. Von Revolution hatte er auch noch nie was gehört. Er sagte: »Du bist doch bekloppt. Was gehen Dich denn die Russen an?«

Paul fuhr hoch: »Mensch, der erste Arbeiter- und Bauernstaat, da muss man doch dabei sein!« Erich zeigte ihm einen Vogel, lagerte sich etwas abseits und ließ Paul reden.

Am nächsten Morgen war Paul fort und mit ihm das schöne Auto.

Konsterniert starrte Erich auf die leere Stelle in der Garage. Er stand und wusste sich nicht zu fassen.

Meister Tscherny kam geschlurft und sagte: »Dacht ich mir.«

»Was dachten Sie?«

Tscherny antwortete: »Auf, nach Russland zu den Bolschewiki. Ist doch logisch.«

Erich blubberte: »Was ist denn daran logisch? Mit nichts zu jemandem, der auch nichts hat.«

»Ach, Junge, das verstehst Du eben nicht«, meinte Tscherny, zog ab, setzte sich auf seine Bank und schlug die Zeitung auf.

Erich kam herbei, setzte sich dazu und fühlte sich schlecht: Einsam und bestohlen.

Tscherny hielt die Augen auf dem Blatt und sagte: »Wenn Du Pech hast, kommst Du auch noch dran. Der Krieg geht weiter. Jetzt im Westen. Volle Pulle drauf.«

»Ganz so schlecht wärs nicht«, gestand Erich, »habe das Rumsitzen satt.«

Tscherny blickte hoch, lächelte nachsichtig und sprach ernst: »Erich, das würde ich mir dreimal überlegen. Krieg ist doch kein Kasperletheater. Die schießen doch nicht mit Pfannkuchen. Wir haben jetzt schon mehr Krüppel als Männer überhaupt. – Magst nicht ein neues Auto bauen?«

Erich antwortete: »Ja schon. Nur, langen die Teile nicht mehr und ein Rahmen ist auch nicht da.«

Der Alte riet: »Fang doch einfach mit dem Motor oder mit dem Getriebe an. Irgendwie geht es immer weiter.«

Erich leierte sich hoch, schlenderte zum Lager und suchte ein paar Rohlinge zusammen.

Der Motor lief. Einen halben Kanister Benzin hatte der junge Schlosser von einem mitleidigen Fahrer an der Landstraße erbettelt.

Erich beugte sich soeben über das Getriebe, da wurde er von hinten angerufen: »Hände hoch! Ich schieße! – Was machst Du da?«

Erich erschrak, blickte auf und erkannte zwei grau uniformierte Gestalten im offenen Eingang der Werkstatt, Gewehr im Anschlag. Er hob die Arme und stotterte: »Das Getriebe. – Ich baue das Getriebe.«

Die beiden schauten über den Arbeitsplatz, einer kam näher, bohrte Erich den Gewehrlauf in die Lende und der andere ging herum.

Sie schoben Erich in den Hof.

Dort standen mehrere Laster. Bis zu den Zähnen bewaffnete Landser gruppierten sich und einige schwärmten in mehreren Richtungen aus. Ein Hauptmann gab kurze Befehle.

Sie traten vor den Hauptmann und der eine Soldat meldete: »Schlosser bei der Arbeit gefunden.«

Der Hauptmann bellte: »Sonst noch jemand?«

»Niemand.«

An Erich gewandt fragte der Hauptmann: »Wer ist sonst noch hier? Ich meine, zivil.«

Erich zog die Schultern hoch.

Seit Wochen war er allein auf dem Gutshof. Meister Tscherny blieb schon lange in seiner Kate im Dorf, er fühlte sich nicht gut, und andere Leute gab es nicht mehr. Wie es hieß, der Krieg ist aus und Revolution ist, sind alle weggelaufen. Nur Erich ging täglich auf die Arbeit und bastelte an seinem Auto.

»Wo wohnst Du, Kerl?«, schnarrte der Hauptmann. Erich nickte zum Park und sagte: »Im Gärtnerhaus.« Der Hauptmann befahl: »Untersuchen!«

Sie trieben Erich mit den Kolben vor sich her und brachen in sein Elternhaus ein. Emma und Franz standen, gebannt, bewacht, zu Tode erschrocken und mussten zusehen, wie ein paar bärbeißige Männer das Unterste zuoberst kehrten. Willy war nicht daheim. Erich blieb gefangen und wurde wieder mitgenommen und zum Hauptmann geführt. »Alles sauber«, meldete einer.

Der Hauptmann quittierte gnädig: »Na fein«, und ordnete an: »Du wartest hier! Wir reden noch.«

Erich wagte nicht, sich zu rühren. Er wartete.

Der Hauptmann rief seine Leute, an die dreißig, vierzig stramme Soldaten, zusammen und teilte ein: Das Dorf durchsuchen, Quartier einrichten, Wachen aufstellen. Die Trupps spurteten los. Der Hauptmann ging mit ein paar Getreuen hinüber zum Gutshaus und ward nicht mehr gesehen.

Erich wartete.

Was ihn zunächst hatte erschaudern lassen, schlug jetzt in Faszination um. Kraftvoll und zugleich geschmeidig handelten die Männer nach konsistentem Plan. Rasch und pragmatisch war innerhalb kürzester Frist ein Feldlager errichtet, das allen Anforderungen an Wohnen und Militärdienst zu genügen schien. Die Laster waren abgeladen und einer nach dem anderen zur Seite gefahren. Wie sie den Motor starteten, den Gang einlegten, langsam die Kupplung kommen ließen und schwungvoll los düsten, war es Erich, als würde eine Symphonie gegeben.

Plötzlich kreischte ein Getriebe auf. Erich spürte jähen Schmerz in seiner Brust.

Der Motor verstummte, der Fahrer sprang vom Bock und belferte: »Scheiße.« Er schaute in den Motorraum, kroch unter den Wagen, kam wieder hervor, hielt ein Teil in die Luft und fluchte erneut: »Kannste wegschmeißen, den Mist! Kannste komplett vergessen!« Einige Kameraden gesellten sich ihm zu und teilten seinen Unmut. Unschlüssig sahen sie sich um, einer erblickte Erich und schlagartig war der Schlosser erkannt. »Komm mal her, Bürschchen.«

Erich näherte sich, betrachtete das lädierte Teil und sagte: »Kenn' ich. Wir haben noch 'ne ganze Kiste davon.«

Der Fahrer und Erich gingen in die Werkstatt, suchten und fanden Ersatz, bauten das Getriebe auseinander und wieder zusammen, die Maschine lief wie neu und die Männer freuten sich, wie man sich über eine gelungene Arbeit eben freut.

Ganz und gar von Erich angetan, stellte sich der Fahrer vor. »Ich bin Arno, Arno Schmitt aus Neuruppin. Und Du?«

»Ich bin Erich Krumm aus Blumberg.«

Sie gingen vor dem Feldlager über den freien Platz und fachsimpelten. Hier und da gesellte sich ihnen einer zu und ergänzte das Gespräch mit klugen Sprüchen und Frotzeleien.

Erich ward von den Landsern in ihre Mitte genommen. Sie mochten den frischen, unbedarften Jungen. Als der Küchenbulle die Kochgeschirre mit wohlriechender, dampfender Suppe auffüllte, war er ganz selbstverständlich mit dabei. Sie aßen, scherzten, erzählten sich ein paar frivole Witze, deren Sinn sich Erich freilich nicht erschloss, und waren guter Dinge.

Inzwischen kam die Nacht.

Sie wechselten ihre Wachen aus, löschten die Lichter bis auf wenige, begaben sich einer nach dem anderen zu ihren improvisierten Schlafplätzen und ruhten.

Für Erich war es an der Zeit heimzugehen. Er war unschlüssig.

Da fragte Arno: »Magst bleiben?« Erich nickte. Um der schönen Maschinen Willen und wegen der Geselligkeit wollte er gern bleiben. Der Soldat winkte ihm, sich neben ihn zu legen, breitete seine Decke über Erich aus, kroch selbst unter seinen Mantel und murmelte: »Penn Dich aus. Der Dienst ist anstrengend.«

Am nächsten Morgen tauchte der Hauptmann wieder auf. Er ließ antreten, nahm die Meldung entgegen, schritt die Truppe ab und sein Blick fiel auf Erich. Der stand unbeweglich, wie fest verankert an dem Platz, wo er ihn gestern hingestellt hatte. »Das lob ich mir an Disziplin und Stehvermögen. Respekt.« Er betrachte Erich eingehend und fragte: »Hast auf mich gewartet?«

Erich nickte.

Der Hauptmann erinnerte nicht mehr, was er hatte noch klären wollen. Er fragte: »Was gibts?«

»Ich wollte fragen«, stammelte Erich, »ob Sie noch einen Mann brauchen können.«

Der Hauptmann stutzte, lachte und grölte los: »Einen? – Hunderte.«

Erich nahm die Worte wie einen Segen auf.

»Hat er Fronterfahrung?«, wollte der Hauptmann wissen.

Erich verneinte.

Der Hauptmann klopfte ihm auf die Schulter und sagte leutselig: »Nun, wir werden schon einen echten Helden aus Dir machen.«

Erich wurde eingekleidet, in ein paar Gepflogenheiten eingewiesen, auf Stillschweigen sowie Gehorsam vergattert und betrat glücklich seine Laufbahn beim Militär.

Derweil war die Durchsuchung des Dorfes abgeschlossen. Der Pastor und der Schulze waren befragt worden, hatten ihre Hinweise gegeben, sämtlich Häuser einschließlich Nebengelass waren in Augenschein genommen und zuletzt die verdächtigen Personen in der Scheune auf dem Gutshof unter scharfer Bewachung festgesetzt. Heute Vormittag fand das Standgericht statt.

Einen Tisch trugen sie herbei, der Hauptmann nahm zwischen zwei Beisitzern Platz, die Truppe stellte sich im Halbkreis auf, ein paar Blumberger verfolgten das Geschehen gierig und die Delinquenten wurden vorgeführt.

Es waren zehn Bauern, Frauen und Männer, aus Blumberg. Die Angeklagten standen auf wackligen Beinen, sie schwankten wie die Halme im Winde, sie hielten sich aneinander, ihre Kleider waren zerfetzt, einer wie der andere blutete aus mehreren Wunden, an den Füßen trugen sie keine Schuhe und auf dem Haupt hatte keiner sein Tuch oder die Mütze, die Augen der meisten waren starr geradeaus gerichtet und einige schauten zum Boden. Der Hauptmann donnerte: »Vaterlandsverrat! Bekennst Du Dich schuldig?« Die Delinquenten schwiegen. Ein Kolbenhieb und eine Frau fiel auf die Knie. Mühsam hob sie den Kopf. Der Hauptmann schrie: »Schuldig?« Die Frau schwieg. – So ging es von einem zum nächsten, bis sich alle kniend vor ihrem Richter beugten. Der winkte und die Wachtruppe trieb die Verurteilten hoch.

Starren Entsetzens verharrte Erich auf der Szene. Schuldig oder nicht schuldig? So hatte er sich ein Gericht niemals vorgestellt. Waren nicht auch Pauls Eltern hier dabei? Hatte er sie nicht gesehen? Verändert und doch sicher erkannt? Das sind doch brave Leute. Was haben sie getan?

Die Geschundenen wurden zum Schafott geführt. Die Zuschauer drängten nach. Erich hörte Schüsse und sah die Körper fallen. Ihm schwanden die Sinne, sein Magen stülpte sich hoch, er übergab sich und sank nieder. Arno fing ihn auf und sagte: »Mensch, reiß Dich zusammen! Das will bei der Truppe dienen?« Erich stand aufrecht. Die Beine versagten ihm erneut, seine Zähne schlugen aufeinander und er greinte: »Warum denn?« Arno zischte: »Halts Maul«, und schleppte ihn fort.

Er päppelte Erich mit hundert Millilitern Hochprozentigem auf und offerierte sein Weltbild: »Der Krieg, ein verdammter, scheiß langer Krieg, ist verloren weil ein paar Vaterlandsverräter, in der Tat echte Strauchdiebe, arbeitsscheues Gesindel, eine Verschwörung anzettelten, dem Feind zuarbeiteten und uns den Dolch in den Rücken stießen. Man hat sich geschunden, man hat sich gequält, man hat auf alles verzichtet, um am Ende mit Schmach und Schande als Verlierer dazustehen und zur Kasse gebeten zu werden. – So nicht! – So nicht mit uns! – Wir rächen uns zum einen und zum anderen säubern wir das Vaterland von diesen Verrätern.«

»Aber woher weiß man denn, wer Verräter ist und wer nicht?«, fragte Erich dumm.

Arno antwortete fest: »Liegt doch auf der Hand: Sozis und die Kommune. Sie haben ihre Schriften, sie haben ihre Geheimcodes, daran erkennen wir sie. Und sie sind bekannt. In jedem Ort finden wir ein paar ehrliche Leute, die uns informieren.«

Erich verstand. Er winkte ab, legte sich zurück und schlief den Schlaf des restlos Erschöpften.

Sie räumten das Lager ab und marschierten gen Norden.

In jedem Ort schieden sie die Anständigen von den Vaterlandsverrätern. Standgerichte mit und ohne Öffentlichkeit.

Erich hielt sich da raus, und er war ja auch dazu prädestiniert, sich zurückzunehmen. Er wurde als der Jüngste geschont, als Schlosser und Fahrer hoch geschätzt. Das machte ihn von zermürbenden Diensten frei. Er wurde sogar etwas übermütig und wähnte sich etwas Besseres. Seine Sonderstellung tat ihm gut, zumal er einen sensiblen Magen hatte, es ihm daher unpassend erschien, sich nach jeder Hinrichtung mit Schnaps zu kurieren. Nebenher behielt er einen wachen Blick und klaren Verstand. Allmählich stieß ihm die Mission seiner Kameraden unangenehm auf.

Zweihundertfünfzig Kilometer von der Heimat entfernt und ein Jahr später traf die Truppe in einem maritimen Städtchen im Norden ein. Ein gepflegter Marktplatz mit zwei Kirchen, ringsherum hübsche Bürgerhäuser, kleine verwinkelten Gassen, an der Peripherie mit Schilf gedeckte Fischerkaten, so präsentierte sich Kolberg. Sie machten Quartier wie überall, durchkämmten den Ort, hielten ihr Gericht ab, verscharrten die Toten neben der Friedhofsmauer und gaben sich wohlverdienter Ruhe hin.

Die gestaltete jeder nach eigener Fasson. Einige schliefen viel und aßen ohne Ende, andere soffen auch maßlos, dritte poussierten mit Mädchen oder fingen mit braven Bürgern Händel an. Erich und Arno spazierten gern in der Gegend herum und lernten immer wieder Neues kennen. Hier hatte es ihnen besonders das Meer angetan.

Sie liefen über die mit Gras bewachsene Düne zum schneeweißen Strand hinunter, balgten sich wie die jungen Hunde, streiften die Klamotten ab und stürzten sich splitternackt in die Flut. Es war Sommer, die

Sonne überstrahlte diesen herrliche Landflecken. Wasser ohne Ende, bis zum Horizont und darüber hinaus, Himmel und Erde stoßen zusammen und vermitteln das Gefühl grenzenloser Freiheit. Erschöpft und glücklich lagerten sie im warmen Sand, schauten den Möwen nach und wähnten sich am Ziel aller Wünsche.

Ein paar Badegäste teilten das gesunde Vergnügen. Allerdings hielten die sich in abgezirkelten Bereichen auf, zogen sich in Extra Kabinen um, bedeckten sämtliche Hautpartien mit Badekleidern, stelzten auf Holzplanken bis zum Wasser, tauchten vorsichtig ein und machten nach ein paar sparsamen Bewegungen wieder kehrt, um in überdachten Korbstühlen den Rest des Tages zu verdösen.

Erich und Arno hechelten das Gebaren der Spießer durch und mitunter, wenn sie gar zu übermütig wurden, ließen sie ihre Kledage einfach liegen und stolzierten nackt, wie sie von Gott geschaffen waren, vor den aufgemotzten Bürgerpüppchen hin und her. Die wendeten sich pikiert ab und ihre begleitenden Männer schnaubten wild. Schnaubten freilich nur, denn die zur Truppe gehörenden Jungen waren in jeder Hinsicht unangreifbar. Zu ihrem Kleiderhaufen zurückgekehrt konnten sich Erich und Arno vor Lachen kaum halten und mimten die entsetzten Gesichter nach, hauten sich wieder in die Sonne und ließen sich brutzeln.

Eines Nachmittags verging ihnen das Lachen gründlich. Zu ihren Sachen zurück gekehrt, stellten sie fest, dass die Hälfte fehlt. Ein Dieb hatte Hose und Hemd, auch Schuhe, und was das Schlimmste war, einen Karabiner!, entwendet. »Scheiße!«, brüllte Arno. Erich stand fassungslos da.

Was tun?

Die Disziplin bei der Truppe ward nicht so arg übertrieben wie man es sonst vom Barras hörte oder kannte. Einen Landser, der nur einen Schuss Munition verliert, für Jahre in den Bau zu stecken, fiel ihnen gar nicht ein. Für sie lief alles legerer. Aber die Schmach, halbnackt durch den Ort und zum Lager zurück zu stiefeln, die wird unerträglich. Erich schlug vor: »Wir warten bis es dunkel ist und schleichen uns rein.«

Arno antwortete: »Wenn wir bis zum Abendessen nicht da sind, schlagen die anderen Alarm, durchkämmen die Gegend und finden uns halbnackt hier hocken. Feines Palaver. Das werden wir doch ein Leben lang nicht wieder los.«

»Dann geht nur: Einer holt Klamotten und der andere wartet hier.«

Sie losten aus und Arno machte sich auf den Weg.

Erich hockte sich in die Düne und schaute gelangweilt über die Wellen.

Da hörte er Rascheln im Strandhafer, drehte sich um und gewahrte das Gesicht Pauls. Konsterniert blickte er dieses Gesicht an. Paul legte den Finger an die Lippen.

Erich zischte: »Ich denke, Du bist in Russland.«

»Hat nicht ganz geklappt«, erwiderte Paul flüsternd, griente schräg und kroch näher.

Erich erkannte seine Kleider. Den Karabiner zerrte Paul mit sich. »Was treibst Du hier?«, fragte er.

Paul wisperte: »Bin auf der Flucht. Nur leider ohne Plan. – Beobachte Euch schon 'ne Weile. Dachte, mit Kommiss-Zeug komme ich weiter. Nur, ein einzelner Landser ist auch ein bunter Vogel. – Mensch, Erich, hilf mir.«

Erich war restlos überfordert und fragte dumm: »Kannst Du mir meine Sachen wiedergeben?«

Paul grummelte: »Dann stehe ich nackt.« – »Ja, klar.«

Paul Häntschel war auf seinem Weg nach Russland nicht weit gekommen. Das Auto bewältigte ganze hundert Kilometer und streikte dann. Das ficht ihn zunächst nicht an. Er ging auf Schusters Rappen, immer gen Osten, immer auf der Suche nach revolutionären Truppen. Aber die Ereignisse überschlugen sich. Die Russen handelten einen Friedensvertrag aus, traten Gebiete ab, räumten den Westen, damit war Russland weit, viel weiter, als sich Paul vorgestellt hatte, also praktisch unerreichbar. Die Polnische Republik wurde gegründet. Der neue Herrscher überschwemmte das Land mit Terror, mordete so gut wie jeden, der mit den Russen liebäugelte oder irgendwie anders verdächtig war. Paul kehrte um. Er überschritt Grenzen, er hielt sich in Wäldern auf, er irrte in der Gegend herum, er fand manchmal Hilfe, meistens musste er sich allein durchschlagen. Kleidung und Nahrung waren kaum zu erheischen. Er litt. Und eines Tages entdeckte er hier am Strand zwei, sich wie junge Hunde gebärdende, Landser. Einer ersten Eingebung folgend, nahm er sie aus. Das war kein Problem. Nur, war das nicht zu Ende gedacht. Er war restlos runtergekommen, völlig entkräftet. Er erkannte den Freund. Hilfe war nah.

Und nun?

Paul gab die Sachen zurück. Seine eigenen Kleider hatte er vergraben. Die fanden sie wieder, wühlten sie heraus und Paul streifte ein verschlissenes, verdrecktes Hemd und eine genauso unansehnliche Hose über.

Als sie soweit den Anfangszustand wieder hergestellt hatten, erschien auch schon Arno. »Hast den Halunken gefasst und unschädlich gemacht. Donnerwetter!«, lobte er und beschaute den Missetäter.

»Abführen!«, befahl er sich selbst und stukte seine Waffe in Pauls Seite.

Erich gebot: »Halt! – Er ist mein Freund.« Er stammelte: »Das sollte ein Scherz sein mit den Klamotten. Was zum Lachen für uns. War nicht so gemeint.«

Arno stutzte. Er verstand die Welt nicht mehr. Ein Freund? Hier in dieser Gegend? Woher? Wer ist das? Er grübelte.

Zeit verging. Stumm harrten sie Arnos Reaktion. Endlich sprach er: »Klartext! Was ist los?«

Paul und Erich beichteten. Arno fand Gefallen an den Jugenderinnerungen der beiden Jungen. Er verstand aber auch, dass Paul ganz eindeutig zu den Vaterlandsverrätern gehört. Arno kam in arge Bedrängnis. Lieferte er Paul aus, verlor er Erich gleich mit. Die scharfsinnige Untersuchung des Hauptmanns wird die Verbindungen rasch aufdecken. Hilft er Paul, verrät er nicht nur seine eigene Gesinnung, sondern läuft selbst Gefahr, als Verräter an die Wand gestellt zu werden. Auf Sterben hatte Arno noch keine Lust. Er hatte nicht vier Jahre Krieg überlebt, dann mit der Truppe landauf, landunter für Ordnung gesorgt, damit er jetzt ins Gras beißt. Von einem Moment hohen Glücks fühlte sich Arno in den Abgrund gestoßen. Erich hatte ihm über Monate das Beste entgegengebracht, was ein Mensch erringen kann: Zuneigung und Vertrauen. Mit naiver Selbstverständlichkeit hatte er sich ihm, dem gestanden und harten Landser, zugesellt. Nicht zuletzt zeugte diese Beichte hier davon.

»Is' was drauf geschissen«, schloss Arno seine Überlegungen ab, warf Paul Hose, Hemd, Schuhe und Waffe hin, und offerierte seinen Plan.

Zu dritt kehrten sie zur Truppe zurück.

Der Hauptmann nahm den abgerissenen Kameraden in Augenschein. Paul spulte mehr schlecht als recht eine abenteuerliche Geschichte runter. Vieles war ungereimt, einige Daten stimmten, anderes sträubte ihm die Nackenhaare. Außerdem war dieser Mann hier viel zu jung, um derart weit herum gekommen zu sein. Die eigenen Leute verloren, schön und gut, aber sich selbst ohne Anschluss dann durchgeschlagen, das kann man kaum glauben. Nichts desto trotz entschied sich der Hauptmann für Paul. Sollte der sich ausruhen, bewähren und zeigen, was in ihm steckt.

Kaum hatte sich Paul von den Strapazen einigermaßen erholt, geriet Erich in den Interessenkonflikt seiner beiden Freunde. Der eine sprach von Flucht, der andere von Anpassung. Arno mochte gern bei der Truppe bleiben. Hier lebte er gut versorgt und in gesicherten Verhältnissen. Paul sah sein Hiersein nur als erzwungene Zwischenlösung an. Niemals wird er das Handwerk dieser selbsternannten Ordnungshüter ausüben und deren Ideale teilen. Täglich diskutierten sie ihr Fortkommen. Jeder trug seine Argumente in unendlich vielen Varianten vor. Irgendwann neigte sich die Waage zugunsten Pauls, weil das Wort »Heimat« immernoch am meisten gilt. Das Haus, der Garten, die Katze vor der Tür, die Stube mit Tisch, Stuhl und Bett, Mutters Plinsen auf dem Herd und der Geruch aus Vaters Tabakdose, das sind Dinge von wahrem Wert. Die trägt ein Mensch tief in seinem Innern und mag sie niemals aufgeben. Arno spürte, wie ihm Erich entgleitet. In einer Aufwallung von blinder Eifersucht, mochte er beide Freunde verraten. Doch dann befand er, dass er fürs Vaterland mehr als genug geleistet hat und seine Resttage bei der Truppe gezählt sind.

Kurz und gut: Sie ermächtigten sich eines Lasters und düsten bei Nacht und Nebel davon.

Es war Herbst. Die Tage waren kurz. Die Dunkelheit schützte die Flüchtlinge. Sie sausten nach Süden, immer in voller Fahrt und nur von dem einen Gedanken beseelt, rasch vorwärts zu kommen. Arno saß am Steuer, rechts hockte Erich und in die Mitte hatte sich Paul gequetscht. Je mehr sie sich von Kolberg entfernten, umso gelöster wurden sie. Sie jubelten. Arno gab wie wild Gas, fuhr die Kurven elegant aus, der Laster nahm Kilometer um Kilometer, jagte durch die dunkel liegende Landschaft, im Lichtkegel der Scheinwerfer huschten Bäume vorbei. – Es krachte, barst! – Stille.

Erich schlug die Augen auf. Über ihm ein klarer, blauer Himmel, rechts und links herbstlich bunte Bäume, unter ihm harter Boden. Er reckte die Glieder, spürte sie auf und alle beisammen, rappelte sich hoch. Dort lag der Laster, auf die Seite gekippt. Erich näherte sich gebannt. Er sah ins Führerhaus. Die Körper der Freunde hatten sich ineinander verkeilt, ihre Köpfe hingen lose seitlich, die Augen starr geöffnet ins Nichts schauend. Tot.

Erich lief quer feldein. Irgendwann ruhte er auf einem Stein aus. Es war kühl. Er lief weiter. Es wurde Abend. Es wurde Nacht. Erich lief. Er achtete Weg und Steg nicht. Er stolperte, fiel, blieb liegen.

Zwischen weichen Kissen erwachte er und fühlte sich im Himmel. Die Gruselbilder entschwanden, es war nur noch Wärme und Wohlbehagen um ihn. »Endlich«, stöhnte Erich und schlief wieder ein.

Derweil Erich seine tiefe seelische Erschütterung und körperliche Erschöpfung ausschlief, tummelten sich draußen seine Wirtsleute. Das waren die Eltern, Auguste und Hermann Kroll, und Tochter Martha. Sie verrichteten nicht nur ihr Tagwerk, sondern machten sich auch Gedanken um ihren Findling.

In den gestrigen Morgenstunden hatten sie in ihrem Garten diesen Menschen aufgelesen und mit hinein genommen. Schlafen, essen, trinken, aufpäppeln stand für sie außer Frage. In Kriegs- und Nachkriegszeit liefen unzählige Bedürftige herum. Man hilft, wo man kann. Obgleich die Krolls selbst nie etwas in Hülle und Fülle besaßen, gaben sie viel und gern. Einen also wieder auf die Beine bringen und sein Fortkommen sichern, war eine Selbstverständlichkeit.

Im Verlaufe des Tages verbreitete sich im Ort, dass sich in zwanzig Kilometern Entfernung auf der Landstraße ein Laster überschlagen hatte und Fahrer und Beifahrer nur noch tot geborgen werden konnten. Diesen Unfall mit ihrem Findling in Zusammenhang zu bringen, lag den Krolls zunächst fern. Doch dann kam der Gendarm Zacharias mit der Nachricht, dass ein Mörder gesucht wird. Der hat sich im Verbund mit zwei anderen Verbrechern eines Lasters und Kleidung aus alten Armeebeständen ermächtigt und sie sind Richtung Süden aufgebrochen. Nun, die beiden Kompagnon sind die Toten von der Landstraße, eindeutig identifiziert. Der dritte ist noch flüchtig. Also Augen auf, und wenn sie einen Fremden sehen, es sofort melden, damit die Gendarmerie ihn einfangen kann. Zacharias trat zackig ab und Hermann Kroll griff sich an den Kopf.

Er meinte: Wenn die Obrigkeit einen Verbrecher sucht, hat es nicht unbedingt zu bedeuten, dass der auch tatsächlich ein Missetäter ist. Heutzutage kommt man für Handlungen oder Worte in den Knast, die zu anderen Zeiten mit Orden belobigt werden würden. Ziel und Zweck muss man kritisch hinterfragen. Es ist doch schade um so einen jungen Menschen. Soll er sich ausschlafen. Und wenn er munter ist, wird er Rede und Antwort stehen. Ausliefern kann man ihn immernoch. Nur, ein Fehlurteil an einem Unschuldigen bereut man ein Leben lang. Zuviel Unrecht ist schon geschehen. Kroll vertraute auf seine Menschenkenntnis und gewährte dem Findling Schutz.

Sechsunddreißig Stunden nach seiner Auffindung begehrte Erich Nahrung. Er war munter und hatte einen Bärenhunger. Die Krolls freuten sich über seinen Appetit. Nach dem Essen examinierte Hermann seinen Gast streng. Was er hörte, bestätigte ihn und befriedigte ihn durchaus. Freilich war dieser hier mitnichten ein Friedensapostel oder ein sonderlich aufgeklärter Mensch. Aber einen jungen Mann, der völlig unbedarft in Bedrängnis geraten ist, von einer marodierenden Bande festgehalten und ausgenutzt wurde, wachen Verstandes Recht von Unrecht zu unterscheiden weiß, den durfte man nicht hängen lassen. Es war also Hilfe angesagt.

Sie berieten sich: Der Arm des Hauptmann reicht offenbar weit. Wenn der die Gendarmerie zu mobilisieren weiß, wird er auch in Erichs Heimatort nach ihm fanden lassen. An Heimkehr ist also in Bälde nicht zu denken. Erich muss untertauchen, zumindest solange, bis die Verhältnisse sich grundlegend geändert haben.

Der Plan: Ein paar Tage wird er hier wohnen, muss sich immer im Haus aufhalten, darf von niemandem gesehen werden und dann bringen sie ihn relativ sicher in der Stadt unter.

Am nächsten Nachmittag schlenderte Kroll zum Nachbarn Heinze, betrat die Stube, fragte nach dem Hausherrn, setzte sich nieder und rauchte entspannt seine Pfeife an. Die Hausfrau schickte die Kinder raus, hockte sich neben Kroll und sagte: »Georg muss gleich da sein. – Was gibts Neues? Der Gendarm schleicht rum.«

»Ja, Frieda«, grummelte Kroll, »der steckt wiedermal seine Nase in Sachen, die ihn nichts angehen.«

Frieda nickte, Kroll schmauchte, der Hausherr trat ein. »Schön, dass Du uns besuchst, Hermann.«

Er ließ sich nieder. Kroll wartete. Frieda und Georg drängten nicht. Sie wussten, wenn Hermann am hellerlichten Werktag vorbei kommt, gilt es, was Wichtiges zu besprechen. Gut Ding braucht Weile.

Hermann redete, immer die Pfeife zwischen den Lippen, gedehnt: »Ich hätte was in die Stadt zu schaffen, bisschen unhandlich und sperrig. Magst Du mir helfen?«

Georg antwortete: »Einen Wagen habe ich nicht. Das weißt Du. Wir müssten einen ausleihen. – Nur, jetzt, wo einer gesucht wird. Sind die Kontrollen streng, die Taxe hoch. Hat es nicht Zeit mit der Sache?«

Hermann wurde deutlicher: »Bei mir kann er nicht bleiben. Mein Grundstück ist übersichtlich, mein Haus ist klein. Zacharias kennt mich, kommt auf jeden Fall wieder. – Und der Junge ist verdammt unbeholfen.«

Georg verstand, schaute mürrisch und fragte: »Lohnt es um so einen?«, und dachte: Lohnt es um einen Mann, der sich leichtsinnig in Gefahr begibt, ihr ganze konspiratives Netzwerk zu mobilisieren und auf die Probe zu stellen?

Mühsam waren die Verbindungen geknüpft, illegale Quartiere geschaffen, Möglichkeiten ausgespäht, Transportwege erprobt, um die russische Revolution materiell und personell zu unterstützen und weiterhin am Leben zu erhalten, und jetzt rauscht einer herbei, der von niemandem empfohlen ist, der politisch absolut keinen Wert hat, sich nirgends bewährt hat, ein gesuchter Krimineller wahrscheinlich ist. Und sie riskieren alles?

Georg wiederholte harsch: »Lohnt es um den?«

Hermann neigte den Schädel, schien zu überlegen und antwortete: »Es lohnt um jeden. Ich bringe es nicht fertig, ihn auszuliefern. Er ist jung, hat das Herz auf dem rechten Fleck, und glaube mir, er wird ein guter Mann. – Machen wir es nicht gemeinsam, versuche ich es allein.«

Georg beherrschte sich angestrengt. Hermann will mit dem Kopf durch die Wand. Nur, dann ist auch nichts gekonnt. Er lenkte ein: »Können wir machen. – Nur, woher weißt Du, dass er schweigt, wenn er gefasst wird.«

Hermann antwortete erleichtert: »Er kennt nur mich, sieht unsere beiden Frauen und die Kinder. Harmlos. Wir schaffen ihn zu meinem Bruder. Da bleibt er erstmal.«

Georg kannte Hermanns Bruder. Ab und an hatte auch er geholfen, nie gefragt, nie mehr erfahren, als er unbedingt wissen musste, war zuverlässig und schweigsam.

Er grummelte: »Nur, wenn wir Heinrich für was wirklich Wichtiges brauchen, ist er unbrauchbar, zumindest solange, wie Dein Illegaler bei ihm wohnt, verbrennt eventuell sogar ganz.«

Wichtig, unwichtig, wertvoll, brauchbar, bohrte es in Hermann und er mochte auffahren, ob der Kategorisierung von Menschen, die sein Genosse hier aufmachte. Er bremste sich mühsam.

Endlich bekräftigte Georg: »Gemacht. – Wann?«
Hermann antwortete: »Nächsten Sonntag.«
»Also in vier Tagen. In Ordnung.«
Die Frau blieb im Haus. Die Männer schlenderten über den Hof.

Georg brachte seinen Gast bis zur Straße und sprach deutlich hörbar: »Ist klar, Hermann, Sonntag, nach dem Kirchgang schicken wir die Weiber mit den Gören Holz sammeln und wir beide hocken uns in die Kneipe.« Er lachte, schlug dem Nachbarn leutselig auf die Schulter und sie verabschiedeten sich.

Am nächsten Morgen, noch in der Dämmerung, denn die Tage waren kurz, sprang das Kind Martha aus dem Haus und lief nach der Stadt hin. Sie war in Mantel, Kopftuch und festes Schuhwerk gekleidet und trug einen Korb am Arm. Wie Rotkäppchen, dachte Auguste, winkte nochmal, sah ihr nach und bangte um ihre Tochter. Der Weg war weit, niemals ganz ungefährlich, und doch war es die einzige Möglichkeit, den Schwager unauffällig zu informieren. Auguste vertraute auf die Erfahrung – das inzwischen dreizehnjährige Mädchen war diesen Weg schon öfter gegangen – und ein wenig auf Gott – obgleich sie wie alle Krolls längst Atheistin war.

Der Kirchgang am Sonntag diente nur der Tarnung, und weil man sich in einem Nest wie Brügge, wo es kaum zwanzig Häuser und etwa achthundert Einwohner gibt, nicht ausschließen konnte.

Auguste seufzte, das Kind war soeben auf den Waldweg eingebogen und damit ihrem Blick entschwunden. Sie ging hinein und kümmerte sich um das Frühstück für Erich Krumm.

Hermann Kroll war seit früh auf der Arbeit. Er verdingte sich als Maurer, hatte hier und in der Umgebung ab und an einen Auftrag, dann floss etwas Geld in den Haushalt. Viel wurde seit dem ausgegangenen Krieg nicht mehr gebaut. Während des Krieges bauten nur die Großen, den Kleinen war jegliche Investition verboten. Nach dem Krieg legten die Großen die Hand in den Schoß, – abwarten, Versailles offerierte nicht gerade rosige Aussichten – und den Kleinen fehlten die Mittel. Seither war Hermann meistens arbeitslos und machte sich daheim nützlich. Die Krolls überlebten Dank ihrer Landwirtschaft. Sie hatten ein winziges Feld, einen Garten und eine Handvoll Nutztiere. Jetzt kümmerte sich Auguste erstmal um Erich, wies ihn erneut an, sich ruhig zu verhalten, am besten nach dem Essen wieder ins Bett zu legen, und anschließend schaffte sie auf dem Hof.

Erich litt seine Untätigkeit. Gern hätte er sich nützlich gemacht. Nur der Hausherr, bestand auf absoluter Zurückhaltung, wollten sie nun nicht alle in den Knast wandern. Hermann Kroll schilderte farbenreich, wie es ihnen ergeht, wenn sie entdeckt werden. Wobei Gefängnis wahrscheinlich nicht mal das Schlimmste ist. Die Brutalität und Rachegelüste des Hauptmanns kennen keine Grenzen. Erich war oft genug Zeuge geworden. Nicht nur an völlig fremden, ihm unbekannten Menschen, kühlte die Truppe ihr Mütchen – das mochte angehen, da lenkten wohl Recht und Gewissen die Hand der Henker -, sondern auch vermeintlich Abtrünnige, Kameraden aus den eigenen Reihen, schlachteten sie auf so unwahrscheinlich grausame Weise ab, dass Erich oft genug das pure Entsetzen ansprang. Er harrte im Hause der Krolls aus, beobachtete sie mit Schuldgefühlen bei der Arbeit und ergab sich in sein Schicksal.

Am Sonntag nach dem Gottesdienst trödelten die Männer nach dem Wirtshaus hin. Die meisten Frauen blieben plaudernd vor der Kirche stehen. Einige wenige jagten heim. Es war die übliche Szene. Von denen, die davon stoben, wusste man, dass auf sie zu Hause etliche Gören und die Hauswirtschaft warten. Die waren arm, sehr arm. Sie schufteten in der Regel unter der Woche für andere und am Sonntag versuchten sie, daheim das Liegengebliebene zu richten.

In der Wirtsstube wurde die erste Runde aufgetragen, Bier für die Minderbemittelten, Bier und Schnaps für die Betuchten.

Hermann Kroll und Georg Heinze orderten ebenfalls Schnaps. Gendarm Zacharias merkte auf: »Na, Hermann, haste 'ne Erbschaft gemacht?«

Der antwortete entspannt: »Hatte paar gute Aufträge die Woche. Das will begossen sein.«

Froh hoben sie die Gläser und tranken.

Als erstes besprachen sie freimütig die Predigt. Solange der Pastor noch die Kirche aufräumte, wollte das Thema durchgehechelt sein. Stieß der Pastor zu ihnen, war nur noch Lob angesagt. Sie ließen sich aus.

Jetzt kam der Pastor. »Habe ich was verpasst?«, fragte er und nahm auf seinem angestammten Stuhl

Platz. Der Wirt brachte ein Glas Rotwein. »Ach nö«, sagte einer, »wir fanden Sie heute gut. So ausführlich und wirklich ansprechend.« Der Pastor strahlte und nippte vom Wein, wiegte genießend, kennerisch den Kopf und sagte: »Ihr müsst mir schon sagen, ob Euch meine Predigt zusagt oder nicht.«

Die Bauern grummelten beifällig: »Machen wir doch.«

Das Gespräch lief langsam hin und her. Die Männer tranken, bestellten nach, tranken wieder.

Es ging auf Mittag zu. Die ersten verabschiedeten sich mit »meine Alte wartet mit dem Essen«. Der Pastor hatte sein Glas geleert, erhob sich und wünschte: »Einen gesegneten Sonntag, allerseits.« Er verneigte sich und verließ die Wirtschaft. Weitere folgten, ihnen saß die Mark nicht so locker. Die hartnäckigen Trinker blieben. Zacharias und seine beiden Hilfspolizisten gehörten dazu. Sie rückten um einen Tisch zusammen. Georg Heinze und Hermann Kroll nahmen ihre halbvollen Gläser und hockte sich dazu. Zacharias merkte erneut auf: »Hast es so dicke, dass Du heute saufen kannst?«

Hermann bekräftigte: »Kommt ja nicht oft vor. Heute mal.«

Zacharias schaute mürrisch. Er ermahnte sich zu verstärkter Wachsamkeit. Er mochte die Krolls nicht. Die waren lichtscheu, faul, verschlagen, führten Böses im Schilde. Zacharias hatte das im Gefühl. Konkretes hatte er nicht in der Hand, sonst wäre er Kraft des Gesetzes schon eingeschritten. Aber die Leute schmeckten ihm nicht. Der Heinze war auch so einer. Wenn die hier heute Geld ausgeben, kann schon sein, dass die ein Ding gedreht haben. Zacharias nickte einvernehmlich zu seinen Helfern. Die verstanden: Wir müssen Kroll und Heinze auf die Finger sehen! Sie sahen und tranken.

Georg und Hermann hielten das Gespräch am Laufen. Das war nicht schwer. Viel wurde eh nicht geredet: Das Wetter, die Herbstarbeiten auf dem Feld, das Befinden der Familie, Allgemeinplätze und völlig Unwichtiges.

Das Häufchen der Trinker schmolz zusammen. Zuletzt kauerten nur noch Gendarm Zacharias, seine Helfer, Georg Heinze und Hermann Kroll am Tisch. Da wollte sich auch der Gendarm verabschieden, stemmte sich hoch, wankte. Den Hilfspolizisten hingen die Gesichtszüge bereits schlaff herab. Er grölte: »Der Dienst ruft!«

Georg zog den Mann wieder auf seinen Stuhl zurück und sagte mit schwerer Stimme: »Nichts für Ungut, 'nen Kleinen noch. Ich lade Dich ein.« Er winkte dem Wirt.

Der brachte noch eine Runde.

Als es draußen dunkelte, lagen die Ordnungshüter unterm Tisch. Hermann zahlte und sagte: »Lass die pennen.«

Der Wirt nickte, steckte das Geld weg und schloss hinter Georg und Hermann ab.

Er mochte die beiden und tat ihnen gern so manchen Gefallen. Das waren anständige Kerle, nur leider bannig arm. Wenn die wie heute mal mithalten wollten, goss er ihnen ab dem zweiten Schnaps nur noch Wasser ein. Geht es denn immer nur ums Saufen? Als Wirt verstand sich der Mann auf die menschlichen Schwächen und respektierte, dass einer nur mal in Gesellschaft sitzen und plaudern will. Er zählte sein Geld: Die Summe war beachtlich. Ganz Brügge war bei ihm eingekehrt.

Der Gendarm schnarchte. Der Wirt stieg in seine Privaträume hinauf.

Georg und Hermann stiefelten rasch nach dem Wald hin. War die Sache geglückt, konnten die Frauen jetzt auf dem Rückweg sein. War sie nicht geglückt, mussten sie retten, was zu retten ist. Die Dunkelheit war nahezu undurchdringlich. Ein schwach glänzender Mond stand überm Wald. Nur wer sich jahrein, jahraus hier herumtrieb, konnte sich einigermaßen orientieren. Schon knackte es im Holz, Schritte gingen auf dem Weg und die Männer wurden ihrer Frauen und Kinder ansichtig. Glücklich umarmten sie einander und liefen heimwärts.

Hermann nahm seine Martha bei der Hand und sie berichtete aufgeregt: »Onkel Heinrich und Tante Klara waren nicht daheim, als ich ankam. Ich musste lange warten. Ich wartete bestimmt drei Stunden. Es war schon richtig spät, als sie heim kamen.«

»Tapferes Mädel«, sagte der Vater und strich ihr über den Kopf.

»Ich habe alles ausgerichtet. Exakt wie Du sagtest: ›Sonntag Nachmittag, Holzsammeln auf der Engelshöhe, Holz für den ganzen Winter.‹ Onkel Heinrich meinte: ›Das muss ja einen mächtigen Heizwert haben.‹ Ich sagte nichts. Durfte ich ja nicht.«

Hermann flocht ein: »Ja, leider. Manchmal ist es gut, wenn man nicht gleich alles weiß.«

Auguste mischte sich ein: »Meinst Du nicht, Du hättest Heinrich fragen müssen?«

Hermann antwortete: »Mutter, diesmal nicht. Erstens hätte ich Heinrich gar nicht unauffällig fragen können, zweitens hockte uns die Zeit im Nacken und drittens wird mein Bruder allein merken, welchen Heizwert unser Findling hat.«

Sie lachten ausgelassen, ob des Begriffes »Heizwert«.

Martha berichtete weiter: »Die Tage bis Sonntag war ich dann viel mit Tante Klara in der Stadt unterwegs. Ich sage mal, Soldin gefällt mir besser als unser Brügge. So viele Häuser, hohe, schöne Kirchen, der riesige

Markt, unglaublich viele Menschen, auch feine Leute, und Geschäfte mit tausenderlei Dingen zum Kaufen. Die haben da sogar einen Lichtspielpalast. Da gehst Du rein, kannst essen, trinken, Musik spielt auch und das Beste: An einer Wand im dunklen Raum kommen lebendige Bilder. Schicke Leute, Männer im Frack, Frauen mit wunderbaren Kleidern, Droschken und Automobile, eben alles, was sich bewegt, bewegt sich da auch.«

Jauchzend beschrieb sie Details und Hermann dachte wehmütig: Bewegt sich aber leider nur für Leute, die Geld haben.

»Nun weiter«, verlangte er.

»Ja, Sonntag nach dem Essen gingen wir in den Wald mit Stullen, Flasche mit Tee und Wanderstock, auf der Engelshöhe setzten wir uns hin. Nicht lange, da kamen sie schon: Mutter Heinze mit den Kindern und unsere Mutti mit Erich. Ach, was habe ich lachen müssen, wie sie Erich ausstaffiert hatten: Kopftuch, Rock bis über die Waden und so. Er hat sich ausgepellt und sah wieder fesch aus. Die Erwachsenen haben sich noch unterhalten. Wir Kinder haben derweil noch schnell die Kiepen bis oben mit Holz vollgemacht. Und dann sind wir wieder zurück. Erich, Tante Klara und Onkel Heinrich wanderten ganz gemütlich nach Soldin hin. Nun sind wir hier. – Ach, weißt Du, Vati? Ich bin arg müde.«

Der Vater legte einen Arm um der Tochter Hüften, stütze sie ein wenig, und sie marschierten auf das Dorf zu.

Vor Heinzes Haus wünschten die Samariter einander »Gute Nacht« und die Familien trennten sich.

Die Reichen und Schönen

Heinrich Kroll war mitnichten begeistert von dem Findling, den ihm sein Bruder da ins Haus setzte. Kurz und knapp hatte Auguste bei der Übergabe erklärt, dass der Junge nicht in Brügge bleiben kann. Bei Hermann war weder Platz noch Geld, einen Illegalen zu beherbergen und durchzufüttern. Außerdem gefährdet seine Anwesenheit ihr Netzwerk. Auf dem Dorf bewegt sich niemand, ohne vom Nachbarn gesehen zu werden. Da glich es wiedermal einem kleinen Wunder, wie sie Erich ungesehen am hellerlichten Tage heraus brachten.

Daheim verhörte Heinrich seinen Schützling und nun offenbarte sich mit voller Wucht, was sie sich da eingehandelt hatten. Erich Krumm war kein hilfloser Flüchtling, sondern ein handfester Freischärler übelster Sorte. Ohne Zaudern legte er seine gesamte Biografie dar. Und gerade diese Freimütigkeit, die wohl geeignet sein sollte, Mitleid zu erheischen, täuschte Heinrich nicht. Wie naiv ist eigentlich mein Bruder?, fragte er sich und schlug sich an den Kopf. Ausliefern muss man den Kerl! Sollen Banditen doch auf Banditen schießen, sich gegenseitig umbringen, je mehr umso besser. Heinrich war klar, dass er den Jungen unbedingt loswerden muss. Nur, wie beseitigt man einen Menschen? Beseitigt ihn so, dass er aus der Schusslinie kommt, alle Kontakte abreißen und er niemandem denunzieren kann? Heinrich verhörte also und suchte einen Ausweg. Er gebot Erich streng, sich stille zu halten und in bewährter Form abzuwarten.

Fünf Tage später tauchte Heinrich mit zwei bärbeißigen Männern in der Wohnung auf. Sie nahmen Erich zwischen sich und Heinrich dozierte barsch:

»Pass auf, Junge! Du verstehst, dass Du hier nicht ewig rumhocken kannst.« Erich nickte brav. Er fühlte sich denkbar unwohl. »Wir haben Arbeit für Dich gefunden und Wohnung auch. Der Besitzer von dem Tanzschuppen sucht einen Chauffeur. Zuverlässig, jung, mit Erfahrungen. Das kannst Du doch?« Erich nickte wieder. »Da gehst Du jetzt hin, bewirbst Dich und machst Dein Ding. Klappt es nicht, komm' nicht auf die Idee, hier wieder anzuklopfen. Auch Brügge ist für Dich verbotene Zone. Treffen wir uns zufällig mal, kennst Du mich nicht. Du kennst sowieso niemanden. Klar?«

Die breitschultrigen Schlägertypen blähten sich auf und Erich wurde immer kleiner.

Heinrich legte nach: »Du kennst uns nicht, aber wir kennen Dich und finden Dich überall! – So, jetzt mach Dich fertig, hau ab und geh' zu dieser Adresse.«

Er reichte einen Zettel her und Erich las: »Benno Schach, Inhaber Lichtspieltheater und Etablissement für den gehoben Anspruch, Gartenweg 101, Soldin.«

Erich richtete seine erbärmlichen Kleider, fuhr sich mit den Fingern durch den Haarschopf, schaute sich hilflos um und tappte verängstigt aus der Wohnung.

Als er fort war, sackten die Männer zusammen. Einer fragte: »Du meinst das klappt?«

Heinrich antwortete gedrungen: »Eine andere Wahl haben wir nicht. Für diesen Verbrecher irgendwas zu riskieren, ist Selbstmord. Ihn auszuliefern, ist genauso idiotisch, weil der auf jeden Fall quatscht. Dann hängen wir alle. Also bleibt nur Abschieben. Anderes Milieu, andere Leute. Wenn wir Glück haben, taucht er da ein und unter.«

»Da brauchen wir aber verdammt viel Glück.«

Erich lief mutterseelenallein durch die Straßen von Soldin.

Soviel hatte er begriffen: Bis hierher hatten liebe Menschen ihn gedeckt. Nun musste er allein weiter kommen. Der Gesinnungswandel, ja der vorwurfsvolle Ton in der Stimme und die abschließende Drohgebärde erschlossen sich ihm nicht. Man hätte ihn auch höflich bitten können zu gehen und er wäre gegangen. Allein, wohin? Er fühlte sich von Feinden umgeben: Die bisherigen Helfer und die alte Truppe. Das machte seine Lage nicht gerade einfach. Noch viel schwieriger wurde es, weil er kein Dach überm Kopf, kein Geld, keine Nahrung, keine warme Kleidung hatte. Wohin also? Er fingerte den Zettel aus der Jackentasche und las erneut: »Benno Schach, Inhaber Lichtspieltheater und Etablissement für den gehoben Anspruch, Gartenweg 101, Soldin.«
Ist das ein Wink des Schicksals?
Was hatte er zu verlieren? Nichts. Er suchte und fand die Adresse. Er drückte sich eine Weile vor dem Anwesen herum und sammelte sich.

Benno Schach bewohnte ein großes Haus außerhalb der Stadt. Das Gebäude war von einem ansehnlichen, jetzt herbstlich kahlem Garten umgeben. Rückwärtig befanden sich auf dem Grundstück Wohnungen für Dienstleute, Garagen und anderes Nebengelass. Das Ganze war von einem hohen, schmiedeeisernen Zaun umgeben.
Der Tag neigte sich seinem Ende zu und Erich ermahnte sich: Jetzt oder nie! Er bediente die Schelle an der Pforte. Augenblicklich trat ein Diener heraus und krächzte von weitem: »Für Boten und Personal hinten rum.«
Erich sah kein Hinten und rief mutig: »Bin wegen der Arbeit als Chauffeur hier.«
»Ach so«, sagte der Diener, verbeugte sich leicht und kam näher. »Ja, wenn das so ist. – Warum haben

Sie das nicht gleich gesagt?« Er öffnete die Pforte und wies Erich zum Haupteingang. »Wenn ich bitten darf. Ich gehe mal voraus.«

Erich folgte dem Mann über den Vorgartenweg, durch das Eingangsportal, in ein Vestibül und dann in einen Raum, so groß wie ein Ballsaal.

»Wenn Sie bitte warten wollen«, sprach der Diener devot und entfernte sich.

Erich sah sich um und registrierte eine kaum vorstellbare, jedenfalls für ihn völlig ungeahnte, Pracht an Möbeln, Teppichen, Fenstervorhängen und Wandschmuck. Er stand wie angewurzelt und staunte.

Der Hausherr, Benno Schach, ein kleiner, wendiger, etwas fettleibiger Mann mittleren Alters, trat ein, strahlte, breitete die Arme aus und flötete: »Schön, dass Sie da sind. Welch Glanz in meiner Hütte.«

Erich war irritierte und stotterte: »Ganz meinerseits.« Er verbeugte sich artig.

Schach lenkte ihn zu einem Sessel, hieß in, Platz zu nehmen, setzte sich ihm gegenüber und redete in einem fort: »Wenn Sie wüssten, wie ich auf Sie gewartet habe. Ja sehen Sie, gutes Personal läuft einem ja nie freiwillig zu. Und technisches Personal schon gar nicht. Sie schickt der Himmel.« Er plapperte immer weiter.

Peu a peu dämmerte es Erich: Entweder ist der hier völlig verkalkt oder er leidet tatsächlich empfindlich an Personalmangel. Ich kann mir zwar nicht vorstellen, dass ich der einzige bin, der ein Auto lenken kann, aber egal wie dem ist, die Gelegenheit will genutzt sein. Zumindest sollte ein Abendbrot und für diese Nacht ein Dach überm Kopf herausspringen.

Dem Redefluss entnahm er, wie der Krieg unter den Fachleuten gewütet hat. Eine ganze Generation ist von Ares aufgesogen und als Krüppel oder Leiche wieder ausgespien worden. Zwei Millionen Deutsche allein, das ist kein Pappenstiel! Diejenigen, die halbwegs brauchbar heim kamen, verdingten sich lieber in der Fabrik – Soldin produzierte in einem großem Werk Stoffe und Kleidung aller Art. – Da fanden die Arbeiter feste Tarife, geregelte Freizeit und einen Acht-Stunden-Tag. Das konnte ein kleiner Unternehmer wie Schach nicht bieten. Er musste auf den Pfennig schauen. »In der Unterhaltungsbranche gibt es auch keine abgezirkelten Arbeitszeiten. Wir schaffen zu Vergnügen unserer Gäste und aus Spaß an der Freude«, sagte Schach und griente Erich blöd an.

Der machte ein verständiges Gesicht. Schach redete und redete. Endlich hörte Erich die Frage: »Wie heißen Sie junger Freund?«

»Erich Krumm.«

»Nun erzählen Sie von sich.«

Kühn beschnitt er seinen Lebenslauf. Nein, er hatte nicht vor, den anderen hinters Licht zu führen. Der schien ihm wohlgesonnen und vertrauenswürdig, vielleicht etwas schrullig, aber auf jeden Fall ein gütiger Mensch zu sein. Allerdings lehrte die Erfahrung, abzuwarten, lieber Zurückhaltung zu üben und sich in keiner Richtung zu positionieren. Was er berichtete, befriedigte seinen neuen Dienstherren durchaus: Erich Krumm war ein gelernter Schlosser, diente in der Reichswehr in der Etappe, ward in Ehren ausgeschieden und wählte nun mit Bedacht aus der Fülle der Möglichkeiten eine anständige Perspektive. Sein Alter setzte Erich ein wenig herauf. Als Mitte Zwanzigjähriger ist man kein beruflicher Neuling mehr.

»Sage ich doch: Sie schickt der Himmel«, gab sich Schach seiner Freude hin und verlangte: »Ihre Papiere bitte. Sie werden entschuldigen. Nur der Vollständigkeit halber.«

Papiere? Etwa ein Arbeitsbuch oder Entlassungsschein? Derlei hatte Erich noch nie besessen. Ein kurzer Schauer rann ihm den Rücken runter, hinauf und trieb ihm die Schamröte ins Gesicht bis unter die Haarwurzeln. Schach bemerkte die Verlegenheit und lenkte behutsam: »Na na na, was ist los?«

Erich druckste: »Wenn ich Papiere hätte, wäre ich im Werk untergekommen. Aber leider wurden sie mir gestohlen. – Da hat man über Jahre treu gedient, opfert sich fürs Vaterland, und dann ...« Was dann ist, ließ er theatralisch offen.

Schach neigte sich gnädig lächelnd vor und sprach verständnisvoll: »Die Papiere. Ja, mit Papieren wären Sie mir lieber, aber ohne geht es auch. Sehen Sie«, nun hielt er wieder einen ausführlichen Monolog, »der Krieg hat so viel Unheil angerichtet. Vorher anständige Leute rauben, morden, brandschatzen ...«

Seine sowohl altruistischen als auch kritischen Auslassungen entsprangen mitnichten moralischer Größe oder politischer Weitsicht. Er rechnete pragmatisch: Ein restlos entwurzelter junger Mensch lässt sich vorzüglich ins Geschäft einbinden.

Schach schaute zum Fenster und legte fest: »Heute ist es zu spät für eine Probefahrt. Sie schlafen sich erstmal aus, morgen treffen ich Sie und dann besprechen wir alles Weitere.« Er erhob sich, klingelte nach dem Diener, orderte ein Abendessen und Unterkunft für den neuen Mitarbeiter, verabschiedete sich und ging.

Erich bezog eine ausreichend eingerichtete Kammer im Personaltrakt. Bett, Stuhl, Tisch, Schrank, alles war vorhanden.

Der Anfangseindruck bestätigte sich: Schach war ein reicher Mann und zugleich großzügig. Er hielt sein Personal anständig und sauber. Der Vertrag, den sie mündlich abfassten – unter Männern einigt man sich rasch – und per Handschlag bekräftigten, sah vor, dass Erich zunächst Wohnung, Essen, Dienstkleidung abarbeitet – auch ein Benno Schach hat nichts zu verschenken – und ab dem dritten Jahr ungetrübter Zusammenarbeit wird er am Gewinn beteiligt, er steigt sozusagen als Kompagnon in das Unternehmen ein. Na, Mensch, dachte Erich, da bin ich schlagartig aller Sorgen ledig und zugleich noch Teilhaber dieser Firma. Was will man mehr?

Von nun an führte Erich ein Leben, wie man es sich schöner und angenehmer nicht denken kann. Er fuhr einen ansehnlichen Personenwagen, geleitete seinen Herrn zu allen möglichen Beratungen und Vergnügungen und war von einer blendenden Glitzerwelt umgeben. Erich war Chauffeur, Leibwächter, Türsteher, Hauptkassierer und Kontrolleur. Er bewies Überblick und Durchsetzungsvermögen. Seinem Herrn war er bedingungslos ergeben, von Herzen zugetan, und die Arbeit machte ihm Spaß. Dank seiner raschen Auffassungsgabe und permanenten Einsatzbereitschaft, seiner angenehmen Umgangsformen und seines durchaus ansprechenden Äußeren stieg Erich im Handumdrehen zum meist begünstigten und bevorzugten Mitarbeiter des Hauses auf. Obgleich er noch lange keinen müden Pfennig sah, war Schach nie kleinlich: Erich bewohnte bald ein ganze Zimmerflucht im Personalgebäude, verfügte über eigene Leibdiener und alle Mittel zu guter Ernährung sowie elegante Kleidung.

Im dritten Jahr ihrer Zusammenarbeit offerierte Schach seinem Zögling die Geschäftslage: »Nun, mein lieber Erich«, sie waren inzwischen zum vertraulichen Du übergegangen, »ich weiß, Du erwartest endlich Einblick in die Bücher. Ich vertraue Dir voll und ganz, drum sollst Du auch wissen...« Es kam, was Erich zur Genüge kannte und geduldig über sich ergehen ließ, eine ausführliche Analyse des nationalen und internationalen Marktes in der Unterhaltungsbranche.

Kino war zu einem Renner geworden, die Filmindustrie boomte. Zugleich flossen allgemeinhin wieder

Geldströme, das Land hatte sich von seiner Niederlage erholt, die Menschen gierten nach Vergnügen und Völlerei. Schach unterhielt neben dem Lichtspielhaus in Soldin noch mehrere ähnliche Etablissements in anderen Städten, expandierte ständig und bot den Gästen in Tanzlokalen, Restaurants, Cafés, Amüsierhäusern aller Art, wonach sie verlangten. Er investierte ungebremst.

»Nach den Jahren der Entbehrungen hat das Volk etwas Frohsinn verdient«, kam er auf den Punkt, »ich habe in meinen Laden mehr reingesteckt als herauskommen kann.« Kurz und gut: Von Teilhaberschaft musste er momentan abraten, – die Roten Zahlen in den Büchern waren unübersehbar -, will er, also Erich, nicht irgendwann mit einem Sack voller Schulden dastehen. »Ich bin doch kein Schwein«, schwor Benno Schach, beklopfte seinem Kompagnon leutselig die Schulter und Erich schuftete unentgeltlich und selbstlos weitere Monate.

An den Abenden, wenn die Reichen und Schönen, Herren mit sehr jungen Frauen und Damen mit ihren Gigolos, ihre Roben vorführend, zum Lichtspielhaus einherschritten, standen am Rande die Arbeitsmädchen aus dem Textilwerk und bestaunten, beschauten die farbenfreudige, elegante, aufreizende Pracht. In ihren dünnen Kleidchen standen sie da und träumten sich in eine satte, zufriedene, fröhliche Welt. Die Mädchen standen noch, wenn der Strom der Gäste längst verebbt war, höchstens mal ein Nachzügler auftauchte, und drinnen die Musik aufspielte. Sie erlagen der Faszination des glänzenden Augenblickes und zerstreuten sich lange nicht. Hin und wieder tastete sich eine ganz Wagemutige vor, drückte ihre Nase an die getönte Scheibe und erhaschte tatsächlich einen Blick auf die sich im Tanz wiegenden Herrschaften. Freilich duldeten die Türsteher derlei Zudringlichkeit nicht und schritten augenblicklich ein. Die Glückliche jedoch, die ein Bild hatte einfangen können, schwärmte noch tagelang von einem rauschenden Fest in einem strahlenden Palast, als wäre sie selbst mittendrin gewesen.

Erich flanierte durch den vollbesetzten Saal, kontrollierte die Bedienung und befragte die Gäste. Alles war Zufriedenheit und ausgelassene Fröhlichkeit. Gegen Mitternacht kündigte der Conferencier die Hauptattraktion des Abends an, die Kapelle intonierte einen Tusch, die Künstler traten auf, das Publikum applaudierte begeistert. Da konnte sich Erich allmählich zurücknehmen. Das Hauptgeschäft war für heute gemacht. Was später noch kleckerweise anfällt, regelt der Oberkellner und rechnet anderntags ab. Erich lehnte sich im Hintergrund an einem Pfeiler und überschaute die Menge. Wie sooft in dieser Stunde, fühlte er auch jetzt eine nagende, schmerzhafte Einsamkeit. Er hätte nie gedacht, dass man unter Menschen so bitter allein sein kann. Er gab sich diesem Gefühl hin, ersehnte es förmlich Abend für Abend, weil nur dieser Schmerz ihn Leben spüren ließ, und zugleich hasste er seine Emotionen. Er hatte doch alles. Was wollte er mehr?

Die Aufführung der Artisten war beendet, die Kapelle spielte eine ruhige Weise, etliche Gäste leerten ihr letztes Glas und erhoben sich. Erich eilte zur Tür, öffnet diensteifrig, wünschte »Guten Heimweg«, sprach »Bitte sehr« und »Dankeschön«, ließ die Tür wieder zupendeln und trat in die klare Nachtluft hinaus.

Er blickte gedankenverloren zum Sternenhimmel, lenkte die Augen auf die schlafenden Häuser der Stadt und in die dunklen Gassen. Er gewahrte ein einzelnes Mädchen im Lichtkegel einer Laterne. Erich schlenderte zu ihr hin und sagte: »Kannst Dich nicht trennen.«

Das Mädchen fragte: »Erich, kennst Du mich nicht mehr?«

Er kannte weder sie noch eine andere Arbeiterin. Er schüttelte den Kopf.

Sie sagte: »Ich bin Martha.«

Erich überlegte und schüttelte wieder.

»Martha aus Brügge. Du hast doch damals bei uns gewohnt.«

Er sah und er sprudelte: »Die kleine Martha von den Krolls? Ja, Mädel, wie kommst Du denn hierher? Und überhaupt in der Nacht.«

Er umfasste Martha und zog sie mit sich. »Du musst mir erzählen. Alles. Ich will alles wissen.«

Sie gingen in den Palast. Martha tastete sich vorsichtig vorwärts, ganz und gar so, als wäre ein Traumschloss erschienen und sie müsse darauf achten, es nicht zu beschädigen. Erich führte sie herum, zeigte sein Reich, ließ sie teilhaben und ward ab diesem Moment von Herzen glücklich.

Später nahm er Martha mit in seine Wohnung und hörte ihre Geschichte: Nein, in Brügge hielt Martha nichts. Eine Kate, so klein, dass man sich kaum umdrehen kann, Landwirtschaft, die ihren Produzenten nur knapp ernährt, einen ewig arbeitslosen Vater und eine an ihr herum zerrende Mutter, das hatte Martha vom Leben nicht erwartet. Sie trotzte den Eltern, ging in die Stadt, verdingte sich in der Fabrik, verdiente ihr eigenes Geld und träumte wie alle anderen von einem Palast und einer guten Partie. Früher oder später wird Martha zu den Reichen und Schönen gehören, das war ihr völlig klar, vorab nahm sie als Zaungast an deren Zurschaustellung teil. Irgendwann entdeckte sie Erich unter den livrierten Herren. Sie wartete auf ihn. Er kam und führte sie heim. Martha war glücklich. Sie trällerte und plauderte. Erich verliebte sich bis über beide Ohren, und noch bevor die Sonne denn neuen Tag ankündigte, bat er sie, seine Frau zu werden.

Benno Schach vermerkte augenblicklich, wie der Arbeitseifer Erichs nachließ. Gegen eine Liaison hatte er nichts, Erich war ein junger Mensch und hatte gewisse Bedürfnisse, aber wie der seine Pflichten jetzt nur noch rasch erledigte und nach Dienstschluss heim stürmte, passte ihm gar nicht. Undankbar ist dieses primitive Arbeitsvolk, man kann sie noch sosehr fördern, am Ende wird man enttäuscht, grollte Schach und forderte Erich zum Gespräch. »Wie stellst Du Dir unsere Zusammenarbeit in Bälde vor, wenn Du jetzt schon kaum noch Zeit hast?«, eröffnete er spitz.

Erich fühlte sich ungerecht behandelt. Er reagierte auf Schachs kleinsten Fingerzeig, stand dem Unternehmen vor, wann immer der Herr auswärts weilte, chauffierte ihn selbst noch zu nachtschlafender Zeit zu irgendwelchen, dringend nötigen Gesprächen, kannte weder Ferien noch Feiertage, und musste sich nun schon gar nicht sagen lassen, dass er säumig ist.

Er fuhr hoch: »Ein paar Stunden Schlaf werden doch wohl noch drin sein, wenn Du erlaubst.«

»Mit dieser Nutte!«, kreischte Schach.

Erich stutzte, starrte, überlegte und sagte ganz ruhig: »Die Nutte, wie Du beliebst zu sagen, ist meine Frau. – Ich verbitte mir derartige Beschimpfungen!«

Schach realisierte schlagartig, dass er verloren hat. Er hatte den Mann restlos überschätzt. Eine komplette Fehlinvestition. – Nun denn! Jeder ist ersetzbar. Kaltblütig zerschnitt Benno Schach das Band.

Mild fragte er: »Wann heiratest Du?«

Erich wähnte Entgegenkommen und antwortete: »Martha ist erst siebzehn. Wir müssen uns Zeit lassen.«

Schach schob den Schädel vor, schlitzte die Augen und zischte: »Ich dulde keine minderjährigen Nutten unter meinem Dach!«

Erich empfing den Schlag, taumelte, straffte sich und parierte: »Dann mach doch Deine Scheiße selber!«

Er schritt auf die Tür zu und Schach lud nach: »Du verlässt mein Haus augenblicklich!«

Als Martha und Erich ihr Zeug packen wollten, stellten sie fest, dass ihnen fast nichts gehört.

Sie hatte in die gemeinsame Wohnung eine handvoll persönlicher Sachen mitgebracht. Das war schon alles. Er benutzte die Einrichtung und trug die Kleider seines Herrn. De jure stand er nackt unter freiem Himmel. Schlimmer noch: Es war kein Pfennig Geld da und Erich besaß keinerlei Papiere.

Die beiden von Gott und der Welt verlassenen Menschen schlichen wie Diebe aus dem Haus.

Auf der Landstraße erholten sie sich von ihrem Schreck. Es war Sommer, die Luft war warm, die Chausseebäume hingen voller Früchte, sie waren jung, verliebt, hatten einander. Also schritten sie wacker voran. An die hundert Kilometer Fußweg lagen auf einer ersten Etappe vor ihnen. Das ficht sie nicht an. Ihre Kondition empfanden sie als ausreichend.

Wie sahen ihre Pläne aus?

Ihr erstes Ziel war Blumberg, Erichs Vaterhaus. Dort wollten er die Eltern wiedersehen und sich Kraft ihrer Hilfe endlich anständige Papiere beschaffen. Des Weiteren gedachte er, sich Arbeit zu suchen. Freilich nicht in einem Nest wie Blumberg. Er hatte schon die große, weite Welt gesehen, er wusste um seine Qualitäten. Er protze vor Martha ein wenig. Er wird in der Metropole Berlin direkt ankommen. In einer gut gehenden Firma wird er den Chef chauffieren und viel Geld verdienen, denn diesmal, beschwor er, haut ihn keiner übers Ohr und nutzt ihn nicht aus. Ein schriftlicher Vertrag und anständige Löhnung müssen her.

Martha himmelte ihren Erich an. Freilich war er nicht der reiche Prinz, von dem sie geträumt hatte, und der Rauswurf hatte sie durcheinander gebracht, jetzt sah sie aber, wie Erich, ohne zu zögern, selbstbewusst eine Perspektive aufrollte, die schöner und besser nicht sein konnte. Das band sie an ihn. Sie lief aufgeräumt an seiner Seite.

Vierzehn Tage später erreichten sie Blumberg. Nicht zu Fuß, nicht fröhlich einkehrend, sondern von einem mitleidigen Fuhrmann mitgenommen und förmlich vorm Haus abgeladen, begehrten sie Einlass und Pflege. Der Mann hatte Erich und Martha völlig verdreckt, entkräftet, demoralisiert auf seinem Grundstück aufgelesen. Die beiden waren dem Tod näher als dem Leben.

Was war geschehen?

Der Verzehr unreifer Früchte oder das Trinken des Wassers aus dem Straßengraben, bescherte den beiden einen üblen Darmkatarr.

Martha lag schon Stunden in Ohnmacht und Erich lallte nur noch. Mit Ach und Krach hörte der Fuhrmann die Adresse heraus und lieferte die Sterbenden vorm Vaterhaus ab.

Vater, Mutter und Bruder hievten sie hinein, entkleideten sie, wuschen sie, beteten sie und hielten Rat.

Bruder Willy sagte: »Wir müssen einen Arzt holen. So, wie die beiden aussehen, machen sie es keine zwölf Stunden mehr.«

Mutter Emma schlug die Hände vors Gesicht, Vater Franz bäumte sich im Schmerz auf. Willy nahm seine Jacke vom Haken und verschwand.

Neue Aussichten

Willy Krumm war gerade einundzwanzig Jahre alt geworden. Sein große Leidenschaft galt dem Wasserbau, der Wasserkunst überhaupt. War er auch noch sehr klein, wie Vater damals mit ihnen über die Felder zog, von Ort zu Ort wanderte, die Kulturlandschaft des Barnim erklärte, so hakte sich in den Jungen doch fest, was Menschenhände der Natur abringen können, wie sie beharrlich schaffen, ihre Felder befruchten und mit Wasser dem Wachstum aufhelfen. Mit zunehmendem Alter kristallisierte sich aus der allgemeinen Begeisterung ein konkretes Interesse für wasserführende Grabensysteme, Wehre und deren Fallhöhen, die Sogwirkung von Röhren heraus. Immer öfter und immer intensiver baute er sich Versuchsreihen en miniature auf, fand dies und jenes und widmete sich irgendwann gänzlich dem Fach. Nur, eine freie Berufswahl gibt es für den Sohn des armen Mannes nicht. Aus Willy wurde kein großer Meliorationsmeister, sondern schlichtweg ein Klempner. Jetzt hatte er es zwar immernoch mit Wasser und Rohrleitungen zu tun, so aber nur im geschützten Raum eines kleinen Heimes, nicht etwa unter freiem Himmel und in riesigen Dimensionen. Nichts desto trotz sagte ihm sein erlernter Beruf irgendwann dann doch zu: Die handwerklichen Herausforderungen waren nicht zu verachten, der Umgang mit den Kunden gefiel ihm und nicht zuletzt waren auch hier physikalische Kenntnisse und Einsichten ohne Ende gefragt.

Willys Ausbilder war Helmut Nagel in Berlin, Schönhauser Allee siebzig, dritter Hof, rechts unten. Als Willy mit seinem Vater im Herbst achtzehn durch die Lande stiefelte, um eine Lehrstelle zu finden, waren sie zunächst von allen abgewiesen. Das kleine Handwerk war vom Krieg so ziemlich ruiniert. Es fehlte den Meistern an Material – alles war in die Kriegsproduktion geflossen – und den Kunden an Geld – die Kriegsanleihen, die sie gezeichnet hatten, verfielen mit der Kapitulation. Alle Handwerker sagten: »Ich mache nur noch Kleinkram. Einen Lehrling braucht es nicht.« Allerdings war ein jeder dennoch mitleidig und gab einen, wenn auch nahezu aussichtslos erscheinenden Tipp, wo sie es doch mal versuchen könnten. So kamen sie eines Tages bis nach Berlin zu Meister Nagel.

Der Meister hockte trübsinnig in seiner Werkstatt, die Hausfrau weinte zum Gotterbarmen. So trafen sie die beiden an, waren hereingebeten und trotz dieser drückenden Stimmung bewirtet. Willy und Franz langten zu und hörten die traurige Geschichte der Nagels: Ihr Sohn Willy hatte den ganzen Krieg mitgemacht. Es schien, als sei er gegen alle Gefahren gefeit. Belgien, Frankreich, Verdun, Arras – alles überlebt, um dann auf dem Heimweg an Typhus zu sterben. Kameraden brachten die Leiche zu den Eltern. Er ist auf dem Friedhof gleich hier in der Nähe beigesetzt.

Sie aßen und erzählten einander ihre Leidensgeschichten.

Frau Nagel betrachtete wieder und wieder den jungen Krumm, ihr wurde leichter ums Herz, und sie meinte in der Tat: »Ganz und gar wie unser Junge, und Willy heißt er auch noch.«

Meister Nagel fand das nicht, auf Zufälle wie Namensgleichheit gab er schon gar nichts, sah aber auch, wie seiner Frau Augen leuchteten, und sprach: »Wir können einen anständigen Klempner aus Dir machen. Vier Jahre Lehrzeit und es wird sich schon was ergeben.«

Willy bekam das Zimmer des Sohnes, lebte, lernte und arbeitete fortan in Berlin.

Die Geschäftslage besserte sich bald und im dicht besiedelten Norden der Millionenstadt gab es für einen Klempner immer etwas zu tun.

Jede Woche einmal ging Frau Nagel zum Friedhof hin, putzte den Stein und stellte frische Blumen aufs Grab. Manchmal begleitete Willy die Frau, aus Dankbarkeit und Mitgefühl schloss er sich ihr an. Sie stöhnte und seufzte. Willy sprach tröstend: »Gegen das Schicksal kommt man nicht an.«

Frau Nagel nickte.

Willy bekräftigte: »Sicher ist Dein Sohn im Himmel und schaut auf uns herab.«

Sie schmunzelte.

Auf dem Heimweg hängte sie sich dem Jungen in den Arm, zog ihn dicht zu sich heran und sagte: »Willy, mein Engel, das wollte ich Dir schon lange sagen: Einen lieben Gott gibt es nicht. Ein Schicksal auch nicht. Das sind nur so Redensarten. Freilich starb der Willy am Typhus. Aber was hat denn diese Krankheit verursacht?«

Zu seinem Erstaunen hörte Willy von Ursache und Wirkung, Erscheinung und Wesen, von Interessengruppen, Klassen und Klassenkämpfen, von einer Welt, die man verändern kann. Neugierig stieg er darauf ein. Fortan diente sein Lernen nicht nur dem Handwerk, sondern auch seiner politischen Bildung. Er fand in den Nagels aufgeschlossene, den gesellschaftlichen Verhältnissen kritisch gegenüberstehende Zeitgenossen.

Nicht jeden Sonntag, aber sehr oft verbrachte Willy ein paar Stunden daheim. Ihn dauerten die Eltern, wie die sich um ihren Großen, der einst ohne Gruß ausgezogen war und niemals ein Lebenszeichen von sich gab, grämten. Nur um die Lücke in ihrem Herzen zu füllen, nahm Willy nach vier Jahren Abschied von den Nagels und kehrte ins Elternhaus zurück. Der Meister und seine Frau hatten sich inzwischen mit den Tatsachen abgefunden, sahen weniger betrübt in die Zukunft und entließen ihren Schützling frohen Mutes. »Nur eins musst Du versprechen. Wann immer Du in unserer Gegend bist, schau rein«, verlangten die Nagels.

Willy versprach es. Was er versprach, pflegte er zu halten. Die Verbindung blieb.

In Blumberg gab es für einen Klempner kaum was zu tun. Die Bauern schöpften ihr Wasser aus dem hausnahen Brunnen, erledigten ihr Geschäft über einer Grube im Freien und Spülwasser gossen sie auf den Hof. Willy zog von Haus zu Haus und bot sich vergebens an. Erst im fast zehn Kilometer entfernten Marzahn wurde er fündig. Neben dem alten Dorf hatten sich Laubenpieper angesiedelt. Die Großstadt ernährte und unterhielt ihre Mittellosen nicht mehr. Da flüchteten viele auf eine winzige Parzelle Landes, bauten sich eine Hütte und gruben im eigenen Garten. Der durch die Abwasserberieselung befruchtete Boden Marzahns gab einiges her. Die Siedler lebten naturnah, in einer geselligen, von Hilfsbereitschaft getragenen Gemeinde. Mit den Bauern vom Dorf hatten sie wenig zu tun. Die dünkten sich was Besseres. Untereinander gab es jedoch keine Schranken. In den Marzahner Kleingärten fand Willy Arbeit und Geselligkeit. Toiletten und winzige Bäder brauchten die Laubenpieper, die Küche bedurfte einer Spüle, Abwasser leiteten sie in entfernte Sammelgruben. Die in den städtischen Mauern aufgewachsenen Gartenfreunde waren einen hohen Hygienestandart bereits gewöhnt und sagten schlicht: »Ich scheiß doch nicht auf meinen eigenen Kohl.« Willy kam also oft hierher, werkelte und schuftete manchmal auch für ein schmales Entgelt, lernte die Leute kennen und fühlte sich unter ihnen wohl.

Jetzt raste Willy mit seinem Fahrrad über die Landstraße. In der ganzen Gegend wusste er nur einen einzigen Arzt, der augenblicklich helfen würde. Das war Doktor Heiner Junghans aus Marzahn. Bei ihm hatte Willy einst das Bad eingebaut, viele Stunden mit ihm über Gott und die Welt diskutiert, ihn schätzen gelernt.

Er stellte das Rad an den Zaun, stürmte über den Gartenweg und rief von weitem: »Doktor Junghans, schnell.« Junghans saß im Pflaumenbaum und antwortete: »Hol mal Luft. Was ist passiert?«

Willy stieß heraus: »Mein Bruder liegt im Sterben.«

Junghans kletterte vom Baum und sagte scheinbar gelassen: »Wenn er schon stirbt, holste lieber den Pfarrer.«

Willy hatte jetzt keinen Nerv für makabre Witze und plärrte: »Doktor, bitte, es eilt.«

Junghans kam näher, legte Willy beide Hände auf die Schultern und sprach eindringlich: »Ganz ruhig. Ich muss genau wissen, was los ist.«

Will schilderte die Symptome. Junghans fragte nach. Willy wiederholte sich. Junghans ging ins Haus, nahm seine Tasche und grummelte: »Keine Pflaumenernte heute.«

Er zwängte sich vorn auf die Rahmenstange des Rades und ab ging die wilde Fahrt.

Der Zustand der beiden Kranken war unverändert. Der Arzt nahm sich zuerst die Bewusstlose vor. Nach der Untersuchung konstatierte er: »Im Wesentlichen keine Lebensgefahr. Der Kreislauf hat sich selbst auf Minimum gesetzt, bevor er restlos kollabierte. Das Herz ist in Ordnung. Sie wird schlafen und wenn sie erwacht, viel trinken, ein wenig zuckerfreie, fettlose, leicht gesalzene Mehlspeise.«

Er wendete sich Erich zu.

Der krümmte sich im Schmerz, fantasierte, stöhnte, schwitzte, hechelte nach Luft.

Der Arzt blickte besorgt. Er sprach vorsichtig: »Am liebsten würde ich sagen, Krankenhaus. – Nur, wie bringen wir ihn hin?«

Die Eltern sahen den Arzt flehend an, Willy stiegen Tränen in die Augen.

»Er braucht dringend Flüssigkeit«, sagte Junghans mehr zu sich, denn zu den anderen und dachte: Das ist hier ist eine Frage von wenigen Stunden. Ein Venentropf kann ihn retten. Mir fehlen die Instrumente.

»Wir probieren es«, ordnete er an.

Er ließ Wasser abkochen, gab eine kleine Menge Salz dazu, entnahm seiner Tasche eine Magensonde und legte über Nase und Rachen eine Drainage.

Das Prozedere war furchterregend, für Außenstehende ärger als Sterben, der bereits vom Tod gezeichnete Mensch, widersetzte sich mit unglaublicher Kraft und musste gewaltsam ruhig gehalten werden.

Die Kochsalzlösung rann durch den Schlauch in Erichs Körper, tropfenweise, langsam, mehr und mehr. Der Patient erschlaffte, lag erschöpft, dämmerte vor ich hin.

»Jetzt hilft beten«, sagte Junghans, lächelte und dachte erleichtert: Gott sei es gedankt!

Junghans blieb über Nacht. Er meinte, es sei angebracht, die Patienten noch zu beobachten. Allerdings hatte er auch auf eine zweite Tour auf der Rahmenstange keine Lust. Ihm tat der Steiß weh. Morgen wird er nach Marzahn laufen.

In kleinen Schritten päppelte sie Erich und Martha auf. Beide genasen und waren nach vier Wochen wieder putzmunter.

Es wurde verdammt eng und ungemütlich im Gärtnerhaus. Für fünf erwachsene Personen war das Haus ohnehin zu klein. Im Sommer mochte es gehen, da spielte sich viel im Freien ab, man lief auseinander, aber im Herbst begannen die Reibereien. Außerdem führte Erich, kaum dass er sich erholte, große Reden, stellte seine Biografie als einzige Erfolgsstory dar, lobte seinen Einsatz bei der Truppe.

Willy setzte seine Weltsicht dagegen: »Freischärler haben Karl und Rosa ermordet, die Revolution abgewürgt. Mit sowas brüstest Du Dich noch.«

Erich erwiderte: »Du bist doch bekloppt.«

Schon fielen sie übereinander her und hatten sich in den Haaren.

»Friedlich«, mahnte die Mutter und der Vater verließ das Haus.

Er dachte: Willy mag recht haben, nur kann ich dem Erich auch nicht gram sein. Was sollte er denn machen?

Nach dem Abendessen ging es weiter, der geringste Anlass und die Jungen stritten und balgten sich.

Franz mochte Ruhe halten. Allein, Ruhe ward nicht.

Er fasste sich ein Herz und fragte in einer Minute, da alles entspannt schien: »Erich, wann suchst Du Dir Arbeit.« Die hochfliegenden Pläne gaben Hoffnung, er möge sich entfernen. Auch die junge Frau hätte Franz gern aus dem Haus gehabt. Die ließ sich bedienen, mimte im Vorgefühl auf das dicke Geld die große Dame. »Also wann, Erich?«, lud Franz nach.

Erich fuhr beleidigt hoch: »Wollt mich los sein!«

Franz sagte mild: »So war es nicht gemeint. Nur, Ihr seid erwachsene Menschen. Jeder muss arbeiten.«

»Wäre schon lange weg, wenn ich ein Arbeitsbuch hätte«, maulte Erich.

Willy sagte: »Dann geh zum Inspektor oder zum Schulzen, die stellen die Dinger aus. Geburtsurkunde und los gehts.«

Franz Krumm hörte »Geburtsurkunde« und hatte Mühe seinen eigenen Herzschlag zu übertönen. Er sagte gepresst: »Es muss ohne Geburtsurkunde gehen.

Wir stecken dem Schulzen etwas Geld zu und er rückt das Arbeitsbuch raus.«

Willy entgegnete harsch: »Dem Schulzen für eine Selbstverständlichkeit Geld in den Arsch zu schieben, halte ich für grundverkehrt. Wir schreiben nach Gottschimm und in paar Tagen ist die Geburtsurkunde für Erich da und wir haben das Arbeitsbuch praktisch für umsonst.«

Er beklopfte Erich kameradschaftlich den Buckel und schob nach: »Bis dahin reißen uns zusammen, nicht wahr, Bruderherz?«

Erich nickte.

»So einfach ist das nicht«, wendete Franz ein und dachte: Himmel hilf! Willy trifft es nicht. Der ist in Bornitz geboren und angemeldet. Seine Geburtsurkunde ist makellos. Dreihundert Kilometer von Gottschimm entfernt hing mir nichts an. Allein, in der alten Heimat geistert mit Sicherheit noch immer die Zigeuner-Geschichte rum und Erich wird unglücklich durch mich, durch seinen eigenen Vater! Das hat doch keiner verdient. Er wiederholte: »So einfach ist das nicht.« Er stammelte: »Einen sonderlich guten Stand hatten wir in Gottschimm nie. Der Pfarrer wird sich weigern.«

Ungläubig und verunsichert sahen sie einander an.

Willy fragte klug: »Das Standesamt von Gottschimm?«

Franz fühlte, wie sich die Erde auftut, und schnaufte: »Das Standesamt bezieht sich auf die Kirchenbücher. – Derweil vergehen Jahre.«

Emma verstand ihren Mann nicht, aber wie er hilflos rudert, erfasste sie sehr wohl und stellte sich kraftvoll auf seine Seite: »Kinder, Ende der Diskussion! Es wird gemacht, wie der Vater sagt. Der Schulze kriegt Geld und stellt das Arbeitsbuch ohne Geburtsurkunde aus. – Und jetzt ist Frieden.«

Es war Frieden. Die Reibereien verebbten. Sobald sich klare Aussichten abzeichneten, vertrugen sich die Kampfhähne und Franz' Kummer verflüchtigte sich. Am 1. Dezember 1926 trabten die Krumms einvernehmlich zum Bahnhof Blumberg und verabschiedeten sich voneinander. Erich und Martha bestiegen den Zug nach Berlin. Franz, Emma und Willy trödelten heim.

Der Park lag zu weiten Teilen verwildert. Franz streunte draußen herum und freute sich an der naturwüchsigen Schönheit. Der auf Ursprünglichkeit getrimmte Landflecken hatte Franz eh nie so recht gefallen. Das gab der Idee von Freiheit und Leben eher einen gekünstelten Touch, wirkte wie ein Leichentuch. Jetzt breiteten sich Pflanzen aller Art beliebig aus, großes und kleines Viehzeug tummelte sich auf den Wiesen und im Holz, täglich sah man Neues und die Seele war beglückt. Am meisten freute Franz, dass der Park jetzt öffentlich zugänglich war. Kinder und Alte kamen zu Hauf. Die Kinder spielten, die Alten ruhten aus und Franz hielt ab und an einen Plausch mit diesem oder jenem. Der Park war nicht mehr Franz' Fron, sondern sein Vergnügen. Allerdings verdiente er heute auch wesentlich weniger als früher.

Nach dem Krieg waren die von Sellin irgendwann ausgestorben oder ausgewandert und hatten Blumberg aufgegeben. Genaues wusste Franz nicht. Jedenfalls kümmerte sich seither die Gemeinde um Gutshaus und Park. Im Gutshaus saß ein Inspektor, der alles Mögliche verwaltete. Auch da blickte niemand so richtig durch. Der Hof mit Werkstätten und Landwirtschaft lag verwaist. Manchmal kletterten Halbwüchsige über den Zaun, wollten wohl was erkunden oder stibitzen. Die jagte der Inspektor augenblicklich fort. Da war er wachsam. Die Anlage verfiel. Den Park pflegte Franz gerade soweit, wie er kam. Das emsige Volk aus Gärtnern, das er seinerzeit angeleitet hatte, war fortgeschickt worden. Die Gemeinde hat kein Geld dafür. Um ein Haar hätten sie auch Franz entlassen. Der Schulze plädierte auf der Gemeinderatssitzung vehement, das Salär für den Gärtner zu sparen und das Gärtnerhaus für gemeinnützige Zwecke frei zu machen. Allerdings sprachen die meisten Ratsherren für Franz: »Lasst dem Alten die Arbeit und das Dach überm Kopf. Er steht im sechsten Lebensjahrzehnt, wo soll er denn jetzt noch hin?«

Franz durchstreifte seinen Park wie ehedem und freut sich seines Lebensabends. Jetzt, da seine Söhne friedlich auseinander gekommen, daheim wieder Ruhe eingekehrt war, wähnte sich Franz einen glücklichen Menschen. Mit seiner Emma ließ sich gut leben und Willy war sowieso ein verträglicher Zeitgenosse.

Post ist eingetroffen. Emma und Willy saßen in der Stube, lasen den Brief und wälzten die Nachrichten. Franz trat herzu: »Was ist los? Ihr macht ja Gesichter.«

Franz setzte sich und hörte: »Frau Nagel schreibt, dass Ihr Mann gestorben ist und sie die Klempnerei jetzt alleine hat, sprich: Zumachen beziehungsweise verkaufen wird. Wobei Verkauf kaum was bringt, obwohl Werkzeug und Material noch reichlich da sind. Kurz und gut: Wenn der Willy die Werkstatt haben will, geschenkt, und nur, weil er der einzige ist, der des Meisters Gut hoch schätzen wird, dann soll er kommen, erben und wirtschaften.«

»Tja, dann«, sagte Franz betroffen, umschloss Emmas Hand, »bleiben wir allein, mein Mädel.« Seine Augen füllte sich mit Tränen.

Willy sprach: »Aber Vater, Berlin ist doch nicht aus der Welt. Jeden Sonntag komme ich zu Euch.«

»Ich weiß«, sagte er, lächelte und dachte: So ist der Gang der Dinge. Kinder werden flügge.

Der Start in Berlin war holprig. Erich und Martha irrten zehn Tage umher, bevor sie endlich Arbeit und ein Dach überm Kopf hatten. An Wohnung mangelte es nicht, an Arbeit auch nicht, aber Erich hatte seine Vorstellungen. Eine gepflegte Gegend und ein gut bezahlter Dienst schwebten ihm vor. Tagelang streifte sie also herum, ohne fündig zu werden. Des Nachts fanden sie sich in der Bahnhofsmission ein, zweimal schliefen sie in einem Hospiz und einmal sogar auf der Polizeiwache.

Das kam so: Es war Dezember und verdammt kalt. Nach langem Herumlaufen kehrten Erich und Martha in ein Kaufhaus ein. Freilich nicht, um etwas zu kaufen, sondern, um sich aufzuwärmen. Die Hausdetektive wurden aufmerksam und verwiesen sie nach draußen. Längst waren sie noch nicht durchwärmt, also drehten sie um und gingen wieder hinein. Das Spiel wiederholte sich an die drei Mal, da platzte den Ordnungshütern der Kragen und sie holten die Polizei. Erich und Martha fanden sich auf der Wache wieder. Verhör, Protokoll, Verwarnung, Bußgeld. Das Prozedere dauerte und das Schichtende nahte. Der Polizeimeister packte die Papiere ins Regalfach, steckte die Delinquenten in die Zelle und begab sich in den Feierabend. Ein anderer Wachtmeister trat seinen Nachtdienst an und übernahm die Vorfälle des Tages. Er las das Protokoll und meinte: Man kann auch übertreiben. Zwei kleine Landpomeranzen steckt man nicht ins Loch. Die vermittelt man weiter. Er vernichtete das Protokoll, verhörte Erich und Martha auf seine Weise, ließ sie schlafen und schickte sie dann nach Lankwitz zu Alexander Bischoff, Lankwitz Corneliusstraße 24: »Der Mann hat alles: Fabrik,

Wohnungen und ein feines Haus. Da kommt Ihr auf jeden Fall unter.«

Vor dem Morgengrauen stiefelten Erich und Martha los und wurden bereits um sieben Uhr in der Früh bei Bischoff vorstellig. Man ließ sie warten. Stundenlang marschierten sie vor dem Anwesen auf und ab, hofften und bangten, sie froren, sie bekamen Hunger, qualvoll langsam verging die Zeit und gegen zehn lud Frau Bischoff persönlich zum Gespräch.

Trotz der erlittenen Qualen stellte sich Erich formvollendet vor, fächerte seine Qualitäten auf und beeindruckte. Martha stand wie ein Häufchen Unglück daneben, zitterte und wusste sich nicht zu helfen. Die Herrin zog ihren wohlwollenden Blick von Erich ab und wendete sich Martha zu: »Und Sie? Sie wünschen?«

Martha sagte schlicht: »Arbeit.«

»Ja, und?«, fragte die Dame blasiert.

Martha nuschelte: »Ich dachte mit Erich was zusammen.«

Die Herrin fuhr hoch: »Also, das geht gar nicht. So nicht.«

Martha erschrak.

Die Herrin konstatierte: »Sie gehen am besten gleich.«

Sie wedelte das Mädchen zur Tür hinaus. Martha blickte scheu zu Erich. Er lächelte ihr zu und deutete beruhigend an: Geh nur, das findet sich alles.

Martha stand vorm Haus und Erich handelte einen Arbeitsvertrag als Chauffeur zu anständigen Konditionen aus.

Er wurde auf dem Anwesen herumgeführt, vieles wurde erklärt und gezeigt, was man als persönlicher Chauffeur eben so wissen muss. Sie stiegen im Wohnhaus ganz nach oben bis unters Dach, Erich bekam die

Hausschlüssel und eins der Zimmer zu seiner persönlichen Benutzung. »Richten Sie sich ein, wir sehen uns später«, sagte die Herrin freundlich und schob nach: »Ach, übrigens, wir dulden keinen Damenbesuch. Niemals!« Sie ahnte, mehr als dass sie wissen konnte, Erich und Martha sind ein Paar.

Erich ergriff vergnügt Besitz vom Raum, er pfiff, er sang, er probierte seine Dienstkleidung, er putzte sich vorm Spiegel.

Martha wartete in Kälte und Schnee vor dem Haus.

Am Nachmittag führte Erich seiner Herrin seine Fahrkünste vor. Sie war begeistert und flötete in den höchsten Tönen.

Martha stand noch immer.

Es dunkelte. Im Haus gingen die Lichter an. Erich kam und flüsterte: »Schnell, Mädel, dass uns keiner sieht.«

Sie schlüpften hinein, umarmten sich und schliefen selig bis zum frühen Morgen.

Normalerweise pflegte Frau Bischoff nicht so zeitig aufzustehen. Heute machte sie eine Ausnahme. Im Morgenmantel und auf Strümpfen stieg sie die Treppe bis ganz nach oben, klinkte eine Tür auf, späte hinein und sprach: »Herr Krumm, genauso hatte ich es mir nicht vorgestellt. Schicken Sie das Mädchen weg!«

Erich stand im Hemd vorm Spiegel, hatte Rasierschaum im Gesicht. Martha lag noch im Bett und zog sich hastig die Decke über den Kopf.

Die Herrin schaute streng und Erich war betroffen. »Ja, wo soll sie denn hin?«, fragte er dermaßen naiv, dass Frau Bischoff lächeln musste. Nach einer kurzen Pause sagte sie geneigt: »Gut, ich will das mal übersehen. – Kommen Sie nachher zu mir und wir regeln das.«

Sie verschwand und regelte.

Gegen Mittag nahm ein Bote Martha förmlich an die Hand. Sie liefen nicht ganz eine Stunde und kamen in eine andere Gegend. Breite Straßen, hohe Häuser, viele Menschen, Geschäfte, Verkehr prägten das Bild. Angrenzend an den Düppelplatz in Steglitz besaß Herr Bischoff einige Miethäuser. Dort konnte Martha wohnen und arbeiten. Das Zimmer, eher ein Verschlag, war komplett mit Bett, Kleiderhaken, Waschschüssel und Nähmaschine eingerichtet. »Ist doch ganz passabel, nicht wahr?«, pries der Mann das Domizil, »hier haben Sie alles, was Sie brauchen.«

Es ging weiter.

In einem Lager gleich in der Nähe zeigte er Martha Stoffe, Schnitte, Modelle. Sie durfte sich aussuchen, was sie arbeiten möchte. Sie wählte Hemdkragen. Immerhin war sie eine erfahrene Näherin und wusste, dass Kragen sich leicht fertigen lassen.

»Das Stück wird mit dreißig Pfennig vergütet.«

Donnerwetter, dachte Martha, mit etwas Fleiß wird man hier schnell reich.

»Allerdings ziehen wir vom Lohn Miete für Wohnung und Nähmaschine gleich ab, bleiben unterm Strich fünf Pfennig Bares.«

Martha ernüchterte.

Sie fügte sich in das Gegebene und lobte ihre Lebensumstände. Sie war in Berlin, sie war untergekommen, sie hatte Arbeit. Das Wichtigste war jedoch, dass sie mit Erich zusammen sein konnte. Freilich nicht oft, aber ab und an besuchte er sie. Dann waren sie einander von Herzen gut. Immer wieder und mit fortschreitender Zeit eindringlicher beschwor Erich die Zukunft: Er verdiente gut, er hielt sein Geld zusammen und bald wird er seinem Mädel einen Palast errichten, wie ihn schöner und besser noch niemand gesehen hat. Bis dahin werden sie darben. Das macht doch nichts, das ist doch nur vorübergehend. Martha glaubte, lebte in ihrem Loch, schaffte fleißig, gönnte sich nichts, obgleich die Versuchungen vor der Tür lagen, und sie sah einer frohen Zukunft entgegen.

Erich kam mit seiner Herrin glänzend aus. Ihr Anspruch war nicht hoch. Was der Chauffeur zu leisten hatte, war durchaus zu bewältigen. Mehr noch: Für Haushalt und Garten beschäftigte Frau Bischoff ein Dutzend weiterer Mitarbeiter, mit denen sich Erich ebenfalls gut verstand. Das hieß also angenehme Stimmung, frohes Schaffen den ganzen Tag lang, manchmal bis in die Nacht hinein.

Recht schnell begriff Erich, dass ein gewisser Standesdünkel herrscht. Zu der ganz normalen gesellschaftlichen Hierarchie, wie Arbeitnehmer und Arbeitgeber, kamen feine Abstufungen innerhalb der dienenden Gruppe. Ganz oben standen die im Hause der Bischoffs lebenden Lakaien. Die wurden auch gut versorgt und hatten es recht bequem. Dann kamen die Boten, Lieferanten, Wäscherinnen und andere Dienstleister. Die konnten von Glück sprechen, wenn man sie eines Lächelns würdigte. Sie wurden in der Regel an der Haustür kurz abgefertigt. Ganz unten krochen die Heimarbeiterinnen des Bischoff-Kleider-Imperiums herum. Von denen sprach man eigentlich gar nicht. Nur aus subtilen Gesten und Anmerkungen erfuhr Erich, dass Martha zur verrufenen und unwürdigen Schicht gehört.

Zunächst betrachtete er Marthas Lebensstil und Einkommensverhältnisse tatsächlich als Interimslösung und er bekannte sich auch gelegentlich zu ihr. Doch dann erfasste er mehr intuitiv als bewusst, wie schwer es sein würde, Martha da herauszuholen. Das Mädel hatte nun mal nähen und nichts anderes gelernt. Er begann sie zu verleugnen und verschwieg, wo er seine freien Abende verbringt, ja, er schämte sich ihrer. Waren sie anfänglich ab und an nochmal spazieren gegangen, hatten sich unters Volk gemischt und beschauten die Auslagen in den Geschäften, so schlich Erich jetzt im Schatten der Nacht zu seiner Geliebten und verließ sie genauso klammheimlich. Da weinte Martha dann oft, sie bedrängte ihn, sie klagte über Einsamkeit, Enge, Nichtachtung. Das stieß Erich regelrecht ab. Er ging immer seltener zu ihr.

Ganz anders erlebte er Else Sauerbier, die erste Hauswirtschafterin der Bischoffs. Piekfein gekleidet, gepflegt bis aufs I-Tüpfelchen, voller Charme und souverän leitete Else die Zimmermädchen, Leibdiener, Küchenpersonal an. Selbst wenn Sie mit zufassen musste, kam sie nie verschwitzt oder etwa erschöpft daher. Immer strahlend, immer ganz und gar die Krone der Schöpfung. Ja, so eine Frau würde Erich für sich wählen, hätte er jemals die Mittel sich einen Palast zu bauen. Ganz so hoch musst er gar nicht greifen, um sich dem Glück nahe zu fühlen. Er betrachtete die Sache zunehmend pragmatisch: Eine Else Sauerbier verdient sich gutes Geld, liegt niemandem auf der Tasche. Mit so einer kommt viel schneller und sicherer ein solider Wohlstand zustande.

Ende Februar werden die Tage deutlich länger und heller. Martha saß in ihrer Kammer und nähte. Sie reckte sich, schaute zu dem kleinen Fensterchen und bemerkte ein paar Sonnenstrahlen. Keine Flut von Licht, sondern ein paar ganz zarte, glänzende Streifen, die sich förmlich in den dritten Hinterhof dieses Miethausklotzes hineingestohlen hatten. Freude ergriff Marthas Herz. Freude auf den Sommer und auf Wärme, auf frohsinnige Stunden im Freien. Zugleich gewahrte sie, wie der Lichtstreif verlosch und Kälte schaurig in ihre Brust zog. Trauer ermächtigte sich ihrer. Erich war schon zwei Wochen nicht mehr hier gewesen. Er wusste nicht, was sie ihm längst hatte sagen wollen: In vier oder fünf Monaten werden sie ein Kindchen haben. Martha sann diesem Gedanken nach, spann den Faden ihrer Zukunft weiter. Schlagartig wurde ihr bewusst, dass Erich niemals mehr kommt! Martha stutzte, prüfte und nahm diese Wahrheit wie eine Offenbarung auf.

Sie legte ihre Arbeit ordentlich zusammen und beiseite, sie kramte ihr Zeug hervor, stapelte es auf und schlang ein Tuch drumherum. Sie zählte ihre Ersparnisse und steckte sie zu sich. Jacke, Kopftuch, Schuhe – Martha war ausgehfertig. Der Weg zu den Bischoffs war nicht weit.

Martha klingelte an der Haustür. Eine fein gekleidete Dame öffnete. Martha fragte nach Herrn Krumm, »Erich Krumm«, wiederholte sie mehrmals.

Die Dame schien überhaupt nicht zu kapieren. Dann sagte sie endlich: »Nein, Herr Krumm ist nicht da. Er begleitet Frau Bischoff beim Einkauf.«

Martha sprach: »Sagen Sie Herrn Krumm, dass Martha Kroll abgereist ist.«

»Mehr nicht?«

»Mehr nicht.«

Erich lauerte noch hinter der Gardine, als Martha die Straße längst hoch gelaufen war und Else die Stube wieder betreten hatte.

»Was wollte Sie«, fragte er möglichst harmlos.

Else antwortete: »Martha Kroll ist abgereist.«

Erich pfiff durch die Zähne: »Taffes Mädel. Das hätte ich ihr nie zugetraut.«

Er umfasste Else an den Hüften und schwenkte sie herum.

Else ließ sich nicht gern täuschen, eine Notlüge, das geht an. Lebenslügen duldete sie nicht. Sie sah in forschend an und fragte: »Hattest Du was mit ihr?«

»Niemals!«, schwor er, legte eine Hand aufs Herz und sagte überzeugend: »Else, Liebes, mit so einer würde ich mich nie einlassen.«

Else glaubte ihm.

Else Sauerbier stammte aus dem guten Hause eines mittelständigen Unternehmers in Lauenburg an der Elbe. Sie gehörte zu den Frauen, die man durchaus als emanzipiert bezeichnen kann. Das elterliche Vermögen hatte sie nicht abhalten können, einer Berufstätigkeit nachzugehen und sich völlig unabhängig zu machen.

Freilich waren ihr gute Startbedingungen in die Wiege gelegt. Geld öffnete ihr die Tür zur Bürgerschule. Mit Geld erkaufte sie sich Zutritt zur höheren Bildungseinrichtung. Und nicht zuletzt brachte auch Geld sie in die Dienstposition, die sie begehrte. Herrschaften der obersten Schicht rekrutieren ihr Personal nicht gern aus der Gosse. Es wäre verkehrt anzunehmen, dass sich eine Else Sauerbier ihre Stellung erschlichen hat oder sie nicht auszufüllen verstand. Das nicht. Aber Dank des elterlichen Vermögens verfügte sie eben ausreichend Kenntnisse und einen befördernden Leumund.

Inzwischen stand sie als erste Hausdame dem Hauspersonal der Bischoffs schon das fünfte Jahr vor. Etliche Diener hatte sie kommen und gehen sehen. Familie Bischoff war anspruchsvoll und Else sah kritisch auf die Arbeit ihrer Untergebenen. Kleine Nachlässigkeiten rügte sie, grobe Fehler ahndete sie mit Entlassung. Wobei sie niemals versuchte, jemanden ungerecht abzuurteilen. Heimtücke war ihr fremd. Ehrliches Geld für ehrliche Arbeit, das war ihre Devise. So kam sie mit allen zurecht, genügte der Herrschaft und war glücklich.

Noch größer schien jetzt das Glück, weil ihr der gutaussehende, äußerst anziehende Erich zugetan war. Ihn mochte sie nicht nur in ihr Herz, sondern auch in ihr Leben einschließen. So kam auch prompt, was sie erhoffte: Erich bat sie, seine Frau zu werden. An dieser Stelle gebot sie lachend halt: »Zuerst möchtest Du meine Eltern fragen. Zu zweit klären wir, wo wir wohnen werden. Zu dritt richten wir uns ein. Und zu viert mag ich unabhängig bleiben, also muss auch Geld da sein.«

Das war nicht wenig!

Erich schnaufte: »Hast Recht. Fangen wir mit Deinen Eltern an.«

Im Juni nahmen sie Urlaub und reisten nach Lauenburg.

Von den alten Sauerbiers wurde Erich wie ein heimkehrender Sohn begrüßt. Rasch überwanden sie alle Hemmungen und unterhielten sich bereits nach wenigen Stunden im vertraulichen Du. Das Entgegenkommen der Sauerbiers speiste sich aus zwei Quellen: Zum einen kannten sie ihrer Tochter sachlich forsche Art. Wenn Else sich für einen Mann entscheidet, hat sie lange überlegt und sie würde sich sowieso nicht reinreden lassen. Zum anderen überzeugte Erich mit solidem Background – seinen Vater schilderte er als Forstmeister und seinen Bruder als Unternehmer in der Sanitärbranche – und er punktete mit einem ausgesprochen angenehmen Auftreten.

Der Hausherr protzte stolz mit seinem Vermögen, einem Forstmeister und einem Berliner Unternehmer wollte er in nichts nachstehen, und Erich gingen die Augen auf. Niemals war er so naiv, alles für bare Münze zu nehmen, wusste er doch um seine eigenen Übertreibungen. Wenn nur die Hälfte stimmt, resümierte er, bin ich mit Else stinkreich. Stehenden Fuße hielt er um Elses Hand an. Die Eltern stimmten zu. Else bremste erneut: »Ich mag erst ganz sicher sein. Ist nicht böse gemeint. Ich finde aber, Wohnung und Einrichtung müssen vor der Hochzeit geschaffen werden.«

Die Alten lobten ihr umsichtiges Mädel. Erich grummelte. Er wusste nicht, wovon er etwas kaufen sollte. Ohne Mitgift war einfach nicht ausreichend Geld da.

»Außerdem«, fuhr Else fort; »werde ich ja nicht mehr arbeiten, wenn wir verheiratet sind. Da muss ein kleines Polster her. Ich möchte Theater besuchen, einen Lesekreis unterhalten, mittellose Künstler fördern.«

Erich sah seine Felle davon schwimmen. Nichts desto trotz ließ er sich frohen Mutes auf eine Verlobung ein. Längst hatte er gelernt, dass zu viele Befürchtungen nur sinnlos zermürben und sich die Dinge schon irgendwie richten werden.

Die Verlobung wurde vorbereitet. Alle Honoratioren Lauenburgs luden sie ein, Essen und trinken orderten sie in rauen Mengen, zu ihrer Unterhaltung bestellten sie ein paar Künstler, die zahlreiche Verwandtschaft reiste an. Auch Felix Sauerbier, Elses Bruder, der einen großen Hof sein Eigen nannte, kam vom Land herein.

Mit Ach und Krach verhinderte Erich, dass Telegramme und Boten nach Blumberg ausgesendet werden, um seine Familie herbeizuschaffen. Das fehlte gerade noch, meinte er und sagte: »Um diese Jahreszeit hat ein Forstmeister im Revier zu tun. Ich habe schon als Kind gelitten, dass Vater nie Zeit für uns hatte.«

Diskret nahmen sich die Sauerbiers zurück und bedauerten ihren angehenden Schwiegersohn.

Es wurde aufwendig, lange und laut gefeiert. Eine Anzeige in der Lokalpresse informierte auch den letzten Lauenburger.

Drei Wochen später traten Erich und Else ihren Dienst bei Bischoffs in Berlin wieder an.

Ein Brief ließ Erich aus dem hohen Himmel des Glücks auf die Erde knallen. Martha Kroll teilte mit, dass ihnen am 15. Juni 1927 ein Sohn geboren wurde. Er heißt Fritz und wenn der Vater das Kind sehen will, kann er sie in ihrem Elternhaus in Brügge besuchen. Außerdem und nicht ganz unwesentlich verlangt Martha Unterhaltszahlungen.

Erich war wie vom Donner gerührt, zerknüllte den Brief und verbrannte ihn. Vier Wochen später traf ein zweiter Brief ein. Ein vom Jugendamt bestellter Vormund schrieb: »In Sachen Unterhaltszahlung für unser Mündel Fritz Kroll fordern wir Sie auf, sich dringend mit uns in Verbindung zu setzen.« Erich nahm den Brief, zerriss ihn in kleine Schnipsel und warf diese ins Feuer. Mitte September trug der Postbote ein Einschreiben ins Haus. Erich unterzeichnete, nahm die Sendung entgegen, öffnete und las: »Vorladung zum Gericht ...« Das war nun weder zu verdrängen noch zu verheimlichen.

Else fragte konsterniert: »Wie kann das sein?«

Erich wand sich: »Ein Missverständnis, ein Irrtum, etwa Namensgleichheit, ein Zufall, ein böser Streich.«

»Kläre das auf!«, verlangte Else.

Erich sauste nach Brügge. Vage schwebte ihm vor, Martha zu besänftigen, umzustimmen, sie von sämtlichen Forderungen abzubringen. Er wird alles dafür tun oder versprechen. Wenn sie anzeigt, sich geirrt zu haben, nicht zu wissen, vom wem das Kind ist. Sie muss die Sache rückgängig machen. Je länger er darüber nachdachte, umso klarer lag diese Lösung auf der Hand. Hoffnungsvoll trat er aufs Gaspedal. In Soldin rastete er am Markt, kaufte einen großen Blumenstrauß, fuhr weiter und lenkte den Wagen über die Landstraße, durchs Dorf und hielt beim letzten Haus an.

Die Nachbarn reckten die Hälse. Viele mitleidig, einige schadenfroh hatten alle an Marthas Schicksal teilgenommen und waren nun gespannt, wie sich der endlich heimkehrende Vater des Kindes aufführt.

Die Aufführung gestaltete sich ganz simpel: Nach frostiger Begrüßung hockten sie – Mutter Auguste, Vater Hermann, Tochter Martha mit dem Baby und Erich – um den Tisch in der Stube. Hermann brauchte nicht viele Worte: »Zahlen und Heirat. Zahlen sofort, Heirat, wenn das Mädel volljährig ist.«

Martha nickte, Auguste nickte, Hermann nickte und Erich nickte auch.

Er konnte nicht sagen, niemals war ihm erklärlich, was ihn bewogen hat, ein zweites Heiratsversprechen abzugeben. Schwangerschaft und Niederkunft hatten Martha nicht anziehender gemacht und er liebte Else inzwischen aufrichtig. Auch wäre er bei Lichte betrachtet, mit Unterhaltszahlungen billig davon gekommen. Die gesetzlich vorgeschriebenen Aufwendungen fürs Kind wurden nach den Vermögensverhältnissen der Mutter, nicht des Vaters berechnet.

Allein, er hielt um Marthas Hand an und ließ sich feiern. Eine herzliche Begrüßung wurde nun nachgeholt. Hermann gab einen aus, die Mutter richtete ein Festmahl, Nachbarn strömten herzu und nachdem der letzte Gast vom Hof geschwankt war, lagen sich Martha und Erich eng umschlungen in den Armen.

Nach Berlin zurückgekehrt band er seiner Else eine fantastische Geschichte auf: » ...wie ich also da rein kam, das niedliche Baby und die armen Leute sah, da rührte sich mir dermaßen das Herz, da mahnte mich Gott, eine gute Tat zu tun. Sieh mal, ein Kind ist doch schutzlos. Es kann doch nichts für seine Eltern. Wir haben alles und der kleine Wurm hat nichts.« Else war zu Tränen gerührt. »Mir fiel nichts anderes ein, als ihn zu mir zu nehmen und zu sagen: Ich möchte Dir ein Vater sein.«

Er schluchzte, weinte ebenfalls, seine Rolle hatte ihn erschöpft.

Erich Krumm erkannte die Vaterschaft an und zahlte. Er zahlte nicht viel, wurde säumig, zahlte wieder, so ging es in einem fort. Wenn Else die Post vom Jugendamt las oder der Gerichtsvollzieher anklopfte, dann kommentierte Erich kühl: »Ja, ja, so danken sie einem seine Gutmütigkeit.«

Eine ganze Weile schrieb sich Fritz' Vormund auf dem Amt Soldin die Finger wund an Zahlungsaufforderungen, Mahnungen, Nachforderungen, Neuberechnungen und so weiter, bis ihm der Geduldsfaden riss. Er bestellte Erich ins Amt ein, um ihm mal gründlich die Leviten zu lesen. Erich kam, hörte, nickte verständig, versprach und war wieder entlassen.

Auf dem Marktplatz stehend, sinnierte Erich: Über hundert Kilometer gefahren, zwei Tage und ein Haufen Geld ans Bein gebunden, da sollte ich wenigstens mal nach dem Kindchen sehen. Er kaufte Blumen, fuhr nach Brügge und lud sich bei den Krolls ein.

Das Wiedersehen war genauso freundlich wie er verabschiedet worden war. Etwas Irritation, weil er sich lange nicht gemeldet hatte. Er erklärte es mit Arbeit. Haben wir nicht alle viel zu tun? Kleine Unstimmigkeiten wegen der unregelmäßigen Zahlungen. Er schob amtliche Schlamperei vor. Das kennt man doch!

Hermann und Auguste lenkten ein. Sie wollten ihren Schwiegersohn um der Tochter Willen nicht verärgern. Martha hing voller Inbrunst an Erichs Lippen. Und er war entgegenkommend und bescheiden wie eh und je. Jeder hatte für jeden und alles Verständnis.

Erich legte sich zu Martha ins Bett und flüsterte ihr ins Ohr. »Meine kleine Frau, wie habe ich mich nach Dir gesehnt.« Sie schmiegte sich an ihn und schloss die Augen.

Von nun an führte Erich das perfekte Doppelleben. Er sauste zwischen Brügge und Lankwitz hin und her, ließ sich von zwei Frauen verwöhnen, bekam in zwei Häusern Zuspruch und wähnte sich wohl und sicher wie in Abrahams Schoß. Was die eine nicht bieten konnte, bot die andere: Bei Martha fand er die

Wärme einer intakten Familie, bei Else geordneten, soliden Wohlstand. In Brügge schaukelte er das Kind Fritz erst im Arm, später auf den Knien, bald machte er mit ihm die ersten Gehversuche. In Lankwitz zählte er sein Geld, plante die Hochzeit, besichtigte mit seiner Else diese und jene Wohnung. So ging es, und er fühlte sich gut. Alle Tagen waren voll Freude und guter Nachrichten.

Eines Nachmittags kurz vorm Abschied – er musste ja wegen der Arbeit immer wieder nach Berlin – bereitete ihm Martha eine neue Freude. Sie war schwanger. Erich hob Fritzchen in die Höhe, herzte ihn, jauchzte vor Glück und sagte: »Noch so ein niedlicher Wonneproppen. Martha, was wird es schön.« Martha freute sich auch.

Auf der Fahrt nach Lankwitz kaufte er einen großen Blumenstrauß und eine riesige Bonboniere für Else. Daheim angekommen, halbwegs begrüßt, endlich in Hausjacke und Latschen fragte er sie interessiert: »Hast Du Dich nun schon für eine der Wohnungen entschieden?« Mehrere standen zur Auswahl. Sie neigte den klugen Kopf, war noch unschlüssig. Unabhängig, wie sie sein wollte, plante sie akribisch, mochte sich nicht verausgaben. Erich dachte da viel entspannter. Schließlich stand ihnen nach der Hochzeit eine beachtliche Mitgift ins Haus. »Nun, Mädel, was zögerst Du? Greif doch einfach zu. Ich bin mit allem einverstanden«, sprach er generös und sonnte sich im Glück.

In den Schlund der Hölle

Kurz vor Weihnachten – Erich und Else planten die Feiertage bei ihren Eltern in Lauenburg zu verbringen – traf ein Brief von dort ein. Auf drei eng beschriebenen Seiten erklärte Vater Sauerbier ausführlich seinen unabwendbaren, vollständigen Ruin. Viel hatte er investiert, Dank bester Angebote hohe Kredite aufgenommen, expandiert, nicht aus Eigennutz, bewahre!, sondern weil er ja auch Leuten verpflichtet ist und nun ist alles hin. Die Gläubiger jagten ihn wie einen Hund aus dem eigenen Haus. »Wir wohnen jetzt bei Felix auf dem Dorfe. Eurem Kommen sehen wir mit Freude entgegen.«

Jetzt war Else froh, auf eigenen Beinen zu stehen. Sie hatte nie mit dem Vermögen ihres Vaters gerechnet. Sein Geschäftsgebaren fand sie schon immer etwas merkwürdig, wenn nicht sogar anrüchig. Nun ja, den eigenen Eltern unterstellt man nichts Böses, und Else war auch gern daheim. Sie liebte die beiden Alten und der Absturz des Vaters tat ihr leid. Ein schadenfrohes Lächeln konnte sie, wie sie mit der Lektüre des Briefes zu Ende war, trotzdem nicht unterdrücken.

Erich fuhr sie an: »Da lachst Du noch!?«

Else antwortete weise: »Wer hoch steigt, kann tief fallen. – Ich hatte mir sowas fast gedacht. Sieh mal, mein Vater hat ein Riesenimperium aufgezogen, aber Rücklagen nicht gebildet. Er vertraute immer auf die Banker. Geld muss fließen, sagte er. Kapital heckt Kapital. Freilich heckt das Geld. Wo was ist, kommt mehr dazu. Nur irgendwann, wenn der Markt nichts mehr aufnimmt, dann kannst Du auch nicht mehr verkaufen.«

Er war baff erstaunt: »Woher weißt Du, dass der Markt nichts aufnimmt?«

»Aber Erich, bist Du denn blind?«, fragte sie und setzte fort: »Siehst Du denn die Leute nicht? Arm und abgezehrt laufen sie rum. Die Warenhäuser sind voll und niemand kauft. Da muss man doch nur eins und eins zusammenzählen.«

Erich zählte und erwiderte: »Uns geht es doch gut. Wir haben alles und unser Brotherr lässt uns nicht hängen. Wenn ich mich hier in Lankwitz umsehe, ist es doch reich und schön. Die vielen Villen, die teuren Autos, die Kinder besuchen die besten Institute. Da kann man doch nicht von Armut sprechen.«

Sie höhnte: »Ja, Bischoff, der investiert ganz anders, und noch paar andere Leute haben auch begriffen, wie es läuft: Investitionen ins Heer, Rüstung, Staatsaufträge. Aber die Masse ist arm.«

»Das ist mir zu hoch«, gestand Erich.

Er resümierte: Schade. Ohne Kapital vom alten Sauerbier, wird es wohl nie was mit der Hochzeit und den Palast kann ich mir auch an die Backe schmieren. Vielleicht sollte ich mich doch eher mit Martha arrangieren. Da haben wir wenigstens zwei niedliche Kinder. Er sehnte sich zu Martha und fragte unbedarft: »Else, Kinder magst Du wohl nicht.«

Else stutzte. Themenwechsel und so plötzlich?

Sie hatten nie Kinder in Betracht gezogen. Else war nicht dumm und feinfühlig genug, um augenblicklich zu verstehen, dass Erich Kinder liebt und dieses fremde Kind nur aus lebendigen Vatergefühlen heraus angenommen hatte. Sie sagte vorsichtig: »Erich, es gibt genug Elend auf der Welt. Da muss man nicht noch unnötig eigene Kinder hineinsetzen.«

Er fuhr spitz auf: »Aber Damenkränzchen, Literaturvereine, Künstlertreffen gibt es zu wenig. Die muss man fördern, da muss man mitmischen, da will man sich einbringen!«

Else sah ihn konsterniert an. Wollte er ihr zum Vorwurf machen, wie sie sich engagiert, sich umtut, bildet? Sie sagte: »Erich, wir waren uns von Anfang einig, unser Leben auf solide Füße zu stellen. Kinder gehören halt nicht dazu. Ich weiß nicht, was Du willst. Ich weiß auch nicht, was Dich jetzt so aufbringt. Lass sacken und wir reden andermal.«

Erich wusste ja selber nicht, was er wollte. Er beschloss, Else machen zu lassen. Wohnung, Hochzeit wurden ihm gleichgültig. Er freute sich auf das Kindchen, das Martha unterm Herzen trug. Und er ließ die Dinge laufen, wie sie eben liefen.

Die Feiertage verlebten sie bei Felix Sauerbier auf dem Land. Die Eltern verfügten über eine große Einliegerwohnung im ansehnlichen Bauernhaus. Erich und Else kamen im Gästehaus unter. Felix war liebevoller Sohn und Bruder. Er kümmerte sich rührend um die noch unter Schock stehenden Eltern und um Else mit ihrem Verlobten.

Als Unternehmer setzte er auf Ackerbau, ein wenig Viehzucht und auf Tourismus. Er konnte nicht klagen, sein Geschäft ging gut.

Sie saßen gemütlich bei Wein und Kuchen zusammen. Der Lichterbaum glänzte und erzeugte eine anheimelnde Atmosphäre. Sie redeten viel, sie schwiegen kummervoll, sie tankten Kraft, sie lachten miteinander. Die Familie unternahm auch Ausflüge. Bei klirrender, glitzernder Kälte, warm eingemummelt auf dem Pferdeschlitten ging es weit ins Land hinein oder hinunter an den breiten, dunkelgrün sich dahin wälzenden Strom, wo die Dampfschiffe mit wertvoller Fracht in beiden Richtungen vorüberzogen und das Bild einer tadellos funktionierenden Wirtschaft vermittelten. Wehmütig sah der Vater den Schiffen nach. Eine sich entfernende Vision. Stolz und glücklich betrachtete Felix Sauerbier diesen Kraftstrom. Deutschland wächst zu neuer Größe auf, vermerkte er.

Erich war von derlei Betrachtungen nicht angetan. Er sann Elses Worten nach: »Wer hoch steigt, kann tief fallen.« Deshalb erwog er, sich eventuell doch fester an Martha zu binden. Da waren Haus und Hof, zwar klein, aber mit einer glücklichen Hand konnte er was draus machen. Er wusste um sein glückliches Händchen. Man muss nur wollen, riet er sich zu und vertagte die Entscheidung wieder.

Am 13. April 1930 kam Martha mit einem Mädchen nieder. Sie nannten es Hildegard.

Diesmal handelte sich Erich keinen Ärger ein. Er meldete sich auf dem Jugendamt, gab seine Vaterschaft zu Protokoll und zahlte pünktlich Unterhalt. Das befriedigte die Behörde, erfreute die Krolls in Brügge und ersparte dem Postboten in Lankwitz zusätzliche Aufwendungen. Damit war Erich gut beraten, denn keine seiner Frauen kam auf üble Gedanken und er setzte frisch vergnügt seinen bisherigen Lebenswandel fort.

Hermann Kroll drängte auf Heirat. Seine Tochter hatte die Volljährigkeit erreicht. Wann ist die Eheschließung? Wann werden die Kinder in ihre Rechte eingesetzt? Er verlangte eine klare Entscheidung. Das brachte Erich in arge Bedrängnis. Ein paar Monate gingen noch ins Land, Hildegard war soeben ein halbes Jahr alt geworden und erfreute ihre Eltern mit einem quietschvergnügten Wesen, da griff Hermann hart ein: »Entweder Du bringst sofort Deine Papiere, bestellst das Aufgebot oder ich schmeiße Dich zur Türe raus.« Der angeberische Schwiegersohn mit seiner schleimigen Art stank ihm schon lange. Die stille Duldsamkeit seiner Tochter nicht minder. Sollte er ohnehin die Kinder aufziehen müssen, dann wollte er klare Verhältnisse haben. So oder so. Jetzt fällt der

Hammer! Einen armen Mann verschaukeln, das lässt sich Kroll nicht gefallen!

Erich verlegte sich aufs Bitten, zog alle Register, beschwor sämtliche Götter und vertröstete erneut. Hermann packte ihn am Kragen, trat ihm ins Kreuz und jagte ihn vom Hof.

Erich fuhr tief geschockt heim. Bitter enttäuscht, die Undankbarkeit der Menschen beklagend, öffnete sich er sich seiner Else: »Regelmäßig zeige ich mich, bin nie kleinlich und jetzt verlangen diese Leute mehr und mehr.« Else wusste um seine Besuche in Brügge und seine herzliche Anteilnahme am Leben dieser armen Leute. »Ich kümmer mich nicht mehr«, grollte er, um sofort einzugestehen: »Ab und an schickte ich etwas Geld. Was kann denn das Kind dafür?« Er weinte und Else pries seine Warmherzigkeit.

Sie sparten weiter für die Hochzeit und eine ansehnliche Wohnung.

Das Heim, wie es ihnen vorschwebte, tat auch gründlich Not, denn draußen war es ungemütlich geworden.

Else war eine vielseitig interessierte Frau. Das begann mit der täglichen Lektüre der Zeitung, setzte sich fort über eigene künstlerische Ambitionen und endete mit gelegentlichen Besuchen von Ausstellungen, Theatern und Lesungen noch lange nicht. Sie engagierte sich auch in Vereinen und unterstützte mittellose Schriftsteller, Musikanten, Schauspieler. Sie war das Herz und die gute Seele so mancher karikativen Einrichtung. Nur irgendwann musste auch sie einsehen, dass ihrer Freigiebigkeit Grenzen gesetzt sind. Zu viele gierten nach einem Groschen, einem Teller warme Suppe, einem Mantel, ein Paar Schuhen. So nahm sie sich allmählich zurück. Als der geifernde, sich prügelnde, kreischende Mob verbrämt durch ein paar lackierte Emporkömmlinge die Regierungsetage eroberte, hatte sich Else zu der Einsicht durchgerungen, dass man eben nicht die ganze Welt retten kann und schaffte nur für sich und ihr künftiges Heim.

Im Frühjahr 1935 waren endlich Nägel mit Köpfen gemacht. Eine schöne, geräumige, unterm Dach gelegene, ruhige Drei-Zimmer-Wohnung mit Küche und Bad, Toilette auf halber Treppe, in Lankwitz, Nicolasstraße 25, in einem Mehrfamilienhaus in dieser vornehmen Villengegend war frisch renoviert, eingerichtet und nahm ihre glücklichen Mieter auf. Das Domizil war nun kein Palast geworden, aber bezahlbar, und bot auf lange Frist die Möglichkeit vielseitiger Nutzung: Eine Bibliothek, ein Studio, ein Musikzimmer schwebte Else vor. Im Moment fehlten dazu die Mittel, aber mit der Zeit werden sie noch dieses und jenes anschaffen können.

Das Aufgebot ward bestellt, die Gebühren entrichtet, die Hochzeitsgäste informiert, das Essen geordert.

Die Papiere lagen bis auf Erichs Ariernachweis vollständig vor. Post aus Gottschimm wurde täglich erwartet. Endlich kam die Sendung vom Pfarramt an.

Erich öffnete, las und war vom Blitz getroffen. Er glaubte nicht, was er da sah: Seine Großmutter war Zigeunerin, sein Vater ist es ebenfalls und er ist es auch. Stempel: Pfarramt Gottschim, Unterschrift: Pfarrer Pfälzer.

Völlig erschlagen und restlos am Boden wähnte sich Erich am Ende. Obgleich er auf Informationen aus dem politischen Tagesgeschäft absolut keinen Wert legte und sich niemals auch nur einen Deut um Parteiengeplänkel oder Ähnliches gekümmert hatte, war ihm doch völlig klar, dass sie ihn soeben als Menschen zweiter oder dritter Klasse eingestuft hatten. Arier- und Herren-Rassen-Geschrei war an ihm nicht vorbeigegangen. Zigeuner! Und keiner hatte ihm was gesagt!

Der Vater, der Bruder, die Mutter, sie lebten alle mit diesem Makel. Sie hatten ihn belogen und betrogen. Wie viele Familienfeiern, Willkommensfeiern, Willkommenszeremonien, freundliche Abschiede, beste Wünsche für sein Wohlsein hatte er über sich ergehen lassen, ohne zu wissen, in welcher Schlangengrube er lebt? Dem Schock folgte grenzenlose Wut auf die Seinen.

Else lenkte behutsam: »Das macht doch nichts. Bei Dir ist maximal ein Viertel von diesem Blut drin. Das kann man doch vernachlässigen. Wir heiraten trotzdem. Das macht das bisschen wett. Wir sagen es auch keinem.« Erich ernüchterte: Stimmt. Else ist ein liebes Mädel. Wir sagen es keinem. »Aber eins kläre ich persönlich und vor der Hochzeit«, verkündete er, »mit Vater und Bruder rechne ich ab. Die lade ich aus! Die sollen was hören!« Else hätte ihn gern aufgehalten. Was nutzt denn so ein Palaver? Die Gesetze sind doch auch nicht von Bruder Willy und Vater Franz gemacht. Erich ließ sich nicht abhalten. Er packte die Dokumente zusammen und stürmte los.

Die Schönhauser Allee im Berliner Norden schmückte ein Fahnenmeer. Aus allen Fenstern hing das Rote Banner mit dem stilisierten Sonnenrad in der Mitte, an Stangen angebracht und vom U-Bahn-Viadukt herabgelassen blähte sich das Tuch im Wind. Der Anblick war erhebend und zugleich niederschmetternd, denn Erich fühlte sich ausgestoßen. Das Glück der flanierenden, eilenden, trödelnden Menschen war nicht sein Glück. Erich parkte den Wagen in einer Seitenstraße, lief die paar Schritte bis zum Haus seines Bruders, durchquerte den Hof und noch einen, rechts unten ging es zur Werkstatt des Klempners Willy Krumm. Erich klopfte, schob die Tür auf, sah den Bruder und herrschte. »Ich muss mit Dir reden!«

Willy blickte hoch, erkannte Erich und sagte: »Das heißt guten Tag oder heil Hitler. – Ansonsten kannste mal höflich anfragen, ob ich Zeit habe.«

Willy hegte für seinen angeberischen, auf großem Fuße lebenden Bruder gar keine Sympathie. Sie hatten nichts mehr miteinander zu tun. Sie trafen sich selten und wenn, dann nur um des lieben Friedens und der Eltern Willen. Die anstehende Hochzeit wird so eine Gelegenheit sein. Willy und seine Frau Anna waren eingeladen und sie werden auch kommen. Für ein paar Stunden. Das genügt. Was will der denn hier?

Willy schwieg verbissen und Erich schnaufte: »Warum habt Ihr mir gesagt, dass wir Zigeuner sind?«

Willy riss die Augen auf und sagte: »Du spinnst! – Hast Du getrunken?«

»Hier, die Papiere!« Erich breitete aufgeregt die Urkunden aus und plärrte verzweifelt: »Das habt Ihr doch die ganze Zeit gewusst. Nur mich lasst Ihr reinrasseln, mich dummen Kerl! Mir müsst Ihr ja nüscht sagen.«

Erich sackte zusammen. Willy schob ihm einen Hocker unter den Hintern. Erich zitterte und weinte. Er war jetzt ein Häufchen Elend, ein gänzlich gebrochener Mann.

Er flehte: »Warum nur? – Ich hätte mich doch ganz anders einrichten können. Vielleicht auswandern oder was anderes.« Er vertiefte sich in völlig sinnlose Spekulationen. »Aber nein, der dumme Erich, wird im Dunklen gehalten.«

Willy hatte den Ahnennachweis bisher nicht gebraucht, also auch nicht beantragt. Er und Anna heirateten früh, zu einer Zeit, da nirgends aufwendig geforscht wurde. Arbeitspapiere, Meldebescheinigung, Geburtsnachweis, das genügte. Seine Geburtsurkunde war makellos. Die war aber auch in Bornitz ausgestellt, vermerkte Willy wiederholt und erinnerte jetzt ganz deutlich des Vaters merkwürdigen Gebarens und drumherum Gerede um Gottschimm. Was ist vorgefallen? Worum geht es eigentlich?

Er rief nach hinten: »Anna, der Erich und ich müssen mal zum Vater fahren.«

»Hast Du den Wagen dabei?« Erich nickte ergeben. Anna kam und fragte. »Was ist los?«

»Anna, Liebes, das erkläre ich Dir, wenn ich wieder zurück bin«, er streichelte ihr die Wange und setzte hinzu: »kann paar Tage dauern. Sperr hier ab und sage, ich bin krank.«

Sie nickte. Er küsste sie, nahm seine Jacke und stülpte sich die Mütze auf. Er knuffte seinen Bruder in die Seite und sagte forsch: »Kopf hoch! Nichts wird so heiß gegessen, wie es gekocht wird.«

Die Eltern trafen sie auf der Bank vorm Haus sitzend an. Der greise Franz nuschelte eine Begrüßung, die sichtlich gealterte Emma rappelte sich hoch und sprach vorwurfsvoll: »Schneien hier rein, ohne sich vorher anzukündigen. Ich hab' doch nüscht im Haus.«

Sie umarmten einander.

Erich sagte liebevoll: »Mutter, nicht um essen und trinken sind wir hier. Wir müssen was bereden.«

Das war freundlich und zugleich ernst gesprochen. Der Vater blinzelte misstrauisch.

Erich ließ der Mutter höflich Vortritt. Er war jetzt die Ruhe selbst.

Willy hatte ihn unterwegs geerdet: »Die Zigeuner sind eine ethnische Gruppe, die nirgends lange verweilt, mit Gesang, Tanz und Wahrsagen ihr Brot verdient. Das ist ihr Geschäft und es ist gut so. Singen, Tanzen, Wahrsagen sind nicht zu verachten. – Wir aber waren immer sesshaft und wir haben unser Brot auch mit, ich möchte mal sagen, solidem Handwerk verdient.

Daraus folgt: Wir sind keine Zigeuner. Könnens gar nicht sein. Das lässt sich alles aufklären.«

Die Begründung war an sich schon hinreichend. Erich hörte nun weiter: »Die Faschisten mit ihrem Rassenhass verteufeln alles, was anders ist, statt die Menschen nach ihrer Fasson leben zu lassen. Immerhin sind alle Menschen gleich.«

Die Worte »Rassenhass« und »gleich« brachten Erich auf den Plan: »Sag mal, hältst Du es mit der Kommune?« Er hatte schon früher so einen Verdacht. Manchmal drückte sich Willy in deren Sprechweise aus.

Der antwortete lachend: »Wie kommst Du denn da drauf?«

»Ich dachte.« Was er dachte, sagte Erich nicht. Er wollte Willy nicht verärgern. Der war jetzt seine einzige Hoffnung.

Er hakte nach: »Du denkst, ein Missverständnis oder so.«

»Ich denke, üble Nachrede. Der Vater hat einen schwarzen Fleck in der Biografie, sowas kommt vor, und irgendjemand in Gottschimm rächt sich über Generationen. Das kriegen wir jetzt raus, und wir bügeln es aus.«

Im Haus stellte die Mutter Becher auf den Tisch, füllte mit Waldmeister aromatisierten, kalten Tee ein und hockte sich zu den Ihren. Inzwischen hatte Willy in groben Zügen die Fakten skizziert. Der Vater sagte gefasst: »Irgendwann musste es ja mal so kommen.« Er erzählte ungekünstelt, ganz ohne Dramatik seinen Lebenslauf. Seine Jungen lauschten gebannt.

Emma war bei einigen Punkten erstaunt, ja enttäuscht. Hatte sie ihm nicht immer treu zur Seite gestanden, ihm Liebe und Verständnis entgegengebracht? Warum behielt er sein Ängste und Sorgen für sich? Franz erahnte ihre Gedanken: »Was soll ich sagen? Dich da mit reinziehen, wo ich doch auch nicht verstand, worum es geht. – Wir waren nie Zigeuner. Ein Makel, ein Vorurteil.«

Willy schlug sich auf die Schenkel und lachte: »Sage ich doch!«

Erich fiel erleichtert ein: »Sowas kann man ausbügeln.«

»Nur, die Schuld bleibt«, meinte Franz und entwickelte: »Nehmen wir an: Ihr geht nach Gottschimm, verlangt Änderung der Unterlagen, den Makel zu tilgen. Was folgt zwangsläufig? Sie kommen Euch drauf. Das ist noch die Schuld aus Gerichtsprozess und Räumung. Wollt Ihr das bezahlen. Wovon? Man soll nicht schlafende Hunde wecken.«

Jetzt war Erich erst recht oben auf: »Wie viel ist es denn?«

Franz nannte die Summe. Erich pfiff durch die Zähne. Das ist viel Geld. Aber Geld war nicht seine größte Sorge. Geld war eigentlich seit Jahren überhaupt nicht mehr seine Sorge. Else wusste nämlich, prima zu wirtschaften. Er konnte sich ärgern, wenn er keins hatte oder welches einbüßte. Aber hatte er welches, gab es auch großzügig aus.

»Das stottern wir ab. Das kriegen wir hin«, ließ er selbstherrlich hören.

Franz kräuselte die Stirn, Emma freute sich und Willy sagte: »Auf, nach Gottschimm.«

Sie kamen gut voran. Die Strecke kannte Erich wie seine Westentasche. Gottschimm lag wie Brügge in der Neumark, kaum fünfzig Kilometer voneinander entfernt. Die Chaussee, die kleinen Siedlungen, Felder, Wälder, Fließe, alle möglichen Marken am Wegesrand grüßten ihn auf seinem Weg zur geliebten Martha und den Kindern. Auch jetzt konnte er sich dem Eindruck nicht entziehen.

Ihm ging das Herz auf und er sprach: »Willy, ich muss Dir mal was sagen.«

»Ja?«

Erich berichtete freimütig von seinem Doppelleben, von seiner Liebe zu zwei Frauen, von seiner ehrlichen Überzeugung, dass es sich schon irgendwie einrenkt und von seiner Trauer, weil er die Kinder verloren hat. Er endete: »Klar, kannst Du mich jetzt ein Schwein nennen und Dresche bin ich auch wert. Aber sag irgendwas. Ich komm damit nicht klar.«

Willy hob die Hand, winkte ab und antwortete: »Mir steht doch gar kein Urteil zu. Das hast Du mir doch auch nicht erzählt, damit ich Dich verprügele, obwohl ich schon manchmal Lust dazu hätte.« Sie blickten sich an, lachten und Willy setzte überlegen, verständnisvoll fort: »Sowas macht doch einer nicht aus Böswilligkeit. Liebe ist halt ein weites Feld. Da kennt sich keiner aus.« Erich atmete erleichtert durch. Willy ergänzte: »Ich finde aber, beide Frauen und vorallem die Kinder haben Ehrlichkeit verdient.«

»Aber wie?«, stöhnte Erich kläglich und er erinnerte des Zerwürfnisses mit Hermann Kroll, »wenn ich da nochmal aufkreuze, schlägt mich der Alte tot.«

Willy schmunzelte und erwiderte: »Das werden wir ja sehen.«

»Du meinst?«, fragte Erich.

»Ich meine«, bekräftigte Willy, lächelte seinem Bruder aufmunternd zu.

Sie schauten auf die Straße und jeder hing seinen eigenen Gedanken nach.

In Gottschimm nahmen sie ein Zimmer im Hotel am Marktplatz. Für eine Visite beim Pastor war es schon zu spät. Außerdem waren sie ausgelaugt und hatten Hunger. Nach dem Essen schlenderten sie durch die abendlichen Straßen der Stadt. Etwas Bewegung wird ihnen gut tun. Sie waren auch neugierig um der Vergangenheit Willen. Immerhin hatten die Krumms hier ihre Wurzeln. Eine ansehnliche Stadt mit einem modernem Zentrum, einem alten Ortskern, Arbeitersiedlungen und Industrieanlagen tat sich auf.

Der Spaziergang hatte die Männer erfrischt und sie beschlossen, noch eine Biege zu drehen. Außerhalb der Stadt das übliche Villenviertel.

Erich vermerkte: »Piekfeine Gegend. Unsereins schafft es nicht hierhin.«

Willy erwiderte: »Warten wir es ab.«

Erich fragte: »Wie meinst?«

Willy antwortete: »Ich habe da so meine Träume und denke, irgendwann ...« Den Rest ließ er aus.

Erich die gesellschaftlichen Bewegungen auseinanderzunehmen, erschien ihm sinnlos, zumal sie jetzt ganz andere Probleme hatten.

Vor einem weitläufige Anwesen blieben sie stehen. Ein riesiges Haus aus Glas, Holz und Stein mit Erkern, Türmchen, einer Freitreppe und einem von Säulen getragenen Balkon lag in einem jetzt in der Dunkelheit märchenhaft anmutenden Park. Das warme Licht aus den Fenstern und von etlichen Laternen gab das Bild eines traumhaften Schlosses. Wer mag hier wohnen? Erich schaute auf den Namen an der Pforte: Hans Krumm.

»Mich laust der Affe«, stieß er aus.

Willy sagte: »Guck an.«

Unschlüssig lungerten sie eine ganze Weile vor dem Haus herum.

Endlich sagte Willy: »Nun denn.«

Er drückte den Zylinder unterm Namensschild.

Im Haus erklang eine Schelle, ein Diener erschien und fragte zackig: »Wer da? Was wünschen Sie?«

Willy sagte forsch: »Krumm. Willy und Erich Krumm, wir sind in Familienangelegenheiten da.«

Der Name ließ den Diener sofort agieren, obgleich die späte Stunde und die schlichte Aufmachung der Gäste ihn befremdete. »Ich melde dem Herrn. Warten Sie bitte.« Er eilte davon.

Augenblicke später trat ein Mann mittleren Alters im Hausrock heraus, kam auf Erich und Willy zu und fragte unsicher: »Sie wünschen?«

Willy erklärte fest: »Wir sind Erich und Willy Krumm und in Familienangelegenheiten hier. Wir meinen, es gibt da einiges zu bereden.«

Der Vorstoß war gewagt, der Ausgang völlig unklar. Was bezweckte Willy? Er wusste es selber nicht genau. Der Zufall hatte sie hergeführt. Tapfer packte er zu.

Franz Krumm verlangte den Ausweis, begriff, dass der verfemte Familienzweig hier vor der Tür steht und bat die Gäste herein. Im Salon nahmen sie Platz und Getränke wurden serviert. Willy und Erich schauten sich anerkennend um: So kann es gehen. Der Diener entfernte sich und Hans holte aus: »Es tut mir aufrichtig leid, dass wir den Kontakt verloren. Es war weder mein Anliegen noch das Anliegen meiner lieben Eltern, sich in der Form auszudehnen, dass die andere Partei mittellos dasteht. Meine Mutter plädierte damals für die Hälfte. Aus ungeklärten Gründen, verließ der Beklagte spurlos die Stadt und wir bekamen alles. Nun Sie sehen«, er breitete einladend die Arme aus, »ich habe nicht geruht, das Vermögen anständig zu verwalten und zu vermehren, es einem guten Zweck zuzuführen. – Nun will ich die Gelegenheit nutzen und Ihnen in jeder erdenklichen Weise entgegenkommen.«

Er ergoss sich in Beteuerungen, suchte Zeit zu schinden und vorallem Zweck und Ziel seiner Besucher zu erheischen.

Respekt, dachte Erich, wir sind schlagartig reich. Der wird uns beteiligen, der lässt sich nicht lumpen.

Willys Begeisterung hielt sich in Grenzen, wobei ihn die Pracht schon auch anlockte und faszinierte. Aber er wusste längst, dass materielle Großzügigkeit nicht die Domäne der Vermögenden ist. Außerdem ging es ihm nicht um Geld oder die Umverteilung irgendwelcher Erbmasse, sondern um die Tilgung eines Makels im Ariernachweis.

Er unterbrach den Hausherrn: »Sie werden entschuldigen. Wir sind nicht wegen des Erbes hier.«

Erich zog enttäuscht die Mundwinkel runter.

Hans horchte auf und Willy erklärte: »Zweifellos sind wir verwandt. Und weil wir verwandt sind, werden Sie uns helfen. Es findet sich in unserem Ariernachweis der Vermerk, dass wir Zigeuner sind. Das kann aber, wie wir zweifelsfrei feststellten, nur ein Versehen oder eine Böswilligkeit sein. Wir sind keine Zigeuner. Wir kamen her, um diesen Irrtum auszuräumen. Wir erhoffen uns von Ihnen, ich sage es frei heraus, dass Sie ihren Einfluss geltend machen und uns helfen.«

Hans Krumm erbleichte.

Die Gesetze zur Reinhaltung der Rasse waren einem Steckpferd des Führers geschuldet, nicht sein eigenes, Hans Krumms, Pläsier. Ausgrenzung von Juden, wie sie schon praktiziert wurde, oder Internierung von Zigeunern, wie es geplant ist, fanden nicht unbedingt den ungeteilten Beifall aller Wirtschaftsgrößen, vom Ausland ganz zu schweigen. Allerdings musste man die bittere Pille schon schlucken. Wollten sie Deutschland endlich wieder hochbringen, war den Wünschen der Partei zu genügen. Und einer dieser Wünsche war nun mal reinrassiges deutsches Blut. Mitnichten hatte Hans Krumm jemals daran gedacht, dass es ihn selbst treffen könnte. Das ließ ihn jetzt erschaudern. Er hatte einen Ariernachweis bisher weder gebraucht noch beantragt. Er hatte keine

Ahnung, was in der Tiefe schlummert. Mehr noch: Er hatte kein Interesse daran, diese Untiefen aufzuwühlen. Unweigerlich könnten nämlich Zeugnisse zutage kommen, die ihn aus dem Sattel heben. Hans Krumm war der illegitime Sohn einer Ehefrau des Stammvaters und damit völlig unrechtmäßig in den Besitz dieses Imperiums gekommen. Rollt einer die Geschichte auf, steht er ohne einen Pfennig da. Das galt es zu verhindern. Also musste er sich zu diesen beiden Krumm Brüdern bekennen. Aber auch dieses Bekenntnis konnte ihm den Hals brechen. Willy und Erich sind Zigeuner.

Ruhe bewahren, nachdenken, ermahnte sich Hans und lenkte ab: »Ich bin ein unhöflicher Gastgeber.« Er schlug sich theatralisch vor die Stirn. »Möchten Sie Abendbrot?«

Erich und Willy lehnten ab. Sie hatten ausreichend gegessen. Hans bemühte sich krampfhaft: »Na fein. Erzählen Sie doch mal von sich. Was machen Sie so? Das interessiert einen doch. Wie geht es der Familie? Man hat ja nie was voneinander gehört.«

Abwechselnd, sich gegenseitig Stichworte gebend, berichteten Erich und Willy aus ihrer Biografie. Erich erzählte freimütig, ihm fehlte einfach gesundes Misstrauen. Willy war zurückhaltender. Seine Vorbehalte gegen die nationalsozialistische Politik breitete er sowieso nicht aus und Hans' geheucheltes Interesses glaubte er zu durchschauen.

Während das Gespräch plätscherte, kam Hans zu einer Entscheidung: Das Zigeunermal wird getilgt! Er sagte freundlich: »Ich denke, ich kann Ihnen helfen. Es braucht nur etwas Zeit. Sie bleiben doch über Nacht?«

Willy antwortete: »Das Hotel ist bezahlt. So dicke haben wir es nicht, ein Zimmer verfallen zu lassen. Vielen Dank. Nein. Wir gehen jetzt und kommen morgen wieder.«

Der Hausherr drängte: »Ich kann das regeln und Sie bleiben.«

Die Brüder willigten ein. Sie nahmen Quartier im Gästehaus.

Kaum waren Willy und Erich untergebracht und mit allem Notwendigen versorgt, trommelte der Hausherr einen Sekretär aus dem Bett und jagte ihn zu Pfarrer Pfälzer: »Tot oder lebendig. Der Mann tritt hier augenblicklich an.«

An der Stimme merkte der Sekretär, dass es verdammt eilig und wichtig ist. Er stob los. Hans wartete. Sein Kalkül war zum einen, den Makel zu tilgen. Das ist klar. Zum anderen musste es rasch gehen, denn solange diese beiden Einfaltspinsel von Brüdern hier frei rumlaufen, sich über ihre verwandtschaftlichen Verhältnisse eventuell auslassen könnten, war er in Gefahr, öffentlich entblößt zu werden. Das galt es zu verhindern. Sobald der Makel getilgt ist, wird er die Brüder mit geeigneten Mitteln zu Stillschweigen vergattern.

Der Pfarrer kam, war ob der späten Stunde verstört und hörte: »Sie haben den Stammbaum der Krumms fein säuberlich aufgelistet?«

Hans lauerte.

Der Pfarrer erklärte brav: »Ja, kürzlich wurde eine Geburtskunde angefordert. Ich erinnere mich an den Fall. Die Auflistung der Ahnen ergab: Der Mann ist Zigeuner.«

Hans zischte: »Merken Sie überhaupt noch was?«

Der Pfarrer wich erschrocken zurück. Er schüttelte den Kopf. Er hatte überhaupt keine Ahnung, was hier läuft.

»Krumm. Krumm. Na, Mensch, Krumm! Das musste Ihnen doch auffallen. Da mussten Sie Rücksprache nehmen! Sowas schleudert man doch nicht in die Weltgeschichte raus.«

Dem Pfaffen dämmerte es, er fühlte sich entsetzlich elend und klein. Wie hatte ihm das entgehen können? Hilflos stammelte er: »Und nun?«

Hans nahm ihn am Arm, führte ihn zur Tür und bestimmte: »Sie ändern die Eintragungen. Ich sage mal, in drei Stunden ist das gemacht. Dann fertigen Sie anständige Urkunden aus, mein Sekretär begleitet Sie und nimmt einen sauberen Ariernachweis für Willy und Erich Krumm entgegen. Kapiert?«

Der Pfarrer verbeugte sich devot und waltete seines Amtes.

Jeder seine Unterlagen in einer neuen Mappe unterm Arm, schlenderten Willy und Erich in die Stadt zurück. Sie zollten Hans Respekt.

Der hatte in Windeseile den Irrtum aufgeklärt. Nicht »Zigeuner« war dagestanden in den alten Büchern, sondern »Ziegeldach«. Das beurkundete die Wohlhabenheit der Stammeltern, nannten sie doch ein gemauertes Haus mit festem Dach ihr Eigentum. Solchen Nebeneintragungen waren früher durchaus üblich. Nun ist aber ein Pfarrer auch nur ein Mensch, beherrscht die alten Schriften mitunter nur schlecht und folgerte falsch. Hans hat augenblicklich, noch in der Nacht einen Historiker und Schriftsachverständigen hinzugezogen. So kam die Wahrheit ans Licht. Am Morgen lagen die korrigierten Urkunden vor.

Weder Erich noch Willy zweifelten auch nur einen Moment am Wahrheitsgehalt dieser Geschichte. Wie hätten Sie auch drauf kommen können? Sie waren dankbar. Da machte es auch keine Mühe mehr, Hans zu versprechen, dass sie Stillschweigen wahren. Ein Gerücht ist schnell aufgebracht, aber ungleich schwerer wieder ausgeräumt.

War noch die leidige Gerichtssache, erinnerte sich Willy. Er sagte: »Aus grauer Vorzeit sind für meinen

Vater Schulden hier in Gottschimm aufgelaufen. Können wir zum Gericht gehen und versuchen, die Sache irgendwie in Ordnung zu bringen. Vater bringt sich deswegen fast um.«

Hans stutzte, versuchte, sich zu erinnern, erinnerte nichts und log unverblümt: »Nein, da ist nichts mehr offen. Sehen Sie, ich bin doch ein Krumm. Bei offenen Rechnungen bin ich selbstverständlich in der Pflicht. Das verlangt der Anstand. Familie geht mir über alles.«

Erich und Willy waren nun restlos von seinem lauteren Charakter überzeugt.

Gut gelaunt bestiegen sie den Wagen, legten im Fond die Papiere ab und Erich lenkte das Auto auf die Landstraße. Er gab übermütig Gas. Er war unglaublich erleichtert. Willy ist genial mit seinen Einfällen, dachte Erich, und sicher im Auftreten. Das muss man ihm zugestehen. Mein Bruder ist einfach 'ne Wucht.

Die Bäume flogen vorbei. Sie rasten übers Land und durch die Siedlungen.

»Warum haben wir ihm eigentlich kein Geld abgenommen? Fragen kostet doch nüscht?«, sprudelte Erich.

Willy antwortete gemäßigt: »Weil wir keine Bettler sind.«

Stimmt auch wieder, dachte Erich.

Willy legte ihm eine Hand auf den Unterarm und verlangte: »Fahre mal bisschen ruhiger. Ich möchte heil ankommen.« Erich nahm Gas zurück.

Am nächsten Abzweig stand weithin sichtbar das Schild »Brügge« und Willy bestimmte: »Nach rechts!«

Erich bremste scharf und fragte: »Wieso?«

Willy sagte schlicht: »Weil da Deine Kinder wohnen.«

In den früher Vormittagsstunde erreichten sie Brügge. Willy sah sich um. Brügge ist ein winziges Nest am Ende der Welt, so klein und hutzelig, wie er es noch nie gesehen hat. Einige etwas bessere Bauernhäuser, die meisten recht runtergekommen, eine Wirtschaft, eine Kirche aus Feldsteinen mit einem hölzernen Turm, die Gärten von lückenhaften Flechtzäunen umgeben. Etwas außerhalb der Siedlung stand ein Haus, dessen strohgedecktes Dach fast bis zur Erde reichte und nicht gerade vom Wohlstand seiner Besitzer kündete.

Dort hielten sie an und Erich hockte verbissen hinterm Lenkrad. »Ich mag nicht hineingehen«, gestand er.

Willy sagte: »Du alte Pfeife. Erst so einen Mist einrühren und dann kneifen.«

Erich blieb starr.

Willy stieg aus und grummelte: »Werd mal die Lage sondieren.«

Inzwischen waren die Leute aufmerksam geworden und Hermann Kroll trat vors Haus. Breit und kräftig stand er da und gedachte den Eindringling gebührend zu empfangen. Allein, der da auf ihn zukam war ein Fremder. Der Fremde strahlte und sagte: »Guten Tag, guter Mann. Ich bin Willy Krumm.«

Er reichte dem Hausherrn die Hand.

Der nahm die Hand, sah an Willy vorbei und sagte barsch: »Der Ganove kommt mir nicht hier rein.«

Willy lächelte und legte fest: »Ist in Ordnung. – Empfängst Du mich auf dem Hof oder ist im Haus Platz.«

Hermann gab nach und ging voraus.

Die Stube war niedrig, mit nur wenigen Möbeln ausgestattet. Am Tisch saß ein Mädchen und malte. Willy begrüßte das Mädchen. Das Kind grüße zurück und malte weiter.

»Hock' Dich hin«, sagte Hermann, »magst was trinken?«

Willy antwortete: »Wenn Du hast.«

Hermann stellte drei Becher heraus, füllte Saft ein, schob einen Becher zum Kind hin, setzte sich ebenfalls und erklärte: »Bin arbeitslos, habe Hausdienst. Ich bleibe bei Hilde.«

Das Mädchen blickte hoch. Aha, Erichs Tochter, vermerkte Willy und lächelte zu der Kleinen hin.

Hermann sprach weiter: »Die Frau ist auf Wäsche bei Leuten, Martha ist in der Fabrik, Fritze in der Schule. – Man kommt zurecht. Einigermaßen. Ruhe wollen wir haben. – Was will der Ganove hier?«

Willy schaute auf Hermanns breite, schwielige Hände und sagte: »Bist doch im besten Alter. Warum schaffst Du nicht?«

Hermann überlegte: Macht es Sinn, den hier aufzuklären? Er stand unter Polizeiaufsicht, bekam nur ab und an Arbeit zu verdammt harten Bedingungen. Er durfte, konnte und wollte sich nicht äußern. Zuviel stand auf dem Spiel. Die Verhöre im Keller der Sturmabteilung hatten ihn gelehrt: Beim nächsten Mal ist die ganze Familie dran. Ihn dauerten Fritz und Hildegard. Er war vorsichtig geworden.

Er fragte gegen: »Was schaffst Du?«

Willy antwortete: »Klempner.«

Hermann sagte: »Wühlst in der Scheiße anderer.« Die Provokation war nicht zu überhören.

Willy redete ruhig: »Stimmt. Unsereins wühlt in anderer Leute Scheiße. Nur, das muss ja nicht so bleiben. Ich sage mal so: Habe ich lange genug gewühlt, finde ich vielleicht auch 'nen Schatz. Andere schmeißen weg, trampeln drauf rum, ich finde ihn. Ich bin da ganz optimistisch, dass nichts so bleibt, wie es ist.« Das war deutlich! Deutlich in der Sklavensprache.

Hermann nahm Willy fest in den Blick. Er griff sein Glas, sagte »Prost«, trank, stellte ab und fragte: »Was will der Ganove hier?«

Willy antwortete: »Was der Ganove verzapft hat, kann ich nicht gutheißen. Meine Linie ist das nicht. Aber wenn es um die Zukunft geht, und um die geht es ja wohl, dann hat der Vater auch eine verdammte Pflicht, sich zu kümmern. Geld ist das eine. Das ist geregelt. Ein anständiger Umgang muss her.«

»Anständiger Umgang«, echote Hermann und maulte: »Der verdreht meinem Mädel wieder den Kopf, heckt noch ein, zwei, fünf Kinder und wir stehen da. Was glaubst Du, wie das enden soll?«

Willy sagte: »Die Hand kann ich nicht dazwischen halten. Aber ich denke, der Ganove hat gelernt.«

Hermann fasste Vertrauen. Willy schien eine ehrliche Haut, ein zupackender Kerl zu sein. »Man kanns nochmal versuchen«, grummelte er und erhob sich.

Sie gingen vors Haus.

Fritz war inzwischen aus der Schule gekommen, hatte den schicken Wagen vor der Haustür entdeckt und mit dem Fahrer Fühlung aufgenommen. Fachkundig plauderten sie. Hermann und Willy traten herzu. Erich stutzte. Er wäre gern geflüchtet. Das Kind hielt ihn auf der Stelle. Hermann sagte: »Tag, Erich. – Ihr wollt vielleicht 'ne kleine Spritztour machen. Einmal Dorf hoch und runter. Das mag drinnen sein. Ich zeige Willy derweil den Hof.«

Der Vater strahlte, der Sohn jubelte. Sie bestiegen den Wagen und sausten davon. Hermann und Willy setzten sich auf die Bank vorm Haus.

Das Mädchen kam heraus und fragte: »Opa, habe ich nicht Fritze eben gehört?«

Hermann sagte: »Der macht 'ne Autofahrt mit seinem Papa.«

»Ein richtiges Auto? Ein richtiger Papa?«, fragte sie ungläubig.

Hermann nickte.

Sie nörgelte: »Und ich?«

Hermann nahm sie auf seine Knie und tröstete: »Du bist beim nächsten Mal dran. Ganz gewiss.«

Der Sommer lief arbeitsreich an. Willy schaffte nicht mehr im Kiez, sondern im neuen Stadion am Westend. Der Weg war weit, die Arbeit schwer, und sie wurde auch noch schlecht bezahlt. Die Sanitäranlage musste fertig werden. Dazu zog die Bauleitung sämtliche Handwerker aus Berlin und Umgebung zusammen. Während ein Klempner daheim gewöhnlich aus zehn Neubaubädern ein elftes kostenfrei herausschlägt – man zweigt Teile ab und manipuliert die Rechnung – waren im Stadion die Mittel knapp kalkuliert. Sie schufteten unter strenger Aufsicht, bekamen mächtigen Ärger, wenn was fehlte oder kaputt ging. Der Arbeitstag war lang, so dass sie unter der Woche auf der Baustelle blieben und in behelfsmäßigen Gemeinschaftsunterkünften pennten. Willy geiferte und fluchte. Freilich nie laut. Übellaunig packte er Sonntagabend seine saubere Wäsche ein, legte das Stullenpaket dazu und knurrte noch in der Tür: »Ich mach drei Kreuze, wenn der Zirkus vorbei ist.«

Anna versuchte zu besänftigen, ihn bei Laune zu halten, was ihr kaum gelang, zumal sie selber den ganzen scheinheiligen Rummel um die Olympischen Spiele nicht mittrug.

Erich war ebenfalls alle Tage und fast die ganze Nacht hindurch eingespannt. Über Wochen begehrten die Bischoffs tausenderlei Fahrten und Erledigungen: Da waren zum Teil schon am zeitigen Morgen beginnende wichtige Besprechungen des Hausherrn, tagsüber etliche, außergewöhnliche Unternehmungen der Kinder und in den Abendstunden nicht enden wollende Benefizveranstaltungen der Hausdame, Empfänge für beide Herrschaften oder wieder Konferenzen für den Herrn.

Else sorgte sich um ihren Mann. »Du musst doch mal schlafen. Das kann doch nicht ewig so weitergehen«, mahnte sie, wenn er rasch die Kleidung wechselte und im Stehen ein paar Happen aß.

Gut gelaunt vertröstete er: »Sieh mal, Kind, wir verdienen momentan nicht schlecht, die Bischoffs sind großzügig. Das Geld können wir brauchen. Die Hochzeit hat uns mächtig reingerissen.« Sie lächelte in angenehmer Erinnerung an das schöne Fest. »Außerdem ist der Rummel bald vorbei. Nach den Spielen geht alles wieder seinen geregelten Gang.«

Sie seufzte, zog ihm Kragen und Krawatte zurecht und schob ihn zur Tür hinaus.

Else hätte gern mehr von ihrem Mann gehabt, zumal sie den ganzen Tag nur mit sich beschäftigt war. Aber ach, was solls? Im Herbst ist es ja vorbei.

Die beiden alten Krumms, Franz und Emma, gönnten sich nun öfter eine Pause vorm Haus. Der Park lag in der Pracht des frühen Sommers, alles wuchs und gedieh, war auch soweit gepflegt, wie es Erich für richtig hielt. Im Haus war nicht viel zu tun. Für zwei alte Leute, deren Anspruch nicht mehr hoch ist, zu kochen und zu putzen, bedarf nur geringer Mühe, und das bewältigte Emma im Handumdrehen. Wenn sie so da hockten auf ihrer Bank im warmen Sonnenschein und die Gedanken Revue passieren ließen, waren sie doch recht zufrieden mit ihrer Lebensbilanz. Viel, sehr viel hatte sich ereignet, schwer hatten sie sich durchschlagen müssen, aber hier und heute konnten sie sagen, dass es lohnte, sich alles zum Guten wendete. Liebevoll nahm Franz Emmas Hand, streichelte sie. Sie lehnte sich an seine Schulter und sog diesen wunderbaren Frieden tief ein.

Einige Kinder spielten im Park, Mütter und Väter waren auch dabei, hier und dort hatten sich die Eltern auf Bänken oder Gartenstühlen niedergelassen und die

Kleinen wuselten herum. Das gab ein hübsches Bild. Emma und Franz freuten sich darüber. Die Sitzgruppen waren ein Novum der Gemeinde. Das beschauliche Blumberg mit dem schönen Park hatten die Städter für sich als Ausflugsziel entdeckt, die nahe Bahn brachte sie bequem hinaus und wieder heim. Da waren sie im Gemeindeamt darauf gekommen, den Park besser auszustatten, für Gäste einfach anziehender zu machen, peppten ihn mit Gestühl auf. Das war auch monetär nicht zu verachten. Nicht der Park an sich punktete, aber so mancher Besucher kehrte zu einem Mittagessen oder auf einen Kaffee im Wirtshaus ein. Die Investition lohnte. Lohnte auch insofern, als dass allmählich einige Ausflügler das hin und her Gekutsche mit der Bahn nicht mochten, sich lieber bei schönem Wetter etwas länger in Blumberg einrichteten. Nebengelass und Dachkammern bauten die Blumberger zu Gästezimmern aus. Geld floss in die armen Bauernwirtschaften und spülte Steuern in die Gemeindekasse.

Emma und Franz sahen den Schulzen mit einer Gruppe gesetzt wirkender Männer durch den Park stiefeln, gestikulieren, hier und dort schauen.

Franz vermerkte amüsiert: »Der sucht sich wiedermal ein Plätzchen, um sich wichtig zu machen.«

Emma knurrte: »Dem steckt der Teufel im Leib.«

Sie stand auf und ging ins Haus. Franz hockte auf der Bank, der Schulze kam näher, der Dorfpolizist war auch dabei.

»Nun, Ratssitzung im Freien und über Mittag?«, grüßte Franz aufgeräumt.

Der Schulze antwortete: »Wichtige Dinge darf man nicht aufschieben.«

Franz nickte.

Der Schulze stellte sich breit, nahm ein Schriftstück aus der Tasche und las laut vor: »Franz Krumm, Forstmeister und Hauptgärtner zu Blumberg, Barnim, wird hiermit ehrenvoll aus seiner Dienststellung entlassen. Die Gemeinde Blumberg dankt für die geleistete Arbeit und wünscht alles Gute für sein Alter.«

Franz Krumm schaute perplex und fand keine Worte. Emma hörte, lauschte und trat vors Haus.

Der Schulze kam heran, senkte das Haupt, ergriff Franz' Hand und sagte: »Herzlichen Glückwunsch.«

Franz blieb stumm. Emma schaute.

Der Schulze ging zur Seite und der Dorfpolizist positionierte sich mittig. Er nahm einen Bogen Papier hervor, faltete ihn auseinander und las deutlich hörbar. »Franz Krumm wird aufgefordert, die Dienstwohnung binnen kürzester Frist zu räumen. Termin: Heute vierundzwanzig Uhr. Bei Zuwiderhandlung werden wir rechtliche Schritte einleiten.«

Er nahm Haltung an und trat ab.

Der Schulze und der Polizist gesellten sich den anderen Herren wieder zu, beachteten die Krumms gar nicht und diskutierten weiter: Der Park wird komplett von Grund auf umgestaltet. Ein Zaun kommt drumherum, eine Pforte mit Kassenhäuschen reguliert den Einlass. Hier das Gärtnerhaus wird abgerissen und an dieser Stelle entsteht ein offener Konzertsaal. Die Wege werden breiter angelegt. Ein Spielplatz für die Kinder wird geschaffen und für die Erwachsenen ... Da hörten sie ein Klagen: »Ja, wo sollen wir denn hin?«

Der Schulze wendete sich um und sagte freundlich: »Herr Krumm, Sie haben doch Kinder. Dort ist Platz. Freuen Sie sich auf Ihr Altenteil.«

Franz fuhr hoch: »Was denken Sie sich eigentlich?«

Der Polizist schritt ein: »Herr Krumm, bis Mitternacht!«

Die Herren setzten ihren Rundgang fort.

Der Schock saß tief. Nichts desto trotz rührten sich die Alten. Franz holte einen Karren aus dem Schuppen, prüfte Räder und Gestänge, Emma bündelte Hausrat und Wäsche, sie luden auf. Es dauerte nicht lange und ihre geringe Habe war verstaut. Franz legte sich den Gurt über die Schulter, hob die Deichsel hoch, zog an. Emma schob hinten. So zuckelten sie durch den Park, bogen auf die Dorfstraße ein, durchquerten das Dorf und erreichten die Chaussee. Wo wollten sie hin? Sie sprachen nicht darüber. Sie liefen und liefen, immer weiter, ohne Unterlass. Irgendwann, es war längst Abend, hielt Franz an.

Er war erschöpft. »Mutter, bist Du noch da?«, fragte er nach hinten und schaute sich um.

Sie nickte.

»Hier rasten wir«, sagte er, zottelte den Karren vom Weg, nahm seine Alte bei der Hand und sie hockten sich an einen hohen Zaun. Es war ungemütlich, nicht gut zum Sitzen, aber es ging. Sie saßen eine ganze Weile. »Ich schneide Dir ein Stück Brot ab und Schmalz ist noch da«, sagte sie und mühte sich wieder hoch. Er hielt sie zurück und sagte: »Ach, lass mal. Wegen mir nicht. Ich habe keinen Hunger.«

Sie wurden von einer derben Stimme angerufen: »Hier können Sie nicht bleiben!«

Ein Polizist mit einem Gewehr am Schulterriemen und einem großen, bärbeißigen Hund an kurzer Leine baute sich vor ihnen auf. Franz und Emma erhoben sich schwerfällig.

Der Polizist beschaute sie, wurde mitleidig und fragte mild: »Wo wollen Sie denn hin?«

»Ja, wohin?«, sagte Franz.

Der Polizist folgerte: »Wenn Sie zum Rastplatz wollen, sind Sie schon da. Nur paar Schritte noch und sie haben es geschafft.«

Franz und Emma hörten »Rastplatz«, fühlten Erleichterung und sagten wie aus einem Munde: »Ja, Rastplatz.«

Der Hund beschnupperte den Karren, der Polizist nahm sein Gewehr fester, griff nach der Deichsel, zog los, und die beiden Alten folgten. Ein Tor, ein Diensthabender, Registrierung, Zuweisung – Emma und Franz waren angekommen.

Die Hälfte eines Wohnwagens stand ihnen als Behausung zu. Auf der anderen Seite wohnte eine sehr alte, freundliche, hilfsbereite Frau. Emma und Franz luden ihr Gepäck ab, richteten sich ein und hockten sich in der untergehenden Abendsonne draußen aufs Bänkchen.

»Es ist alles erledigt«, sagte er.

Sie fragte: »Magst Du essen?«

Er schüttelte den Kopf und nahm ihre Hand. Emma hatte auch keinen Hunger, also blieb sie sitzen und kauerte sich an ihn.

Sie ließen die Blicke über die Gegend gleiten. Wohnwagen standen in lockerem Kreis und noch welche in zweiter Reihe. Kinder trödelten müde, Mütter schafften betulich, Väter saßen mürrisch, Jugendliche poussierten scheu, Alte verharrten still. Die Szene hatte etwas Geisterhaftes, Melancholisches. Das beiden Krumms schauten weiter: Ein hoher Zaun, patrouillierende Wächter.

Franz sagte: »Hier vertreibt uns keiner mehr.«

Emma sagte: »Es ist gut so.«

Einer nahm ein Instrument heraus, zupfte leise an den Saiten und summte eine Melodie, sehr fein, langsam, schwebten die Töne von Ohr zu Ohr, umschmeichelten die Seelen, verbanden sich zu einem Chor und schwangen sich federleicht empor. Das zarte Lied verband Himmel und Erde. Wie es zu Ende war, ging der Lautenspieler zu seinem Wagen und hinein. Andere erhoben sich und suchten ebenfalls ihre Schlafstatt auf. Lichter verlöschten. Franz und Emma blieben auf der Bank. Stille, vollkommene Ruhe umfing sie.

Der Sommer neigte sich dem Herbst zu, da kamen auch Willy und Erich zur Ruhe. Der normale Alltagstrott begann wieder. Das war angenehm, so ließ sich leben.

Erich erbat sich von seinem Chef den Wagen für eine Spritztour nach Brügge. Er hatte die Kinder vier Monate lang nicht gesehen. Es war an der Zeit. Else war ein wenig ärgerlich. Sie hatte zu viel allein herumgesessen, sehnte sich nach Abwechslung und Unterhaltung. »Wann können wir mal baden fahren oder fein ausgehen?«, maulte sie.

Er schob sie lachend beiseite und versprach: »Schätzchen, das Winterhalbjahr gehört Dir ganz allein. Lass erst schlechtes Wetter sein und ich habe mehr Zeit.«

»Nett«, sagte sie, »andere warten auf gutes Wetter, ich auf schlechtes.« Sie nahm sich zurück. Er hatte ja recht.

Erich packte den Wagen voller Geschenke. Sein Verdienst war ausgezeichnet gewesen. Die anderen darbten. Er mochte teilen. Er küssten seine Frau, tröstete sie noch einmal und fuhr los.

Zuerst kurvte er durch Berlin, ans andere Ende der Stadt, die Schönhauser Allee hoch, knatterte geräuschvoll in die Hofeinfahrt und bremste scharf vor der Werkstatt seines Bruders. Der steckte den Kopf heraus, Erich strahlte und Willy schimpfte: »Was machst Du für einen Lärm? Und fahr den Wagen weg! Wenn Kohlen oder die Mülle kommen.«

Erich sprang aus dem Auto, nahm Pakete heraus und sagte fröhlich: »Hier für Dich. Und mach Dich fertig. Ich fahre zu den Kindern. Unterwegs lade ich Dich bei den Eltern ab. In zwei Tagen bin ich zurück und sammle Dich wieder ein. – Du hast doch Zeit?« Willy war völlig überrumpelt. Er hatte eigentlich keine Zeit, in den Sommermonaten war viel liegen geblieben, die Nachbarn warteten mit tropfenden Wasserhähnen und

undichten Abflussrohren auf ihn. Er zauderte, fand Ausreden, allerdings überzeugten ihn dann doch die großzügigen Gaben und die frohe Aussicht. Er hielt mit.
Es ging nach Blumberg.

Den Zugang zum Park versperrte ein hohes Gitter. Hinterm Zaun flanierten auf den Wegen oder lagerten auf der Wiese Jung und Alt einzeln und in Gruppen, ausgelassenes Spiel oder besinnliche Entspannung präsentierend. Am Eingang prangte ein Schild mit Eintrittspreisen, in der Pforte stand ein Wächter in Fantasieuniform und eine Frau im Dirndl hielt die Tickets bereit.
Willy fragte konsterniert: »Was ist denn hier los?«
Erich sagte forsch: »Wir müssen hier rein.«
Der Livrierte verlangte Geld, sie zahlten und stürmten in den Park.
Alles war verändert, das Gärtnerhaus war nicht mehr da. Im frohen Treiben der Besucher irrten sie umher, suchten die Eltern, befragten die Leute und wurden aufgeklärt: Freudenfeste, Lustspiele, Konzerte werden veranstaltet. Man kommt von fern, amüsiert sich, erholt sich, kehrt zufrieden heim. Seht, wie schön alles geworden ist! Der Gärtner ist auf und davon.
Wo sind die Eltern?
Endlich fand sich einer, der Näheres wusste. »Ich sah sie beide mit ihrer Habe ins Zigeunerlager in Marzahn einziehen. Spät war es. An der Straße hat man sie aufgefischt und von einem Polizisten wurden sie geleitet«, erklärte der Spaziergänger und fügte hinzu: »Dort werden sie sein. – Seid Ihr Zigeuner?«
»Eben nicht!«, schrie Willy entsetzt.
Sie sahen in den Schlund der Hölle.
Erich begehrte auf: »Was, um Himmels Willen, haben sie dort zu suchen?«
Sie sausten nach Marzahn.

Zwischen Bahngleisen und Friedhof einzwängt lag der Rastplatz, der freilich kein Rastplatz, sondern ein Gefängnis mit Freigang war. Berufstätige oder Leute mit Sondergenehmigung konnten hineingehen und hinausgelangen. Die anderen saßen unweigerlich fest.

Erich und Willy bekamen Zugang. Die Wärter ließen sie passieren. Aufsehen war zu vermeiden. Zwischen den Wagen liefen sie herum, späten hinein und befragten die Leute. Die schüttelten die Köpfe, sahen weg, niemand redete, keiner half. Als schon alles zwecklos schien, trat ein kleiner, abgerissener Kerl auf sie zu: »Kommt, wir gehen da hin. Da ist es ruhig. Da hört uns keiner.«

Der Mann sprach leise: »Ihr müsst verstehen. Zuviel ist schon vorgekommen, zu oft sind wir provoziert worden. Da kriegt man Angst. Da hält man sich zurück. Ihr seht wie zwei Arier-Größen aus.« Die Brüder nickten. »Nun die Eltern: Sie kamen im Mai oder im Juni. Ich weiß es nicht mehr. Sie zogen ein, packten aus, hockten sich vor ihren Wagen und blieben dort. Blieben die ganze Nacht und am Morgen waren sie in Gottes Reich angekommen.« Pause. Erkennen. Tot!

»Du sagst gestorben? – Ja, warum denn?« – »Weil Leben irgendwann aufgezehrt ist, Kinder«, antwortete der Mann weise.

Die Brüder schwankten zum Tor hinaus. Sie hielten aneinander fest. Sie glaubten, den Schmerz nicht überwinden, die Last nicht tragen zu können. Sie meinten, der Tod ist gnädiger als das Leben, sie konnten nicht verstehen, wie das gekommen war.

Lange saßen sie im Wagen und wussten sich nicht zu helfen.

Erich sagte: »Ich hätte Lust, richtig Gas zu geben und vorn Baum zu fahren. – Magst Du aussteigen oder mitfahren?«

Willy erwachte aus seiner Starre. Er antwortete beherrscht: »Pass mal auf, Freundchen! Leben schmeißt man nicht so einfach weg. Wir sondieren jetzt die Lage und machen weiter.«

Erich nickte, startete den Wagen und gab vorsichtig Gas.

Der Tod im Arztkittel

Sie konnten nicht verhindern, in Brügge wie die Fürsten begrüßt zu werden. Die Kinder jubelten, die Frauen weinten und der Hausherr wiederholte ständig: »Na, endlich seid Ihr da. Freut mich.«

Willy und Erich packten die Geschenke aus: Ein kleines Auto für Fritz, ein Teddy für Hildegard und Lebensmittel für alle zusammen. Erich sonnte sich in Lobpreisungen. Allerdings war ihm auch klar, dass das hier bei Weitem nicht genügt und er nicht alle Löcher stopfen kann. Die Krolls sind fünf Personen. Fünf Leuten einen anständigen Lebensstandart zu verschaffen, dazu verdient ein noch so erfolgreicher und fleißiger Kraftfahrer einfach zu wenig.

Außerdem hatte er ja auch noch eigene Ansprüche an das Leben. Erich liebte gutes Essen in gehobener Atmosphäre, den Besuch des Varietés oder des Kinos. Nicht, dass er plötzlich ungeheuer Bildung oder Kultur erheischen wollte. Das nicht. Aber er mochte sich mit seiner Frau unter Leuten zeigen, hübsch herausgeputzt den Atem der großen, weiten Welt einsaugen. Das war sein Jugendtraum, den er sich jetzt ab und an erfüllte. Hatte er selbst es nicht zu einem Palast gebracht, so gönnte er sich hin und wieder den Ausflug in die Arena der Reichen und Schönen. Was wurde auf der Bühne und auf der Leinwand nicht alles geboten? Für zwei, drei Stunden sind alle Sorgen ausgesperrt. Die Protagonisten führen vor, wie selbst der kleine Mann oder das mittellose Mädchen nahezu mühelos sämtliche Hürden des Lebens nimmt und am Ende glückselig, von einer Gloriole aus verwirklichten Träumen umgeben aus der Handlung herausgeht. Dazu kommt diese herrliche, strahlende Kulisse. Erich fand sich in dieser oder jener Rolle wieder. Obgleich es nur ein Spiel war oder gerade weil es nur ein Spiel war, ward er magisch hineingezogen, fühlte, bangte, weinte und lachte mit. Nein. Auf Film und Musentempel konnte er nicht verzichten und das Candle-Light-Dinner danach verstärkte die Illusion.

Er gab den Krolls, was er geben konnte. Mehr war einfach nicht drin.

Auguste, Hermann, Martha und die Kinder lebten auf, wenn Erich hier eintraf und zehrten lange davon. Endlich war ausgelöscht, was sie ansonsten so sehr bedrückte. Als die Ärmsten des Dorfes lagen sie der Gemeinde auf der Tasche. Sozialleistungen wurden verteilt. Niemand sollte hungern oder frieren. Schließlich galt die Volksgemeinschaft als höchstes Gut. Aber das berechtigte diese Volksgemeinschaft eben auch in der Person des Schulzen, des Gendarms, der Fürsorgerin, nach dem Rechten zu schauen. Mit und ohne Anmeldung drangen sie ins Haus ein, schauten in Ecken und Töpfe, examinierten die Großeltern, die Mutter und die Kinder, ob ihres Lebenswandels. Das war nicht nur lästig, das war auch übergriffig. Auf die »wohlgemeinten« Ratschläge und Kontrollen hätten die Krolls gern verzichtet. Nur verzichten bedeutete eben auch, sich restlos im Dorf von allem auszuschließen. Genau das konnten sie nicht. Jeder Mensch braucht ein Minimum an Gemeinschaft, und wenn er darbt, auch Unterstützung. Bei ihnen zählte jedes Gramm Brot, jedes Kleidungsstück und jeder Groschen.

Rauschte Erich, der vermögende Vater aus Berlin, mit dem schicken Auto herbei, schleppte ins Haus, packte aus, führte muntere Reden, produzierte sich, dann steckten auch die Nachbarn die Köpfe herein, verbreiteten in Windeseile, wie gut es um die Krolls steht, ja dass es aufwärts geht. Für Stunden oder Tage war die Not gemildert, ins wachsame Auge der Obrigkeit Sand gestreut und Entspannung trat ein. Selbst der

Lehrer in der Schule nahm den kleinen, armen Fritz herbei, ließ sich vom Vater und der großen Stadt Berlin berichten. Das Kind stand im Mittelpunkt aller Begierde. Es war glücklich. Irgendwann wiederholten sich die Geschichten, schrumpfte das Interesses, Fritz verlor an Wichtigkeit, ward an den Rand gedrängt. Der Vater kommt wohl nicht mehr. Niemals mehr? Hat Euch sitzen gelassen! Die Mutter schuftete in der Fabrik. Die Großeltern beackerten den kleinen Hof. Es langte nicht. Sie liefen um Stütze ins Gemeindebüro. Die Fürsorgestelle kam auf den Plan, der Gendarm schnüffelte rum. Die Familie darbte und bangte, bis das Auto wieder vor fuhr. »Endlich bist Du da. Freut mich«, sagte Hermann und alles war wie umgewandelt.

Zwei Tage blieben die Brüder in Brügge. Dann mussten sie heim. Hermann sagte: »Erich, lass Dich bald wieder sehen.« Er versprach es. Später, im Auto, als sie unter sich waren, stellte Willy fest: »Du solltest Dich öfter dort sehen lassen. Die mögen Dich. Die hängen an Dir.«

Erich grummelte: »Mach' ich. Mach' ich gern. – Nur übers Winterhalbjahr ist es mal schlecht mit der Fahrerei. Außerdem kostet es jedes Mal 'ne ordentliche Stange Geld.«

»Stimmt auch wieder.«

Trotz bester Vorsätze und aller Gutwilligkeit beschränkten sich Erichs Visiten in Brügge in der nächsten Zeit auf zwei oder drei im Jahr. Öfter ging es einfach nicht. Aus seiner sich allmählich verändernden Sicht war es auch nicht notwendig. Hildegard und Fritz entwickelten sich prächtig, Großeltern und Mutter kümmerten sich rührend. Was will man mehr? Dass die Krolls manchmal nichts zu beißen hatten, im Winter der Ofen mitunter kalt blieb, den Kindern das Schuhwerk fehlte, bekam er nicht mit. Wie denn auch? Für Jammern und Klagen waren Hermann, Auguste und

Martha zu stolz. Rauschte er herbei, fand er alles in Ordnung, bestens gerichtet und die kleinen Kümmernisse übersah er. Auch ein Erich Krumm kann nämlich nicht die ganze Welt retten.

Der Schularzt, Doktor Karl Breuer, vermerkte bei Hildegard Kroll, wie er sich abgehoben ausdrückte, ein exorbitantes Entwicklungsdefizit. Er stellte das Kind von der Einschulung zurück und empfahl Therapien. Die Mutter und die Großeltern konnten das absolut nicht nachvollziehen. Hildegard spielte, lernte, lachte, weinte, erzählte wie alle anderen Kinder auch. Was hat der Mann? Was will er? Martha betrachtete die Diagnose schlicht als falsch. Sie kannte ihr Kind. Er nicht. Um freilich den Weißkittel zufrieden zu stellen und die regelmäßigen Untersuchungen waren ja auch gesetzlich vorgeschrieben, ließ sich Martha auf die Therapien ein. Sie lief mit dem Kind zur Krankengymnastin, Ernährungsberaterin, Heilpraktikerin, Logopädin. Zweimal wöchentlich turnte, spielte, sprach, sang, speiste das Kind unter Aufsicht und Anleitung von Fachpersonal. Ein halbes Jahr später hatte Martha zwar erhebliche Aufwendungen und das Kind viel Freude gehabt, aber der Zustand der Kleinen blieb unverändert. Doktor Breuer zog einen Kollegen hinzu. Sie untersuchten, sie taten wichtig, sie schüttelten die Köpfe und endlich kam heraus, dass Hildegard unter einer schweren Erbkrankheit, so und so benannt, leidet und deshalb nicht in die Schule gehen kann.

Martha war wie vor den Kopf geschlagen. Erbkrankheit? Ja, wie denn? Wieso denn? Das Kind schaut doch ganz gesund aus. Daheim befragte Martha die Eltern. Auguste sagte: »Bei uns ist sowas noch nie gewesen.« Allerdings musste sie zugestehen, nicht sämtliche Ahnen und deren Nebenzweige zu kennen. Wer weiß denn schon Genaueres von Verwandten vierten Grades oder gar fünften Grades und deren Gesundheitszustand ist auch nur in den seltensten Fällen übermittelt. Hermann kürzte die merkwürdige Diskussion ab und sagte forsch: »Von uns hat sie es nicht. Das muss vom Vater kommen.« Er nahm Hildegard auf die Knie, beschaute und befühlte Glieder, Rücken, Kopf, Bauch. Hildegard lachte und sagte: »Opa, das kitzelt.« Sie schob seine Hände weg. Er ließ das Kind gehen und meinte: »Ich verstehe das nicht. Sie schaut doch ganz gesund aus.«

Während sie noch herumrätselten, war die Diagnose dem Gesundheitsamt durchgegeben und der behördliche Weg eingeleitet. Die Eltern, die Großeltern, die Geschwister sollen sich dem Arzt vorstellen. Sie traten geschlossen an. Das Ergebnis war wie erwartet: Die Erwachsenen sind gesund, das Kind Fritz wird man künftig besser im Blick behalten müssen, Hildegard ist krank.

In Lankwitz traf ein entsprechendes amtliches Schreiben ein, Erich Krumm war zutiefst erschrocken und eilte zu seinem Hausarzt.

Der Arzt, Doktor Richard Kaatz, kannte Erich und seine Frau schon lange. Sie waren nicht oft in seiner Sprechstunde, bedurften des ärztlichen Rates nur selten. Kaatz hatte jedoch die beiden sympathischen jungen Menschen, besonders Frau Else, ins Herz geschlossen. Sie tranken mitunter gemeinsam Kaffee, hielten eine gemütliche Plauderei ab oder unternahmen einen Spaziergang. Else Krumm war eine ausgesprochen gebildete und kultivierte Dame. Kaatz machte ihr den Hof, ihre Nähe schmeichelte ihm. Freilich wusste er Anstand zu wahren und akzeptierte den Ehemann und dessen Rechte. Hätte er aber Else früher gekannt, bevor sie auf Erich traf, würde er intensiv um sie geworben haben. So blieb er, was er war, nämlich ledig, und begnügte sich mit der Rolle des Hausfreundes.

Erich fächerte sein Problem auf. Selbstverständlich musste er die leibliche Vaterschaft zugeben. Einen Sachverhalt, den er im unmittelbaren Umfeld grundsätzlich verschwieg. Kaatz hörte zu, lächelte mild und winkte ab. Er unterlag der ärztlichen Schweigepflicht und die nahm er ernst. Als Erich fertig war, fragte Kaatz nach: »Sie sagen, das Kind ist gesund?« – »Ja. Ich sehe es nicht oft, aber oft genug, um nichts Auffälliges zu finden«, bekräftigte Erich, »ein Kind halt, ein fröhliches, normales Kind.« Kaatz überlegte eine Weile und sagte dann: »Ich brauche Sie nicht zu untersuchen. Ich weiß Bescheid. Ich attestiere Ihnen Ihre Gesundheit und fertig ist der Lack.«

Kaatz schrieb.

So froh Erich war, fand er das unbesehene Vorgehen denn doch leichtfertig. Es mochte in ihm etwas drinnen stecken, von dem er keine Ahnung hatte, irgendwann bricht es auf und er ist geliefert.

Kaatz spürte die Unsicherheit. Er sagte beruhigend: »Keine Angst, Sie haben nichts. Freilich hat jeder irgendeine Disposition geerbt. Aber eben irgendeine. Niemand kann vorher sagen, woran er letzten Endes wirklich zu Grunde geht.« Er beugte sich wieder übers Papier.

Erich schauderte. Erbkrankheit, Tod, das waren Dinge, die er fürchtete. Unglücklich hakte er nach: »Sie denken also, ich habe was. Nur sagen Sie es nicht und mir zum Gefallen schreiben Sie den Zettel aus.«

Kaatz blickte erstaunt hoch. Für so dumm hatte er Krumm gar nicht gehalten. Dummheit erzürnte ihn. Er belferte spitz: »Bitte, laufen Sie zu einem Kollegen, lassen Sie sich was anhängen, posaunen Sie es raus und Sie werden schon sehen, was Sie davon haben.«

Erich zuckte zusammen. Was hatte er denn gesagt? Er lenkte ein: »Nein, nein, so war es nicht gemeint. Ich glaube Ihnen.«

Kaatz händigte das Gutachten aus, verabschiedete sich mit den besten Wünschen für die Frau Gemahlin, schob Erich zur Tür hinaus und schüttelte den Kopf.

Drei Tage lebte Erich wie im Fieber. Er aß wenig, schlief schlecht, arbeitete wie in Trance. Unablässig kreisten seine Gedanken um die Erbkrankheit. Mal fühlte er sich hundeelend, dann wieder etwas besser, dann wieder schlechter, langsam fand er sich zurecht und kam zu Besinnung. Damit drängte sich ihm unweigerlich die Frage auf: Was ist mit Hildegard? Erich raffte sich auf und tat etwas seinem Wesen völlig Fremdes. Hatte er bisher immer die Devise »was ich nicht weiß, macht mich nicht heiß« hochgehalten, so griff er plötzlich mutig in den Lauf der Dinge ein.

»Doktor Kaatz, mal Klartext! Sie haben gesagt, und ich zitiere wörtlich: ›Bitte, laufen Sie zu einem Kollegen, lassen Sie sich was anhängen, posaunen Sie es raus und Sie werden schon sehen, was Sie davon haben.‹ Was war damit gemeint?«

Kaatz verblüfften Forschheit und Worte. Schon beim Reinkommen war ihm aufgefallen, dass Erich anders aussah, sich ganz anders gab. Jetzt saß Erich hier und der Arzt vermerkte: Naivität und Beschränktheit sind gewichen und haben unnachgiebiger Festigkeit Platz gemacht. Da Kaatz jedoch nicht sicher sein konnte, ob er einen guten Schauspieler oder einen ehrlichen Mann vor sich hat, sondierte er behutsam: »Sie glaubten an eine Gefälligkeit meinerseits zunächst?« Erich nickte. »Sie fürchteten sich vor der Krankheit?« Erich nickte. »Sie sind jetzt überzeugt, dass ich die Wahrheit sage?«

Erich beschnitt die Fühlungnahme und verlangte unbeeindruckt: »Ich möchte wissen, was Sie wissen.

Ich möchte wissen, was diese unterschwellige Drohung sollte. Ich will wissen, was mit meiner Tochter ist. Krankheit, ja oder nein.«

Kaatz stand auf, wanderte im Raum hin und her. Erich blieb hocken und beobachtete lauernd. Kaatz hegte Bedenken: Teilte er seine Vermutungen mit, konnte es die Approbation kosten. Schwieg er, verlor er die Freundschaft der Krumms. In blindem Vertrauen hatte er sich hinreißen lassen und zu weit vorgewagt.

Ach was, riet er sich zu, der Mann wird schweigen, ich kenne die beiden lange genug.

»Nichts von dem, was ich Ihnen jetzt sage, darf hier raus.« Erich nickte. »Es sind nur Spekulationen. Ich habe keine Beweise. Ich bin kein Kliniker.«

Er setzte sich hin, beugte sich vor und redete leise: »Die Ärztekammer, die Universitäten rufen uns zu Konferenzen zusammen. Einmal politische Bildung, damit wir in die Spur kommen. Das ist klar. Ein anderes Mal fachliche Bildung, damit wir auf dem Laufenden bleiben. Auch klar. Bei den Agitationen höre ich von unwertem Leben, von Volksgesundheit, von arischer Rasse. Gut. Sowas kann man überhören, muss es nicht glauben, stecke ich einfach weg. Bei den fachlichen Veranstaltungen sieht es anders aus. Da werden sensationelle Ergebnisse in einem Tempo offeriert, wie es früher schlicht unmöglich beziehungsweise undenkbar war. Dazu kommen zum einen bedenklich oft Human-Präparate und zum anderen Todesursachen, die einfach nicht stimmen können. Ich meine, nicht in dieser Häufigkeit in einer normalen Population. Sie verstehen?« Erich schüttelte den Kopf. »Herr Krumm, ich spreche von Menschenversuchen, ich spreche von Euthanasie, ich spreche von Mördern in weißen Kitteln.«

Erich war betroffen. Nicht so betroffen, dass es ihm die Beine wegschlug, aber ohne Zweifel schockte ihn die Nachricht.

»Was mache ich jetzt?«, fragte er.

»Was Sie tun, weiß ich nicht«, antwortete Kaatz, »ich, für meinen Teil, helfe wo ich kann.«

Erich vergewisserte sich: »Sie werden meinem Kind was antun?«

Kaatz sagte: »Mit hoher Wahrscheinlichkeit wird es aussortiert, wie man eine Geschwulst aus dem Körper schneidet.« Erich starrte unverwandt. Kaatz legte nach: »Das hört sich in der Sprache der Agitatoren so an: Das Verfahren bewahrt uns alle vor größerem Schaden. Jeder hat erkannt und wirkt mit, dass die Volksgesundheit sich verbessert. Erbkranke sowie behinderte Kinder werden aus dem Volkskörper ausgesondert, etwa wie ein guter Arzt einen Ulkus entfernt. Das mag schmerzhaft sein, ist aber nicht zu ändern.«

Erich hatte verstanden. Er erhob sich, gab dem Arzt die Hand und sagte: »Ich danke Ihnen.« Er ging hinaus.

Kaatz hegte Zweifel, ob es gut war, so viel zu reden. Allein, er konnte nicht zurück.

Else ließ sich nicht anmerken, was sie dachte. Erich schilderte die Situation und seine Befürchtungen. Er nannte seine Quelle nicht und Else forschte nicht, zumal nahe liegend war, dass die Spekulationen von Kaatz stammen. Weitere Ärzte gehörten nicht zu Erichs Bekanntenkreis.

»Was wirst Du tun?«, fragte sie.

»Ich fahre nach Brügge, schlage dem Arzt die Fresse ein, nehme das Kind unter den Arm und komme her«, antwortete er ruhig.

Else stand auf und sprach: »Du schlägst niemandem die Fresse ein, wir fahren gemeinsam und das Kind bleibt bei der Mutter.«

Erich nickte.

Sie packten ein paar Sachen zusammen, bestiegen das Auto und überquerten bereits fünf Stunden später bei Küstrin die Oder.

In Brügge wurden sie nach kurzer Irritation Willkommen geheißen. Else erweckte in ihrer gepflegten, feinen Aufmachung und kühl distanzierten Art den Eindruck einer Amtsperson. Die Krolls erschraken heftig. Eine Fürsorgerin höheren Ranges etwa! Was will die hier? Wir haben doch alle Forderungen punktuell erfüllt. Nachdem Erich sie als seine Frau vorgestellt und Else ihr liebenswürdiges Lächeln gezeigt hatte, brach das Eis augenblicklich und sie war in der Mitte der Familie aufgenommen. Nun saßen die Erwachsenen in der kleinen Stube beieinander und plauderten gemächlich.

Insgesamt bot sich Erich jetzt ein ganz anderes Bild als er erwartete. Die Kinder hüpften vergnügt über die Wiese im Garten, offenkundig neue Kleider baumelten lustig auf der Leine und die Sommersonne schien auch im Haus zu lachen. Über allem lag eine feierliche Zufriedenheit. Schon informierten die Krolls über die Neuigkeiten: Vater Hermann hat Arbeit zu recht annehmbaren Konditionen beim Straßenbau bekommen, die Stütze von der Gemeinde war hoch gesetzt worden, so dass man einiges kaufen konnte. Martha schuftete weniger in der Fabrik, hatte mehr Zeit für Haus und Hof. Den Kindern ging es wahrlich gut.

»Und damit das so bleibt«, endete Martha, »kommt unsere Kleine im Herbst in die Klinik, wird kuriert und darf dann nächstes Jahr sogar in die Schule.«

»Die Erbkrankheit ist ausgeräumt?«, fragte Erich streng.

Hermann antwortete: »Nun nicht, aber man kann sie stoppen.«

Erich holte tief Luft. Der plötzliche Wandel verunsicherte ihn und beförderte sein Misstrauen erst recht. Er hakte nach: »Und Fritz ist nicht betroffen?«

»Das muss man beobachten. Ich stelle ihn regelmäßig bei Doktor Breuer vor«, antwortete Martha.

Beide Kinder!, hämmerte es in Erichs Schädel.

Er stand auf und sagte leichthin: »Hermann, wir gehen mal paar Schritte vors Haus.«

Hermann folgte.

Sie liefen durch den Garten, nahmen die hintere Pforte und schlugen den Weg über die Felder ein. Die ernste Miene Erichs ließ auch Hermann schweigen. Endlich hockten sie sich am Graben hin und Erich sprach: »Hermann, ich bin mal in diesem Haus mit Fragen konfrontiert worden, die ich nicht oder nur schlecht beantworten konnte. Hier herrschte mal ein kritischer Geist, der recht ungemütlich war.« Hermann lächelte in stolzer Erinnerung. »Das habe ich oft nicht verstanden, das habe ich sogar abgelehnt.«

»Hast Dich halt anders entschieden, Junge«, gab der alte Hermann gutwillig zu.

»Genau. – Worauf ich hinaus will«, führte Erich aus, »jetzt habt Ihr Euch blenden lassen, von Versprechungen, Geld, Arbeit eventuell oder so. Jedenfalls fragt Ihr nicht mehr. Und das ist falsch. Es geht um die Kinder. Sieh mal, eine Erbkrankheit, die nicht zu sehen ist, müsste doch eigentlich stutzig machen. Das muss Dir doch auffallen. Aber Du fragst nicht. Du machst einfach mit.«

Hermann ließ den Kopf hängen.

Erich redete weiter: »Ich sage es Dir hier unter vier Augen. Ich weiß, dass sie Kinder, die keine oder nur eine schwache Lobby haben, als Versuchskaninchen missbrauchen. Mörder im weißen Kittel!« Hermann hob den Kopf und riss die Augen auf. »Deshalb bin ich hier. Der Arzt muss gebremst werden.«

Hermann zitterten die Knie. Das hatte er so nicht gewusst und auch nicht gewollt. Die Ahnung verdrängte er. Volksgesundheit, Ausmerzen von Erbkrankheiten waren die Stichworte. Die Fürsorgerin hatte sich Mühe gemacht, überzeugend gesprochen und sie, die Krolls, letzten Endes in allen Fragen unterstützt, wenn, ja wenn sie die Kinder für eine gewisse Zeit in die Klinik geben. Eine kleine Kur und alles ist behoben. Er fragte bestürzt: »Was soll man tun?«, und dachte: Jetzt ist alles futsch!

Erich antwortete: »Wir gehen jetzt rein. Ihr zeigt mir die Papiere. Ich rede mit dem Arzt.«

Das Studium der Unterlagen ergab: Die Sache ist mit lateinischen Begriffen und Paragraphen dermaßen festgefügt, dass es kein Entrinnen gibt. Das Jugendamt als Vormund der Kinder der unverheirateten Martha Kroll trägt alle Sorge.

Sie rätselten eine Weile hin und her, bis Else den zündenden Gedanken hatte: »Wenn nun aber der Vater die Herausgabe der Kinder verlangt, stehen sie machtlos da.«

»Versuchen kann man es«, stimmte Erich zu, »zumindest kriegen wir sie aus der Schusslinie.«

Martha barmte: »Was ist damit gewonnen? Auch Du kommst nicht gegen den Arzt an.«

Erich schmunzelte. »Das wollen wir doch sehen.«

Auf dem Weg nach Soldin machten sich Else und Erich gegenseitig stark. Ein Husarenstück musste gelingen. Von sicherem Auftreten und treffenden Worten hing jetzt alles ab.

Erich stellte den Wagen auf dem Marktplatz ab. Rückwärtig hinter dem Rathaus befanden sich die Baracken, wo das Jugendamt seine Verwaltungsräume hatte. Er kannte den Ort von früheren Visiten. Mühelos fanden sie den zuständigen Mitarbeiter.

Erich und Else traten ein. Erich sagte knapp: »Guten Tag. Ich bin hier, um meine Kinder abzumelden.«

Der Mann hinterm Schreibtisch blickte hoch, streifte kurz die streng ausschauende Dame im Hintergrund, verlangte die Identifikation und sagte blasiert: »So einfach geht das nicht.«

Er nahm eine Akte hervor und noch eine, blätterte, dachte nach, war sich unschlüssig: Die Kroll-Kinder sind erbkrank, längst für eine Kur vorgesehen, alles ist eingerührt, der Schularzt drängt auf Ausführung. Die Kinder herausgeben oder einbehalten?

Else trat ins Bild: »Zu Ihrer Kenntnis: Das Jugendamt Lankwitz, Berlin, erwartet die Kinder bereits. In der Charité stehen Plätze zur Verfügung. Der Vater ist dringend angehalten, seine Kinder vorzustellen«, sprach sie sachlich, lächelte und fügte charmant hinzu: »Wir verstehen uns, Herr Kollege?«

Der Mann sprang auf und sagte devot: »Aber gern doch. Möchten Sie Platz nehmen?«

Else setzte sich, schlug ihre schönen Beine elegant übereinander, lehnte sich zurück und flötete: »Sie haben ja so viel zu tun. Und da platze ich hier rein und will auch noch prompte Erledigung.«

Der Sachbearbeiter hockte sich hinter den Schreibtisch: »Ich fülle rasch die Meldebescheinigung aus.«

»Sehr liebenswürdig. Ich werde ja heute noch in Berlin zurück erwartet.«

Die permanente Betonung auf Berlin blieb nicht unbemerkt. Der Mann eilte.

Die Formulare waren ausgefüllt. Der Sachbearbeiter stand auf, reichte devot die Papiere herüber.

Else erhob sich ebenfalls, berührte wie von ungefähr seine Hand, ihn durchfuhr ein angenehmes Schaudern, und sie sagte liebenswürdig: »Nun, die Akte nehme ich auch gleich mit.«

Sie kam ganz nah, so dass er ihren Duft atmen konnte und für Sekundenbruchteile ihre Brüste an seinem Oberarm spürte. Betäubt reichte er die Akten zu.

Else nahm den Stapel mit beiden Händen, drückte sie an ihren Körper, vollzog eine kleine Schwingung ihrer bezaubernden Gestalt, drehte sich um, schaute zurück und sagte ganz leicht: »Wenn ich wieder in Soldin zu tun habe, darf ich reinschauen?«

Er nickte.

»Auf Wiedersehen.«

Sie liefen gemessen über die Flure und verließen das Haus. Die Anspannung wich.

Erich sagte: »Hätte ich nicht gewusst, worum es geht, wäre ich glatt eifersüchtig geworden.«

Else lachte: »Pass auf mich auf Junge, sonst brenne ich eines Tages mit einem Beamten durch.«

Er lachte auch.

Die Akten verstauten sie im Wagen und begaben sich zu Fuß zur Praxis Doktor Breuers.

Das Wartezimmer war gerammelt voll. Mütter und Kinder gaben ein einziges Gewühl. Die genervte Sprechstundenhilfe eilte hin und her, vermittelte zwischen streitenden Parteien, brachte Trostpflaster für plärrende Kinder und beteuerte in einem fort: »Es geht gleich weiter. Ja, Sie sind als nächstes dran.«

Else schritt zur Tür des Arztzimmers und nahm die Klinke in die Hand.

Die Sprechstundenhilfe bremste: »So geht das nicht!«

Else sagte: »Tut mit leid, ich habe keine Zeit«, und war drinnen.

Doktor Breuer untersuchte soeben einen kleinen Jungen, dessen Mutter sorgenvoll daneben stand.

Er blickte unwirsch auf den Eindringling und befahl: »Warten Sie draußen!«

Else stand und sagte: »Ich warte hier.«

Breuer wurde hochrot, schnaubte und untersuchte weiter. »Kleine Erkältung. Das legt sich in zwei, drei Tagen. Warme Wickel. Sie können ihn anziehen«, sprach er, schrieb ein Rezept aus, leierte ein paar Erklärungen runter, brachte Mutter und Kind zur Tür, rief hinaus: Moment bitte«, drehte sich um und herrschte: »Was erlauben Sie sich?«

Else sagte kühl: »Jugendamt Berlin-Lankwitz. Sie werden entschuldigen. Wir haben eine Anforderung der Charité zu erfüllen. Die Kinder Hildegard und Fritz Kroll werden dort behandelt. Ich bin nur hier, um Ihnen mitzuteilen, dass die Kinder nicht mehr in Ihre Zuständigkeit gehören. – Reine Gefälligkeit von mir.« Sie lächelte.

Der Arzt war entwaffnet. »Ich danke Ihnen«, stammelte er, »ja, dann.«

Sie ergänzte: »Wenn Sie ihre Untersuchungsergebnisse, Befunde et cetera dann bitte zeitnah nach Berlin schicken würden. Man erwartet Ihre Arbeit. Und Sie verstehen, es muss rasch gehen. Wir wollen ja irgendwann das Kapitel Erbkrankheit abgeschlossen haben.«

»Ganz in meinem Sinne«, beteuerte Breuer und hörte nur »Berlin« und »Charité«. Sie werden auf seine Arbeit zurückgreifen, ihn erwähnen, er hatte die erbkranken Kinder entdeckt. Sie werden ihn loben und einladen, sogar auszeichnen.

Else bekräftigte: »Vergessen Sie bitte nicht, ohne die von Ihnen erhobenen Befunde kommen ihre Kollegen in Berlin nicht weiter. Da werden eventuell wochenlang Betten in der Charité blockiert. Das wäre ärgerlich.«

Ärger wollte Doktor Breuer schon gar nicht provozieren.

Else drehte sich zur Tür: »Ich fahre jetzt nach Berlin. Auf Wiedersehen, hat mich gefreut.«

Er rief ihr nach: »Warten Sie!«

Sie kehrte sich um und er sagte: »Sie wollen entschuldigen, gnädige Frau. Ist es eventuell möglich, dass Sie die Akten gleich mitnehmen?« Stammelnd schob er nach: »Der Postweg ist lang und unsicher.«
Else lächelte: »Gern. Ich warte.«

Die Freude über die gelungene Entführung war überschattet von der Abschiedsszene. Martha und die Großeltern Kroll trennten sich nur schweren Herzens von den Kindern. Fritz war jetzt elf und Hildegard acht Jahre alt. Unermüdlich hatten sie geschaffen, die Kinder standen immer im Fokus und manches Opfer war gebracht worden, damit es die Kleinen gut haben sollen. Die Notwendigkeit der vorübergehenden Trennung sahen alle ein, allein die Gefühle entwickelten ihr Eigenleben. Am Ende überwogen trotzdem sachliche Überlegungen. Berlin ist nicht außer der Welt. Sie werden sich gegenseitig besuchen, hier oder dort gemeinsam Urlaub machen, Briefe und Päckchen gehen hin und her. Und wenn sich die Wogen geglättet haben, kehren die Kinder wohlbehalten nach Hause zurück. So verabredeten sie es und so werden sie es auch machen. In einem viertel Jahr ist Weihnachten, da kommen die Krolls nach Berlin auf Besuch. Dieser Entschluss erleichterte den Abschied etwas. Die Kinder empfanden die Aussichten gar nicht schlecht. Klar wird die Mutter fehlen, die Großeltern auch und der Garten erst recht. Aber eine lange Autofahrt, ein wohlhabender Vater und die große Stadt sind auch nicht zu verachten.

Else sah sich um, der Kinder Köpfe schaukelten. Die Kleinen schliefen im Fond des Wagens. Hildegard hatte ihren Teddy im Arm und Fritz sein Spielzeugauto auf dem Schoß. Sie sagte leise: »Fahr schön vorsichtig, nicht dass eins runter fällt.«

Erich schmunzelte und dachte: Muttergefühle. Er dachte auch noch weiter: Wenn Doktor Kaatz uns hilft, die Kinder für gesund befindet, uns anständige Papiere beschafft, wir die Kinder in der Schule anmelden, dann ist alles gelungen. Fein. Nur, wann können sie wirklich zur Mutter zurück? Sollten wir nicht besser Arbeit und Wohnung für Martha in Berlin besorgen? Das hätte viele Vorteile. Die Großeltern sind alt, wir sind jung, die Kinder in meiner Nähe, die ewige Fahrerei habe ich auch satt. Erichs Gedanken gingen hin und her.

Else nahm die nächsten Schritte ins Blickfeld: Daheim werden wir als erstes die Akten vernichten. Ohne Akte kein Vorgang. Ohne Vorgang keine Gefahr. Morgen werden wir die Kinder neu einkleiden. Städter sehen anders aus als die Leute vom Dorf. Danach zu Doktor Kaatz. Der muss helfen. Hilft er? Er muss! Wenn nicht? »Erich, was machen wir, wenn Doktor Kaatz sich weigert, uns vielleicht sogar anzeigt«, fragte sie leise.

Erich antwortete ruhig: »Keine Bange, Mädel. Das wird.«

Sie legte ihren Kopf an seine Schulter, schloss die Augen, begann zu dösen. Die letzten Stunden hatten sie sehr angestrengt.

Das Fehlen der Kinder erregte in Brügge sofort Aufsehen. Die Krolls verbreiteten, dass Fritz und Hildegard vom Vater und einer Fürsorgerin abgeholt wurden und in der Berliner Charité behandelt werden. Das war soweit ganz schlüssig. Die Nachbarn bestätigten den Vorgang. Ihnen war nichts entgangen. Der normale Alltag nahm seinen Lauf: Arbeit, Feierabend, ein Plausch vor der Haustür, Sonntags Kirchgang und anschließend, je nach Lage des Haushaltsbudgets, Besuch des Wirtshauses für die Männer und für die Frauen die üblichen Erledigungen im Haus.

Hermann Kroll litt, ob des Verlustes der Kinder sehr. Sie fehlten ihm und er hatte Angst um sie. Wird es Erich richten? Der Ausgang ist völlig ungewiss. Mit voller Wucht hatte er begriffen, welche perfiden Gemeinheiten diese Herrenrasse ausheckt, welcher Gräuel sie fähig ist. Früher war Hermann ein starker, disziplinierter Mensch gewesen. Heute, in seinem sechzigsten Lebensjahr war er nur noch schwach. Angst, Hass, Verzweiflung und Wehmut vermischten sich. Er schloss sich den Trinkern an und soff mehr als er vertragen konnte. Anfänglich foppten ihn die Zeitgenossen leichthin oder beschauten ihn mitleidig, bald hänselten sie ihn derber und fuhren ihn grob an. Da war auch der Gendarm Zacharias mit von der Partie. Er kühlte sein Mütchen an dem gefallenem Mann.

Es war Sonntag, dritter Advent. Die Lichter glänzten schon in den Fenstern, die Kinderaugen strahlten in froher Erwartung, die Mütter backten Kuchen, die Väter bastelten an Überraschungen, nur bei den Krolls blieb es trist und leer.

Da soff Hermann umso fester, hatte schon gehörig einen in der Krone und hörte Zacharias sagen: »Na, Hermann, gießt Dir einen auf Lampe. Bist froh, die Gören aus dem Haus zu haben.«

Hermann schwieg verbissen. Die Nachbarn grinsten beifällig.

Zacharias stachelte weiter: »Kannst Dein Geld in die Kneipe tragen, brauchst nicht mehr zu sorgen.«

Hermann umfasste mit seinen breiten Händen die Tischkanten. Die Nachbarn lauerten.

Zacharias legte nach: »Dieses gottverfluchte asoziale Pack. Ausräuchern, Wegschneiden!« Er feixte.

Hermann richtete sich auf, stand in voller Größe, schwankte hin und her, holte tief Luft und brüllte: »Du altes Schwein! Die Hoden müsste man Dir rausreißen und zum Fressen geben. Kleine Kinder ermorden, dafür sollst Du in der Hölle schmoren.« Er fuhr mit der Hand über den Tisch, so dass die Gläser herab fielen und zerschellten. Er wankte zur Tür und ward draußen.

Zacharias schnappte nach Luft. Alle hatten es gehört: Der Gendarm war des Mordes bezichtigt! Er kreischte: »Das wirst Du mir büßen!«

Die Nachbarn murmelten ernst: »Beamtenbeleidigung in aller Öffentlichkeit. Das hat ein Nachspiel. Das geht böse aus.« Alle wussten, welchen Stand die Krolls bei den Behörden haben. »Und nun sowas. Das geht ins Auge.«

Zacharias nahm sein Notizbuch hervor und konstatierte diensteifrig: »Ihr bezeugt.« Alle nickten, einige zögernd, andere zudringlich. Er hatte das ganze Dorf hinter sich.

Keine vierundzwanzig Stunden später rollte ein kleiner Laster vor das Haus der Familie Kroll. Polizisten sprangen ab, umstellten das Haus. Hermann, Auguste und Martha wurden hinaus getrieben, aufgeladen, fortgefahren.

Weihnachten kam und ging. Erich und Else hatten den Kindern ein schönes Fest bereitet. Das fing mit Plätzchen backen in den Adventstagen an, erstreckte sich über Geschenke am Heiligen Abend erreichte mit dem Kirchgang am ersten Feiertag seinen Höhepunkt. An alles war gedacht worden. Die jungen Eltern bemühten sich redlich. Nur eins fehlte: Nachricht von daheim. Keine Karte, kein Gruß, kein Päckchen. Schreiben ist einfacher Leute Sache nicht und sie hatten vereinbart möglichst unauffällig, nichtssagend zu kommunizieren, postlagernd über Soldin. Was hinderte nun aber Martha, die ja fast täglich auf dem Weg zur Fabrik am Postamt vorbei lief, einen

Gruß zu schicken? Wenigstens an Weihnachten eine Kleinigkeit, damit jeder von jedem weiß: Uns geht es gut. Zunächst kümmerte Erich das Schweigen nicht. Hatte er vor Wochen mitgeteilt, dass »alles heil überstanden ist, Mutter und Kind wohlauf sind«, und keine Antwort bekommen, lehnte er sich noch zurück und meinte abfällig: Martha war nie eine Leuchte im Denken. Sie hat es vergessen, sie packte es einfach nicht. Nun begann er sich zu sorgen, zumal die Kinder warteten. Täglich inspizierten sie den Briefkasten, mit großen Augen sehnten sie den Briefträger herbei.

Am Abend legte sich Hildegard ins Bett, weinte sich in Schlaf und am Morgen hatte sie Fieber. Am Mittag war das Fieber gestiegen, am Abend fast vierzig Grad. Else rief Doktor Kaatz. Der Arzt kam, konnte nichts finden, sagte: »Kinder fiebern schnell mal«, und ging wieder. Nach drei Tagen war die Temperatur tatsächlich auf normal, aber das Kind blieb leidend, aß wenig, spielte nicht und wurde immer weniger.

Mitte Januar nahm Else das Mädchen an die Hand und sie besuchten Doktor Kaatz in seiner Praxis.

Er beschaute das Kleine von oben bis unten, konnte nichts finden und sagte: »Wir machen mal großes Blutbild, Stuhl- und Urinprobe. – Das schaffen wir bis Mittwoch. – Ich komme Mittwochabend bei Euch vorbei, wir werten das aus und ich sehe mir die Kleine nochmal an. Einverstanden?« – »Einverstanden.«

Mittwochabend lagen die Kinder im Bett und die Erwachsenen saßen gemütlich beisammen. Erich hatte Wein mitgebracht und Else ein paar Häppchen vorbereitet.

Kaatz sagte: »Hildegard fehlt nichts.«

Else fuhr dazwischen: »Richard, Sie können mir doch nicht erzählen, dass das normal ist. Die Kleine geht doch ein. Das sieht man doch.«

»Lassen Sie mich ausreden, liebste Else. – Das Kind hat Heimweh.«

Erich maulte: »Heimweh nach einer Mutter, die weder lesen noch schreiben kann. Heimweh nach Großeltern, die sie wegschmeißen wie einen alten Sack. Wenn ich das geahnt hätte ...«

Richard Kaatz sagte behutsam: »Erich, seien Sie so freundlich und urteilen Sie nicht vorschnell. Wir wissen doch gar nichts.«

»Doch!«, trotzte Erich, »am Liebsten würde ich hinfahren, denen die Bude eintreten und sie herschleifen.« Allerdings war ihm völlig klar, dass jedes Aufsehen zu vermeiden ist, wollten sie die Kinder nicht gefährden. Also hieß es, geduldig warten. Er schob unwillig nach: »Auf ein Lebenszeichen warten, bis die Kleine hinüber ist?«

Sie hoben die Gläser, prosteten sich zu, tranken, nahmen von den Häppchen.

Was Katz hier zusammenzubringen sollte, war im Grunde ein Ding der Unmöglichkeit. Er dachte: Das Kind hat Heimweh und die Mutter fehlt. Der Seelenzustand des Kindes würde sich eventuell verbessern, wenn Else eine eher weniger kühl herüberkommende Frau wäre. So aufopfernd und umsichtig sie die Kinder versorgt, ist und bleibt sie doch von oben dirigierend, abgehoben, stolz. Sie hat ein gutes Herz, aber sie zeigt es nicht. Was für den Jungen angehen mag, außerdem hängt der sowieso mehr am Vater, bringt das kleine Mädchen um. Mal streicheln, mal weniger korrekt Aufgaben verteilen, mal Spielsachen rumliegen lassen, eben nachsichtig und mit offener Wärme auf das Kind zugehen, das wird Else niemals leisten.

Soweit war Kaatz mit seinen Gedanken durch. Jetzt quälte ihn sein Gewissen. Er wollte und durfte Else nicht die Wahrheit sagen. Niemand hat nach soviel selbstverleugnendem Einsatz Zurechtweisung verdient. Offenheit musste sie verletzen. Er versuchte es anders herum: »Liebe gnädige Frau, ich empfehle Klimawechsel.« Erich und Else sahen ihn verdutzt an. Kaatz sprach weiter: »Klimawechsel bewirkt bei Kindern oft Wunder. Ersetzt zwar die Mutter auch nicht, aber heilt ganz ungemein.« Er sah sich um, als suche er im Raum die Lösung, und sagte vorsichtig: »Eine andere Familie, mit kleinen Kindern eventuell, ein anderer Ort vielleicht.«

Was jetzt einsetzte, damit hatte er gerechnet. Sie beschimpften ihn. Zwar mangelte es den Krumms nicht an anständigen Manieren und Höflichkeit, aber der Inhalt war haarsträubend: Noch so ein Wechsel, sinnlose Aktionen, Mangel an gesundem Menschenverstand, unüberschaubarer Aufwand, Verantwortungslosigkeit und so weiter.

Kaatz ließ sie reden, hörte geduldig zu und als die Luft raus war, fragte er ruhig: »Wo bringen wir die Kleine unter?«

Erich antwortete: »Bei meinem Bruder.«

Im Rampenlicht

Fritz saß im Kinderzimmer und hielt Hildegards Teddy in den Händen. In der allgemeinen Aufregung des Aufbruchs hatten sie das Spielzeug vergessen. Jetzt war der Teddy hier und Hildegard fort. Fritz weinte. Er war noch nie einen Tag ohne seine Schwester gewesen. Sie war weg und er wusste nicht mal, wohin sie gebracht war.

Fritz lief in die Küche und sagte: »Else, Ihr habt den Teddy vergessen.«

Else schaute auf den Jungen, fühlte seine Not und sagte: »Sie bekommt einen anderen Teddy, und sieh mal, sie spielt doch gar nicht.«

»Aber wenn sie wieder gesund ist?«

»Ja, bis dahin ist noch lange Zeit und sie hat dann einen anderen«, vertröstete Else.

Fritz bettelte: »Wann besuchen wir Hilde?«

Else fühlte sich überfordert. Was sollte sie sagen? Freilich war es leicht, in der kinderreichen Familie des Schwagers ein Kind untertauchen zu lassen. Trotzdem war Abwarten angesagt. Den Nachbarn der Krumms in der Schönhauser Allee, im dicht besiedelten Arbeiterviertel könnten plötzlich aufkommende, häufige Verwandtenbesuche auffallen. Es war ratsam, alles in aller Ruhe anzugehen. »Drängle nicht!«, wies Else den Jungen ab.

Fritz verdrückte sich und nahm sich vor, am Abend den Vater zu befragen.

Erich war deutlich geschickter im Umgang mit Kindern als seine Frau. Er hörte die Sorge seines Sohnes, lobte ihn für seine Aufmerksamkeit und sagte: »Gib mir den Teddy. Wenn ich morgen unterwegs bin, mache ich 'nen Abstecher zu Onkel Willy, gebe den Teddy ab und alles ist im Lot.«

Fritz fühlte sich verstanden und angenommen, küsste den Teddy, strich ihm das Fell zurecht und überreichte ihn.

Erich versteckte das niedliche Kuscheltier im Schlafzimmerschrank hinter dem Wäschestapel.

Am folgenden Abend berichtete er ausführlich von seiner Visite beim Bruder, wie er Hildegard vorgefunden hatte, dass es ihr deutlich besser geht und dass sie einander in Bälde besuchen werden.

Fritz war glücklich.

Mitte April, gleich nach Ostern fing für Fritz der Ernst des Lebens wieder an. War er bis dahin zu Hause gesessen und hatte Zeit zum Einleben gehabt – die Eltern besorgten zwischenzeitlich Papiere, sondierten die Lage, fanden brauchbare Erklärungen –, so sollte er ab jetzt zur Schule gehen. Vorsorglich schrieb Erich seinen Sohn beim Jungvolk ein und kaufte ihm eine schicke Uniform.

Sie probierten den neuen, unverfänglichen Lebenslauf des Kindes.

»Also, ich sage Dir jetzt, was Du zu sagen hast«, erklärte Erich ruhig, »Du stammst aus Brügge, kleines Dorf, fünf Häuser und drei Spitzbuben. Warst soweit ganz zufrieden. Du hattest Großeltern und die Mutter. Keine Geschwister!«

»Aber wieso denn nicht?«, begehrte der Junge auf.

Der Vater antwortete streng: »Fritze, hör mal, wenn Du nicht das sagst, was ich Dir sage, kommen wir alle in Teufels Küche.«

Fritz fragte: »Ja, wie denn?«

Erich nahm den Jungen fest zwischen seine Knie und sprach eindringlich: »Keine Fragen, nur lernen. Fertig!«

Fritz begehrte auf: »Ich kann doch nicht lügen. – Überhaupt, Ihr habt mir versprochen, dass wir Hilde besuchen. Nüscht habt Ihr gehalten.« Tränen stiegen ihm auf.

Erichs Herz verkrampfte sich. Er strich dem Jungen übers Haar und sagte: »Fritze, der Hilde geht es gut. – Wenn Du mir versprichst, so zu reden, wie ich es sage, dann vereinbare ich ein Treffen mit Onkel Willy. In Ordnung.« – »In Ordnung.«

Fritz unterdrückte die Tränen und hörte weiter: »Keine Geschwister.« Fritz nickte brav. »Das Wichtigste ist: Die Mutter ist gestorben. Deshalb lebst Du jetzt beim Vater.«

Fritz schaute mit großen, entsetzten Augen: »Die Mama ist tot?«

Erich hielt es kaum aus. Der Schmerz seines Sohnes riss an seinem Herzen. Er bekräftigte: »Ja. Leider. Die Mama ist gestorben.«

Fritz konnte die Tränen nicht mehr aufhalten.

Erich überließ ihn seinem Kummer und war froh, wie er das Kind überzeugt hatte. Später wird er ihm die Wahrheit sagen. Später. Aber wann ist später?

Es fiel Fritz leicht, sich in der Schule nicht zu verplappern, denn niemand redete mit ihm. Von einem strammen jungen Lehrer, Herrn Theo Menzel, war er in die Gruppe der Mitschüler eingeführt. Vor der Klasse stehend, stammelte Fritz seinen Lebenslauf herunter und obgleich die Knaben zu Disziplin, Fairness und Kameradschaft vergattert waren, grinsten einige, würgten an einem Lachen und schließlich brüllten alle: »Landei.« Da nutzte ihm die schicke Uniform nichts, auch nicht, wie Else ihn herausgeputzt hatte, und der Vater ihn ermahnte und zugleich Mut zusprach. Fritz war von Anfang an unten durch. Er saß von niemandem beachtet auf seinem Platz und hörte die Lektionen. Auf dem Schulhof bezogen sie ihn nicht in ihr Spiel ein. Bei den Wanderungen und Geländeübungen trottete er brav mit, ohne jemals wirklich wahrgenommen zu werden. Fritz fiel niemals auf, pflegte keine Freundschaften und es störte ihn nicht. Das war insofern nicht verwunderlich, als dass er ja von klein auf schon in Brügge zu den Außenseitern gehörte und diesen Platz in Lankwitz nahezu selbstverständlich wieder einnahm. Wie daheim, seinerzeit bei den Großeltern und mit der Mutter richtete er sich im Schoß der Familie ein und war damit zufrieden.

Allein, Hildegard fehlte. Wieder und wieder drängte er. Die Eltern blieben zögerlich. Es braucht Zeit. Sie vertrösteten, fanden alle möglichen Ausreden und Ablenkung für den Jungen. Sie warteten mit hübschen Geschenken und unterhaltsamen Unternehmungen auf. Das ließ er sich gefallen, die Eltern waren großzügig. Allmählich ahnte er, dass sie die Geschwister absichtlich voneinander fernhalten. Er begann, sich abzufinden. Er fragte seltener und irgendwann gar nicht mehr.

Da glich es einem Wunder, wie sie eines Tages den Picknickkorb packten, im Wagen vor die Stadt fuhren, sich unter die Wanderfreunde mischten und »rein zufällig« einer anderen Familie anschlossen. Die Erwachsenen begrüßten sich herzlich, breiteten die Decken aus, setzten sich nieder und vertieften sich ins Gespräch. Fritz wich wie immer den Eltern nicht von der Seite, war aber aufgefordert, sich dort den spielenden Kindern zuzugesellen. Er mochte Kinder nicht. Er entfernte sich trödelnd und wähnte die übliche Geheimnistuerei. Schon hatte ihn eine kleine Gruppe fremder Kinder entdeckt und rannte auf ihn zu. Sie riefen von weitem: »Da ist er ja!« Sie umringten ihn und Fritz erkannte seine Schwester. »Hildegard«, sagte er und sonst nichts. Sie umfassten einander und lagen sich lange in den Armen.

Hildegard war gesund, gewachsen und unter den Kindern von Anna und Willy Krumm richtig aufgeblüht. Die auf der Hand liegende Frage »Wann sind wir wieder eine richtige Familie?« beantwortete sie verständig und auf ihre Weise: »Wir sind doch eine richtige Familie. Du hier und ich da. Wir treffen uns sooft, wie es möglich ist. Im Moment haben wir ein kleines Geheimnis«, dabei machte sie eine wichtige Miene und legte einen Finger an die Lippen, »und wenn das überstanden ist, fahren wir zur Mama und zu den Großeltern.«

Fritz schwieg dazu. Er erinnerte des Schmerzes um den Verlust der Mutter. Seiner kleinen Schwester Träume mochte er nicht zerstören. »Ja, fein, so machen wir es«, ging er zum Schein auf ihre Visionen ein.

Mit dem Instinkt eines bedrohten Tieres fügte er sich in das Unabänderliche. Er griff dankbar mit beiden Händen nach dem kleinen Glück, das ihm dieser Sommertag bescherte.

Die Ausflüge mit Picknickkorb und »zufälligem« Treffen wiederholten sich.

Mit schöner Regelmäßigkeit alle vierzehn Tage, immer Donnerstagabend, zogen Else und Erich ihre besten Kleider an, fuhren nach Berlin rein, besuchten eins der Kinos oder Varietés, kehrten zu einem Nachtmahl in eine vornehme Wirtsstube ein und kamen beschwingt gegen Mitternacht wieder heim. Fritz blieb allein zu Haus. Er war angehalten, sich brav zu benehmen. Abendbrot stellten sie ihm in der Küche hin und er durfte auch etwas länger lesen. Gegen zehn sollte er das Licht ausmachen und schlafen.

Fritz gehorchte freilich nicht. Er lümmelte im Wohnzimmer, aß seine Brote im Bett und die Lampe brannte viel länger als genehmigt. Die Eltern entdeckten die Spuren des Ungehorsamen und drohten mit Sanktionen. Fritz gelobte Besserung und hielt sich nicht daran. Der Vater grollte, nannte ihn undankbar und grummelte noch lange rum. Fritz litt die getrübte Atmosphäre, suchte schmeichelnd das Gespräch und versprach ganz ernsten Sinnes, sich zu bessern.

»Siehst Du, mein Junge«, lenkte der Vater gefühlvoll ein, »wenn man etwas verspricht, muss man es aber auch halten. Männerehrenwort.«

Fritz hob zwei Finger und schwor. Die Wogen glätteten sich und die Eltern gingen außer Haus.

Nun war ihm aber doch gar zu langweilig an diesen langen Abenden und er beschaute genüsslich der Eltern Sachen. Dabei ließ er sich Zeit, zumal er gelernt hatte und alles wieder so hinlegte, wie er es vorfand. Er entdeckte Elses Schmuck, durchblätterte die Fotoalben und auch das Geldfach blieb ihm nicht verborgen. Nein, er hatte nicht vor, sich da etwa zu bedienen. Ihm fehlte ja nichts. Allein, das Abenteuerliche seiner Inspektionen reizte ihn. Systematisch ging er vor und langte endlich im elterliche Schlafzimmer bei dem großen Schrank an.

Dort hinterm Wäschestapel schlummerte Hildegards Teddy. Liebevoll nahm Fritz das kuschelige Spielzeug an sich und vermerkte: Der Vater hat gelogen! In epischer Breite hatte er seinerzeit berichtet, wie er den Teddy zu Hildegard brachte. Das könnte man als Flunkerei durchgehen lassen, wenn nicht die Wichtigkeit des Versprechens, der Vorsatz und die detaillierte Schilderung gewesen wären. Fritz kam zu dem Schluss, dass sein Vater einer ist, der viel redet und wenig hält. Er begegnete ihm künftig mit gemischten Gefühlen, ja mit Misstrauen. Wie weiß man eigentlich, ob er die Wahrheit spricht?

Zunehmend entfernte sich Fritz von seinem Vater, der war ja eh nur selten zu Hause. Wenn der Vater das Gespräch suchte, schaltete Fritz auf Durchgang oder winkte ab. Es war nicht ihre Art, heftig oder laut die Auseinandersetzung zu suchen oder irgendetwas bis zur Neige auszudiskutieren, Zeit und Situation schrien ohnehin nicht gerade nach tiefschürfenden Erhebungen. So schlichen sie eine Weile umeinander herum, um sich dann gänzlich fremd zu werden.

Ganz anders verhielt es sich mit Else. Ihrer beider Beziehung erwärmte sich. Fritz hegte Vertrauen zu ihr, schon allein deshalb, weil ihm ihre korrekte Art zusagte. Sie verbrachten viele Stunden gemeinsam und teilten alle möglichen Interessen. Die Krönung dessen wurde der gemeinsame Besuch des Theaters, der bald zum festen Programm gehörte.

Das kam so: Einmal war Erich kurzfristig verhindert, die schon lange vorbestellten Tickets auch wirklich einzulösen. Das kam vor. Nicht oft. Aber es passierte schon mal, dass er abberufen wurde und der Abend ins Wasser fiel. »Wenn der Dienstherr ruft, muss unsereins springen«, teilte Erich rasch mit und sauste wieder auf die Arbeit. Da stand Else im hübschen Kleid, fast fertig frisiert und ärgerte sich. Allerdings nicht lange. Ins Blickfeld geriet Fritz und sie lockte: »Magst mitgehen?« Und ob! Fritz interessierte das legendäre Spiel, von dem er so gut wie noch nichts bisher mitbekommen hatte. Else führte den Halbwüchsigen aus und eröffnete ihm eine Welt, wie sie schöner, berauschender, beglückender nicht sein kann. Von da an kaufte sie doppelt Eintrittskarten: Ein Donnerstagabend gehörte Erich und der andere Fritz, immer im Wechsel.

Die Bretter, die ihm ab jetzt die Welt bedeuten sollten, beeindruckten Fritz so stark, dass er fragte und fragte. Else war seit Jahren von der Künstlerszene abgeschnitten. Sie sprühte vor Mitteilungsbedürfnis, der Junge sog die Informationen gierig auf. Sie besuchten sogar das Schauspiel und das Kabarett. Fritz war davon noch mehr hingerissen, als von dem oberflächlichen Flitterkram. Er las die Textbücher, studierte Rollen ein, probte vorm Spiegel. Das eine oder andere führte er im Wohnzimmer vor. Else korrigierte, fand einen gelehrigen Schüler und prophezeite ihm eine große Karriere als Schauspieler.

In der Tat rückte der Schüler Fritz Kroll aus dem Mittelfeld ins Rampenlicht. Als Lehrer Menzel fürs Schuljahresabschlussfest Frühjahr 1941 Akteure suchte, fand er wie immer ein paar sportliche Jungen für artistische Darbietungen, jedoch mitnichten einen, der ein Gedicht aufsagen konnte oder wollte. Wie er so herumfragte, meldete sich Fritz freiwillig. Die Mitschüler tuschelten und grinsten. Menzel staunte und traute dem stillen, zurückhaltenden Knaben keinen erfolgreichen öffentlichen Auftritt zu. Allerdings wähnte er: Jeder blamiert sich auf seine Weise. Es ist nicht der Auftrag des Lehrers, die Kinder vor Schaden zu bewahren. Das Schulfest muss her, so war es von der Direktion angeordnet, und Kroll betritt die Bühne. Menzel gab Fritz ein Gedicht und überließ die Dinge dem Selbstlauf.

In der Turnhalle war eine Bühne aufgebaut und Stühle herein getragen. Die Gäste kamen, plauderten aufgeregt und machten einander bekannt. Sie setzten sich. Sponsoren, Honoratioren, Eltern füllten den Saal. Die Schülerschar war versammelt, die Akteure fiebern ihrem Auftritt entgegen. Der Direktor hielt eine lange Rede, der Chor sang, die Artisten turnten, der Applaus war unüberhörbar. Ein Solist trat auf, sagte ein paar Worte. Man verstand schlecht, das Stimmchen trug nicht, es wurde unruhig. Der Beifall war mäßig. Noch einer und noch so einer. Die Unruhe nahm zu. Dann war Fritz an der Reihe. Er schritt in die Mitte der Bühne, umfasste mit den Augen die Zuschauer, rührte sich nicht, war ganz und gar Magier, bis vollkommene Ruhe herrschte. Er hob den Kopf ein wenig, lächelte, öffnete den Mund und sagte mit naiver Neugierde: »Hast Du schon jemals Moos gesehen?« Die Frage durcheilte den Raum, bestrich jedes Ohr und kehrte unbeantwortet zurück. Er wiederholte: »Hast Du schon jemals Moos gesehen?« Spannung baute sich auf. Plötzlich gierte jeder um dieses Wissen. Allein, der Knabe auf der Bühne schien die Antwort zu kennen. Sie lauschten gebannt.

»Hast Du schon jemals Moos gesehen?
nicht bloß
so im Vorübergehen,
so nebenbei von obenher,
so ungefähr.
Nein, dicht vor Augen, hingekniet,
wie man sich eine Schrift besieht?
O, Wunderschrift! O, Zauberzeichen!
Da wächst ein Urwald ohnegleichen
und wuchert wild und wunderbar
im Tannendunkel Jahr für Jahr,
mit krausen Fransen, spitzen Hütchen,
mit silbernen Trompetentütchen,
mit wirren Zweigen, krummen Stöckchen,
mit Sammethärchen, Blütenglöckchen,
und wächst so klein und ungesehen,
ein Hümpel Moos.
Und riesengroß
die Bäume stehen.
Doch manchmal kommt es wohl auch vor,
dass sich ein Reh hierher verlor,
sich unter diese Zweige bückt,
ins Moos die spitzen Füße drückt,
und dass ein Has' vom Fuchs gehetzt,
dies Moos mit seinem Blute netzt.
Und schnaufend kriecht vielleicht hier auch
ein sammetweicher Igelbauch,

indes der Ameis' Karawanen
sich unentwegt durchs Dickicht bahnen.
Ein Wiesel pfeift – ein Sprung und Stoß –
und kalt und groß
gleitet die Schlange durch das Moos.
Wer weiß, was alles hier geschieht,
was nur das Moos im Dunkeln sieht:
Gier, Liebesbrunst und Meuchelmord –
kein Wort verrät das Moos.
Und riesengroß die Bäume stehen.
Hast Du schon jemals Moos gesehen?«

Die Stille hielt an. Fritz verbeugte sich. Beifall brandete auf. Fritz trat ab. Der Beifall wollte nicht enden. Fritz zeigte sich erneut. Das Publikum raste. Endlich gab Herr Menzel dem Chor ein Zeichen und sie intonierten die Hymne.

In der Wohnungstür zischte Vater Erich: »Ins Wohnzimmer, beide!« Fritz und Else schlichen hinein und standen wie angewurzelt. Erich legte den Schlüssel aufs Bord, zog die Jacke aus, hängte sie an den Haken und folgte.
　Er schloss die Tür hinter sich, machte sich steif und giftete: »Was habt Ihr Euch dabei gedacht?«
　Else und Fritz standen stumm, mit gesenkten Köpfen.
　»Antworte!«, fuhr Erich seine Frau an.
　Sie sagte nichts.

Erich Krumm wurde übel bei dem Gedanken an das, was er heute Abend hatte über sich ergehen lassen müssen: Er war wie alle anderen der Einladung zum Jahresabschluss gefolgt, hatte sich frei genommen, Frau und Sohn rechtzeitig von daheim abgeholt und sie waren im Strom der Lankwitzer Bürger zur Schule gelaufen. Unterwegs trafen sie diesen und jenen, grüßte einander flüchtig, gingen weiter. Die Krumms hatten nicht viele Bekannte. Und das war gut so. In der Turnhalle wählte Erich für sich und seine Frau einen Platz schön unauffällig ganz hinten. Der Sohn gesellte sich zu seinen Mitschülern in Höhe der Bühne und entschwand Erichs Blicken. Wie der Junge dann auftrat, war Erich von Vaterstolz erfüllt. Donnerwetter, dachte er, das habe ich ihm gar nicht zugetraut. Als die Woge der Begeisterung Fritz hochhob, raunte Else: »Das habe ich ihm beigebracht«, und Erich nickte ihr anerkennend zu. Nach der Hymne löste sich die Versammlung auf, auch Erich und Else begaben sich zum Ausgang. Sie trödelten und warteten auf ihren Jungen. Der war umgeben von einem Pulk begeisterter Anhänger. Auch etliche Lehrer und der Direktor standen dabei, redeten unermüdlich auf Fritz ein, ließen ihn nicht gehen. Erich wühlte sich durch die Menge. Er wollte sein Kind abholen und heim.

Der Direktor erblickte den Vater und sprach lebhaft, strahlend: »Da haben wir ja den Vater unseres Wunderknaben.« Er stellte sich neben Erich und redete von Zuschauern umringt, von Beifall unterbrochen, auf ihn ein: »Also, so ein stilles Wasser. Wer hätte das gedacht. Das an unserer kleinen Schule.«

Erich bedankte sich, fasste den Sohn am Arm, strebte zum Ausgang, wurde aufgehalten.

»Nein, nein, so schnell lasse ich Sie nicht weg«, sprudelte der Direktor, »sehen Sie, das muss gefeiert werden. Das braucht einen anständigen Rahmen.«

Er redete und redete, plante und entwarf, und Erich hörte nur noch Stichworte wie »Presse«, »Sponsoring«, »Schauspieltalent« und »große Bühne«. Schlagartig dämmerte ihm, was Fritz und Else angerichtet hatten: Die öffentliche Zurschaustellung seines Kindes! Tragweite und Konsequenz dieses Auftrittes mochte

Erich nicht zu Ende denken. Er entwand sich unter tausend Entschuldigen dem Direktor und seinem Anhangs, schützte Arbeit vor und vertagte das Gespräch mit Mühe und Not. Er trieb die Seinen heim.

Erich presste heraus: »Antworte, Else!«
Sie sagte kleinlaut: »Ich habe gedacht ...«
Erich ging dazwischen: »Wenn Du gedacht hättest, Du hirnloses Weib, wäre es nicht dazu gekommen.«
Else und Fritz standen wie von Wassern übergossen.
Erich sprühte leise, die Wände hatten Ohren, er musste sich beherrschen: »Habt Ihr jemals darüber nachgedacht, wie viel Mühe ich hatte, den Jungen ordentlich unterzubringen? Habt Ihr nie überlegt, wer sich derartig abrackert?«
»Aber Vati«, begehrte Fritz auf.
Erich bügelte barsch ab: »Du sei still. – Ab ins Bett.«
Fritz drehte sich zur Tür. Er verstand die Welt nicht mehr.
»Du bist krank. Du bleibst zu Hause«, hörte er noch und verschwand in seinem Zimmer.

Dort setzte er sich auf sein Bett, nahm die geliebten Texte vor und besah die schönen Worte. Ja, was hatte er denn getan? Freude hatte er bringen wollen, Freude an der Sprache und Wonne beim Hören der lieblichen Rhythmik. Lyrik ist Volkskunst, leider oft nicht verstanden, nur am Rande mit halbem Ohr mitgenommen. Er, Fritz Kroll, kann Kraft seiner Stimme die Seelen in Schwingung versetzen. Und waren sie nicht glücklich? Wie sie plötzlich alle erhoben waren, vereint im tiefgehenden Erleben der Muttersprache. – Der Vater ist ein Holzklotz! Er gönnt niemandem die kleinste Freude nicht, so dachte Fritz, und die Buchstaben auf dem Papier schwammen im Tränenstrom.

Derweil hockten Else und Erich im Wohnzimmer dicht beieinander und besprachen gemäßigt, mühsam beherrscht die Lage. Statt Freude war jetzt die pure Angst in ihnen, statt Erfolg erlebten sie die völlige Niederlage. Erich gab sich die Schuld. Er hätte besser aufpassen müssen. Er hatte die Dinge dem Selbstlauf überlassen. Er musste die Zügel wieder in die Hand bekommen, wenn das überhaupt möglich war und sie nicht alle drei unerbittlich geschlagen sind.

Er sagte: »Ich fasse nochmal zusammen: Fritz muss aus der Schusslinie. Jede Form von Öffentlichkeit gefährdet uns. Über seine Vergangenheit darf niemand auch nur ein Wörtchen erfahren. Deshalb machen wir es so: Er bleibt erstmal zu Hause, Halsentzündung mit Fieber, er kann nicht sprechen, in der Turnhalle war es zugig. Ich rede morgen mit dem Personalchef meiner Firma und Du gehst zu Richard, bestellst ihn her.«

Else nickte und fragte: »Was sagen wir Fritz.«

Erich blickte groß auf und antwortete beschwörend: »Nichts. Bitte kein Sterbenswörtchen. Niemand darf wissen und niemand darf ahnen, was mit ihm ist. Der Junge ist noch zu klein. Lass ihn daheim, sei ihm gut. Schweig und wir kriegen es hin.«

Sie nickte.

Er nahm seine Frau in den Arm.

Am folgenden Abend, Erich war noch in Arbeitsanzug und Schuhen, soeben reingekommen, sagte er erleichtert zu seiner Frau: »Es hat geklappt. Der Personalchef wollte erst nicht ran. Fritz ist noch zu klein, soll die Schule beenden, sich nächstes Jahr wieder melden. Ich habe ihm Rotz um die Backe geschmiert, von wegen Leidenschaft für den Maschinenbau und so. Er hat endlich eingewilligt und einen Praktikumsplatz ab Herbst rausgerückt. – Wie war's bei Dir?«

Else nahm ihm die Jacke ab und schob ihm die Hausschuhe zu.

»Die Schule hat nichts gesagt. Fritz ist krank, bedauerlich, soll sich erholen. Du hattest recht. Es hat sich rumgesprochen. Die Bäckersfrau und der Straßenkehrer haben mich begrüßt, wie eine Diva«, antwortete sie und senkte schuldig den Blick.

Erich zog sie zu sich heran und murmelte: »Kopf hoch, Kleines. Es wird. – Was ist mit dem Jungen?«

Sie sagte: »Schläft. Hat den ganzen Tag geweint. Jetzt schläft er.«

Sie lenkte ihn über den Flur, öffnete die Wohnzimmertür und sagte: »Richard ist schon da.«

Doktor Richard Kaatz stand auf und eilte auf sie zu.

Erich drückte ihm die Hand und sagte: »Sie schickt der Himmel!«

Kaatz konterte entgegenkommend: »Na, das sah ja eher wie eine Katastrophenmeldung aus.«

Sie setzten sich gegenüber. Wein war eingegossen und Häppchen standen bereit. Sie nahmen die Gläser und tranken auf gutes Gelingen.

Erich hob an: »Der Auftritt des Jungen wird für Aufsehen sorgen.«

Kaatz winkte ab: »Ich weiß Bescheid. Else hat mir berichtet und ich habe es den ganzen Tag von meinen Patienten gehört, was in der Schule für ein Wunderknabe entdeckt wurde.«

Erich setzte fort: »Richard, ich bitte Sie um zwei Dinge: Ein Attest für Fritz, dass er ans Bett gefesselt ist und nicht mehr in die Schule kann. Halsentzündung. Er kann nicht sprechen. Es soll niemand auf die Idee kommen, ihn nochmal auf eine Bühne zu holen. Und das andere: Ab Herbst geht er als Praktikant in meine Firma, allerdings muss er da topfit sein.«

Kaatz wiegte den Kopf. Ihm war schon klar, was Erich bezweckte: Eine Riesenfirma mit tausenden Arbeitern am anderen Ende der Stadt. Da taucht der Junge unter. Er sagte vorsichtig: »Nur damit ist das Problem nicht gelöst.« Else und Erich sahen ihn erschrocken an. Kaatz setzte fort: »Du kannst einen Halbwüchsigen nicht ein halbes Jahr einsperren und dann verlangen, dass er arbeitet wie ein Mann. Der geht kaputt. Soviel zum einen. Und zum nächsten: Lankwitz ist ein Dorf, jeder kennt jeden, die Öffentlichkeit rennt Euch die Bude ein. – Der Junge muss weg und zwar sofort.«

Ein Kiesel im Fluss

Fritz Kroll ward ins Leben geworfen, wie man einen Kiesel in einen Fluss wirft. Er sank ganz nach unten. Allerdings blieb er dort nicht liegen, sondern wurde vom Strom fortgetragen, wie ein Kiesel gelangte er ins Meer, um von einer Woge emporgehoben und wieder an Land gespült zu werden. Eine Mädchenhand nahm ihn auf und trug ihn heim.

Das Mädchen hieß Ursula und war zehn Jahre alt. Sie war Waise und lebte hier auf dem Hof des Felix Sauerbier im Lauenburgischen. Woher sie kam und warum sie hier und nicht woanders strandete, wusste sie nicht. Sie erinnerte auch nicht der Eltern, etwaiger Geschwister oder einer, wenn auch kurzen, früheren Biografie. Freilich kannten die Erwachsenen Ursulas Geschichte, aber sie erzählten ihr nichts. Das hübsche, blonde Mädchen, Idealtyp der arischen Rasse, sollte vergessen. Sie vergaß schnell und gründlich. Zeit und Erinnerung waren im Leben des Mädchens völlig bedeutungslos. Das war auch kein Wunder. Der Schock saß tief.

Manchmal, sehr selten, erschien Ursula im Traum eine liebliche Frau, auch ein angenehmer Mann, redeten in einer fremden Sprache, und ein Haus, so schön wie ein Schloss, gab es dabei. Das Haus barst, zerstob, Frau und Mann verschwanden, Ursula fiel in Ohnmacht und wie sie wieder erwachte, war sie hier in ihrem Bett, zitterte jedoch in fürchterlicher Angst. Dann kam sofort Tante Vera, nahm sie hoch, tröstete und versicherte: »Ein Traum, ein böser Traum, vergiss, meine Kleine.« Tante Vera erklärte behutsam und unaufdringlich: »Bist ein deutsches Mädel, sprichst nicht das Kauderwelsch, von dem Du manchmal träumst.

Lass nach. Denk nicht dran. Hast es doch gut bei uns, nicht wahr?« Ursula verstand: Der Traum gehörte nicht zu mir. Nicht mehr. Niemals mehr. Die Träume schwanden, kamen nur noch selten, irgendwann war es vorbei.

Ursula nahm Fritz bei der Hand. Sie liefen über den Hof, hinaus auf die Straße und bogen in den sandigen Weg ein. Goldgelbes Korn wogte auf den Feldern, die Luft war mild, die Sonne strahlte, hoch oben standen die Lerchen im Himmelsblau und tirilierten ihr Lied.

Ganz selbstverständlich gesellte sich Ursula dem Jungen zu. Sein leidvoller Blick, seine stille Art, seine Demut gegenüber allem und jedem, drängten sie zu ihm hin. Sie selbst war fröhlich, manchmal laut, musste sogar ermahnt werden, sie lachte viel und plauderte, wie ihr der Schnabel gewachsen war, zugleich spürte sie eine schwärende Wunde im Herzen. Da erschien ihr Fritz wie die Reinkarnation eines früheren Lebens, wie der Spiegel ihrer Seele. Fritz folgte ihr bedenkenlos. Sie gebrauchten untereinander nie viele, manchmal gar keine Worte, aber wenn sie etwas sagten, war es die reine Wahrheit, wie klares Quellwasser, völlig ungetrübt und erfrischend. Nichts von alledem erfassten die beiden bewusst. Sie lebten einfach.

Fritz lernte, dass Ursula aus einer anderen Welt stammt, praktisch in dieses Nest fiel, etwa wie ein reifer Apfel von einem Baum fällt. Ursula erfuhr, dass Fritz vom Vater entführt und dann von ihm verstoßen worden war. Ohne das explizit zu erwähnen oder zu beschwören, gab es zwischen den beiden einen Treueeid und ein Schweigegelübde. Außerdem hatten sie längst verstanden, dass eine hohe Macht sie lenkt und daher jegliches Aufbegehren am Willen der Erwachsenen zerschellt. Sie fügten sich in deren Lebensplan.

Onkel Felix und Tante Vera Sauerbier waren gut. Auf ihrem Hof beschäftigten sie eine große Zahl geschlagener, entwurzelter Leute. Alle waren froh, hier angekommen zu sein. Nach kurzer Prüfung und Einarbeitung fand jeder seinen Platz im Haus, in der Werkstatt, im Stall oder auf dem Feld. Ob groß oder klein, jung oder alt, Felix Sauerbier hatte für jeden Verwendung und ein freundliches Wort jederzeit auf den Lippen. Da war es ein friedliches Auskommen miteinander. Das war angenehm.

Felix war also hilfsbereit ohne Ende. Wie seine Schwester Else ihm den kleinen, schmalen, blassen Fritz zur Erholung offerierte, sagte er auf Anhieb zu. Das Kind, nunmehr kaum vierzehn, war aus der Schule genommen, weil es kränkelte, an Fantasien litt und brauchte dringend Ferien auf dem Land. Auch Arbeit an frischer Luft empfahl der Arzt. Felix nahm sich des Jungen an, reihte ihn unter den Knechten ein und versprach, einen strammen Kerl aus ihm zu machen. Der Junge blieb still, was in Felix' Augen nicht unbedingt ein Mangel war, schaffte aber emsig zum Gefallen seines Wirtes.

Der Sommer verging, der Herbst kam und Else Krumm erschien wieder auf der Bildfläche. Diesmal wirkte sie entspannt, weniger gehetzt und überfordert als im Frühjahr.

Felix empfing sie: »Na, Schwesterchen, hast Dich ebenfalls erholt.«

»Ach ja, das kann man wohl sagen«, stöhnte sie in gruseliger Erinnerung an die Aufregungen um Fritz. Jetzt, da sich alles geordnet und beruhigt hatte, war auch sie wieder froh. Sie strahlte: »Ganz und gar. – Wenn ich Dich nicht hätte. – Wie geht es dem Jungen?«

Felix antwortete: »Ich führe Dich rum, zeige Dir alles und Du wirst staunen.«

Sie stiefelten über den Hof und Felix berichtete selbstgefällig von der Wirtschaft. Noch war Fritz nirgends zu sehen. Else lauschte und schaute.

Sauerbier hatte sich als Landwirt erfolgreich etabliert. Landwirtschaft ist eine Knochenarbeit und verschleißt die Kräfte schnell. Nicht so die eines Gutsbesitzers, der zu wirtschaften weiß und den richtigen Dreh raus hat. Felix war von Anbeginn dafür, zu leben und leben zu lassen. Das heißt, wer bei ihm arbeitet, soll sich nicht tot schuften. Ein Preis ist dafür freilich zu zahlen. Von nichts kommt nichts. Die Leute arbeiteten bei ihm für Brot und ein Dach überm Kopf. Mehr nicht. Das ist nicht viel, aber immerhin etwas.

»Denn sieh mal, liebe Else«, referierte er freimütig, »es gibt viele Gestrauchelte, die nur einen neuen Anfang brauchen, und den biete ich.«

Else zweifelte an der schlicht vorgetragenen Selbstverständlichkeit. Sie wusste, dass jemand, der schon mal auf der Straße gelandet ist, schwer wieder in ein geordnetes Leben, geschweige denn in einen straffen Arbeitsrhythmus einzufügen ist. Sie sah hier und jetzt ein saubere Wirtschaft, ein ausgesprochen gepflegtes Anwesen und fleißiges Volk.

Felix neigte seinen Mund dicht an ihr Ohr: »Entweder hier freiwillig oder ab ins Arbeitslager.«

Else fuhr zurück und sagte brüskiert: »Also doch Zwang!« Das Gut meines Bruders als Vorhof zur Hölle!

»Mädel, sieh das nicht so krass. Die Leute bleiben gern. Man muss es ihnen nur richtig erklären.«

Else dachte: Er bereichert sich an den unglücklichen Kreaturen.

Fritz und Ursula kamen heran. Sie begrüßten einander. Das Mädchen machte einen Knicks und Felix strich ihr übers Haar. Else vermerkte, wie gut sich

Fritz herausgemacht hat, er ist gewachsen, gebräunt, ausgeruht.

Sie sagte: »Felix, an dem Jungen hast Du ein Wunder vollbracht.«

Der Hofherr konterte: »Siehst Du, so schlecht bin ich doch gar nicht.«

Else lenkte ein: »Ich sage ja gar nichts.«

Sie gingen ins Haus, Vera hatte das Mittagessen auftragen lassen. Zu fünft nahmen sie Platz und bedienten sich. Die fröhlich plaudernde Ursula unterhielt die Tischrunde. Fritz lächelte still, die Erwachsenen lachten und scherzten. Die ganze Szene hat so etwas Frohes, Gelöstes, dass Else restlos das Herz aufging und sie von ihrem Bruder vollkommen eingenommen war.

»Schade, dass ich wieder fort muss«, bemerkte sie, »würde gern paar Tage bleiben.« Felix breitete die Arme aus. Sie schüttelte den Kopf: »Erich wartet auf uns.«

Die Kinder wurden fortgeschickt: »Fritz, Sachen packen, verabschieden und dann geht es los.«

Die drei Erwachsenen blieben noch zusammen und unter sich. Eigentlich war alles erzählt und gezeigt. Essen macht auch müde, zumal Else seit immerhin fast vierzehn Stunden auf den Beinen war. Das Gespräch lief träge.

Beiläufig lobte sie: »Wie ihr Ursula aufgenommen habt, ist schon bewundernswert.«

»Und sie wird sich bewähren, unsere kleine Goldmarie«, sagte Felix und rieb den Daumen am Zeigefinger.

»Wie jetzt?«, fragte Else dumm, da sie ihr eigenes Pflegekind nicht gerade als Einnahmequelle bezeichnen konnte.

Felix grinste abfällig. Seine Schwester war lange Jahre hindurch die bessere Wirtschafterin, kühlere Rechnerin gewesen, hatte aber in der letzten Zeit irgendwie den Anschluss verpasst. Er verbreitete sich:

»Ist Dir aufgefallen, wie hübsch die Kleine ist?« Else nickte. »Das fiel auch anderen auf. – Ursula ziehen wir groß und wenn sie siebzehn oder achtzehn ist, wird sie verheiratet, bekommt viele, kleine, blonde, hellhäutige Kinder und wir werden entschädigt.« Er tätschelte seiner Frau die Hand. »Das ist nur fair. Meine Vera hat nicht wenig Arbeit mit ihr.«

Else registrierte: Vermehrung im Sinne Himmlers Rassenideologie. Wie krank ist das denn? Sie fragte konsterniert: »Menschenzucht?«

Felix antwortete gelassen: »Du drückst Dich immer so krass aus. Aber wenn Du so willst, ja. Wir züchten doch auch Kühe und Schweine und fahren nicht schlecht damit.«

Else hätte auffahren, schreien, ihren Bruder schlagen wollen. Allein, sie blieb wie angenagelt auf ihrem Platz und fragte beherrscht: »Bringst Du uns nachher zum Bahnhof?« Er nickte. Sie war froh wegzukommen.

Nach zehn Stunden Bahnfahrt mit zweimal Umsteigen trafen sie in den frühen Morgenstunden des 1. November 1941 in Berlin auf dem Anhalter Bahnhof ein.

Erich eilte ihnen entgegen, umarmte seine Frau, reichte seinem Sohn die Hand. Else freute sich, Fritz nahm die Hand und sah an seinem Vater vorbei. Immernoch sauer, registrierte Erich und erkannte, dass er irgendwann ein klärendes Gespräch fällig ist. Unter Männern in ein paar Jahren mag das möglich sein.

Erich hakte seine Frau unter. »Du siehst müde aus«, vermerkte er. Sie nickte.

Sie verließen den Bahnsteig.

Fritz zottelte hinterher. Er hätte nun eigentlich wieder allen Grund für Trübsal gehabt. Es war nicht an dem. Ursula lehrte ihn, die Dinge so zu nehmen, wie sie sich bieten. Außerdem hatten sie beschlossen, dass sie heiraten werden. Mit Ursula war das Leben klar und durchsichtig, eben wie Quellwasser. Und mit dieser Einsicht im Rücken fügte sich Fritz in die Veränderungen.

Im Auto fragte Erich: »Wie ist es Euch ergangen?« Er meinte Fritz.

Der schwieg beharrlich und schaute aus dem Fenster. Sie fuhren gen Westen durch die im Aufwachen begriffene Stadt.

Else antwortete: »Schrecklich.« Erich runzelte die Stirn. Sie erzählte: »Als wenn Krieg ein Spaziergang ist. Das steht da, wie das höchste Vergnügen. Entweder die Leute ignorieren die Tatsache oder sie feiern die Siege, wie bei einem Fußballspiel die Tore. – Mensch, da gehen doch Menschen drauf!«

Erich lenkte gutwillig ab: »Lass sie. Ist doch egal. Uns trifft es nicht.«

Sie grummelte, gab jedoch nach, stand sie doch mit ihrer Empörung fast allein. »Hast recht. Uns trifft es nicht.«

»Nun zu Dir«, sprach der Vater forsch und schaute in den Rückspiegel. Fritz saß im Fond und blickte starr zur Seite. »Hörst Du?« Fritz erwiderte den Blick im Spiegel. »Bischoff hat hier draußen ein Riesenwerk errichtet. Zwanzigtausend Arbeiter und Angestellte. Fertigungshallen, eigene Infrastruktur und Werkswohnungen. Leben und arbeiten an einem Platz sozusagen. Von der Eisenschmelze geht es bis zum Motor, ja bis zum laufenden Automobil. Für den Arbeiter reichen die Möglichkeiten vom Laufjungen über den Ingenieur bis zum Vorstandsmitglied. Das heißt für Dich, Junge, wenn Du Dich nicht zu dusselig anstellst, kannst Du in ein paar Jahren in der Direktionsetage sitzen.«

»Und was soll ich da?«, maulte Fritz.

»Junge, ich zeige nur die Möglichkeiten auf, kannst auch Stift bleiben und auf Dir rumlatschen lassen.«

Else mahnte: »Nun mal sachlich!«
Erich setzte fort: »Ganz sachlich wirst Du jetzt als Praktikant hier anfangen. Die Stelle habe ich für Dich ausgesucht. Du arbeitest Dich ein und schaust Dich um.«

Im schummrigen Morgenlicht hielten sie vor einer Baracke. Ein Mann in Arbeitskluft stand am Eingang. Erich, Else und Fritz stiegen aus und liefen auf den Mann zu.

Der grüßte, mit zwei Fingern an seine Schläfe tippend, und sagte: »Rasche, Helge Rasche. Ich mache hier den Vormann. Kommt rein.«

Sie betraten die Baracke, liefen durch den langen Flur und hinten rechts öffnete Rasche eine Tür. In dem Raum standen drei Doppelstockbetten und sechs Spinde an der Wand, ein Tisch und vier Stühle füllten das winzige Plätzchen in der Mitte restlos aus. Rasche ging rein und zeigte auf ein oberes Bett: »Das ist Deins.« Auf dem Bett lagen Wäsche und Arbeitssachen, fein säuberlich aufgestapelt. »Dazu der Spind hier, Nummer vierzehn zwoundzwanzig.« Im Spind fanden sich Schuhe und Waschzeug. Fritz nahm Besitz mit den Augen.

Rasche ging zur Tür und sagte: »Richte Dich ein. In fünft Minuten biste fertig umgezogen und meldest Dich vorne bei mir.«

Fritz blieb zurück. Die Eltern und der Vormann entfernten sich durch den langen Flur Richtung Ausgang.

Als Fritz in Arbeitssachen und mit drückenden, derben Schuhen wieder in der Tür erschien, sah er die Eltern mit dem Vormann angeregt plaudern. Er trat hinzu.

Rasche unterbrach das Gespräch, schaute auf die Uhr und sagte: »Elf Minuten und dreiundzwanzig Sekunden. – Na, das geht beim nächsten Mal schneller.«

Er beklopfte Fritz' Schulter und gab den Eltern die Hand. »Auf Wiedersehen und nichts für ungut.«

Else lächelte den Knaben aufmunternd an. Erich strich seinem Jungen scheu über den Oberarm. Fritz schüttelte ihn ab. Die Eltern wendeten sich zum Wagen.

Erich rief: »Machs gut, Junge.«

Fritz überhörte den Spruch und sagte forsch zum Vormann: »Wo steht das Klavier.«

Die Forschheit war freilich gespielt, eine Aufführung für den Vater.

Das was Fritz jetzt zu sehen bekam, war eine Welt der Superlative und machte ihn klein, verdammt klein. Riesige Hallen, dröhnender Lärm, hunderte werkelnde Menschen, die ernsthaft und nach einem schier undurchschaubaren Plan zielgerichtet dieses Getriebe am Laufen halten. Je mehr ihm gezeigt und erklärt wurde, umso weniger verstand Fritz. Er lief betäubt und niedergeschlagen neben dem Vormann her und dachte nur noch: Oh Gott! Zumal ihn die Schuhe drückten.

Gegen Mittag beendete Rasche die Führung und fragte: »Alles klar?« Fritz nickte. Sie gingen in die Kantine, Rasche spendierte eine Essensmarke, sie ließen sich einen Schlag Suppe auftun, nahmen Platz und löffelten. Das war freilich nur eine Ausnahme, wie Fritz bald lernen sollte, und Bonus des ersten Tages. Die meisten Arbeiter brachten sich ihre Stullen oder ihr Suppentöpfchen von daheim mit und aßen am Arbeitsplatz. Das Kantinenessen war teuer und die Pause viel zu kurz. Die Lehrlinge wurden überhaupt nicht regelmäßig und schon gar nicht ausreichend verpflegt, es sei denn sie fanden Anschluss an ein paar alten Hasen, die sie mit durchfütterten. Für Fritz begann die Zeit des Hungerns.

Nach diesem Mittagessen bekam Fritz ein paar Aufträge, etwas hin und her zu tragen, jemanden zu informieren und sich nach diesem und jenem zu erkundigen. Das war leicht zu bewältigen. Trotzdem fiel er am Abend todmüde mit schmerzenden Füßen ins Bett, hatte nicht mehr die Kraft, sich mit seinen Kameraden bekannt zu machen, und schlief wie ein Stein.

Der nächste Tag war ein Sonntag. Die meisten Stifte hatten frei, trödelten herum und interessierten sich für den Neuen. Bald war allerdings klar, dass der recht schweigsam ist, nur einsilbige Antworten gibt. Da lohnte langes Abmühen nicht. Sie ließen Fritz links liegen.

Am Sonntagnachmittag trat ein zackiger Bursche in brauner Uniform auf, sammelte die Jungen vor der Baracke. Fritz fühlte sich nicht angesprochen und blieb in seiner Koje. Wie der Führer jedoch dieses demonstratives Desinteresse registrierte, hetzte er die Jungen auf den Neuen, ihm einen Denkzettel zu verpassen und ihm Manieren beizubringen. Sie schleiften Fritz ins Bad und stukten seinen Kopf solange unter Wasser, bis ihm die Sinne schwanden. Das wiederholten sie ein paarmal. Von da an trabte Fritz in der Spur. Das hatte insofern den Vorteil, als dass sie ihn in Ruhe ließen und er in der Truppe wenigstens sonntags Abend anständig beköstigt wurde.

Harte Arbeit, militärischer Drill, wenig Essen waren Fritz' Alltag und im Grunde geeignet, den jungen Menschen zu zerbrechen. Er zerbrach nicht. Er floss im Strom der Gleichaltrigen ganz selbstverständlich mit und erhob auch für sich die allseits bekannte Devise »Was uns nicht umbringt, macht uns stark« zum Leitmotiv. Im zweiten Jahr stellte die Firma Bischoff ihn als Mechaniker-Lehrling ein. Fritz war geschickt und kräftig genug, verfügte über einen wachen Verstand und erfüllte recht bald sämtliche Forderungen an einen guten Schlosser. Vorarbeiter Rasche versprach: »Junge, wenn Du so weitermachst, bist Du in Kürze Meister, kriegst hier 'ne eigene Wohnung und kannst heiraten. Der Gedanke gefiel Fritz. Er strengte sich mächtig an. Zum Heiraten war es freilich noch zu früh, zumal seine Angebetete jetzt erst zwölf Jahre alt war, aber vorsorgen schadet ja nicht. Ihrer beider Nest wollte er bereiten.

Erich Krumm, der aufgrund seines Alters, immerhin war er schon einundvierzig, und wegen seiner Beziehung zu Familie Bischoff, seid fünfzehn Jahre kutschierte er die Herrschaften zu jeder beliebigen Tages- und Nachtstunde an jeden gewünschten Ort, überhaupt nicht mit seiner Einberufung gerechnet hatte, bekam seinen Stellungsbefehl für den 26. August 1943 in eine Garnison nördlich von Berlin zwecks Grundausbildung. Vier Tage hatte er Zeit, seine Geschäfte zu ordnen.

Er moserte: »Denen muss ja das Wasser bis zum Halse stehen, wenn sie schon Großväter hinterm Ofen vorholen.«

Else mahnte: »Halte Dich still in der Mitte. Wehrkraftzersetzung ist kein Spaß. Die fackeln nicht lange.«

Erich echauffierte sich: »Woher willst Du denn das wissen?«

Seine Laune war miserabel und er hatte Angst. Seine Gedanken waren schauerlich, die Praxis würde grausam werden, denn er hatte nie gedient. Für den vorigen Krieg war er zu jung, für den nächsten glaubte er sich zu alt. Weit gefehlt. Sie holten ihn.

Else packte ihm sein Zeug zusammen und allerlei Dinge, von denen sie meinte, dass er sie mögen würde. Ihr standen die Tränen in den Augen. Sie barmte:

»Wenn man nicht mit allem allein fertig werden müsste.«

Das brachte Erich hoch. Viel zu schaffen hatte sie wahrlich nicht und deshalb auch nicht zu klagen. Er fauchte sie scharf an: »Reiß Dich zusammen«, und bewirkte genau das Gegenteil.

Sie weinte hemmungslos.

Erschüttert stand er vor dem Häufchen Unglück. Es brauchte ein paar Minuten des Nachdenkens. Ihm dämmerte, dass die Einsamkeit sie erdrückt. Kaum Freunde, fast keine familiären Verpflichtungen, ein feindlich gesonnenes Umfeld. Wer nur einigermaßen sensibel ist, erlebt diesen Krieg auch in der Heimat als Bedrohung. Er nahm sie in die Arme und sagte: »Ich hole Dir den Jungen heim. Da habt Ihr was zum Reden und Ihr passt aufeinander auf. Ja?« Else lächelte unter Tränen. Erich hob den Zeigefinger und sagte scherzend: »Aber bitte keine öffentlichen Auftritte mehr.«

Letzteres erübrigte sich, Else hatte gründlich gelernt. Sie nickte und zeigte zwei Finger zum Schwur. Er umfasste diese Finger führte sie sich zum Mund und küsste sie.

Noch am gleichen Tag fuhr Erich zum Sohn nach Bischoff-Stadt hinaus.

Als Fritz seinen Vater sah, wollte er stur an ihm vorbeilaufen. Erich hielt ihn auf. Barsch drang er auf ihn ein: »Fritze, ich weiß nicht, was ich Dir getan habe. – Ist ja auch egal. Um mich geht es hier nicht. Ich bin einberufen. Else bleibt allein. Geh' heim und kümmere Dich.«

Fritz' Augen leuchteten auf. Er verstand augenblicklich: Raus aus der Baracke, rein in eine richtige Wohnung und mit Else leben. Das nennt man Glück! Er fuhr barsch auf: »Wie stellst Du Dir das vor? Soll ich die Lehre hinschmeißen?«

Erich besänftigte. »Tausende fahren täglich zur Arbeit. Du fährst morgens her und abends heim.«

Fritz maulte spitz: »Da sieht man mal wieder, dass Du von nichts eine Ahnung hast. Ich fahre zur Frühschicht, Mittelschicht, Nachtschicht.«

»Na gut, dann eben so«, gab Erich zu.

Fritz schob nach: »Wer bezahlt das Fahrgeld?«

Erich antwortete großzügig: »Ich, selbstverständlich. – Kommst Du gleich mit?«

»Nee. Klamotten packen, Abmelden, Laufzettel abarbeiten, Kumpels Bescheid sagen. In zwei, drei Stunden komme ich mit der Bahn«, erklärte Fritz und hielt die Hand auf.

Erich legte drei Mark drauf und ging zum Wagen. Fritz schlenderte in die Baracke.

Nicht zwei oder drei Stunden brauchte der Junge, um sich aus der werkseigenen Unterkunft abzumelden, sondern wesentlich länger. Er ließ sich Zeit, plauderte hier und da und trödelte mächtig herum. Nicht etwa, weil ihm der Abschied schwer fiel. Das gar nicht. Sondern, weil er sich wichtig machen wollte. Sollen die daheim doch auf ihn warten. Mitternacht oder noch später wird er sie raus klingeln und sich als verlorener Sohn feiern lassen.

Kurz vor dreiundzwanzig Uhr bestieg Fritz den Zug. Der fuhr ganze drei Stationen, dann wurde Großalarm gegeben, der Zug stoppte, die Menschen jagten in die Luftschutzräume. Fritz schulterte sein Gepäck, stieg missmutig aus und lief zu Fuß gen Lankwitz. Er war vielleicht zehn oder zwanzig Minuten unterwegs, da dröhnte über ihm der Himmel und unter ihm bebte die Erde. Fritz war kein Feigling. Er lief unbeeindruckt weiter. Über, vor und hinter ihm heulte, brauste und barst es, Lichtfinger griffen in den schwarzen Himmel und Flammensäulen schlugen empor. Fritz lief.

Eine mächtige Kraft warf ihn zu Boden. Er fiel hart, verlor für Sekunden das Bewusstsein, kam zu sich, rappelte sich hoch und lief weiter.

Er erklomm den Bahndamm und sah vor sich ein einziges, tobendes Flammenmeer. Auf der Eisenbahnbrücke über den Teltowkanal tastete er sich von Schwelle zu Schwelle. Die Gleise wiesen den Weg. Rechts die Villensiedlung lag im Dunklen, unbeschädigt, scheinbar träumend zu nachtschlafender Zeit. Linksseitig brannte alles, schrien die Menschen, jaulten die Sirenen.

Fritz erreichte das Elternhaus im stillen Viertel, erklomm die Stiege, klingelte, ihm wurde geöffnet. Er sank im Türrahmen zusammen.

Am Morgen zogen die Rauchschwaden über die Dächer, verdeckten die Sonne und hüllten die Siedlung in eine Wolke aus Ruß. Drüben auf der anderen Seite des Bahndamms gruben sich die Überlebenden aus ihren Höhlen, sammelten sich auf zufällig frei gebliebenen Plätzen, schleppten sich fort. Nur wohin? Wo steht noch eine Wand? Wo ist gar eine Stube heil?

Der Blockwart ihres Viertels, Peter Heise, kam gelaufen und ordnete an: »Die Obdachlosen werden in Sammelunterkünften untergebracht, nicht hier im Ort. – Keiner!« Er ging von Tür zu Tür, von Wohnung zu Wohnung, von Haus zu Haus.

Else belferte ihm nach: »Nicht, dass mir einer auf die Idee kommt, den armen Menschen zu helfen.«

»Else!«, herrschte Erich und hielt seiner Frau die Hand auf den Mund, »kein Aufsehen! Du hast es mir versprochen.«

Sie schlossen die Tür und Else blubberte: »Ist doch wahr. Hier in unserer piekfeinen Gegend wollen wir schön unter uns bleiben.«

Erich hatte die Nacht nicht geschlafen, erst auf den Sohn gewartet, dann den Luftangriff beobachtet und seit Tagesanbruch im alten Ortskern versucht zu helfen. Erschöpft sank er im Sessel zusammen. Übermüdet war er eigentlich nicht. Lange Tage und Nacharbeit war er gewohnt und hielt das gut aus. Was ihn erschütterte und niederdrückte, war die Erkenntnis, wie irrwitzig dieser Krieg sich entfaltet. Das ist die Apokalypse. Das schlägt auf uns zurück. Das wird uns vernichten.

»Ganz Lankwitz ist weg. Keine Kirche, keine Wohnungen, keine Läden, keine Höfe, nichts mehr. Völlig ausgelöscht«, berichtete er mit klagender, weinerlicher Stimme, »die Bomben fielen auf die Schule, auf das Gymnasium, auf das Wirtshaus, den Ballsaal, gleichermaßen auf alle Leute, ob schuldig oder nicht schuldig.«

»Wenn Du nach Schuld fragst, die Brandstifter sind die da«, mischte sich Fritz ein und zeigte mit einem Finger am ausgestreckten Arm schräg nach oben. Am Tonfall merkte Erich, dass sein Sohn die Engländer meint. Fritz schob nach: »Wer hat denn angefangen?«

In diesem Moment tat sich für Erich ein tiefer Graben auf. Wer mit diesem Krieg angefangen hat, wusste er nicht. So etwas wollte er nicht diskutieren. Er interessierte sich nicht für Politik und dieses Hassgeschrei einiger Halbwilder ödete ihn nur an. Aber dass das Dilemma mit Gesetzen begann, wonach ein Kind unweigerlich in die Hände von Mördern treibt, das wusste er genau. Fritz, sein eigener Sohn hält zu denen! Plötzlich bereute er, den Jungen zurück geholt zu haben. »Angefangen oder nicht, ist doch egal. Jetzt haben wir den Salat. – Ich geh schlafen«, brummelte er und verschwand.

Else säuselte: »Fritze, ich mache Dir jetzt ein schönes Abendbrot. – Du musst doch Hunger haben.«

Sie begaben sich in die Küche, Fritz hockte sich so, dass er Else gut beobachten konnte. Else genoss die

Aufmerksamkeit des jungen, aufgeschlossenen Menschen. Sie legte Brot und Wurst heraus, schnitt zurecht, richtete an. Nebenher plauderten sie angeregt über Dichter und Theater. – Der Abend ging in die Nacht über. Sie fühlten sich wohl.

Im Morgengrauen nahm Erich Krumm seinen Rucksack auf den Buckel und stiefelte zur Bahn. Else und Fritz standen an der Straße und blickten ihm nach. Erich bog ab, war fort. Frau und Kind schauten noch, als es längst nichts mehr zu sehen gab.

Für Fritz begann jetzt der angenehme Teil seines Lebens. Er war jung, er war beliebt und er wurde umsorgt. Als ganz normaler Arbeiter mischte er sich unter die Berufstätigen, schaffte im Werk, wähnte sich unheimlich erwachsen, und wenn er heimkam, bereitete ihm Else das Essen, das Bad und zu seiner Erbauung hielt sie anregende Themen über darstellende Kunst und Literatur bereit. Trotz aller möglichen Einschränkungen – Bomben hatten bereits einige Bühnen arg mitgenommen und was zerstört war, konnte momentan nicht wieder aufgebaut werden – gelang es Else, zuweilen Karten für Kino oder Kabarett zu ergattern. Sie machten sich fein und mischten sich unter fröhliches Volk.

Allerdings war hier die Rechnung komplett ohne den Wirt gemacht. Das kleine Vermögen der Krumms verbrauchte sich rasch. Nachschub gab es nicht. Der Lehrling Fritz bekam gerade mal ein Taschengeld ausgezahlt und Erich schickte nur wenig, denn das Heer finanzierte seine Landser sparsam. Da musste sich Else nach einem Dienst umsehen. Das war freilich nicht schwer. Alle Frauen waren zur Mitarbeit aufgerufen. In den Betrieben fehlten die Männer, die Hilfskräfte aus dem Ausland schafften nur unwillig, die einheimische Bevölkerung mobilisierte alle Reserven vor dem endgültigen großen Sieg. Else sah sich also um. An schlecht bezahlter und schwerer Arbeit war genug da. Das kam für sie jedoch nicht in Frage. Aber im Ort, nur wenige Schritte von ihrer Wohnung entfernt, direkt am Kanal in einer Grünanlage gelegen, gab es ein großes Wirtshaus mit riesiger Küche, Restaurant, Sommergarten, Ballsaal und Gästezimmern. Hier versuchte sie es und kam an.

Eine Hauswirtschafterin von diesem Format hatte der Betreiber überhaupt noch nicht erlebt. »Wo haben sie die ganze Zeit gesteckt?«, fragte er komplimentierend.

Else antwortete in ihrer charmanten Art: »Ach, an Arbeit muss unsereins ja eigentlich nicht denken. Nur in Notzeiten, hilft man doch gern.« Er lächelte genüsslich und Else begriff augenblicklich, wie dumm ihre Aufschneiderei war. Sie legte kühl, scharf nach: »Gute Hilfe hat freilich ihren Preis.« Er ließ die Kinnlade fallen, fasste sich und bot eine Löhnung an, die durchaus akzeptabel war.

Wie nun Else und Fritz berufstätig waren, klingelte es zwar wieder in der Haushaltskasse, aber die Unterhaltung schmolz auf ein Minimum zusammen. Else hatte einfach nicht mehr die Zeit, manchmal auch nicht die Kraft, dem Jungen wie einem Prinzen aufzuwarten. Er fühlte sich missachtet, war eifersüchtig und schmollte. Es kam zu Reibereien. Else mahnte sparsames Wirtschaften an und vertröstete. Fritz reagierte mürrisch. Er litt die Atmosphäre daheim und wendete sich wieder mehr seinen Kameraden im Werk zu. Mitunter blieb er zwischen zwei Schichten gleich dort und teilte deren geselliges Treiben. »Soll sie doch zusehen, wo sie mit ihrem Geiz landet«, meinte er und ließ sie warten. Else wartete. So manche Stunde machte sie sich große Sorgen um das Kind. In Alarm und Bombenhagel fürchtete sie um sein Leben. Tauchte er dann vergnügt, seinen Anteil fordernd auf, war sie zwar verletzt, aber zugleich froh und bediente ihn in altbewährter Art.

Eines Tages kam Fritz von der Frühschicht heim, betrat die Wohnung und war wie vom Donner gerührt. Acht Mann hoch, zwei Frauen, zwei Halbwüchsige und vier kleine Kinder, bevölkerten fremde Menschen die eigenen vier Wände. Die Stuben glichen einem Heerlager. Else wuselte dazwischen hin und her, gab etwas, nahm etwas, richtete und tröstete.
»Was ist denn hier los?«, fragte Fritz konsterniert.
Else antwortete nur ein Wort: »Ausgebombt«, und machte weiter.
Fritz ging in sein Zimmer und schlug die Tür zu. Abendbrot!, hatte er verlangen wollen und: Ein Bad! Jetzt fiel ihm nichts mehr ein. Er wurde nicht bedient, er wurde nicht beachtet, grenzenlose Wut stieg ihm auf. Er raffte ein paar Sachen zusammen, polterte über den Flur, knallte die Wohnungstür ins Schloss und fuhr ins Werk zurück.

Anna sah erschrocken hoch und fragte: »Was war denn das?«
Else antwortete: »Er ist die ganze Zeit schon so komisch. Wir kommen überhaupt nicht mehr klar. Was mache ich bloß falsch?«
Hildegard mischte sich ein: »Nichts hast Du falsch gemacht, Tante Else. Denk mal, es ist für niemanden mehr leicht.«
Else tropften Tränen über die Wangen.
Anna tröstete: »Er wird sich schon beruhigen.«
Die vierzehnjährige Hildegard nahm Else in den Arm und streichelte sie sanft.
Sie reflektierte die vergangenen zwei Tage: Die Krumms in der Schönhauser Allee hatte das Unglück

komplett getroffen. Eine Bombennacht und ihr Heim war hin. Nicht nur die Wohnung, auch die Werkstatt, die Wasser- und Gasversorgung. Sie und ihre Nachbarn krochen aus dem verschütteten Kellergewölbe, bargen die Lebenden und trugen die Toten beiseite. Sie organisierten Hilfe. Allein an Hilfe mangelte es. Die provisorischen Unterkünfte waren restlos überfüllt, Obdachlose kampierten in der kalten Winternacht auf freiem Feld. Zu all den Entbehrungen, Zerstörungen kam das grenzenlose persönliche Leid. Müttern starben die Kinder, Kinder blieben verwaist zurück. Anna und Hildegard griffen beherzt zu. Sie vergrößerten ihr Familie um vier Personen, luden auf einen Karren, was nur irgend noch nützlich erschien und machten sich auf den Weg nach Lankwitz. Mit ein wenig Glück können sie unterkommen. Mit ein wenig Glück bleiben sie am Leben. Mit ein wenig Glück geht es weiter.

Es ging weiter. Else öffnet die Tür und ohne zu fragen, ohne Umstände quartierte sie die Familie ganz selbstverständlich bei sich ein. Nur eine klcine Bedingung hatte sie: »Fritzes Zimmer ist tabu. Er muss sein Heim haben.« Das akzeptierten die Obdachlosen. Es war ohnehin schon alles so trostlos. Sollte es wenigstens Fritz gut haben. Nun war er ohne Gruß gegangen und Hildegard war traurig. Sie hatte den Bruder an die vier Jahre nicht gesehen. Trotz all des Elendes hatte sie sich auf ein Zusammensein gefreut.

Vormann Helge Rasche war verblüfft, Fritz vier Stunden nach Dienstende schon wieder im Werk anzutreffen.

»Was hast Du denn vor?« fragte er.

Fritz antwortete: »Ich ziehe wieder bei Euch ein.«

Rasche runzelte die Stirn und sprach: »Fritz, Dein Platz ist belegt. Du weißt ja, zu viele Ausgebombte.«

»Ich bin auch obdachlos«, greinte Fritz. Rasche dachte: Wie denn das? Und so plötzlich? Am Nachmittag und Abend war noch nicht ein Flugzeug über Berlin gesichtet worden.

Fritz berichtigte: »Sie haben mich rausgeschmissen.«

Auch das kam Rasche merkwürdig vor. Er kannte den Vater des Jungen, den Erich Krumm, als gemäßigten Zeitgenossen.

Er fragte anteilnehmend: »Was ist los?«

Erich schilderte die Szene und Rasche verlangte: »Geh' heim und kläre das und sei morgen früh pünktlich auf der Arbeit.«

Er lenkte den Bittsteller zum Werktor.

Fritz trottete heim. Unterwegs führte er sich die anmaßende Art einer Else vor Augen und er schaukelte sich hoch. Was erlaubt die sich, meine und Vaters Wohnung für Fremde herzugeben? Haben wir es so dicke, dass wir die auch noch durchfüttern können? Und so weiter. Er war hungrig und müde. Er hasste Else und ihr ganzes, vornehmes Schöntun. Als er in Lankwitz aus dem Zug stieg, hatte er endlich einen Plan. Fritz suchte und fand die Adresse des Blockwarts Peter Heise.

Heise war nach einem langen Arbeitstag endlich daheim, soeben in Latschen geschlüpft und nahm sich sein Bier vor. Es klingelte, mürrisch erhob er sich und schlurfte zur Tür. Fritz Krumm stand draußen und begehrte ein Gespräch. Heise bat ihn näher zu treten und Platz zu nehmen. Fritz folgte. Heises Intentionen waren mitnichten, sich jetzt noch Arbeit aufzuhalsen. Das nicht. Aber er fühlte sich verantwortlich für die Belange der Nachbarn und Erich Krumm, der Vater dieses Sprösslings diente gerade im Heer. Da ist ein Blockwart der Familie verpflichtet. Das stärkt die Truppe draußen. Heise kämpfte an der Heimatfront. Wie er nun hörte, dass Else Krumm die Wohnung zweckentfremdete und den Sohn auf die Straße warf, trieb es ihm die Galle bis unter die Haarwurzeln.

»So geht es nicht! So geht es gar nicht. Schon gar nicht gegen klare Anweisungen.«

Heise zog sich wieder an, nahm den Jungen am Arm und sagte: »Das klären wir.«

Sie stiegen die Treppe hoch, Heise baute sich breit auf, Fritz hielt sich im Hintergrund. Sie klingelten. Else öffnete.

Für alle deutlich vernehmbar, verkündete der Blockwart: »Frau Krumm, ich fordere Sie auf, das Untermietverhältnis sofort zu beenden. Bei Zuwiderhandlung droht Ihnen Gefängnis.«

Else wurde blass, dann rot, holte tief Luft und keifte: »Sie Idiot haben mir gar nichts zu sagen!«

Sie warf die Tür ins Schloss. Heise und Fritz standen da. Sie machten auf dem Absatz kehrt und gingen zur Polizei.

So kam es, dass Anna Krumm und ihre Familie in der Winternacht auf der Straße landeten. In einem Lager nahe Teltow fanden sie gegen Morgen Aufnahme.

Fritz und Else wohnte wieder unter einem Dach. Sie gingen wie Fremde aneinander vorbei, jeder für sich und ganz allein seinen Kummer tragend.

Der neue Frieden

Überall wo Erich entlang kam, reckten die Leute die Köpfe.

Ein Landser erregt Aufmerksamkeit. Es kommt einer heim. Die Ehefrau sehnt sich nach dem Mann. Die Mutter hofft auf Rückkehr des Sohnes. Die Kinder vermissen den Vater. Jeder trug Leid, schwere Sorge, Hoffnungen und dachte für Momente: Das ist der Meinige. Das konnte nicht anders sein. Selbst diejenigen, die die Todesnachricht längst zu den Familienannalen gelegt und ein Bild mit Trauerflor aufgestellt hatten, wähnten sich für Augenblicke im Glück, wenn ein Landser vorbei lief. Es ist ja möglich. Es kann ja sein. War er vorüber, senkten sich die Köpfe, und die Leute nahmen ihre Last wieder auf.

Erich lief von Norden nach Berlin herein. Noch ein paar Kilometer quer durch die Stadt und er ist daheim. Überall Trümmer. Überall das gleiche Bild. Er registrierte nur noch. Schmerz hatte in seinem Herzen einfach keinen Platz mehr. Seine Augen hatten sich inzwischen gewöhnt. Schönhauser Allee war die Straße frei geräumt, der Hochbahnviadukt instand gesetzt, die Straßenbahn fuhr auch, Verkehr pulsierte, die Häuser zeugten von Leben. Na ja, vermerkte Erich bitter, wenigstens was.

Er fand das Grundstück Schönhauser Allee siebzig, – die mit Kreide gemalte Hausnummer prangte weithin sichtbar über der Hofauffahrt -, er sah sich um, durchquerte den Hof und noch einen, und stand vor einem Trümmerberg. Keine Wohnungen, kein Keller, keine Werkstatt. Betäubt schwankte er zurück zur Straße.

Eine Frau kehrte den Gehsteig. Sie sprach ihn vorsichtig an: »Nun? Alle weg?«

Erich kam zu sich und klagte: »Mein Bruder.«

»Manche haben es überlebt. Hoffnung bleibt«, tröstete die Frau und fragte klug: »Haben Sie schon überall rumgefragt? Rotes Kreuz, Standesamt und so? Manche melden sich spät.«

Erich antwortet: »Nee. – Komme grade erst heim.«

Die Frau rief nach der Seite: »Erna, haste wat vom Hinterhaus jehört?«

Erna steckte den Kopf heraus und sagte: »Nee, nüscht Neuet. Is' allet alt.«

Die Frau mit dem Besen ergänzte: »Kann auch alt sein. Der hier ist neu.« Sie wies auf den grauhaarigen Heimkehrer.

Erna sagte: »Ach so«, verschwand und trat Augenblicke später mit einem kleinen Stapel Briefe vors Haus. »Wolln wa mal schaun«, nuschelte sie und blätterte die Post durch: »Schulze, Wagner, Krumm gleich zweimal, Rast. – Det is allet.«

Erich griff nach der Post: »Krumm, mein Bruder.«

Die Botin hielt die Briefe fest, machte sich steif und fragte gewichtig: »Und Sie sind?«

Er antwortctc brav: »Erich Krumm.«

Die Frau mit dem Besen herrschte: »Erna mach hier nich son Tanz! Gib ihm die Briefe.«

Erna händigte die Post aus und zog beleidigt ab. Die Frau mit dem Besen strahlte. Erich las.

Willy Krumm war erst vierundvierzig eingezogen worden. Sein Handwerk schützte ihn lange. Die nach Bombardements zerstörte Infrastruktur sollte so schnell wie möglich wiederhergestellt sein. Schlechte Versorgung demoralisiert die Bevölkerung und Willy gehörte auch nicht mehr zu den begehrten Jahrgängen des Heeres. Wie dann allerdings die Front bedenklich nahe rückte, war jeder Mann in Waffen gefragt. Willy rückte ein und nach kurzer Ausbildung an die Ostfront. Er lief über und landete in sowjetischer Kriegsgefangenschaft. Jetzt schuftete er in einem Bergwerk bei Swerdlowsk und trug deutsche Schuld ab.

Er schrieb: »Mir geht es gut. So gut, wie es eben gehen kann. Wenn genug geleistet ist, komme ich heim. Das dauert freilich. Viel zu viel ist kaputt gegangen. Der Russe darbt. Darbt in jeder Beziehung. Meine Lieben, schreibt mir. Schreibt mir auf jeden Fall. Ich bitte darum. Euer Vater.« Die Adresse aus vielen, ganz seltsamen Zeichen war umseitig notiert. Erich las im zweiten Brief: »Kinder, warum meldet sich niemand. Es sind doch jetzt schon zwei Jahre fast um.«

Die Frau mit dem Besen stand mit glänzenden Augen daneben. »Is allet jut?«, fragte sie.

Erich antwortete: »Gott sei Dank, mein Bruder lebt. Er ist in Russland. Aber er lebt.«

»Gott sei es gedankt«, echote sie.

Erich fragte: »Gute Frau, und die anderen? Die Familie?«

Sie zog die Schultern hoch und senkte den Blick: »Volltreffer! War nüscht mehr zu machen. – Tut mir leid.«

Erich überrieselte ein kalter Schauer. Er bedankte sich und ging weiter.

Lankwitz fand er nachhaltig zweigeteilt vor. Jenseits der Eisenbahntrasse gab es eine zerstörte Welt. Der alte Ortskern bot ein erbärmliches Bild. Die Aufräumarbeiten waren noch im Gange. Die Kirche lag in Schutt und Asche. Am Rande zeigten sich einige Wohnhäuser recht ansehnlich. Zumindest waren die Dächer gedeckt, die Fassaden geflickt, die Fenster verglast oder mit Pappe vernagelt. So ließ sich hausen. Auf jedem Stückchen Grün zogen die Anwohner Gemüse und die alten Bäume, insofern sie die Katastrophennacht überlebt hatten, waren abgeholzt und durch die Öfen gegangen. Erich stöhnte: »Ob das wiederkommt?« Er meinte das lebendige, quirlige Leben.

Diesseits der Trasse im Villenviertel war alles unverändert, ganz so, wie er es verlassen hatte: Prunkende Gebäude in gepflegten Gärten mit wucherndem Grün. Die paar Mehrfamilienhäuser, in denen die Herrschaften ihre Domestiken unterzubringen pflegten, standen unversehrt. Erich beschlich ein Gefühl der Scham. Er schob den Gedanken fort. Was hätte es genutzt, wären wir auch ausgebombt? Im Gegenteil, vielleicht kann man ja sogar helfen.

Vor dem Haus traf er auf Hauswart Heise. Der zerhackte Unkraut zwischen bunt blühenden Dahlien, grüßte, erkannte, stutzte und schob nach: »Da wird sich die gnädige Frau ja freuen.« Heise ließ sein Werkzeug fallen, eilte zur Haustür, hielt auf, dienerte und sprach: »Grüßen Sie die gnädige Frau. Bitte.« Er wedelte hinter dem Heimkehrer her und Erich dachte boshaft: Alter Schleimer. Er stieg die Treppe hoch, verharrte einen Moment und betätigte die Schelle. Schritte hinter der Tür, öffnen und Else stand im Rahmen. Er lächelte und sie sagte: »Erich.«

Er trat ein, sah sich ängstlich forschend um. Else beruhigte: »Der Junge lebt.« Erich nickte. Er nahm das Gesicht seiner Frau in beide Hände und sprach leise: »Mädel, bin ich froh, Dich zu sehen.« Er tastete sich an ihrem Körper ganz langsam bis nach unten, tauchte wieder auf und sagte noch einmal: »Ich bin so froh, Dich zu sehen.«

Viel redeten sie zunächst nicht. Es brauchte Zeit, die Erschütterungen zu überwinden und das Glücksgefühl in gemäßigte Bahnen zu lenken. Alltägliches gewann Oberhand. Else richtete das Bad her und bereitete das Essen zu. Er folgte ihr, ging zur Hand, reichte zu, nahm ab. Sie berichteten einander Kleinigkeiten.

Endlich setzten sie sich im Wohnzimmer gegenüber und kamen auf das Wesentliche, ja auf das Schmerzhafte. Sie gingen die Lebenden und die Toten durch. Von wem war Nachricht eingetroffen? Was wussten sie? Stück für Stück vervollständigten sie das Bild, bei jedem verweilten sie lange, verbreiteten sich in Freude, fühlten Trauer und gaben auch ihrem Hass statt.

Else sprach: »Wie Fritz gehandelt hat, als er Anna mit den Kindern hier fortjagte, lässt sich nicht gutheißen, aber man muss ihn auch verstehen.«

Erich antwortete: »Von einem Zwanzigjährigen kann ich verlangen, dass er nachdenkt.«

»Er war achtzehn«, flocht Else ein.

»Also, auch von einem Achtzehnjährigen kann ich verlangen, dass er nachdenkt. – Jedes Für rechtfertigt die böse Tat. Ich will Dir mal was sagen: Wenn wir alles bis zur Neige ausloten, Verständnis aufbringen, entschuldigen wir auch alles. Es gibt, schlicht gesagt, Grenzen des Erträglichen. Für mich fängt das Unerträgliche da an, wo man Kinder aus dem Haus jagt.« Else nickte.

Sie hatte inzwischen Nachforschungen angestellt und wusste, dass Anna und die Ihren überlebt hatten. So konnte sie Fritz' Denunziation verschmerzen. Allerdings musste sie ihrem Mann zugestehen, dass er die moralische Messlatte hoch hält. Zu viel Unrecht, der Barbarei gleich, war in den letzten Jahren geschehen, da bringt Augenwischerei erst recht keine Läuterung. Sie schloss sich Erichs Sicht an.

Fritz fiel aus allen Wolken, als er die Treppe hoch stürmte und seine Sachen gepackt auf dem Absatz vorfand. Ein Zettel lag dabei: »Für Denunzianten ist hier kein Platz. Vater.« Fritz polterte gegen die

Tür und riss an der Schelle. Ihm ward augenblicklich geöffnet. Der Vater schüttelte stumm sein graues Haupt.

Fritz plärrte: »Was soll das?«

Der Vater atmete tief durch, öffnete den Mund, ließ ruhig und fest hören: »Ich schlage Dir den Schädel ein, wenn Du Dich hier noch einmal blicken lässt.«

Fritz erstarrte, besann sich, hob den Blick, nahm sein Zeug auf und stolzierte die Stufen hinab.

Erich trat in die Wohnung zurück, blieb im Flur stehen, horchte der unten ins Schloss fallenden Haustür nach und ließ die Tränen fließen.

Der Junge ging seine Möglichkeiten durch. Er hatte etliche Bekannte, bei denen er unterkommen konnte. Er war beliebt und man brauchte ihn. Als unversehrter Arbeiter stand er in diesen Zeiten hoch im Kurs. Viel war zerstört und wurde unter Aufbringung der letzten Kräfte wieder aufgebaut. Jeder gierte nach Erleichterung. Maschinen mussten her. Einem Schlosser, noch dazu einem mit goldenen Händen und viel Phantasie, hofierten sie. Fritz konnte also wählen. Er war auf Erich und Else nicht angewiesen. Je weiter er sich jedoch vom Elternhaus entfernte, umso kümmerlicher kam er sich vor. Er hatte nämlich niemanden mehr. Er stand ganz allein auf der Welt.

Hatte er Else in den letzten Jahren geschnitten und nach Lust und Laune gedemütigt, so war sie trotz alledem liebende Mutter geblieben. Das für ihn zurechtgestellte Abendbrot, eine kleine Leckerei selbst in Notzeiten, einen Apfel in der Jackentasche, das alles hatte er selbstverständlich hingenommen und dabei Elses großes Herz gespürt. Niemand auf der ganzen Welt wird ihm das ein zweites Mal geben. Fritz hockte sich an den Straßenrand und weinte bitterlich.

»Hier können Sie aber nicht bleiben«, hörte er eine Stimme aus der Dunkelheit.

Der ihn ansprach war Hauswart Peter Heise auf seinem letzten Rundgang durch die abendliche Siedlung. Von niemandem explizit beauftragt, von keinem entlohnt, leistete der Mann das, was er schon immer getan hatte: Nach dem Rechten sehen, kleine Reparaturen ausführen, den Nachbarn zur Hand gehen. Heise nahm den Jungen beim Arm und zog ihn hoch: »Bist Du nicht der Krumm? Fritz?«

Fritz erkannte den Alten im funzeligen Licht der Gaslaterne und antwortete: »Ja.«

Heise sagte forsch: »Geh' heim!«

Der Junge fragte: »Wohin?«

Dieses Wohin kam so hilflos, so vollkommen ganz ohne jegliche Aussicht, dass Heise nur sagte: »Komm mit.«

Sie gingen zu ihm hinein.

Heise platzierte den Findling auf einem Stuhl, kramte Decken und ein Kissen heraus, hängte ein zweites Handtuch neben das Waschbecken, bereitete Abendbrot zu. Fritz ließ alles geschehen. Endlich setzte sich der Alte und sie aßen. Die Flasche Bier teilten sie. Mehr war heute nicht im Haus. »Nu, erzähl ma'«, forderte er Fritz auf.

Fritz war zu sich gekommen und fasste zusammen: »Alles Scheiße. Alles kaputt.«

Peter Heise war ein alter Mann. Er hatte jahrelang geglaubt, das Richtige zu tun, jeder Obrigkeit treu gedient, um am Ende seines Lebens genau das festzustellen, was der Junge da formulierte: Alles Scheiße. Alles kaputt. Allerdings rechnete er sich zu, dass er eben alt ist und nicht mehr viel vom Leben zu erwarten hat. Anders dieses Kind. Dieser junge Hecht darf doch nicht aufgeben.

»Also, Fritz Krumm«, nahm er Anlauf.

Fritz unterbrach ihn: »Ich bin Kroll. Fritz Kroll.«

Ach ja, fiel es dem Alten ein, ein zweites Namensschild wegen der ordnungsgemäßen Meldung hatte er selbst an der Wohnungstür der Krumms angebracht. Er wusste auch und erinnerte jetzt, dass der Junge vor Jahren hier plötzlich aufgetaucht war.

»Deine Mutter ist gestorben«, resümierte Heise, »deshalb kamst Du damals als Steppke hierher, hat Dein Vater erzählt. Ja, ja stimmt.«

Er reflektierte die Vergangenheit: Der stille Junge war kaum mal ausgegangen, tobte nie wie anderer Leute Kinder auf den Grünanlagen rum, ging brav zur Schule, kam heim, immer ganz allein, grüßte höflich und war eines Tages einfach fort. Krank, sagten die Eltern, wie der Spross nicht mehr da war. Irgendwann kam er wieder, war aufgetaut, mimte den Erwachsenen und sorgte für Ordnung. Eine Ordnung, die auch ihm, dem Blockwart, heilig war und die er durchsetzte, die ihm dann aber auf die Füße fiel. Er musste sich als Leuteschinder beschimpfen lassen und konnte jetzt froh sein, dass sie ihm seine Bleibe, die kümmerliche Rente und sein bisschen Beschäftigung zubilligten.

Fritz begehrte auf: »Hat der Vater erzählt!«, er blinzelte aus schmalen, bösen Augen, »der Vater erzählt viel, wenn der Tag lang ist. Lügen, alles Lügen!«

»Ja, ja, »grummelte der Alte, »gelogen wird überall. Da weiß man nie ...«

Fritz krümmte sich. Alles ist hoffnungslos und schmerzhaft.

Heise litt diesen Zustand. Er wollte, ja er musste etwas sagen: »Kind, Du hast doch noch Dein ganzes Leben vor Dir.«

Der Damm brach. Fritz spulte sein verpfuschtes Leben, seine Enttäuschungen ab, wobei er nicht wusste, was ihn am meisten verletzte. Am Anfang war alles gut. Die frühe Kindheit daheim bei der Mutter und den Großeltern, die gelegentlichen Besuche des Vaters und wie er und seine Schwester Hildegard eines Tages weggeholt wurden. Das war schön. Wie er sich dann aber sehnte und der Vater ihn täuschte. Das fing mit der Geschichte vom Teddy an, dann sollte er seine Herkunft verleugnen und es endete mit seiner Abschiebung nach Lauenburg wahrscheinlich noch lange nicht. Das war fürchterlich. Fritz hatte geglaubt, wenn er sich fügt, würde alles gut werden. Nichts wurde gut, jeder Zipfel Glück ward ihm genommen, kaum das er ihn ergriffen hatte.

Heise hakte nach: »Du sagst, dass der Vater lügt?«

Fritz beharrte: »Ja.«

»Dann wird es so sein«, Heise stand auf und holte die Zeitung, »nur man muss ihn auch überführen! – Hier jede Woche, mitunter zweimal die Woche, Suchanzeigen. Vater sucht Sohn, Mutter sucht Tochter, Oma sucht Enkelchen und so weiter. Im Radio geben sie es auch durch. Wer sagt denn, dass Deine Mutter nicht doch noch lebt, dass man sie nicht befragen kann, wie es wirklich war. Und Deine Schwester, hast Du sie aufgesucht?«

Fritz sah einen Hoffnungsschimmer. Wenn er dem Vater nachweist, dass er bösartig und aus Eigennutz gehandelt hat, wird sich Else von dem Alten abwenden, ihn, den Jungen, wieder aufnehmen und umsorgen. Die Idee war verlockend, allein es fehlte der Ansatz. Er hatte seinen Schwester Hildegard längst aus den Augen verloren, vom Leben der Mutter und der Großeltern absolut keinen Schimmer, seinen Geburtsort wusste er nur aus seinen Personalpapieren. Auch las er weder die Zeitung, noch hörte er Radio.

Heise empfahl: »Anzeige an den Suchdienst.

Er selbst hatte auf diesem Wege seine Familie wieder gefunden. Nicht vereint, dafür war zu viel Zeit vergangen, aber immerhin geredet und sein Gewissen beruhigt.

Fritz Kroll und Peter Heise schlossen einen Pakt. Gemeinsam werden sie ausforschen, was sich damals wirklich ereignet hat und dann dem Vater gehörig den Standpunkt klar machen.

Heise schob nach: »Und wenn Du willst, kannst Du solange hier bleiben.«

Während der Behördenweg seinen Gang nahm, richteten sie sich in ihrer kleinen Wohngemeinschaft ein. Sie ergänzten einander glänzend. Der Junge schaffte das Geld ran, der Alte besorgte den Haushalt. Es war freilich noch viel mehr da als nur schlichtes Wohnen. Fritz hatte einen Menschen neben sich, der sich für ihn interessierte, und Heise durfte sich wichtig machen. So verging das Jahr 1947. An Weihnachten überraschten sie einander mit kleinen Geschenken und zu Silvester leerten sie einvernehmlich mehrere Flaschen Bier. Sie klönten und Fritz hörte die Geschichte des Peter Heise. Der war mitnichten als Hauswart oder Blockwart geboren. Eine frohe Jugend in einer großen Familie war ihm beschieden gewesen.

Ganz im Gegensatz zu seinen Geschwistern neigte Peter von klein auf zu einer unglaublichen Ordnungsliebe, die sich nicht nur im normalen Alltag und zur Freude seiner Mutter niederschlug, sondern sich auch in einer großen Sammelleidenschaft äußerte. Angefangen von Briefmarken, denen jeder Junge mal zugetan ist, weil sie die Einblick in den letzten Winkel der Welt gewähren, las Peter alles auf, was sich irgend ordnen und bestimmen lässt: Blätter, Steine, Etiketten und so weiter. In Folianten, Kisten und Kästchen verwahrte er alles wohl sortiert, um zugleich über jedes seiner Fundstücke exakt Buch zu führen und Bescheid zu wissen. Irgendwann kristallisierte sich aus der Fülle des Materials eine besondere Liebe für Pflanzen heraus. Die Blätter, die ihm der Herbst zunächst zufällig in die Hand spielte, faszinierten ihn mit ihrem Wachstum, ihren Veränderungen und ihrem Vergehen. Da mochte der Junge Botaniker im hier in der Nähe ansässigen Institut werden. Einen riesiger Garten mit Gewächshäusern und Freiflächen, Pflanzen aus allen Klimazonen, einer Bibliothek, Forschungslaboren stand den Pflanzenkundlern zur Verfügung und, sich darin auszuleben, schien Peter das Höchste zu sein. Das strebte er an. Allein, dem Kind eröffneten sich keine großen Karrierechancen. Eine anständige Ausbildung konnte ihm niemand finanzieren. Er zog mit vierzehn zu Lohnarbeit im Straßenbau aus. Dabei sollte er dann doch Glück erfahren, denn seine akribische, gewissenhafte Art gefiel dem Vormann und er nahm Peter für die wöchentliche fälligen Arbeitszeit- und Lohnabrechnungen beiseite. So wurde Peter Buchalter. Arbeitete sich in der Firma Stufe für Stufe hoch und überschaute irgendwann die Löhne von immerhin fünftausend Mann. Dabei verdiente er auch recht gut. Die Jugendträume waren zwar nicht vergessen, aber seine Arbeit gefiel ihm und er fühlte sich bestätigt. Sein Glück vervollkommnete sich mit der jungen, schönen Heda. Sie lebten ein zufriedenes Leben. Das änderte sich vierunddreißig oder fünfunddreißig. Wie ein Gespenst zog die Ahnenforschung auf. Exakt listete Peter Heise seine und seiner Frau Vorfahren auf. Dort entdeckte er in gegenwärtiger, älterer, uralter Generation Juden. Einige zu den Christen konvertierte Juden gab es auch. Aber letztendlich waren sie alle Juden. Was sollte er tun? Der Liebe frönen oder sich der Ordnung unterwerfen? Peter Heise war ein ehrlicher Mensch. Ohne absolute und vollständige Wahrheitsliebe war auch gar kein Fortkommen in seinem Beruf. Er unterwarf sich der Ordnung. Er ließ sich scheiden, kündigte die Wohnung, zog ins kleine Souterrain-Verlies, raffte sein gesamtes Geld zusammen, kaufte Pässe und verfrachtete den unwerten Teil seiner Familie nach Jerusalem. Gesagt, getan. Nur das nutzte ihm nichts. Die Firma, durch und durch arisiert, trennte sich von seinem Hauptbuchalter. Als Blockwart mochte er sich, der sich mit diesem Drecksvolk besudelt hatte, bewähren. Peter Heise füllte auch diese Funktion mit Akribie aus.

Die Geschichte erzeugte in Fritz nun nicht gerade riesiges Mitgefühl, dafür war er zu einfach zu jung, aber sie schmälerte das eigene Selbstmitleid. »Alle haben ihr Päckchen zu tragen«, resümierte er, und beschloss, sein Schicksal tapfer anzunehmen.

Im Mai traf endlich Post ein. Die Anfrage war zonenübergreifend gelaufen und hatte eine Hildegard Kroll ausfindig gemacht. Der Dienst bedauerte, weitere Kroll-Familienmitglieder noch nicht gefunden zu haben. Es sind aber auch noch nicht alle Daten aufgelistet und stehen zur Auswertung bereit. »Wir bitten um Geduld«, lasen sie am Ende des Briefes. Die Suche ging weiter.

Hildegard wohnte in Teltow, Hühnersteig vierundzwanzig. Fritz begab sich an einem Sonntagmorgen auf den Weg.

Der Hühnersteig war eine Gasse zwischen Behelfsheimen. Die Häuser bestanden aus Steinen, Brettern, Wellblechen, Werg, Lehm, Zeltplanen. Alles was sich irgendwie verbauen ließ, war zusammengetragen und bot notdürftigen Schutz. Bei aller Kläglichkeit des Wohnens waren die Leute jedoch von einem schier unglaublichem Lebensmut erfasst. In den Vorgärten und Höfen prunkten neben den allseits üblichen Gemüsepflanzen leuchtend bunte Blüten, als verspüre das Auge eben denselben Hunger wie der Magen.

Die Kinder spielten auf der Straße, die Männer werkelten am Haus und die Frauen hängten die Wäsche in die Sonne. Es war lebendig, die Nachbarn renkten die Köpfe und Fritz betrat den Vorgarten.

Anna schaute und rief: »Hilde, Dein Bruder will wat.«

Tante Anna hatte den Jungen, der seinerseits unsicher daher tappte, auf Anhieb erkannt.

Hildegard kam heraus und grüßte zurückhaltend. »Was gibt es?«

Fritz hatte Mühe. Er erinnerte seiner Schwester einfach nicht mehr.

Er eröffnete höflich: »Wenn Du Hildegard Kroll bist?« Sie nickte und gab ihm die Hand. »Ich wollte mit Dir reden. – Wegen früher. Wegen Vater.«

Anna blitzte und grollte von der Seite her. Hildegard ließ sich nicht beeindrucken und lud Fritz ein.

Sie nahmen auf wackligen Gartenstühlen Platz, wechselten ein paar Floskeln und bald entwickelte Fritz seine Theorie. Eine Theorie, die sowohl fantastisch als auch haarsträubend war: Beide Kinder sind vom Vater entführt worden, um sich an ihnen zu bereichern beziehungsweise mit ihnen zu brüsten. Der Mutter Tod war vorgetäuscht oder sie lag tatsächlich gemordet irgendwo, weil der Vater sich an ihr verging. Die Großeltern? Das weiß man nicht. Sie sind mit von der Partie gewesen oder erpresst worden.

Hildegard schüttelte den Kopf und sagte: »Du liest zu viele schlechte Bücher. Bleib mal auf dem Teppich! Außerdem, was erreichst Du mit solchen Anschuldigungen?«

»Ich will Gerechtigkeit«, trumpfte Fritz auf.

Inzwischen hatte sich Anna genähert, das Gespräch belauscht und mischte sich ein: »Fritz, Du kehre erstmal vor der eigenen Tür, bevor Du andere beschuldigst.« Jetzt kam die Geschichte von ihrer Vertreibung aus Elses Wohnung. Vorwurfsvoll klagend schilderte Anna, wie sie mit den Kindern bei Nacht und Nebel in bitterer Kälte vors Haus gesetzt wurde. Und Fritz ist der Denunziant!

Fritz stammelte: »Ich habe doch nicht gewusst, dass Ihr das seid.«

Anna lud nach: »Ach! Bei Fremden mag es angehen, wenn die verrecken. Bei der Familie ist es plötzlich unmoralisch. Sag mal, in welcher Welt lebst Du eigentlich, wenn Du solche Maßstäbe anlegst?«

Fritz schauderte. Mehr noch: Des Vaters Reaktion bekam jetzt eine andere Farbe.

Er erbleichte und schwankte.

Hildegard fuhr schroff hoch: »Tante Anna, hör auf!«

Anna entfernte sich mürrisch.

Hildegard nahm Fritz in den Arm und sie tröstete: »Ist gut. Du konntest es nicht wissen. Außerdem wir waren damals alle so irre. Lass gut sein. Wir sind ja durchgekommen.«

Aus der Entfernung keifte Anna: »Rede ihm noch ein, dass er unschuldig ist. Fein. Die Mühe hatten wir.«

Hildegard sagte: »Fritz, Du musst verstehen. Onkel Willy ist seit Jahren in Gefangenschaft. Tante Anna heult sich die Augen aus und schuftet sich die Seele aus dem Leib. Todesangst hatte sie um uns Kinder. Jetzt geht es einigermaßen. Aber das hinterlässt eben auch Spuren. Und jeder sucht beim anderen die Schuld.« Fritz nickte. Sie fuhr fort: »Was Du aber von unseren Vater denkst, kann so nicht stimmen. Ich sage es Dir ganz ehrlich. Vater und Else sind nicht nur einmal hier gewesen und haben uns geholfen. Ohne sie wären wir nach dem Zusammenbruch restlos untergegangen. Nee, der Papa, hat nüscht Unrechtes getan. Da musste schon woanders suchen.«

»Und die Mama?«, fragte Fritz kläglich.

Hilde antwortete nachdenklich: »Tja, die suchen wir auch. – Wenn ich richtig verstanden habe, sind die Deutschen alle raus aus Polen. Es gibt eine neue Grenze. Da, wo wir früher unseren Hof hatten, leben andere Leute. Die Unsrigen sind alle hierher oder noch weiter nach Westen. Nur es ist eben schwierig, jemanden zu finden. – Mama ist Martha Kroll, Opa ist Hermann und Oma ist Auguste. Soviel weiß ich nun auch. Mehr leider nicht. Du müsstest mit Papa oder Else reden. Oder mit Anna, wenn sie wieder normal tickt.«

Hildegard lächelte.

Fritz ergriff ihre Hand und drückte liebevoll zu. »Dass Du da bist, Hilde, ist zu schön.«

Sie hakten einander unter und schlenderten durch die Gassen hinaus auf die Felder. Das Korn stand hoch, schon goldgelb an einigen Stellen und anderswo noch in zartem Grün. Die Ähren hockten bereits dick auf den Halmen. Es versprach, ein gutes Jahr zu werden. Fritz und Hildegard atmeten die laue Luft ein und fühlten sich wohl. Sie erzählten einander von früher, von ihren glücklichen Tagen. Allein, da war nicht mehr viel. Wo es an Fakten mangelt, werden Legenden gesponnen. Ihre Phantasie leistete Erstaunliches und wand ein unlösbares Band um ihre Herzen.

Die halbe Wahrheit

Fritz hatte nicht den Schneid, sich seinem Vater zu stellen. Zwar hatte er inzwischen gelernt, dass unter dem Druck der Ereignisse viele konfus handelten, und inzwischen tolerant miteinander auszukommen verstanden. Aber er wagte die Auseinandersetzung und die Rechtfertigung nicht, zumal er davon ausging, dass Else nun auch auf Vaters Seite steht. Mehrfach war er den beiden auf der Straße begegnet und keiner machte Anstalten, sich zu nähern, ja sie grüßten nicht einmal. Außerdem fand Fritz in Peter Heise einen geselligen, liebevollen Hausgenossen, wie man ihn sich nicht besser wünschen kann. Was solls?, schob er den Gedanken an Verbrüderung oder Wiedergutmachung fort, schließlich habe nicht ich das Kriegsbeil ausgegraben, sondern Vater. Dabei blieb es.

Regelmäßig, immer Sonntags, trafen sich Hildegard und Fritz in Teltow. Sie liefen über die Felder oder hockten sich in eine Wirtschaft. Daheim war Zusammensein nicht möglich, denn Anna grollte noch immer, und oft genug zeigten sich auch Else und Erich bei der Verwandtschaft. Da wichen die Geschwister aus. Fritz war jederzeit gut bei Kasse. Er verstand es, bei jedem Wirt ein markenfreies Mittagessen auszuhandeln. Außerdem brachte er oft kleine Geschenke, ein Stück Seife, eine Tafel Schokolade, sogar Strümpfe für Hildegard mit. Der Schwarzhandel blühte und Fritz war nicht unbeweglich. Er hätte gern mehr gegeben, sah er doch wie arm sie leben, aber Tante Anna duldete die Zuwendungen des Abtrünnigen nicht.

»Lieber Dreck fressen, als von dem was annehmen«, herrschte sie.

Bei jedem Treffen wertete Fritz mit seiner Schwester die Familiengeschichte aus. Allein, es gab keine Neuigkeiten. Auch von Else, Erich und Anna konnte Hildegard keine Nova erlauschen. Da ließ sich absolut nichts machen. Allmählich fügten sich die Geschwister in das Gegebene und belebten auf infantile Art die verschollene Kindheit.

Glücklich radelte Fritz Sonntagabend heim. Er besaß inzwischen ein Fahrrad. Die Bahn war einfach unerträglich unzuverlässig und als junger Mensch mochte er sowieso Sport und Bewegung. Er trällerte gelöst vor sich hin. Hatten ihm seine Nachforschungen weder die Familie zurückgegeben noch Genugtuung verschafft, so konnte er mit der jetzigen Konstellation doch ganz zufrieden sein.

Es dunkelte bereits. Er hielt an, stieg ab, nahm das Rad hoch, huckte es die paar Stufen zur Souterrain-Wohnung hinunter, stieß die Tür auf, polterte herein und gewahrte einen stumm dahockenden Peter Heise.

»Wat ham se Dir int Jehirn jepisst?«, fragte er laut, grob und stellte das Fahrrad ab.

Heise antwortete betroffen: »Geldumtausch. Pro Nase vierzig Märker. Der Rest ist hin.«

Fritz verstand kein Wort. Er kümmerte sich einfach nicht um Zeitung und Radio. Jetzt lernte er, dass Währungsreform ist, ab Morgen früh neues Geld Gültigkeit hat, pro Person werden vierzig Mark auf der Bank umgetauscht, Bankguthaben werden verrechnet, der Sparstrumpf ist nichts mehr wert.

»Verdammt! Das können die doch nicht machen!«, fauchte Fritz.

Heise sagte verzweifelt: »Doch das machen die. Ist Gesetz. Ist völlig absolut. Haben sie heute überall bekannt gegeben.«

Fritz Kroll und Peter Heise bewahrten ihr Geld nicht auf der Bank, sondern daheim auf. Aus der Erfahrung klug geworden, dass Banken, ja ganze Staaten zu Grunde gehen können, wie schon einmal alles zusammenbrach, horteten sie ihren Überschuss daheim unterm Kopfkissen. Heise hatte aus früheren, besseren Jahren eine kleine Reserve beiseite geschafft und von Fritz verlangte er Sparen, vernünftiges Haushalten, Vorsorgen für schlechte Zeiten. Sie waren keine Millionäre. Das nicht. Doch sie hatten ihren Notgroschen, dünkten sich klug und sicher aufgehoben. Nun lag das schöne Geld da und taugte bestenfalls noch als Lunte zum Feuermachen.

Die schlechten Zeiten brachen auch augenblicklich an. Die Geschäfte waren voller herrlicher Angebote, nur die beiden Männer knauserten fortan. Sie berechneten neu, richteten sich ein, Fritz schuftete wie verrückt, aber letzten Endes langt ein Arbeiterlohn nicht für ein üppiges Leben, will man zugleich noch kräftig sparen. Sie darbten. Mit dem festen Willen, die Rücklage wieder aufzufüllen, sich später das eine oder andere leisten zu wollen, begannen sie zu hungern. Der Hunger wurde so arg, dass sie bald entkräfteten und nur mühsam ihr Alltagsgeschäfte erledigen konnten.

Fritz mochte gern umdisponieren. Nur er kam nicht an dem Alten vorbei. Er hätte ihn aufgeben und für sich allein wirtschaften können, doch das wollte er nicht erleiden. In seinem kurzen Leben war er zu oft herumgestoßen worden, Beziehungen eingegangen und hatte sie aufgelöst, um des Pendelns zwischen Menschenherzen einfach müde zu sein. Heise war seine Familie, sein Zuhause, sein ganzes Glück. Da fügt man sich, da begehrt man nicht auf. Eine Lösung musste trotzdem her.

Fritz kaufte ein ganzes Brot und einen Klumpen Schmalz. Er inspizierte sein Rad und verabschiedete sich von Heise: »Ich schaffe Lebensmittel ran. Wirst sehen, Alter, uns geht es gleich besser. In zehn Tagen bin ich zurück und wir leben wie die Fürsten.« Das sprach er, trat in die Pedale und entschwand.

Peter Heise schlurfte in seine Stube, setzte sich auf die Kante der Liegestatt, nahm mit zittrigen Händen sein Geld hervor und zählte die paar Scheine. Er lächelte. In froher Voraussicht lächelte er und nuschelte: »Ein braver Junge ist der Fritz.«

Fritz fuhr schwungvoll und atmete auf, als er die Stadt und ihre Ausläufer hinter sich hatte. Hier war Ruhe, die herrliche Ruhe eines sonnenreichen Herbsttages. Ein paar Menschen auf der Straße, die friedfertig ihren Geschäften nachgingen, am Rande schlummernde Bauernhäuser, ab und an ein Militärpatrouille und ansonsten weites Feld. In Berlin herrschten Lärm und Hektik. Das neue Geld war kaum drei oder vier Tage alt, da dröhnten riesige Maschinen in der Luft. Einige Leute begrüßten sie liebevoll als Rosinenbomber. Die meisten Menschen aber duckten sich und schauten ängstlich. Freilich man kann sich an den auf und ab schwellenden Motorenlärm gewöhnen, das Landen und Starten mit Neugier verfolgen. Fritz war jedoch wie viele andere gründlich abgeschreckt: Was von oben kommt, verheißt nichts Gutes. In mehr als einer Bombennacht sprang ihn das blanke Grauen an. Sprang ihn an und ließ nicht mehr los. Selbst bei Gewitter zuckte er zusammen und duckte sich instinktiv, obgleich er selbst nie getroffen worden war. Das Werk war heil geblieben, in seinen Kiez sauste nicht mal ein Splitter und alle Nachbarn erfreuten sich bester Gesundheit. Und trotzdem fürchtete er den von oben herab fallenden Tod. Zwischen daheim und seinem Arbeitsplatz sah er die Feuersbrunst, die verkohlten Wände, die verstümmelten Leichen, die Kinder ohne Mütter und … Nein! Ein Flugzeug, egal mit welcher Fracht, jagte ihm Furcht ein. Er war froh, von Berlin wegzukommen.

Was hatte er vor? Er wollte die zusammengebrochenen Handelsbeziehungen wieder aufbauen. Schlicht und einfach den Markt neu beleben und sich freilich selbst auch einen Gewinn zuschustern. Es ging ihm nicht darum, nur für sich Lebensmittel heranzuschaffen. Das hätte er mit ein paar Arbeitsstunden im Umfeld der Stadt bei irgendeinem Bauern mit links erledigt. Er dachte in anständigen Dimensionen. Zu diesem Zweck hatte er den Hof von Onkel Felix Sauerbier im Lauenburgischen ausgewählt. Den wird er als Partner gewinnen. Der liefert die Lebensmittel. Fritz schafft im Gegenzug Maschinen und Gerät für die Landarbeit heran. Beide Seiten sind vorzüglich bedient und Fritz macht einen ordentlichen Handel auf. Lohnarbeit ist ein verdammt mühseliges Geschäft. Fritz fühlte sich zu Höherem berufen.

Zehn Tage später traf er auf dem Hof ein und wurde willkommen geheißen. Sie tagten in der guten Stube. Fritz trug – etwas gehemmt durch Ursulas Anwesenheit, immerhin hatte er dem Mädchen ein Heiratsversprechen gegeben, sich aber bisher nicht blicken lassen – seine Vorstellungen vor. Ursula lauschte fasziniert und dachte: Fritz, warum kommst Du so spät? Wir gehören doch zusammen. Onkel Felix und Tante Vera verbargen ihre Gedanken gekonnt.

Der Hofherr antwortete freundlich lächelnd: »Fritze, für so ein Geschäft braucht es Transportraum, Lager, Personal, Kapital. Ich kann Dir den Rucksack vollpacken. Für das andere fehlen uns die Mittel. Außerdem ...«

Stück für Stück zerbröselte er geduldig Fritz' ausgeklügelten Plan. Mit jedem Argument sank Fritz tiefer. Da vermochte ihn auch die Freundlichkeit nicht mehr rauszuholen. Enttäuscht und traurig sah er sich einer leidvollen Zukunft entgegen gehen. Die Unbedarftheit, mit der er hier rein schneite, amüsierte Onkel Felix und Tante Vera sichtlich. Beide gaben sich entspannt und gemütlich.

Gefühlvoll ablenkend fragte Tante Vera: »Nun Fritze, wie geht es daheim? Was machen die Eltern?«

Fritz antwortete freimütig: »Mit Vater und Else bin ich durch. Sie haben mich nach Strich und Faden belogen. Ich wohne jetzt auch nicht mehr bei denen. Ich suche meine Mutter und die Großeltern. Meine Schwester habe ich schon gefunden.« Er strahlte kurz auf und ernst vertiefte er: »Als Kind wurde ich entführt. Ich denke, dass Vater sich mit mir bereichern wollte oder sowas. Nur die Mama kann Aufklärung bringen.«

Die Sauerbiers nickten.

»Na, Kinder, geht mal bissel an die frische Luft. Landluft ist gesund«, empfahl die Tante. Ursula und Fritz trollten sich und die beiden Alten blieben sinnierend hocken.

Was war zu tun?

Felix fasste murrend zusammen: »Noch ein Klugscheißer mehr. Haben wir nicht ohnehin schon an Ursula unser Kreuz zu schleppen, taucht noch dieser Bengel hier auf.« Vera stöhnte.

Seine Sorgen waren auch ihre Sorgen. Nicht genug, dass seit Mai fünfundvierzig alle hohen Ideale und Pläne den Bach runter rauschten. Damit war es nicht getan. Viel schlimmer war diese Generalabrechnung, die sich derzeit in Nürnberg abspielte und bis in jeden Winkel hinein langte. Nichts und niemand blieb davon verschont. »Entnazifizierung« nannten die Sieger diesen Mist, der zuletzt jeden aber auch jeden belangen wird. Was hatten sie denn getan? Aufmerksam verfolgten sie die Berichterstattung. Von Krieg und Eroberung war die Rede. Die Sauerbiers wiegten sich in Sicherheit. Von Menschenrechtsverletzung wurde gesprochen. Die Sauerbiers waren keine Unmenschen. Wie dann aber die Schinderei in den Lagern zur Sprache kam, begannen die Nachbarn mit Fingern auf sie zu zeigen und sie zu meiden. Freilich hatten sie erst Obdachlosen und Gestrauchelten, später Ostarbeitern Asyl und Nahrung gewährt, Arbeit geboten, doch das alles immer im besten Sinne und um den Armen zu helfen. Jetzt wurde ihnen nachgesagt, sie hätten sich bereichert. Wie denn das? Felix Sauerbier rechnete Seins zusammen und stellte fest, dass er genauso blank wie vor dem Krieg dasteht: Eintausend Hektar Land, fünfhundert Stück Großvieh, eine Handvoll Maschinen, ein paar Ferienhäuser und sein kleines Wohnhaus. Dazu hatte er einige schlechte Arbeiter, die aufmüpfig wurden. Wohlhabenheit sieht anders aus. Sauerbier hielt sich gerade mal so über Wasser und war froh über die Runden zu kommen. Wie Nürnberg hoch schwappte, kam ihm grausam zu Bewusstsein, dass man ihm Ursula zur Last legen könnte. Ein arisches Kind in besetztem Gebiet aufgelesen, konnte ihm zum Nachteil gereichen. Gern hätte er sie aus dem Haus gebracht. Bloß wohin und zu wem? Das Mädchen klebte fest, war unbeholfen und dumm. Gewalt mochte Felix nicht anwenden. So etwas war in seiner Lage nicht ratsam. Die Sauerbiers ertrugen ihr Schicksal wie eine Plage und hofften täglich auf politischen Wetterwechsel und den Zufall. Einiges hatte sich bereits geklärt, einigen Scharfmachern war das Maul gestopft, doch im Großen und Ganzen wäre es gut, die ganze Vergangenheit in den Boden zu stampfen, Sand drüber zu schaufeln und von alledem nichts mehr zu sehen. Da taucht dieser Bengel hier auf, frisst sich nicht nur durch, sondern stellt auch noch seine blödsinnigen Thesen in den Raum.

Die siebzehnjährige Ursula hängte sich wie eine Klette an Fritz. Sie war derart unselbständig erzogen – wozu hätte man sie auch Wendigkeit lehren sollen, da sie als Gebärtier auserkoren war? -, dass ihr der Junge mit seinen knapp einundzwanzig Jahren als der allwissende Retter vorkam. Ursula wünschte sich in eine heile Welt und Fritz schien den Weg in diese heile Welt zu kennen. Überzeugend und sicher kam er jedenfalls herüber. Was er nicht sagte, dachte sie sich, glaubte sie tatsächlich zu hören. Von seinen Ängsten wusste sie nichts. Er war in ihren Augen stark und groß. Niedrig und klein empfand sich das Mädchen. Mehr als einmal bedeuteten ihr Tante Vera und Onkel Felix, dass es gut wäre, wenn sich ihre Wege trennen. Sie ist erwachsen genug, kann sich selbst erhalten. Ein Dienst irgendwo in einer anderen Gegend. Nur wohin? Ursula stand weltfremd vor einer schier unlösbaren Aufgabe. Ihre Tage in Lauenburg waren gezählt, jedoch die Perspektive völlig unklar. Da tauchte Fritz auf. Erleichtert schloss sie sich ihm an.

Er war überrumpelt, völlig überfahren, konnte weder Luft holen, noch »Nein!« sagen. Er kam erst wieder zu sich, als sie mit einer gepackten Tasche am Lenker, einem überladenen Rücksack auf dem Gepäckträger, das Fahrrad schiebend, auf der Landstraße im hereinbrechenden Abend unterwegs waren. Sachen zusammenraffen, Lebensmittel verstauen, hinaus komplimentieren, das war alles eins gewesen. Onkel und Tante agierten, Ursula forcierte die Aktion und Fritz stand betäubt daneben. Jetzt liefen sie gen Berlin, immerhin schon die dritte Stunde. Der Weg dehnte sich. Die Dunkelheit nahm zu. Mit dem Rad fahrend, alle möglichen Hürden überwindend, dauerte es zehn Tage. Der Rückweg wird an die vier Wochen brauchen. Ursula plauderte unbekümmert. Sie war glücklich. In Fritz schwollen die Probleme zu einem unüberschaubaren Berg. Wie will er von seinem Lohn drei Leute ernähren? Was sagt der alte Heise zu dem Zuzug? Was fängt er mit dem Mädel an? Hatte er nicht schon genug eigene Sorgen?

Ein Laster röhrte heran. Fritz sah sich um, gewahrte die Lichtkegel von Scheinwerfern. Er registrierte: Armeefahrzeug, wahrscheinlich Amerikaner. Er lenkte das Rad an den Straßenrand, machte den Weg frei. Der Laster verlangsamte die Fahrt.

Der Beifahrer steckte den Kopf heraus und sprach lässig: »Na, Kinder, auf Hamstertour gewesen? Da lasst Euch mal nicht erwischen.«

Er gab dem Fahrer Zeichen, der Motor heulte auf, sie rasten weiter. Kaum fünfhundert Meter entfernt stoppte der Wagen, rollte zurück.

Auf ihrer Höhe angekommen, fragte der Beifahrer: »Wo solls denn hingehen?«

»Berlin«, antwortete Fritz.

Der Soldat sagte: »Seid Ihr verrückt? Bei Nacht und Nebel. Wie lange wollt Ihr da unterwegs sein? Und über zwei Zonen.«

Fritz stammelte: »Passt schon irgendwie.«

»Aufsitzen!«

Sie kamen hinten zwischen Kisten und Säcken unter und sausten durch die Nacht.

Obgleich es rumpelte und schaukelte, ja sogar recht ungemütlich war, wurden Ursula und Fritz schläfrig. Sie schlummerten ein. Als der Wagen stoppte, die Bordwand runter geschlagen und die Plane angehoben war, fand der Soldat zwei sich wie Kätzchen aneinander kuschelnde, fest schlafende Kinder vor. Er war selbst kaum Mitte zwanzig und doch erregten die beiden hilflosen, offenkundig heruntergekommenen Wesen sein Mitleid. Er gebot seinen Kameraden Ruhe und hockte sich rauchend neben das Fahrzeug.

Am Morgen erwachten Ursula und Fritz und blickten in das freundliche Gesicht ihres Gastgebers. Ein Dröhnen lag in der Luft. Dem maßen sie keine Bedeutung bei. Der Soldat hielt ihnen zwei blecherne Töpfchen vor und sagte: »Milch. Schön warm. Gleich trinken.«

Sie tranken. Der Soldat schaute zufrieden.

Fritz kam zu sich, stieg von der Ladefläche herunter und fragte: »Wo sind wir? Wir müssen weiter. – Und vielen Dank.« Er machte sich bei, sein Zeug zusammenzuklauben und abzuladen.

Der Soldat hielt ihn auf: »Was glaubt Ihr, wie Ihr weiter kommt? Und nach Berlin kommt jetzt sowieso keiner rein.« Fritz schaute konsterniert. Der Soldat fragte: »Ja, liest Du denn nie Zeitung, hörst kein Radio?« Fritz schüttelte den Kopf. Der Soldat erklärte: »Unsere Obersten liegen sich wiedermal mächtig in den Haaren. Berlin ist vollständig blockiert.«

»Wir müssen doch heim«, greinte Fritz.

Ursula sagte gar nichts. Sie verstand auch nichts.

Der Soldat nahm Fritz bei der Schulter, drehte ihn leicht und zeigte mit großer Geste auf die Gegend. Da standen in unüberschaubarer Zahl Flugzeuge in Reih und Glied und weit hinten erhoben sie sich wie steife, schwarze Vögel eins nach dem anderen in dichter Folge in den diesigen Herbsthimmel. Daher kam das Dröhnen. Fritz erschauderte. Der Soldat sagte großspurig: »Ich mach für Euch ein Plätzchen klar und Mittag seid Ihr bei Mama.«

»Nee, danke«, wehrte Fritz brüsk ab und gab Ursula Zeichen, ihm das Fahrrad von der Pritsche runter zu reichen. Der Rucksack kam hinter her.

»Kinder«, klagte der Soldat, »wie bekloppt is dit denn? Ick biete Euch erste Klasse und ihr lehnt ab! Klar, zu Fuß geht immer, und grüne Grenze geht auch immer. Bloß bis Ihr bei Muttern seid, ist Euer Futtersack auch leer. – Muttern sorgt sich schon.«

Fritz fragte erstaunt: »Sag mal, bist Du Berliner.«
Der Soldat lächelte und antwortete: »Waschecht, vierte Generation.«
Donnerwetter!, dachte Fritz und verstand die Welt noch weniger als vorher. Er hörte: »Juden, dreiunddreißig ausgewandert, als amerikanischer Soldat zurück gekommen. Und da bietet man Euch bekloppten Deutschen Hilfe an und Ihr schlagt aus.« Der Soldat lächelte nicht mehr, senkte den Kopf und wendet sich ab.
Fritz dämmerte es: Ein Leidensgefährte. Verfolgt, vertrieben, entführt, belogen. Er eilte dem Soldaten nach: »Versteh', ich habe es nicht so gemeint.«
Es brauchte noch fünf Stunden, bis der Soldat, er hieß Egon Hirsch, seinem Vorgesetzten Zustimmung abgerungen hatte. Zwei Zivilpersonen waren außer der Reihe zu transportieren. Auch die im Krieg mächtig zusammengeschrumpfte amerikanische Bürokratie wollte befriedigt sein, alle Sicherheitsvorkehrungen mussten getroffen werden, das Woher und Wohin war plausibel zu erklären. Während dieser fünf Stunden freundeten sich Fritz und Egon an. Sie tauschten die Adressen aus und verabredeten, sich auf jeden Fall wiederzusehen.
»Bist Du in Berlin und klopfst nicht bei mir an, komme ich zu Dir, prügele Dich durch, und wenn ich Dich bis Pennsylvania verfolgen muss«, scherzte Fritz etwas aufgedreht. Er hatte Angst vorm Fliegen.
Egon brachte die Kinder – er nannte sie nach wie vor bei sich so, obgleich er längst wusste, wie alt sie sind – zur Maschine und sie verabschiedeten sich.

Sie flogen weit oben. Die Nachmittagssonne groß schräge Streifen goldenen Lichtes über dem Land aus. Sie klammerten sich an den Haltegurten fest und schauten durch das kleine Fenster im Frachtraum. Die Motoren dröhnten bald nicht mehr bedrohlich, sondern gut, weil sich da unten flach hingelegt und wunderschön die Heimat ausbreitete. Siedlungen, Straßen, Flüsse, Seen, Felder, Wälder, Hügel. Fern am Horizont tauchte bald die Silhouette der Stadt auf. Doch welch Szenenwechsel! Die Stadt lag grau, wüst, geschlagen danieder. Trümmer dominierten das Bild. Im Anflug sahen sie deutlich die Verkehrsadern, wo sich der Menschen- und Autostrom, auch Straßenbahnen und Züge in alle Richtungen bewegten. Das Häusermeer war verfallen, glich einer toten Masse. Fritz sagte: »Oh Gott!« Er hatte das Ausmaß der Zerstörung in seinem kleinen Lebenszirkel nie so ermessen. Ursula stiegen die Tränen in die Augen. Worauf hatte sie sich eingelassen?

Betäubt verließen sie das Flugzeug. Soldaten geleiteten sie zum Rand des Flugfeldes. Sie dankten brav, nahmen ihr Gepäck auf, Fritz schob das Fahrrad, und sie trotteten von dannen.

Das Villenviertel Lankwitz heilte die wunde Seele augenblicklich. Die Häuser waren unversehrt wie ehedem, die Gärten vermittelten Lebensfülle, die Fenster und die Gaslaternen beleuchteten freundlich Fritz' und Ursulas Weg.

Er stellte das Rad ab, hieß Ursula warten, stieg die Stufen hinab und steckte den Schlüssel ins Schloss. Er drehte den Schlüssel, da ward die Tür von innen aufgerissen und eine Stimme bellte: »Wat ist Ihn' denn?«

Fritz stand vor einem völlig fremden Mann und konstatierte blass: »Ich wohne hier.«

Der Mann sprach überzeugt: »Nicht mehr. Die Wohnung gehört mir.«

»Aber, das ist doch meine«, stammelte Fritz.

Der Mann sagte: »Hier meine Zuweisung«, zeigte ein Blatt vor und herrschte: »Hau ab, Mann!«

Fritz fragte fassungslos: »Wo ist der alte Heise?«

Aus dem Hintergrund rief eine Frauenstimme: »Lass doch erstmal den Jungen rein. Der kann doch och nüscht dafür.«

Der Flur wurde freigegeben. Fritz trat ein. Die neuen Mieter klärten ihn auf.

Peter Heise ist gestorben. Still und ohne jemandes Beistand war er hinübergegangen. Man fand ihn auf dem Bette halb sitzend, halb liegend, Geld in der Hand, mausetot. Er wäre wohl auch nicht so schnell gefunden worden, wenn nicht der Briefträger nach mehrmaligem, erfolglosem Versuch, eine unvollständige Adresse aufklären zu wollen, den Heise arg vermisst hätte. Der war stets und ständig pünktlich auf dem Posten. Und plötzlich nicht? Da musste was passiert sein! Sie öffneten die Wohnung und fanden den guten Mann. Rasch und ohne Federlesen beerdigten sie ihn im Armengrab. Die Wohnung wurde neu vergeben.

»Und nun?«, fragte Fritz.

Die Leute zuckten mit den Schultern.

Die Frau sagte: »Wir haben noch paar Sachen für Dich.«

Sie kramte ein Bündel Wäsche und Papiere hervor.

Der Mann schob Fritz zur Tür hinaus und grüßte: »Nüscht für ungut.«

Planlos liefen sie durch die Straßen. Ziellos gingen sie Richtung Stadt, als wenn es dort Quartier gäbe. Dabei war doch alles kaputt. In der Nische zwischen zwei Mauerresten ließen sie sich nieder und Fritz packte seinen Rucksack aus: Brot und Wurst. Sie aßen.

Ursula sagte: »Fritz, sei doch froh. Wir haben uns. Alles andere findet sich.«

Fritz knurrte: »Das ist so ziemlich das Blödeste, was ich jemals gehört habe.«

Seinen Kummer verbarg er. Was weiß denn Ursula?, meinte er und fühlte sich von Gott und der Welt verstoßen. Nichts desto trotz kuschelte er sich an sie. Es war ja keine andere Menschenseele für ihn da. Sie dösten bis die Stadt erwachte.

Man mochte es nicht glauben: Aus all den Ruinen, Kellern, halbwegs zusammengeflickten Häusern kamen fröhliche, mürrische, eilige oder trödelnde Menschen heraus, um ihr Tagwerk zu verrichten.

Ein Bautrupp stellte seinen Wagen auf, ein Polier verteilte Aufgaben, Männer und Frauen griffen zu Schaufeln und Hacken und legten gerade an jener Wand, wo Fritz und Ursula kauerten, Hand an.

»Hier könnt Ihr aber nicht bleiben«, sagte einer.

Die beiden krabbelten hoch und rafften ihr Zeug zusammen.

Ein anderer sagte: »Mensch, 'nen Fahrrad! 'nen janzet Fahrrad.« Er griff schon nach dem Rad und wollte es zu sich ziehen.

Fritz herrschte: »Pfoten weg!«

»Wo haste det jeklaut?«

Fritz machte sich groß und bellte: »Nüscht mit geklaut! – Erarbeitet. Eigenhändig erarbeitet.«

Die Gruppe Arbeiter sammelte sich um Fritz und Ursula.

Eine Frau keifte: »Als wat denn?«

Alle warteten herausfordernd.

Fritz sagte ruhig: »Als Schlosser.«

Er versuchte, sich und Ursula zu verdrücken, vorallem sein Eigentum zu retten.

»Ach nee«, zischte es drohend. Der Kreis wurde enger.

»Schlosser?«, kam der Polier von hinten, »sagtest Du, Du bist Schlosser?«

Fritz antwortete fest: »Bin ich und sagte ich.«

Der Polier stellte Fritz ein. Baumaschinen waren rar. Und die paar, die da waren, kränkelten in einem fort. Der Deal war folgender: Bewährt sich Fritz als Schlosser auf dieser Baustelle, so soll er eine der ersten Wohnungen im wiederhergestellten Wohngebiet Fregestraße sein Eigen nennen. Bewährt er sich allerdings nicht, so mag er zusehen, dass er Land gewinnt und das Fahrrad ist er dann auch los. Fritz schlug ein. Das Fahrrad blieb als Pfand beim Polier.

Sie kamen in der behelfsmäßigen Baracke am Ende der Straße unter und Fritz schuftete von Sonnenaufgang bis Sonnenuntergang.

Sein Paart konnte freilich nicht nur sein, Maschinen instand zu setzen. Derer gab es nach wie vor zu wenig. Er legte, wo immer er gebraucht wurde, Hand an. Die Arbeiter bemerkten an ihm Fleiß und handwerkliches Geschick. Sie nahmen ihn in ihrer Mitte auf.

Im Zimmer in der Baracke sorgte Ursula für Gemütlichkeit. Fritz kam an und fühlte sich wohl. Er war inzwischen froh, wenigstens diesen treuen, liebevollen Menschen bei sich zu wissen. Er freute sich auf Feierabend und schaute auch tagsüber ab und an herein. Die große Liebe empfand er nicht, aber er war es zufrieden. Viele andere hatten niemanden mehr, wirtschafteten in Männer- oder Frauen-Kommunen, er hatte Ursula.

Wenn er heim kam, fand er das Zimmer sauber und Abendessen zubereitet vor. Ursula lag auf dem Bette und las. Zunächst beliebig, bunt bebilderte Schmöker aller Art, bald riesige Wälzer. Das befremdete Fritz einigermaßen. Woher nahm sie die Bücher und wozu musste einer so viel lesen? Ganz einfach: Die während der dunklen Zeit verfemte Literatur kam in riesigen Auflagen neu heraus und war in Lesehallen kostenfrei auszuleihen. Ursula, die hier niemanden kannte, entdeckte diese Quelle und eroberte begeistert ein Gebiet, von dem sie vorher nicht mal ahnte, dass es existiert. So kam sie über den Tag. Mehr noch: Sie teilte sich Fritz mit, las ihm vor, berichtete von ihren Entdeckungen. Allein, der Junge war nicht interessiert. Seine kurzen Ausflüge in die Welt der Kunst endeten jedes Mal mit einem Fiasko. Er scheute sich davor, das erneut zu erleiden und lehnte schlichtweg ab. Sie blieb beharrlich dran und er schlief während ihres Vortrags ein.

Am Sonntag beizeiten liefen sie nach Teltow. Das Fahrrad stand beim Polier und Züge gingen nicht über die Grenze der blockierten Stadt. Parallel zum Teltowkanal gab es einen Trampelpfad. Den schlugen sie ein.

Der Pfad diente schon Generationen von Steglitzern und Teltowern als Lebensader. In der Teltower Gegend wurde Landwirtschaft betrieben und die Bauern lieferten über diesen Weg ihre Produkte zu wohlfeilen Preisen in die südliche Vorstadt Berlins. Mehr noch: An Feiertagen und wenn die Sonne schien, pilgerten die Steglitzer mit Kind und Kegel hinaus ins Grüne, auf eben jenem Pfad, und nicht zuletzt verband er jetzt die Menschen, wo die Stadt praktisch abgeriegelt war.

So nahmen denn auch Fritz und Ursula den verborgenen Pfad.

Hildegard war erleichtert, den Bruder zu sehen. Er hatte sich Ewigkeiten nicht gemeldet.

»Was ist los mit Dir?«, fragte sie und beäugte Ursula misstrauisch.

Fritz antwortete: »Viel passiert. Lass uns bisschen spazieren gehen. Ich erkläre Dir alles.« Er umfasste seine Schwester.

Sie entzog sich ihm und lud die beiden ins Haus. »Wir haben sturmfreie Bude. Mutter ist nicht da.«

Anna Krumm war nach Frankfurt an der Oder gereist, um ihren Mann von der Bahn abzuholen. Der hatte sich angekündigt. Nach vier Jahren Kriegsgefangenschaft war Willy Krumm entlassen. Anna hielt nichts zu Hause. Seinen Brief lesen, die Route erforschen und losfahren, das war alles eins. In Frankfurt machte der Transport erste Station auf deutschem Territorium. Dort wollte sie Willy treffen. Keine Minute länger mochte sie ohne ihn sein.

Das erste Thema, das Hildegard aufgeregt ansprach, waren Nachrichten über die Mutter. Sie hatte schriftlich von einem Hilfswerk Auskunft erhalten. »Die Post ging an den Sohn, Fritz Kroll, mit korrekter Angabe aller Daten. Es tut uns leid, nichts Näheres mitteilen zu dürfen«, lasen sie. Unterzeichnet war die Floskel von einem Komitee Gedenkstätte Ravensbrück und ein Name stand dabei.

»Was ist denn das für ein Behördenquatsch«, fauchte Fritz, »können die nicht ganz normal mit Dir reden. – Ich habe keine Post bekommen. Das wüste ich doch.«

Ursula meldete sich schüchtern: »Du hast doch gar nicht mehr da gewohnt. Vielleicht ist was angekommen und Du weißt es bloß nicht.«

Fritz schlug sich vor den Kopf: »Ja, klar! Ich muss nochmal nach Lankwitz.«

Hildegard blinzelte Ursula anerkennend zu. Das Mädel denkt rasch.

Die Aussicht, etwas über die Mutter zu erfahren, zog mit ganzer Kraft. Zu dritt stürmten sie los. Auf dem Pfad parallel zum Teltowkanal ging es zurück in die Stadt.

Am Klingelschild las Fritz: »Krause«. Er schellte. Frau Krause war daheim und öffnete.

Sie sagte: »Da biste ja, Junge«, und gab die Tür frei.

Fritz trat ein. Ursula und Hildegard folgten.

Die Wohnung war klein. Es wurde eng. Frau Krause bot Platz an. Sie war allzu neugierig und mochte gern Näheres hören, zumal der Fall interessant schien.

Eine Dame, die sich als Fürsorgerin oder sowas ausgewiesen hatte, war vor ein paar Tagen hier gewesen, erkundigte sich eingehend nach Fritz, nach seinem Verbleib, hatte einen Zettel und Brief dagelassen. Den Brief hatte Frau Krause nicht geöffnet. Den Zettel jedoch eingehend studiert. Nun mochte der Junge Aufklärung bringen.

Während Frau Krause Entgegenkommen vortäuschte, lasen die drei jungen Menschen die Post: »Leider habe ich Sie nicht angetroffen. Wir überbringen die Nachrichten gern persönlich. Das sind wir den Opfern schuldig. Wenn Sie Hilfe benötigen, melden Sie sich bitte. – Martha Kroll ist am 18. August 1943 im Lager Ravensbrück an Schwäche verstorben.«

Fritz und Hildegard wälzten betäubt ihre Gedanken. Die Mama ist tot!

Fritz kam zu sich und sagte nüchtern: »Wir haben es ja gewusst.« Er stand auf: »Danke, Frau Krause. – Kommt, wir gehen.« Die Mädchen erhoben sich ebenfalls.

Das war freilich längst nicht genug. Frau Krause gierte nach dem Inhalt des Briefes, zumal sie die Erschütterung der jungen Leute erfasste und augenblicklich nun ganz ehrlich helfen wollte.

Sie empfahl: »Setzt Euch doch. Ich kann uns Tee kochen oder Euch einen Saft ausgeben.«

Sie hockten sich nieder und jeder war mit seinen Überlegungen beschäftigt.

Frau Krause deckte den Tisch, schielte nach dem Brief und plapperte: »Nichts wird so heiß gegessen, wie es gekocht wird. Ja, ja, heutzutage ist es nicht leicht. Für niemanden ist es leicht.«

Endlich hörte sie von Ursula, dass die Mutter der Geschwister verstorben ist. Sie seufzte: »So viel Elend heute.«

Die Wohnungstür ging.

Herr Krause betrat die Szene. »Tach«, sprach er und maulte: »Sind wir ein Obdachlosenasyl?«

Frau Krause herrschte: »Halt Dich da raus! – Man wird ja wohl noch nett sein dürfen.«

Krause zog den Kopf ein und sich in seinen Sessel zurück.

Sie tranken Saft.

Fritz formulierte endlich eine Frage: »Wo ist eigentlich Ravensbrück?«

Hildegard und Ursula zuckten mit den Schultern.

Frau Krause half aus: »Hier nach Norden raus. Brandenburg, Fürstenberg ungefähr.«

Fritz forschte weiter: »Was hatte Mutter in Ravensbrück zu suchen?«

Nachdenkliche Stille. Keine Antwort. Sie wussten nichts von Ravensbrück.

Frau Krause fragte: »Darf ich mal?«, und griff nach dem Brief. Fritz ließ ihr das Papier. Sie las, drehte und wendete den Brief.

Immernoch keine Antwort.

Die Saftgläser standen bis auf einen kleinen Rest leer, da meldete sich Herr Krause aus dem Hintergrund: »Ravensbrück. Lager für Asoziale, Kriminelle und Juden.«

Fritz sagte: »Aha.« Ursula und Hildegard schwiegen.

Herr Krause schob bissig nach: »Wird schon was dran gewesen sein. Von nüscht kommt nüscht. So ganz ohne wird keiner eingesperrt.«

Frau Krause zischte: »Halts Maul!« Ihr taten die Kinder jetzt unendlich leid. Abgebrannt und ohne Eltern.

Reihum schaute sie in traurige Augen und sagte sanft: »Ich würde den Stab nicht über der Mutter brechen. Manchmal trifft es auch Unschuldige. Man kann vielleicht über diese Adresse«, sie tippte auf den Brief, »mehr erfahren. Gibt es Zeugen? Eventuell andere Verwandte oder so?«

Fritz beendete die Diskussion harsch: »Kinder, es langt! Wir haben es gewusst. Es ist vorbei!« Sie verabschiedeten sich und gingen hinaus.

Auf der Straße legte Fritz seiner Schwester den Arm um die Schulter und sprach versöhnlich: »Du hattest halt Recht. Die Mutter asozial, der Vater anständig, hat uns geholt, um uns was zu bieten. Ich habe immer gedacht ...« Was er dachte, sagte er nicht. War auch nicht mehr nötig. Allerdings blieb die bohrende Frage, weshalb der Vater das nie erklärt hatte. Er resümierte: »Ich verstehe den Alten einfach nicht.« Ursula half aus: »Die Erwachsenen lügen uns eben an, weil sie immer glauben, dass wir die Wahrheit nicht vertragen.«

»So wird es sein«, beschloss Hildegard das Kapitel.

Die ganze Wahrheit

Zeit ging ins Land. Fritz und Hildegard sahen sich nur noch selten. Jeder lebte zunehmend in seinem eigenen Lebenskreis.

Fritz bekam tatsächlich die Wohnung in der Fregestraße Nummer 39 im Zentrum von Steglitz. Drei Zimmer mit Küche und Bad, nach modernstem Standard aufgeführt. Er und Ursula richteten sich in diesem schönen Domizil gut ein. Er trat mit ihr vor den Traualtar und sie besiegelten ihren Bund. Die große Liebe verspürte Fritz immer noch nicht. Er lobte sich jedoch die gediegenen Verhältnisse unter Ursulas Regie.

Das Fahrrad behielt der Polier. Dafür vermittelte er Fritz den Kauf eines preiswerten Personenwagens. Das war insofern ein guter Tausch, als dass Ursula mit einem Mädchen – sie nannten es Monika – niederkam und der Transport von Eltern und Kind jederzeit mühelos vonstatten gehen konnte. Viele Wege waren freilich nicht zu fahren, außerhalb ihres unmittelbaren Wohnumfeldes hatten sie selten zu tun, aber der Wagen kündete von einem gewissen Wohlstand. Fritz liebte sein Auto, wienerte ständig daran herum und hielt es in Schuss.

Die Behelfssiedlung in der Teltower Gartenstraße wurde Stück für Stück aufgelöst und machte schmucken Einfamilienhäusern Platz. Häuser aus richtigen Ziegeln, mit großen Fensterflächen, einem roten Dach oben drauf und vorn einer Terrasse dran, ringsherum ein hübscher Garten. Willy Krumm, seine Frau Anna und Ziehtochter Hildegard bezogen ein solches Haus. Nebenan wohnten die Hubers mit zwei Söhnen. Hildegard Kroll verliebte sich in den älteren, in den Bernhard Huber, und nach einiger Zeit ging sie mit ihm den Bund fürs Leben ein. Das junge Paar mietete in unmittelbarer Nähe ein Häuschen. Die Krumms und die Hubers unterhielten engen Kontakt.

Erich Krumm und seine Frau Else nahmen die alten Gewohnheiten wieder auf: Ab und an Theater oder Film, anschließend ein Nachtmahl in gehobener Atmosphäre. Erich verdiente als Taxifahrer ein anständiges Salär. Sie konnten es sich leisten. Hübsch herausgeputzt mischten sie sich unter frohes Volk. Sie lebten wieder. Freilich waren da noch offene Rechnungen. Doch davon wollte Erich nichts hören. Wenn Else Vergebung anmahnte, winkte Erich mürrisch ab. Der Sohn war für ihn gestorben. Er brauchte ihn nicht. Er brauchte überhaupt fast niemanden außer seiner Frau.

Genauso wenig mochte er inzwischen seinen Bruder Willy, denn der führte sich einfach unmöglich auf. Nach Kriegsende sehr oft, später immer seltener, schleppten Else und Erich zu den Krumms nach Teltow Lebensmittel und alle möglichen Dinge des täglichen Bedarfs. Ihnen ging es ja auch deutlich besser als den Schwägern, und Erich gab gern, fühlte sich gebraucht und bestätigt. Wie Willy dann aber sein Haus bezogen hatte, permanent seine Besitztümer lobte und zugleich nahezu fordernd die Hand aufhielt, ward Erich angewidert. Einen ausgesprochenen Ost-West-Konflikt wollte er nicht konstruieren. Er beschäftigte sich nicht mit Politik. Aber Willys Grundsatzdiskussionen und Besserwisserei ödeten ihn irgendwann dermaßen an, dass er sich nicht mehr meldete und Willys Annäherungsversuche ignorierte.

Mit schöner Regelmäßigkeit besuchten Else und Erich den inzwischen pensionierten Arzt Doktor Richard Kaatz. Der kam nur noch selten aus dem Haus, Herzbeschwerden und eine Gehbehinderung hatten sich eingestellt. Er begnügte sich mit Büchern, Zeitungen, einer ausgedehnten Korrespondenz und den

Geschichten aus dem Munde seiner Freunde. Er hofierte nach wie vor der attraktiven Else und erlauschte bei Erich, der viel herum kam, den neuesten Stadtklatsch. Das füllte ihn aus, das machte ihn zufrieden. In alter Vertrautheit plauderten sie über Gott und die Welt.

Der Abend war schon fortgeschritten, als Kaatz eine ernste Miene auflegte, so ernst wie sie Erich und Else bei dem Freund lange nicht gesehen hatten.

Sie hörten: »Ich will Euch mal was fragen. Ich bin, glaube ich, einer Riesensauerei auf der Spur.«

Er stand mühsam auf, humpelte durch den Raum, nahm Papiere vom Schreibtisch und kehrte zurück zu seinem Sessel.

»Doktor Carol Borowski, Kinderarzt in Myślibórz, Polen, sagt Euch nichts?«

Erich und Else schüttelten den Kopf.

»Aber Doktor Karl Breuer aus Soldin Neumark, sagt Euch sicher was.«

»Nee«, antworteten Erich und Else überzeugt.

Kaatz vertiefte: »Breuer alias Borowski hat Erstaunliches in Sachen Erbkrankheiten herausgefunden, bei Kindern früh entdeckt, heilbar, also ein Segen für die Menschheit.«

Erich hob die Hände und sagte harsch: »Von Erbkrankheiten will ich absolut nichts hören!«

Else berührte seinen Unterarm: »Erich, hör doch erstmal. – Richard, worum geht es?«

Kaatz setzte fort: »Ich verfolge die Publikationen von Borowski schon lange. So wie ich einige Aufsätze von diesem Breuer auch aufgehoben habe. Abgesehen davon, dass ich die ganze Erbgeschichte für restlos übertrieben halte. Hier wird mir zu viel hineininterpretiert. Die Gene in Generalverantwortung. Der Mensch an sich ohne Umwelt und Lernen. Das sieht mir nach

Programmierung aus. Das ist in meinen Augen Blödsinn. Also abgesehen mal davon, fällt mir die Diktion von dem Borowski auf und die Fülle der Ergebnisse. Mag sein, dass die da im Osten Forschung unwahrscheinlich forcieren. Mag sein. Nur eben die Diktion ist immernoch verdammt ähnlich mit dem, was wir vor fünfundvierzig hörten und lasen. Der Textvergleich erlaubt böse Schlüsse. Ich habe die Lebensdaten von dem Mann gefunden und gestern kam ein Foto in der Zeitschrift ›Welt der Kinderheilkunde‹. Ich will Euch fragen, ob Ihr Euch an den Arzt, der Eure Kinder am Wickel hatte, erinnern könnt? Ich will wissen, ob das der Mann ist.«

Er hielt eine Zeitungsseite mit dem Foto eines fünfzig oder sechzig Jahre alten Mannes hin. Ein Zeitungsfoto, verwaschen, grau in grau.

Else betrachtete das Bild: »Man sieht ja gar nichts.«

Erich lehnte brüskiert ab: »Ich kenne ihn nicht, war nicht dabei. – Was hast Du denn davon, wenn Du es weißt?«

Kaatz sagte überzeugt: »Der Mann gehört vor den Kadi!«

Erich zuckte mit den Schultern und drehte den Kopf weg.

Kaatz sprach eindringlich: »Mensch Erich, das kann man doch nicht so stehen lassen! – Ich weiß nicht, wie viele Kinder es waren. Es interessiert mich auch nicht. Mich interessiert jedes einzelne. Dein Junge hat doch auch gelitten. – Begreife, dass man da was tun muss!«

Erich saß in einem Zwiespalt: Dem Freund wollte er genügen, an dem Sohn lag ihm nichts mehr.

Er beteuerte abwiegelnd: »Ich kenne den Mann leider nicht.«

Kaatz drang auf Else ein: »Else, erinnere Dich! Wie hieß der Mann? Habt Ihr nicht damals von einem Doktor Karl Breuer gesprochen?«

Else sinnierte: »Breuer, Breuer, mag sein. Ich weiß es nicht mehr.«

Kaatz beharrte: »Aber wenn Du den Mann triffst, ihm gegenüberstehst, ihn sprechen hörst, würdest Du ihn erkennen?«

»Glaub schon, kann sein«, billigte Else zu.

Kaatz bat: »Else, tu uns allen den Gefallen und identifiziere den Mann. Wir brauchen nur einen Fall, einen einzigen Fall und er ist überführt.«

Else nickte.

Erich ging dazwischen: »Wie stellt Ihr Euch das vor? Else fährt in Ruhe nach, wie hieß der Ort?, nach Myślibórz, latscht in die Praxis und sagt: Du bist dran! Hände hoch! – Was sind denn das für Räuberpistolen? – Außerdem bezweifle ich, dass das irgendjemand interessieren wird. Nürnberg ist abgeschlossen.«

Kaatz lächelte nachsichtig: »Nürnberg ist erst abgeschlossen, wenn wir es zulassen.«

Nachdenkliche Pause.

Kaatz erklärte: »Else fährt nicht nach Polen. Ich glaube auch kaum, dass wir ein Visum für Polen bekommen. Die Volksrepublik hat ziemlich dicht gemacht. Der Mann kommt her. – Else, Du machst Dich fein, so fein wie immer«, er lächelte liebenswürdig, »klemmst Dir eine Kollegmappe untern Arm, gehst zum Symposium für Kinderheilkunde, es findet in vierzehn Tagen in Dahlem statt, hörst den Mann reden und sagst mir dann Bescheid.«

Else nickte. Erich schnaubte. Kaatz atmete tief durch.

Vierzehn Tage genügten, um aus den dreien Nervenbündel zu machen. Das Damals rückte mit allen Facetten der Angst in die Gegenwart. Sie redeten nicht darüber, kaum mal eine knappe Bemerkung, ein einvernehmliches Stöhnen, und doch legte sich alles wie ein schwarzes Tuch über ihre Seelen. Schlimmer noch: Damals handelten sie mit jugendlichem Elan und ohne wirklich zu wissen, was auf sie zukommen könnte. Heute war das anders. Die Kondition hatte gelitten, die Kräfte waren verbraucht, die Haut war dünn geworden, und obgleich sie vieles nicht an sich heranließen und sich abschotteten, so war auch zu ihnen durchgedrungen, was damals denjenigen blühte, die sich wehrten, aufbegehrten, Widerspruch einlegten, nicht mitmachten. Ihr Leben stand auf Messers Schneide. Ihr Leben und das Leben aller, die im weiten Umkreis beteiligt waren. Diese Erkenntnis verwandelte damalige, flüchtige Bedenken in gegenwärtige Horrorvisionen.

Else hatte ein Gefühl als wenn man, was ja gänzlich unmöglich ist, als Leiche seinen Mörder ein zweites Mal trifft. Äußerlich taub und inwendig ganz und gar wund, stelzte sie zwischen all den anderen Gästen den Weg zum Konferenzsaal hinauf. Unten an der Straße warteten Erich und Richard Kaatz im Wagen. Der Einlassdienst kontrollierte die Billetts. Kaatz hatte sein Ticket, er wurde regelmäßig zu solchen Veranstaltungen noch eingeladen, für eine »Kollegin« umgetauscht. »Frau Doktor Krumm?«, hörte Else ihren Namen. Ein junger Platzanweiser nahm sie freundlich in Empfang und geleitete sie über den Flur, zwischen Menschen hindurch, wies durch die offene Tür in den Saal und sprach: »Dort bitte, Platz neun an Tisch drei. Ist es recht?« Else nickte. Sie hatte Mühe, sich Platz und Tisch zu merken, erreichte mit letzter Kraft ihren Stuhl und ließ sich nieder. Wie in Trance nahm sie die Eröffnung und eine erste Festrede wahr. Es rauschte einfach an ihr vorbei. Nichts desto trotz wurde sie ruhig, ihr Inneres schottete sich ab, ihr Gehirn begann präzise zu arbeiten. Sie unterschied Gesichter, ging die Reihen durch: Doktor

Breuer, wo steckst Du? Zeig Dich, Du Scheusal! Ein zweiter, dritter Redner traten auf.

Pause. Erfrischungen wurden hereingetragen, auf den Tischen verteilt, die Gäste ordneten sich zu lockeren Gesprächsgruppen, einige flanierten, andere blieben an ihren Plätzen. Livrierte Kellner huschten hierhin, dorthin, räumten ab, erkundigten sich nach Wünschen, brachten Bestelltes. Else rührte sich nicht. Sie schaute.

Ein distinguierter Herr trat auf Else zu, lächelte und sprach in angenehmem, sonorem Ton: »Gnädige Frau, Sie entschuldigen. Eine Kollegin? Sie kommen mir bekannt vor. Nur, leider, ich erinnere nicht. – Wenn ich mich vorstellen darf? Borowski, Doktor Carol Borowski, Volksrepublik Polen.« Er ergriff Elses Hand und verbeugte sich.

Else parierte: »Krumm, Doktor Else Krumm, Deutschland.« Sie ließ ihm die Hand und lächelte.

»Wir kennen uns«, beharrte Borowski, »wir haben uns schon gesehen. Nur wo?«

Else sagte charmant: »Ach, wissen Sie, Herr Kollege, unsereins kommt ja viel herum. Man kann sich nicht jeden einzelnen merken, nicht in der Fülle der anstehenden Aufgaben.«

Borowski lachte verständnisinnig: »Wie wahr.«

Else erhob sich, vollführte ein elegante Drehung und schritt zum Saalausgang. Borowski heftete sich an sie: »Darf ich Sie einladen, gnädige Frau? Ein Arbeitsgespräch unter vier Augen.«

Else lächelte verbindlich: »Gern. Im Moment bin ich leider bereits gefordert. Aber wenn Sie später frei sind?«

Er antworte: »Zu Diensten. Jederzeit.«

Else schritt auf die Toiletten zu. Borowski blieb zurück. Er stand zaudernd, nachdenklich: Woher kenne ich diese Frau? Doktor Else Krumm, nie gehört.

Else saß kaum im Wagen, da fragten die Männer wie aus einem Munde: »Und?«

Sie sagte: »Er ist es.«

Sie hockten da und starrten auf das Konferenzgebäude, als wenn von dort noch etwas käme.

Endlich schnaufte Erich: »Weiter«, startete den Motor, trat die Kupplung, legte den Gang ein und gab Gas.

Auf der Wache sperrte ein junger, eifriger Polizist Mund und Augen auf. Ein Kriegsverbrecher, ein Kinderschänder, ein Mörder treibt sich unbehelligt in der Stadt herum. Der muss augenblicklich dingfest gemacht und seinen Richtern vorgeführt werden. Der Polizist notierte rasch die wichtigsten Fakten und löste Alarm aus.

Der Alarm brachte den diensthabenden Offizier auf den Plan. Der kam, bremste seine Männer, hörte, wiegte den Kopf und sagte: »Wir können doch nicht auf bloßen Verdacht hin einen friedlichen Bürger von der Straße weg verhaften.«

Darauf war Kaatz vorbereitet. Er schlug seine Mappe auf, legte Papiere breit und referierte aufgeregt: »Hier, sehen Sie? Die Aufsätze, die Diktion, alles gleich und dazu«, er zeigte auf Else und Erich, »habe ich Zeugen, einen ganz konkreten Fall.«

Der Offizier, ein altgedienter, erfahrener Mann, schaute, verstand nichts, hörte was von Kindermord und fragte dumm: »Und die Leichen haben Sie auch gefunden?«

Inzwischen trampelten in der Wachstube die herbeigerufenen Polizisten unruhig von einem Bein auf das andere, lauschten und fragten sich: Was denn nun? Einsatz oder nicht?

Der alte Offizier wiederholte: »Die Leichen?«

Kaatz antwortete: »Nein. Die Kinder sind ja nicht gestorben, wurden gerettet. Es geht ihnen gut, Gott sei Dank.«

Der Offizier beharrte: »Wurden geschändet?«

Kaatz stellte richtig: »Im konkreten Fall nicht. – Aber der Mann ist schuldig.«

»Aha«, sagte der Offizier. Ihm dämmerte es. Er winkte seine Leute raus und sagte: »Darf ich Sie bitten, mir dorthin zu folgen.«

Er lenkte seine Gäste zu dem kleinen Tischchen in der Nische, wo er erste Verhöre durchzuführen pflegte. Besorgt und mitleidig bot er Platz an, seufzte und hockte sich in die Runde.

Mein Gott, dachte der Offizier, was haben diese verfluchten zwölf Jahre für Spuren hinterlassen. Oft genug kommen traumatisierte Männer und Frauen in die Wachstube, glauben jemanden gesehen zu haben, der unbedingt bestraft werden muss. Dabei erweist sich das Ganze am Ende als Hirngespinst eines armen Irren, der den Verlust seiner Liebsten einfach nicht verkraften kann. Er war es gewohnt, er hatte Erfahrung im Umgang mit diesen Leuten. Er hörte sich ihre Geschichten geduldig an, vertröstete, versprach und schickte sie fort.

Kaatz wiederholte seine Ausführungen. Der Offizier stellte Zwischenfragen. Erich und Else ergänzten.

Kaatz verlangte die sofortige Verhaftung. Er sagte: »Borowski ist Ausländer. Der entwischt.«

Der Offizier nickte freundlich.

Kaatz fühlte sich vorgeführt. Deutlich spürte er, wie sich eine Wand aufbaut. Er echauffierte sich: »Ich gehe hier nicht eher raus, als bis Sie gehandelt haben.«

Der Offizier stand auf, rief den jungen Polizisten, raunte ihm etwas zu und befahl hörbar: »Protokoll!« An Richard Kaatz gewandt erklärte er: »Ich verstehe. Ich kümmere mich augenblicklich.« Er grüßte zackig und trat ab.

Das Protokoll wurde aufgenommen. Der Schriftführer arbeitete gründlich, füllte mehrere Seiten. Er ließ die Anzeige unterschreiben und versicherte, dass alles geregelt ist und empfahl den dreien heimzugehen. Kaatz, Erich und Else blieben stur sitzen. Sie wollten Vollzug sehen. Der junge Polizist rief seinen Vorgesetzten.

Der trat herzu und sagte gedämpft, verschwörerisch: »Es ist alles veranlasst. Sie werden verstehen, dass wir das diskret abwickeln. Der Mann ist Ausländer. Für sowas haben wir unsere Spezialkräfte.«

Kaatz, Erich und Else zogen befriedigt ab.

Der Offizier und der junge Polizist sahen ihnen nach. Der Offizier sagte: »Arme Leute. – Werfen Sie das Protokoll weg. Beim nächsten Mal gleich einlenken, nicht lange zögern, ausführliches Protokoll und auf Geheimhaltung pochen. Das beruhigt am besten.« Der junge Polizist nickte.

Wochenlang studierte Kaatz alle einschlägigen Blätter, suchte die Gerichtsberichte auf und fand nichts über den Fall Borowski alias Breuer. Ausführliche Abhandlungen über alle möglichen Kriegsverbrechen und die Täter, besonders die Illustrierte »Jupiter« imponierte mit gründlich recherchierten Beiträgen, nur über diesen Arzt nicht eine Zeile. Er besprach sich mit Else und Erich. Hatte der Offizier sie angelogen? Hatte er nichts unternommen? Nein. Das kann doch gar nicht sein. Endlich kamen sie drauf. Borowski ist heute Pole, Ausländer. Man wird diplomatische Verwicklungen vermeiden wollen. Der Fall wird im Stillen verhandelt. Geht ja wohl nicht anders. Sie vertrösteten sich, lehnten sich zurück. Sie hatten der Wahrheit Genüge getan, Gerechtigkeit geübt. Nun denn.

Kaatz ging zum Alltag über und nahm sich die Fachpresse vor. Etliche Artikel waren ungelesen liegen geblieben. Das holte er jetzt nach.

Es musste ihn wie einen Keulenschlag treffen, als er in der ›Welt der Kinderheilkunde‹ einen aktuellen Aufsatz von Doktor Carol Borowski entdeckte. Er las, er verglich die Daten, er prüfte und er stürzte zum Telefon. Else und Erich eilten sofort herbei und hörten das Entsetzliche: Borowski ist mitnichten verhaftet und abgeurteilt, er wirkt unbehelligt fort.

Else griff sich an den Kopf und sagte: »Wie konnten wir auch so dumm sein und dem Offizier glauben. Uns hätte doch wenigstens in der Folge längst auffallen müssen, dass wir nicht zur Aussage gerufen wurden. Kein Gericht spricht ein Urteil ohne die Zeugen zu vernehmen.«

Und nun?

Erich schlug vor: »Wir warten auf die nächste Gelegenheit.«

Kaatz langte nach seiner Herzseite und stöhnte: »Wann soll das sein?«

Else wendete ein: »Der kommt nicht mehr. Er hat mich erkannt. Mit ein bisschen Nachdenken, weiß er, wer ich bin. Der Mann ist gewarnt.«

Kaatz sagte: »Ich gehe persönlich zum Staatsanwalt und erstatte dort Anzeige.«

»Wir kommen mit.«

Der Staatsanwalt empfing die drei und hörte sich die Geschichte an. Er war augenblicklich und fest davon überzeugt, dass Borowski alias Breuer an Euthanasieverbrechen beteiligt ist. Die Beweislage war erdrückend. Kaatz hatte gründlich gearbeitet und Zeugen gibt es auch.

»Nur«, schränkte der Staatsanwalt ein, »wir kriegen den Mann nicht raus. Es gibt keinen Auslieferungsvertrag. Die Volksrepublik Polen hat fast vollständig dicht gemacht. Er wird, wie Sie richtig erkannt haben, hier auch nicht mehr auftauchen.«

»Verdammt«, schimpfte Erich, »alles für die Katz, und dieses Schwein läuft draußen rum und verdirbt weitere Kinder.«

Kaatz redete ruhig: »Das glaube ich nicht. Der wird niemandem mehr schaden. Das wagt er nicht. Aber ich bin auch erschüttert, dass der unbescholten davon kommt.«

Der Staatsanwalt wiegte den Kopf und sprach geheimnisvoll: »Es gibt freilich noch eine Möglichkeit.« Sie lauschten angespannt. »Wenn man denen drüben einen Tipp gibt. Die jagen konsequent jeden Kriegsverbrecher.«

Erich fragte ungläubig: »Die Anzeige in Polen platzieren?«

Der Staatsanwalt konkretisierte: »Nicht unbedingt in der Volksrepublik Polen. DDR genügt.«

Der Staatsanwalt entließ seine Gäste mit den besten Wünschen. Er resümierte bitter: Die Grenzen haben uns handlungsunfähig gemacht. Und wenn diese kleinen braven Leute nicht aufmerksam agieren würden, sich nicht einsetzen würden, nicht Wege und Mittel finden würden, könnte wir hier einpacken. Funktionierende Rechtspflege sieht anders aus.

Else, Erich und Kaatz rätselten eine Weile herum, wie und vorallem wo sie ansetzen. Die östlichen Strukturen durchschauten sie nicht. Von der allseits dominierenden Partei hatten sie schon gehört, einem kleinen Polizisten mochten sie nicht trauen, das Gerichtswesen kannten sie gar nicht.

Kaatz schlug vor: »Erich, Du redest mit Deinem Bruder, der ist in der Partei, legst ihm unser Material vor und er muss die Sache weiterleiten.«

Erich murrte: »Da kannste die Papiere gleich in die Tonne treten. Das Großmaul hat nur seinen Garten im Kopf.«

»Erich!«, herrschte Else. Sie konnte es nicht leiden, wenn er sich unflätig über die Familie ausließ.

Kaatz entwickelte weiter: »Dann bleibt nur, dass wir einen anderen Parteimenschen suchen und ihm das Material geben. Nur wem? Ich kennen doch keinen.«

Else sagte: »Wie wärs, wenn man einfach zum Bürgermeister geht? Die sind doch alle in der Partei. In seiner Funktion ist der Mann hoch genug angebunden, um zu wissen, was man tun muss, und nahezu verpflichtet augenblicklich zu reagieren. Der Staatsanwalt ist sich völlig sicher, dass die drüben was tun.«

Gesagt, getan.

Else fuhr mit der Schriftensammlung des Doktor Kaatz nach Teltow und suchte dort den Bürgermeister. Sie lief über Flure und Treppen in dem hohen Verwaltungsgebäude. Es reihten sich Tür an Tür, Name an Name. Allein, den Bürgermeister fand sie nicht, auch kein entsprechendes Vorzimmer.

Sie ging zurück zum Pförtner und fragte: »Sagen Sie, guter Mann, einen Bürgermeister gibts wohl nicht?«

Der Pförtner antwortete: »Doch. Freilich haben wir einen Bürgermeister. Aber der sitzt in Potsdam.« Else schaute unschlüssig. Der Pförtner schob klug nach: »Gebietsreform. Hier bleibt nur die kleine Verwaltung.«

Else sagte hilflos: »Aber es muss doch jemanden geben ...«

Der Pförtner lenkte freundlich: »Gehen Sie auf Zimmer zwohundertzehn zu Genossin Huber, Hildegard Huber. Die regelt alles.«

Else klopfte bei zweihundertzehn an die Tür und war herein gerufen. Sie trat ein.

Die Frau hinterm Schreibtisch blickte hoch, sprang auf, breitete die Arme aus und rief: »Mensch, Tante Else, was machst Du denn hier?«

Else war genauso perplex wie Hildegard. Sie begrüßten sich und konnten es kaum fassen.

»Habt Euch rar gemacht«, warf Hildegard scherzend hin.

Else parierte. »Kannst Dich ja auch mal sehen lassen. Erich würde sich freuen.«

Hildegard fragte: »Zufall oder Absicht?«

Else antwortete: »Absicht. Es ist wichtig.«

Auf Elses ernsten Ton eingehend ließ Hildegard hören: »Sehr wichtig?«

Else antwortete: »Sehr wichtig. Kriegsverbrechen.«

Hildegard bediente einen Knopf an einem Kästchen und sprach hinein: »Zwei Tassen Kaffee bitte und keine Störung.«

Else nahm Platz, Hildegard setzte sich ihr gegenüber, der Kaffee wurde gebracht und Else begann zu referieren.

Weil es sich hier um eine Familienangelegenheit handelte, Hildegard unmittelbar betroffen war und nicht zuletzt ein Anrecht auf Aufklärung hatte, fächerte Else die Ereignisse ab dem Jahr achtunddreißig auf. Sie beschrieb auch Mutter Martha und die Großeltern, Auguste und Hermann, wie Else sie gekannt hatte, die ganzen Lebensverhältnisse, alles in aller Ausführlichkeit. Dann berichtete sie von Ihrem Auftritt bei der Jugendfürsorge und von ihrem Zusammentreffen mit dem Arzt. Der Arzt, der heute gefunden und identifiziert ist. Sie erklärte, wie es ihnen gelungen war, die Kinder rauszuholen und deren Spur zu verwischen. Dann kamen das lange Warten auf Nachricht und Hildegards Krankheit.

Die junge Frau lauschte tief bewegt.

Am Ende sagte Else: »Ich hatte immer gehofft, Martha wiederzusehen und ihr die Kinder zurückzugeben. Aber sie hat Euch wohl wirklich vergessen?«

Hildegard schwieg. Else wartete ab. Die Wahrheit musste sacken.

Hildegard sagte: »Die Mama ist tot!«

Else stöhnte: »Freilich, denkt Ihr das. Wir haben Euch das eingeredet. Deine Mutter lebt.«

Hildegard vertiefte: »Ravensbrück. – Die Post ging an Fritz. Nur an ihn. – Inzwischen weiß ich halbwegs, was passiert ist. Ein Denunziant ...« Sie kam nicht weiter.

Else strich dem Mädel über den Kopf: »Das ist alles bissel viel für Dich. Lass mal. Andermal reden wir noch mehr.«

Ein Mann polterte zur Tür herein und rief: »Genossin Huber, wo bleibst Du denn? Wir wollten längst anfangen.«

Hildegard herrschte: »Keine Störung, sagte ich! Auch Du nicht, Genosse Frank!«

Frank blieb in der Tür und lauerte. Hildegard donnerte: »Mach das Brett zu!«

Er schloss die Tür von innen.

Hildegard überlegte kurz und sagte dann entgegenkommend: »Darf ich vorstellen? Else Krumm. Peter Frank. – Genosse Frank setz Dich her und höre gleich zu. Tante Else hat einen Kriegsverbrecher aufgespürt. – Ist Dir doch recht, Tante Else?«

Else nickte, breitete die Papiere aus und erklärte Recherche und Anhaltspunkte des Doktor Kaatz. Abschließend sagte sie erleichtert: »Und wir haben, Gott sei Dank, Zeugen.«

»Donnerwetter!«, trompetete Frank, »das wird ein Ding! Den Jungen kaufen wir uns.«

Hildegard kommentierte stolz: »Siehst Du, Tante Else, schön, dass Du zu uns gekommen bist. – Magst die Papiere gleich dalassen?«

Else schob die Schriften zusammen und händigte sie aus. Es war spät geworden. Zu dem glücklichen Ausgang ihrer schwiergen Mission gesellte sich jetzt Müdigkeit. Sie verabschiedete sich und ging.

Monatelang beschwor Else ihren Mann, endlich Frieden zu stiften. Hatte sie erlebt, wie erleichtert, geläutert und dankbar Hildegard auf die Offenlegung reagierte, so verlangte sie jetzt vehement eine Aussprache zwischen Vater und Sohn. Bei Fritz hatte sie vorgefühlt. Der war bereit, sich zu arrangieren. Erich blieb halsstarrig bei seiner Ablehnung. Eines Tages schmolz das Eis. Nicht so sehr, weil Erich plötzlich seine Prinzipien aufgab, sondern eigentlich nur, weil da eines kleines Mädchen auf ihren Großvater wartet. Wollte er seine Enkelin Monika auf den Knien wiegen, mit ihr spazieren gehen, sie etwas lehren und ihr schöne Dinge schenken, musste er den Sohn in Kauf nehmen. Und zwar so in Kauf nehmen, wie er war, mit allen Ecken und Kanten. Erich maulte noch eine Weile vor sich hin, aber bald zogen sogar die Argumente, dass Menschen Fehler machen, junge Menschen sehr viele Fehler machen, unter Druck sogar Irrwitziges zustande bringen. Nun ist endlich Schluss mit den Vorhaltungen!

An einem schönen Sonntagvormittag, es war der zweite Advent des Jahres 1953, staffierte Else ihren Mann hübsch aus. Die Geschenke lagen schon gepackt im Flur. Else und Erich zogen den Mantel über und schlüpften in pelzgefütterte Stiefel. Else überprüfte nochmal die Ordnung in den Stuben und Erich langte nach der Tasche, da schellte das Telefon. »Wir sind nicht mehr zu Hause«, sagte Erich und öffnete die Wohnungstür. Else folgte ihm. Die Schelle wütete. Sie stiegen die Treppe hinab. Oben trat Ruhe ein. »Na, geht doch«, quittierte Erich die Stille. Da lärmte der Kasten erneut. Else sagte: »Ich gehe zurück. Nur ganz kurz.« Sie jagte hoch, stürzte hinein, nahm ab. Erich lauschte, mürrisch auf der Treppe wartend. Plötzlich gellte ein Ruf durchs Haus: »Erich! Erich, komm schnell!« Er stob hoch. Else drückte ihm den Hörer in die Hand und stammelte bestürzt: »Richard. Irgendwas ist mit Richard.« Erich sprach: »Ja, bitte?« Vom anderen Ende kam schweres Atmen und stoßweise die Worte: »Das Schwein macht weiter. – Es macht weiter.« Erich verlangte: »Was ist los? – Rede doch vernünftig!« Die Szene wiederholte sich. Er legte auf.

Else und Erich schauten sich fassungslos an. Noch nie, niemals in all den Jahren hatten sie den Freund dermaßen unkontrolliert, unkoordiniert und unflätig sprechen gehört. Was war zu tun?

Else entschied: »Pass auf! Du fährst zu den Kindern. Das können wir jetzt nicht verschieben. Ich kümmere mich um Richard und komme nach.«

»Aber Du kannst mich doch jetzt nicht allein ...«

Else lächelte sanft: »Doch, ich kann. Sei ein tapferer Junge, und versuche, möglichst wenig Porzellan zu zerschlagen.«

Else hastete die Straße runter und Erich trottete zum Auto.

Im Treppenhaus dominierten die Wohlgerüche der Vorweihnachtszeit. Familie Fritz Kroll wohnte in der zweiten Etage. Erich besah das Klingelschild. Er ließ den Blick schweifen: Die Tür, die Wände, das alles war neu, von solider Machart und lockte angefasst zu werden. Er verharrte und resümierte: Der Junge lebt in einem schönen Haus in einer ansprechenden Gegend. Respekt!

Er bediente die Klingel und just in diesem Moment wurde ihm geöffnet. Kurzes Schauen. Unsicheres Taxieren.

Erich überwand sich und sagte salopp: »Hast wohl schon gelauert?«

Fritz stieg die Schamröte ins Gesicht und er sagte gehemmt: »Ja, bisschen. – Komm doch rein.«

Erich trat näher und Fritz fragte: »Wo hast Du Else gelassen?«

»Kommt gleich. Lass uns erst reingehen.«

»Leg bitte ab«, bot Fritz an und reichte einen Kleiderbügel.

Im Wohnzimmer saßen brav auf der Couch aufgereiht Ursula und das Kind. Sie trugen ihre Sonntagskleider. Das Mädchen war streng ermahnt worden. Es hockte wie angenagelt und schaute aus großen Augen auf den fremden Mann. Ursula zupfte nervös am Zipfel des Tischtuches.

Auf dem Tisch standen Tassen und Teller, Gebäck war da und Kaffee verströmte sein würziges Aroma. Für das Kind war schon Milch in ein Glas gegossen.

Erich begrüßte das Kind und die Mutter mit »freut mich sehr«. Die Kleine zog sich scheu zusammen. Ursula stammelte: »Vielen Dank auch.« Fritz nötigte den Vater in einen Sessel.

Schweigen. Warten. Nach dem Anfang suchen.

»Hast es hübsch hier«, sagte Erich.

Fritz quittierte: »Ja.«

Ursula echote: »Ja.«

Das Kind sagte nichts.

Sie sahen sich an und um.

Plötzlich sprang Ursula hoch, griff nach der Kanne, bediente und plapperte aufgeregt: »Lasst es Euch schmecken. Selbst gebacken. Monika hilft schon fleißig.«

Sie aßen und tranken, lobten das Gebäck und endlich fiel Erich die Eingangsfrage ein: »Else ist bei Doktor Kaatz. Doktor Richard Kaatz. – Du erinnerst Dich, Fritz?«

Fritz erinnerte nicht und zog die Schultern hoch, schüttelte den Kopf.

Erich kam fahrig und unsicher daher: »Doktor Kaatz hat Dich als Kind behandelt. Also eigentlich nicht behandelt. Du warst ja nie krank. Du warst immer gesund. Wirklich immer. Nur, wir brauchten dieses Gutachten, damals, als Du uns kamst ...«

Der Damm brach.

Nun ja, er brach nicht mit einem einzigen großen Knall und gab spontan frei, was sich jahrelang aufgestaut hatte. Das war auch kein wohlklingender Schlussakkord. Es war mehr ein Suchen, Tasten, Finden, Zurückgehen, Umschwenken, endlich Begreifen. In mühsamer Kleinarbeit dröselten Vater und Sohn die Vergangenheit auf.

Ursula lauschte gespannt, das Kind ward gelangweilt, rutschte von der Couch und widmete sich seinem Spielzeug. Nach fast zwei Stunden entschuldigte sich Ursula, räumte das Geschirr ab und ging in die Küche. Das Kind lief ihr nach. Die Männer redeten. Ursula deckte den Tisch neu und trug Essen auf. Sie redeten immernoch. Sie aßen zu Mittag und redeten weiter. Dann war Versperzeit. Die Szene änderte sich kaum.

Auch sie kamen an den Punkt, wo Erich mit großem Bedauern sagte: »Ich hätte gern Martha wieder getroffen, ihr ihre Kinder zurück gegeben. Aber sie hat Euch wohl vergessen.«

Fritz schob rein: »Die Mama ist tot.«

Erich entgegnete: »Das haben wir Euch damals erzählt. Ihr durftet es doch nicht wissen.«

Fritz war am Zuge. Er zeigte die Papiere von einem Komitee Gedenkstätte Ravensbrück. Schwarz auf weiß stand: »Martha Kroll ist am 18. August 1943 im Lager Ravensbrück an Schwäche verstorben.«

Erich las und senkte den Kopf.

Unsicher hakte Fritz nach: »Ein Lager für Asoziale, Kriminelle und Juden?«

Erich hob den Blick und schüttelte bedächtig den Kopf.

Das kleine Mädchen hielt im Spiel inne. Der Redefluss war abgeebbt. Sie betrachtete die Erwachsenen reihum aufmerksam. Sie nahm einen bunten Stein aus ihrer Spielzeugkiste, trug ihn zu Erich, legte ihm den Stein in die offene Hand und sagte: »Den schenke ich Dir. – Du darfst aber nicht mehr traurig sein, Opa.«

Das Schweigen breitete sich aus. Ursula stellte Kerzen auf, schaltete die Deckenbeleuchtung aus, goss Wein in Gläser. Eine anheimelnde Atmosphäre entstand. Das Kind nippte am Apfelsaft und bewunderte den Glanz der Lichter.

Es klingelte an der Wohnungstür. Ursula ging öffnen. Augenblicke später betrat Else das Wohnzimmer. Sie scherzte aufgekratzt: »Na, Ihr lasst es Euch ja gut gehen.« Das Kind strahlte, die anderen lächelten.

Erich drängte: »Was ist mit Richard?«

Else antwortete: »Ich will Euch nicht die Stimmung verderben.«

Fritz griff zum Glas und prostete: »Ich freue mich, dass Ihr da seid.«

Sie tranken.

»Else, sag schon! Was ist los«

Sie antwortete: »Richard lässt schön grüßen. – Im Telegrammstil: Herzanfall. Ich musste den Notarzt rufen. Nach zwei, drei Stunden ging es wieder. Ob Ihr es glaubt oder nicht, Borowski erfreut sich unbehelligt bester Gesundheit. Richard fand wieder Artikel in der Fachpresse. Niemand hat interveniert, ihm das Handwerk gelegt oder ihn zur Rechenschaft gezogen.«

Erich fragte konsterniert: »Ja, warum denn nicht? – Ich denke, die im Osten bringen jeden Kriegsverbrecher zur Strecke?«

Else antwortete: »Ich kann es nicht sagen. Ich weiß nicht, was sie aufhält. – Wir müssen eben weiter machen. – Ich denke, vielleicht stoßen sie sich schlicht an der Lexik, an der juristischen Einordnung. Ein Kriegsverbrecher ist er ja eigentlich nicht.«

Erich fuhr hoch: »Ja, was denn? Ein Mörder, ein Schwein, ein Zuhälter!«

Das Kind erschrak und drückte sich an seine Mutter. Else sagte gedämpft: »Reg Dich nicht auf. – Du ängstigst die Kleine. – Wir finden es heraus. Ich fahre morgen nach Teltow und rede mit Hildegard. Vielleicht brauchen die nur irgendwas, irgendein Zeugnis, irgendwas, was wir beschaffen können. Man weiß es ja nicht.«

Fritz schlug vor: »Ich begleite Dich. Vier Augen sehen mehr als zweie. Und Hildegard wollte ich schon lange mal wieder besuchen.«

»Gut. So machen wir es.«

Ursula nahm das Wort: »So, Ihr Lieben, genug der schweren Gespräche. Lasst uns auf Weihnachten trinken und von was Schönem reden.«

»Was Schönes? – Was denn?«

Ursula nahm ein Buch vom Regal, blätterte auf und deklamierte: »Hast Du jemals Moos gesehen?« Verblüfft schauten sich Fritz, Erich und Else an. Sie lauschten.

Als das Gedicht zu Ende war, schob Ursula schüchtern nach: »Ich wollte Euch was Schönes sagen. – Hier der Band mit Lyrik von Siegfried von Vegesack ist auch neu erschienen.« Sie zeigte die Titelseite. »Was Weihnachtliches ist nicht drin, aber das ist auch ganz hübsch.«

»Ja, wirklich, ganz hübsch.«

Sie lachten. Sie lachten gelöst, erlöst. Sie lachten befreit.

Ursula blühte regelrecht auf und Fritz sah seine Frau mit anderen Augen: Sie ist ja nicht nur fürsorglich, sondern ausgesprochen liebenswert. Ein angenehmes, erhebendes Gefühl durchströmte ihn und er war sich jetzt sicher, die schönste, beste, klügste aller Frauen für sich gewonnen zu haben.

Tags darauf fuhren Fritz und Else nach Teltow. »Donnerwetter«, sagte Fritz, »meine Schwester als Bürgermeisterin. Die macht sich, die Kleine.«

Else schränkte ein: »Na ja, der richtige Bürgermeister sitzt wohl in Potsdam. Aber sie ist schon ein hohes Tier. Sie hat was zu sagen und man hört auf sie.«

Fritz gab an: »Pass mal auf, mit Dreißig ist die Regierungschef.«

Else bremste: »Mal schauen.«

Sie betraten das Rathaus. Der Pförtner grüßte. Else meldete: »Wir wollen zu Frau Huber.«

Der Pförtner nickte und sprach: »Ist oben. Zwohundertzehn.«

Sie stiegen die Treppe hoch, durchschritten den Flur, klopften, traten ein.

Hildegard blickte hoch, erbleichte und zischte: »Was wollt Ihr denn hier?«

Bestürzt antwortete Else: »Aber, Hilde! – Reden.«

Fritz ging auf seine Schwester zu. Sie wedelte ihn fort, kam hinterm Schreibtisch vor und ganz dicht heran. »Haut ab! Jetzt gleich. – Geht zum Bahnhof, setzt Euch in die Wirtschaft, kauft Euch ein Bier. Ich komme in einer Stunde hin.«

Else und Fritz rührten sich nicht.

»Na, macht schon!«

Hildegard schob die beiden zur Tür hinaus.

Else und Fritz liefen betäubt die Straße hoch, setzten sich in die Wirtschaft und bestellten nichts. Sie hatten ja auch keine hier gültige Währung bei sich. Und in der Wirtschaft Geld umzutauschen, noch dazu illegal und zu einem Kurs, den sie nicht kannten, das wagten sie nicht.

Der Wirt äugte misstrauisch. Viele Gäste gab es nicht. Da mochten die sich aufwärmen, wenn es ihnen beliebt. Er behielt sie aber im Auge. Sicherheitshalber.

Hildegard kam, überschaute die Szene, orderte am Tresen drei Bier und setzte sich zu den Ihren.

»Was wollt Ihr?«, ranzte sie.

Fritz fragte arglos: »Freust Du Dich nicht?«

Hildegard fauchte: »Nee.«

Else sagte: »Borowski. Was ist los? Der Mann wurde nicht verhaftet, nicht zur Strecke gebracht.«

Der Wirt kam mit dem Bier, stellte ab und entfernte sich.

Hildegard flüsterte: »Ein für alle Male: Ich möchte Euch hier nie wieder sehen. Hier nicht und woanders auch nicht.« Sie prostete und trank. Else und Fritz taten es ihr gleich. Hildegard setzte fort: »Unsere Leute haben Borowski überprüft. Der Mann ist sauber. Absolut sauber. Else, Du täuschst Dich und zwar mächtig.«

»Kind, ich kenne ihn. Ich weiß, wovon ich rede.«

Hildegard zischte: »Lass mich ausreden! Der Mann ist also sauber und eine absolute Koryphäe auf seinem Gebiet, ein Mann von internationalem Rang.«

»Aber Kind, der Mann ist ein Mörder, zumindest ihr Handlanger.«

Hildegard verdrehte die Augen und sprach weiter: »Wenn ich es sage! Ihr seid einem Schwindel aufgesessen, einer westlichen Provokation. Ihr seid da Leuten ins Netz gegangen, die uns unsere Fachleute nicht gönnen, die uns am Zeug flicken wollen. Von wegen Kriegsverbrecher. – Kinderheilkunde. Das Fach mit Zukunft. Das Fach, wo wir Weltspitze sind. Das wollen sie uns verderben.«

Fritz sagte trocken: »Hilde, Du spinnst.«

Else barmte: »Hilde, Du warst noch zu klein, Du kannst es nicht wissen, aber der Mann ist tatsächlich ein Mörder.«

Hildegard lehnte sich zurück, schlitzte die Augen und sagte von oben herab. »Tut mir leid, ich kann Euch nicht helfen. Eure Fehlinformation hat mir mächtigen Ärger eingebracht. Sowas will ich nicht nochmal erleben. – Ich hoffe, ich habe mich deutlich ausgedrückt. Solche Verwandtschaft kann leider nicht gebrauchen. – Tschüss.«

Sie stand auf, ging zum Tresen, warf ein paar Münzen auf die Platte und verschwand.

Fritz stellte fest: »Mich laust der Affe.«

Sie tranken ihr Bier aus.

Silvester trafen sich die Freunde zu einem kleinen Trunk. Else und Erich verabredeten, auf keinen Fall über Borowski zu sprechen, wenn Kaatz nicht ausdrücklich darauf drängt. Seine Gesundheit war ihnen wichtig. Der Freund empfing sie aufgeräumt, plauderte angeregt und entspannt, war offensichtlich wieder ganz und gar der Alte, schien einen Tropfen zu vertragen und die Affäre um den mordenden Kinderarzt vergessen zu haben.

Gegen einundzwanzig Uhr läutete es an der Wohnungstür. Else erhob sich dienstfertig. Kaatz winkte ab, stützte sich hoch, sagte: »Ist für mich. Ich gehe lieber selbst«, und humpelte forsch in den Flur.

Das Wohnzimmer betraten zwei junge Männer, in lässiger Aufmachung mit Aktenbündeln unter dem Arm. Sie stellten sich vor: »Hoffmann und Kühne. Wir arbeiten für den ›Jupiter‹. Wenn Sie gestatten?« Die jungen Männer setzten sich, legten die Akten beiseite. Else und Erich parierten die Höflichkeit. Kaatz hofierte den hinzu gekommenen Gästen, stellte Gläser heraus, goss Wein ein und schob die Gebäckschale heran. Die vergrößerte Runde übte sich in einigen Allgemeinplätzen, bis Kaatz entschieden das Wort nahm: »Nun, meine Herren, was haben Sie erreicht. Lassen Sie uns hören.«

Kühne blätterte eine Akte auf und begann ernst: »Doktor Carol Borowski ist tatsächlich identisch mit Karl Breuer ...«

Ausführlich legten die beiden Journalisten die Ergebnisse ihrer Recherche dar. Das war weit mehr als Kaatz und die Krumms jemals hatten zusammentragen können. Das Blatt wendete sich. Wenn Staat und Justitia versagen, greift die Öffentlichkeit ein. Die Zeitschrift »Jupiter« wird ab Januar eine Artikelreihe über Euthanasie an Kindern und den konkreten Fall Borowski und Familie Krumm bringen. Sie werden die Eltern freilich herausstellen, wie sie den Kampf aufnahmen und gewannen.

»Wenn Sie erlauben, dass wir Sie und Ihre Kinder namentlich erwähnen?«, schob Hoffmann nach.

Else nickte.

Erich sagte: »Es sind nicht meine leiblichen Kinder.«

Kaatz stockte der Atem. Das hatte er vermasselt. Else lächelte ungerührt. Die Journalisten schauten verblüfft.

»Wie? Nicht?«, hakte Kühne nach.

Erich beharrte: »Nein.«

Else sagte entspannt: »Es sind seine Kinder. Ich bin die Pflegemutter. – Das trübt die Sache doch nicht?«

Hoffmann antwortete: »Auf keinen Fall. Wir wussten allerdings nicht ...«

Erich schaute beklommen zu seiner Frau. Sie schmunzelte weise. Kaatz atmete erleichtert aus.

Else nahm ihr Glas, drehte den Kelch in der Hand, betrachtete versonnen den sich leicht schwingenden Spiegel des Weins und sagte ruhig: »Wenn schon die Wahrheit, dann die ganze Wahrheit.«

Die Turmuhr schlug Mitternacht. Sie läutete das neue Jahr ein.

Die Menschen richteten sich auf. Sie stießen an und wünschten einander Glück und Frieden.

INHALT

Das Findelkind	5
Der Aufstieg	68
Im Staatsdienst	101
Bildung um jeden Preis	161
Auf in die Welt	176
Die Reichen und Schönen	205
Neue Aussichten	218
In den Schlund der Hölle	242
Der Tod im Arztkittel	274
Im Rampenlicht	296
Ein Kiesel im Fluss	311
Der neue Frieden	332
Die halbe Wahrheit	347
Die ganze Wahrheit	367